Oscar Wilde
Die besten Geschichten

Oscar Wilde
Die besten Geschichten

Aus dem Englischen
von Rudolf Lothar und Frieda Uhl

Herausgegeben von Kim Landgraf

Anaconda

Die Deutsche Nationalbibliothek verzeichnet diese Publikation
in der Deutschen Nationalbibliographie; detaillierte bibliographische
Daten sind im Internet unter http://dnb.d-nb.de abrufbar.

Umschlagmotive: shutterstock/hoverfly (Hintergrund). –
shutterstock/Voropaev Vasiliy (Schwalbe)
Umschlaggestaltung: www.katjaholst.de
Satz und Layout: Andreas Paqué, www.paque.de
Printed in Czech Republic 2015
ISBN 978-3-7306-0239-3
www.anacondaverlag.de
info@anacondaverlag.de

Inhalt

Der glückliche Prinz

(übersetzt von Rudolf Lothar)

Das Granatapfelhaus

(übersetzt von Frieda Uhl)

Lord Arthur Saviles Verbrechen

(übersetzt von Frieda Uhl)

Gedichte in Prosa

(übersetzt von Rudolf Lothar)

Der glückliche Prinz und andere Märchen

Der glückliche Prinz

Hoch über der Stadt stand auf einer hohen Säule die Statue des glücklichen Prinzen. Sie war über und über mit dünnen Blättchen von feinem Gold vergoldet, zwei glänzende Saphire hatte sie als Augen, und ein großer, roter Rubin glühte am Schwertknauf.

Er wurde wirklich viel bewundert.

»Er ist so schön wie ein Wetterhahn«, bemerkte einer der Stadträte, dem viel daran lag, als Kenner in Kunstdingen zu gelten. »Wenn auch nicht ganz so nützlich«, fügte er hinzu, aus Furcht, man könnte ihn für unpraktisch halten, was er wirklich und wahrhaftig nicht war.

»Warum nimmst du dir kein Beispiel an dem glücklichen Prinzen?«, fragte eine verständige Mutter ihren kleinen Buben, der weinte, weil er den Mond nicht haben konnte. »Dem glücklichen Prinzen fällt es nicht ein, zu weinen, wenn er etwas nicht kriegen kann.«

»Ich bin froh, dass es jemanden in der Welt gibt, der ganz glücklich ist«, murmelte ein enttäuschter Mann, der die wundervolle Bildsäule betrachtete.

»Er sieht just aus wie ein Engel«, sagten die Waisenkinder, die in ihren hellroten Mänteln und den reinlichen weißen Schürzen aus der Kathedrale kamen.

»Woher wisst ihr das«, sagte der Mathematikprofessor. »Da ihr nie einen Engel gesehen habt?«

»O doch, in unseren Träumen«, antworteten die Kinder; und der Mathematikprofessor runzelte die Stirn und blickte sehr finster drein, denn er hatte es nicht gern, wenn Kinder träumten.

Eines Nachts flog ein kleiner Schwälberich über die Stadt. Seine Freunde waren schon vor sechs Wochen nach Ägypten gezogen, aber er blieb zurück, denn er liebte das wunderschönste Rohr im Schilfe. Zeitig im Frühjahr hatte er es erblickt, als er den Fluss hinunter flog, hinter einer dicken, gelben Motte her, und die schlanke Taille des Rohrs hatte ihm so gefallen, dass er stehen blieb, um mit ihm zu plaudern.

»Soll ich dich lieben?«, sagte der Schwälberich, der gerne geradeswegs auf sein Ziel losging, und das Rohr machte ihm eine tiefe Verbeugung. So flog er rund um das Rohr herum und berührte das Wasser mit seinen Flügeln und zeichnete silberne Kreise hinein. So machte er ihm den Hof, und das dauerte den ganzen Sommer hindurch.

»Es ist ein lächerliches Verhältnis!«, zwitscherten die anderen Schwalben. »Das Rohr hat kein Geld und viel zu viel Verwandtschaft.«

Und in der Tat war der ganze Fluss voll Schilf. Und als dann der Herbst kam, flogen alle Schwalben davon.

Als sie fortgeflogen waren, fühlte sich das Schwälbchen sehr einsam und begann seinen Minnedienst etwas langweilig zu finden. »Es plaudert sich schlecht mit ihm, und ich fürchte sehr, dass es kokett ist, denn es flirtet immer mit dem Wind.« Tatsache war, dass das Rohr, sooft der Wind blies, die graziösesten Verbeugungen machte. »Ich gebe zu, dass es häuslich ist«, fuhr das Schwälbchen fort. »Aber ich liebe das Reisen, und mein Weib muss also auch das Reisen ebenfalls gern haben.«

»Willst du mit mir kommen?«, sagte das Schwälbchen endlich zu ihm; aber das Rohr schüttelte den Kopf, denn es hing zu sehr an seiner Heimat.

»Du hast deinen Scherz mit mir getrieben«, schrie das Schwälbchen. »Ich reise zu den Pyramiden. Leb wohl!« Und das Schwälbchen flog fort.

Den ganzen Tag flog es, und als die Nacht hereinbrach, kam es zur Stadt. »Wo soll ich absteigen?«, sagte es. »Ich hoffe, die Stadt hat Empfangsvorbereitungen getroffen!«

Dann sah das Schwälbchen die Statue auf der hohen Säule.

»Hier will ich absteigen!«, rief es aus. »Das ist ein schönes Plätzchen, und frische Luft gibt es hier genug.« Und es ließ sich nieder, gerade zwischen den Füßen des glücklichen Prinzen.

»Ich habe ein goldenes Schlafzimmer«, sagte das Schwälbchen leise zu sich selbst, wie es sich umsah, und es bereitete sich zum Schlafen vor. Aber gerade als es seinen Kopf unter die Flügel stecken wollte, fiel ein schwerer Wassertropfen nieder. »Wie seltsam!«, rief das Schwälbchen aus. »Am Himmel steht keine einzige Wolke, die Sterne sind ganz hell und klar und doch regnet es. Das Klima im nördlichen Europa ist wirklich schrecklich. Das Rohr liebte ja den Regen, aber das war nichts als Egoismus.«

Ein zweiter Tropfen fiel.

»Zu was ist die Bildsäule denn nütze, wenn sie nicht den Regen abhalten kann«, sagte es. »Ich schaue mich lieber nach einem guten Schornstein um!« Und das Schwälbchen beschloss, fortzufliegen.

Aber bevor es seine Flügel geöffnet hatte, fiel ein dritter Tropfen, und es blickte empor und sah – ach, was sah es?

Die Augen des glücklichen Prinzen waren voll Tränen, und die Tränen rollten nieder an den goldenen Wangen.

Und sein Gesicht war so schön im Mondlicht, dass das Schwälbchen tiefes Mitleid empfand.

»Wer bist du?«, fragte es.

»Ich bin der glückliche Prinz.«

»Warum weinst du dann?«, fragte das Schwälbchen. »Ich bin schon ganz durchnässt.«

»Als ich noch lebte und ein menschliches Herz besaß«, antwortete die Statue, »wusste ich nicht, was Tränen sind, denn ich lebte im Palast Sanssouci, dessen Schwelle die Sorge nicht betreten darf. Tagsüber spielte ich mit meinen Gefährten im Garten, und am Abend führte ich den Tanz an in der großen Halle. Rings um den Garten lief eine sehr hohe Mauer, aber ich kümmerte mich nicht darum, was hinter der Mauer lag, denn alles um mich her war eitel Schönheit. Meine Hofleute nannten mich den glücklichen Prinzen, und ich war wirklich glücklich, wenn Vergnügen Glück bedeutet. So lebte ich, und so starb ich. Und nun, da ich gestorben bin, haben sie mich hier so hoch hinaufgestellt, dass ich alle Hässlichkeit und all das Elend meiner Stadt sehen kann, und obzwar mein Herz aus Blei ist, kann ich nichts anderes tun als weinen.«

»Schau, er ist nicht durch und durch aus Gold«, sprach das Schwälbchen zu sich selbst. Aber es war doch zu höflich, um laut irgendeine persönliche Bemerkung zu machen.

»Weit von hier«, fuhr die Bildsäule mit einer tiefen, klangvollen Stimme fort, »weit von hier steht ein armes Häuschen in einer kleinen Straße. Eines der Fenster ist offen und ich kann eine Frau sehen, die an einem Tisch sitzt. Ihr Gesicht ist schmal und verhärmt, und sie hat raue, rote Hände, ganz zerstochen von der Nadel, denn sie ist eine Näherin. Sie stickt für die lieblichste von den Ehrendamen der Königin Passionsblumen auf ein Seidengewand, das sie auf dem nächsten Hofball tragen soll. In einem Bett in einer Ecke des Zimmers liegt ihr kleiner Bub krank. Ihn schüttelt das Fieber, und er möchte Apfelsinen haben. Seine Mutter aber kann ihm nichts geben als Wasser aus dem Fluss, und so weint er. Schwälbchen, Schwälbchen, kleines Schwälbchen, willst du ihr den Rubin aus meinem Schwertgriff bringen? Meine Füße sind auf dem Piedestal festgemacht, und ich kann mich nicht bewegen.«

»Man erwartet mich in Ägypten«, sagte das Schwälbchen. »Meine Freunde fliegen den Nil auf und ab und sprechen mit den großen Lotosblumen. Bald werden sie schlafen gehen im Grab des großen Königs. Der König liegt selbst dort in einer gemalten Truhe. Er ist in gelbes Linnen gehüllt und einbalsamiert mit Spezereien. Um seinen Hals liegt eine Kette von blassem, grünem Nephrit, und seine Hände gleichen welken Blättern.«

»Schwälbchen, Schwälbchen, kleines Schwälbchen«, sagte der Prinz. »Willst du nicht eine Nacht für mich verweilen und mein Bote sein? Der Knabe hat so großen Durst, und die Mutter ist so traurig.«

»Weißt du, ich liebe Buben nicht«, antwortete das Schwälbchen. »Als ich im letzten Sommer am Fluss wohnte, waren zwei rohe Buben dort, die Söhne des Müllers, und die warfen immer Steine nach mir. Natürlich trafen sie mich nicht. Wir Schwalben fliegen viel zu schnell, und überdies stamme ich aus einer Familie, die wegen ihrer Flinkheit berühmt ist. Trotzdem war es ein Zeichen mangelnden Respekts.«

Aber der glückliche Prinz blickte so traurig drein, dass das Schwälbchen betrübt wurde. »Es ist zwar kalt hier«, sagte es. »Aber ich will eine Nacht für dich verweilen und dein Bote sein.«

»Ich danke dir, kleine Schwalbe«, sagte der Prinz.

Und die Schwalbe pickte den großen Rubin aus dem Schwert des Prinzen und nahm den Stein in ihren Schnabel und flog damit über die Dächer der Stadt.

Sie flog am Turm der Kathedrale vorbei, wo die weißen Marmorengel stehen, sie flog vorbei am Palast und hörte Tanz und Musik. Ein schönes Mädchen kam mit dem Geliebten auf den Balkon heraus. »Wie wundervoll die Sterne sind«, sagte er zu ihr. »Und wie wundervoll ist die Macht der Liebe!«

»Ich hoffe, mein Kleid wird für den Hofball rechtzeitig fertig sein«, antwortete sie. »Ich habe Passionsblumen hineinsticken lassen, aber die Schneiderinnen sind so faul.«

Sie flog über den Fluss und sah die Laternen an den Masten der Schiffe hängen. Sie flog über das Getto und sah die alten Juden miteinander handeln und sah, wie sie Geld in kupfernen Schalen wogen. Dann kam sie zu dem armen Häuschen und schaute hinein. Der Knabe hustete fieberisch in seinem Bett, und die Mutter war vor Müdigkeit eingeschlafen. Sie hüpfte ins Zimmer und legte den großen Rubin auf den Tisch just neben den Fingerhut der Frau. Dann flog sie mit leichtem Flügelschlag um das Bett herum, und ihre Flügel fächelten die Stirne des Knaben. »Ach, die Kühle«, sagte das Kind. »Jetzt wird mir gewiss besser.« Und der Knabe sank in einen erquickenden Schlaf.

Dann flog das Schwälbchen zurück zum glücklichen Prinzen und erzählte ihm, was es getan hatte. »Es ist seltsam«, fügte es hinzu. »Aber nun ist mir ganz warm, trotzdem es so kalt ist.«

»Das kommt daher, weil du eine gute Tat getan hast«, sagte der Prinz. Und das kleine Schwälbchen begann nachzudenken, und dann schlief es ein. Denken machte es immer schläfrig.

Als der Tag anbrach, flog es zum Fluss und nahm ein Bad. »Welch ein seltsames Phänomen«, sagte der Professor der Ornithologie, der gerade über die Brücke ging. »Eine Schwalbe im Winter!« Und er schrieb darüber einen langen Bericht an das Lokalblatt. Jedermann sprach davon, aber der Bericht war so voll Gelehrsamkeit, dass niemand ihn recht verstand.

»Heute Nacht gehe ich nach Ägypten«, sagte das Schwälbchen, und es war höchst vergnügt bei dieser Aussicht. Es besuchte alle öffentlichen Monumente und saß lange Zeit auf der Spitze des Kirchturms. Wohin es kam, zwitscherten die Sperlinge und sagten zueinander: »Welch ein vornehmer Fremdling!« Das freute das Schwälbchen sehr.

Als der Mond aufging, flog es zurück zum glücklichen Prinzen. »Hast du was zu bestellen in Ägypten?«, rief es ihm zu. »Ich reise jetzt!«

»Schwälbchen, Schwälbchen, kleines Schwälbchen«, sagte der Prinz. »Willst du nicht noch eine Nacht bei mir bleiben?«

»Man erwartet mich in Ägypten«, antwortete das Schwälbchen. »Morgen werden meine Freunde bis zum zweiten Katarakt fliegen. Dort liegt das Nilpferd im hohen Ried, und auf einem großen granitnen Thron sitzt der Gott Memnon. Die ganze Nacht blickt er zu den Sternen, und wenn der Morgenstern erscheint, stößt er einen Freudenschrei aus, und dann ist er stumm. Und zu Mittag kommen die gelben Löwen ans Wasser. Sie haben Augen wie grüne Berylle, und ihr Brüllen ist lauter als das Brüllen des Katarakts.«

»Schwälbchen, Schwälbchen, kleines Schwälbchen«, sagte der Prinz. »Weit, weit am andern Ende der Stadt sehe ich einen jungen Mann in einer Dachstube. Er sitzt an einem Schreibtisch, der über und über mit Papieren bedeckt ist, und in einem Glas neben ihm steckt ein Strauß verwelkter Veilchen. Sein Haar ist braun und lockig, und seine Lippen sind rot wie ein Granatapfel, und er hat große, verträumte Augen. Er versucht, an einem Stück für den Theaterdirektor zu arbeiten, aber er kann vor Kälte nicht mehr schreiben. Im Kamin ist kein Feuer, und der Hunger hat ihn schwach gemacht.«

»Ich will noch eine Nacht für dich verweilen«, sagte das Schwälbchen, das wirklich ein gutes Herz hatte. »Soll ich ihm auch einen Rubin bringen?«

»Ach, ich habe keinen Rubin mehr«, sagte der Prinz, »meine Augen sind alles, was ich noch habe. Sie sind aus kostbaren Saphiren gemacht, die man vor vielen Tausend Jahren aus Indien gebracht hat. Picke eines meiner Augen aus und bringe es ihm. Er wird es zu einem Juwelier tragen und sich Nahrung und Holz dafür kaufen und sein Stück vollenden.«

»Teurer Prinz«, sagte das Schwälbchen. »Das kann ich nicht tun!« Und es begann zu weinen.

»Schwälbchen, Schwälbchen, kleines Schwälbchen«, sagte der Prinz. »Tu, wie ich dir befehle.«

Da pickte das Schwälbchen dem Prinzen das Auge aus und flog damit zur Dachkammer des Studenten. Es war leicht hineinzukommen, denn im Dache war ein Loch. Durch dieses Loch schoss es herein und kam so ins Zimmer. Der junge Mann hatte seinen Kopf in den Händen vergraben, und so hörte er nicht das Flattern der Flügel, und als er aufsah, fand er den schönen Saphir auf den verwelkten Veilchen.

»Man beginnt mich zu schätzen«, rief er aus. »Dieser Stein kommt von irgendeinem meiner Bewunderer. Nun kann ich mein Stück vollenden!« Und er blickte ganz glücklich drein.

Am nächsten Tage flog das Schwälbchen zum Hafen hinunter, setzte sich auf den Mast eines großen Schiffes und sah zu, wie die Matrosen große Kisten an Seilen aus dem Schiffsraum hervorholten. »Ahoi!«, schrien sie, sooft eine Kiste hervorkam. »Ich reise nach Ägypten«, rief das Schwälbchen, aber niemand kümmerte sich darum, und als der Mond aufging, flog es zurück zu dem glücklichen Prinzen.

»Ich komme, um dir Lebewohl zu sagen«, rief es ihm zu.

»Schwälbchen, Schwälbchen, kleines Schwälbchen, willst du nicht noch eine Nacht bei mir bleiben?«

»Es ist Winter«, antwortete das Schwälbchen. »Und der kalte Schnee wird bald da sein. In Ägypten ist die Sonne warm und die Palmbäume sind grün, und die Krokodile liegen im Schlamm und blicken faul um sich. Meine Genossen bauen sich ein Nest im Tempel von Baalbek, und rote und weiße Tauben schauen zu und gurren. Mein teurer Prinz, ich muss dich verlassen, aber ich werde dich nie vergessen, und im nächsten Frühjahr bringe ich dir zwei schöne Juwelen mit anstelle derer, die du weggegeben hast. Der Rubin wird röter sein als eine rote Rose, und der Saphir wird so blau sein wie das weite Meer.«

»Unten auf dem Platz«, sagte der glückliche Prinz, »steht ein kleines Zündholzmädchen. Sie hat ihre Zündhölzchen in die Gosse fallen lassen, und nun sind sie alle hin. Ihr Vater wird sie schlagen, wenn sie kein Geld nach Hause bringt, und sie weint. Sie hat nicht Schuhe noch Strümpfe, und ihr kleiner Kopf ist bloß. Picke mein anderes Auge aus und gib es ihr, und ihr Vater wird sie nicht schlagen.«

»Ich will für dich noch eine Nacht verweilen«, sagte das Schwälbchen. »Aber ich kann dein anderes Auge nicht auspicken. Dann wärest du ja ganz blind.«

»Schwälbchen, Schwälbchen, liebes Schwälbchen«, sagte der Prinz. »Tu, was ich dir befehle.«

Da pickte das Schwälbchen dem Prinzen das andere Auge aus und flog damit nieder. Es schoss an dem Zündholzmädchen vorbei und ließ das Juwel in ihre Hand fallen. »Welch ein entzückendes Stückchen Glas!«, rief das kleine Mädchen und lief lachend nach Hause.

Dann kam das Schwälbchen zurück zum Prinzen. »Nun bist du blind«, sagte es. »Und darum werde ich immer bei dir bleiben.«

»Nein, kleines Schwälbchen«, sagte der Prinz. »Du musst fort nach Ägypten.«

»Ich will immer bei dir bleiben«, sagte das Schwälbchen, und schlief zu des Prinzen Füßen.

Den ganzen nächsten Tag saß es auf des Prinzen Schulter und erzählte ihm Geschichten von all den fremden Ländern, die es gesehen hatte. Es erzählte ihm von den roten Ibissen, die in langen Reihen an den Ufern des Nils stehen und Goldfische mit ihren Schnäbeln fangen; von der Sphinx, die so alt ist wie die Welt und in der Wüste lebt und alles weiß; von den Kaufleuten, die langsam neben den Kamelen einhergehen und Bernstein-Kügelchen durch die Finger gleiten lassen; vom König der Mondberge, der so schwarz ist wie Ebenholz und einen großen Kristall anbetet; von der großen grünen Schlange, die auf einem Palmbaum schläft und zwanzig Priester hat, die sie mit Honigkuchen füttern; und von den Pygmäen, die auf breiten flachen Blättern über einen großen See segeln und immer mit den Schmetterlingen Krieg führen.

»Liebes, kleines Schwälbchen«, sagte der Prinz. »Du erzählst mir von wunderbaren Dingen, aber wunderbarer als alles ist das Leid der Männer und Frauen. Das Mysterium des Elends ist das größte von allen. Fliege über meine Stadt, kleines Schwälbchen, und erzähle mir, was du da siehst.«

So flog denn das Schwälbchen über die große Stadt und sah, wie die Reichen glücklich waren in den schönen Häusern, indes die Bettler vor den Toren saßen. Es flog in dunkle Gässchen und sah die bleichen Gesichter hungernder Kinder, die mit verlorenem Blick die schwarze Straße hinabschauten. Unter dem Brückenbogen lagen zwei kleine Knaben, einer in des andern Arm und versuchten, sich zu wärmen. »Wir haben solchen Hunger«, sagten sie. »Ihr dürft hier nicht liegen!«, schrie der Wächter, und sie wanderten in den Regen hinaus.

Da flog das Schwälbchen zurück und erzählte dem Prinzen, was es gesehen hatte.

»Ich bin bedeckt mit feinem Gold«, sagte der Prinz. »Das musst du ablösen, Blättchen für Blättchen. Dann gib es meinen Armen. Die Lebenden glauben immer, dass Gold sie glücklich machen kann.«

Das Schwälbchen pickte Blättchen für Blättchen des feinen Goldes ab, bis der glückliche Prinz ganz stumpf und grau aussah. Und Blättchen für Blättchen des feinen Goldes brachte das Schwälbchen den Armen, und die Gesichter der Kinder wurden rosig, und sie lachten und spielten in den Straßen und riefen: »Nun haben wir Brot!«

Dann kam der Schnee, und nach dem Schnee kam der Frost. Die Straßen sahen aus, als wären sie aus Silber gemacht, so glänzten und glitzerten sie; lange Eiszapfen hingen gleich kristallenen Dolchen von den Dachtraufen der Häuser, und die kleinen Buben trugen scharlachrote Mäntel und liefen Schlittschuh auf dem Eis. Dem armen kleinen Schwälbchen wurde kälter und kälter, aber es wollte den Prinzen nicht verlassen, es liebte ihn zu sehr. Es pickte Brotkrumen vor des Bäckers Tür auf, wenn der Bäcker just nicht hinsah, und versuchte sich zu erwärmen, indem es mit den Flügeln schlug.

Aber endlich wusste das Schwälbchen, dass es sterben müsse. Es hatte gerade noch so viel Kraft, um noch einmal auf die Schulter des Prinzen zu flattern. »Lebewohl, teurer Prinz!«, murmelte es. »Willst du mich deine Hand küssen lassen?«

»Ich bin froh, dass du endlich nach Ägypten gehst, kleines Schwälbchen!«, sagte der Prinz. »Du bist zu lange hier geblieben. Aber du musst mich auf die Lippen küssen, denn ich liebe dich!«

»Ich gehe nicht nach Ägypten«, sagte das Schwälbchen. »Ich gehe zum Haus des Todes. Der Tod ist der Bruder des Schlafes, nicht wahr?« Und das Schwälbchen küsste den glücklichen Prinzen auf die Lippen und fiel tot nieder zu seinen Füßen.

In diesem Augenblicke ertönte ein merkwürdiges Knacken in der Bildsäule, als ob etwas gebrochen sei. Tatsächlich war das bleierne Herz ganz entzweigesprungen. Der Frost war wirklich furchtbar streng …

Früh am nächsten Morgen spazierte der Bürgermeister unten auf dem Platz in Gesellschaft der Stadträte. Als sie an der Säule vorüberkamen, sah er an der Statue hinauf.

»O du meine Güte«, sagte er. »Wie schäbig der glückliche Prinz ausschaut!«

»Schrecklich schäbig!«, riefen die Stadträte, die immer mit dem Bürgermeister einer Meinung waren; und sie gingen hinauf, um die Sache näher in Augenschein zu nehmen.

»Der Rubin ist aus dem Schwertgriff herausgefallen, seine Augen sind fort, und die Vergoldung ist weg«, sagte der Bürgermeister. »Er sieht wirklich aus wie ein Bettler.«

»Ganz wie ein Bettler«, sagten die Stadträte.

»Und da liegt noch ein toter Vogel zu seinen Füßen«, fuhr der Bürgermeister fort. »Wir müssen wirklich einen Erlass herausgeben, dass Vögel hier nicht sterben dürfen.« Und der Stadtschreiber notierte sich die Anregung.

Und so wurde die Statue des glücklichen Prinzen von ihrer Säule heruntergenommen.

»Da sie nicht mehr schön ist, hat sie weiter keinen Zweck mehr«, sagte der Professor der Kunstgeschichte an der Universität.

Dann wurde die Statue in einem Ofen geschmolzen, und der Bürgermeister rief eine Ratssitzung ein, um zu entscheiden, was mit dem Metall zu geschehen habe. »Wir müssen natürlich eine andere Statue haben«, sagte er. »Und das soll mein Bildnis sein.«

»Mein Bildnis!«, sagte jeder der Stadträte, und sie gerieten in Streit. Als ich zuletzt von ihnen hörte, stritten sie noch immer.

»Wie merkwürdig«, sagte der Aufseher der Arbeiter beim Schmelzofen. »Dieses zerbrochene Herz will im Ofen nicht schmelzen. Wir müssen es wegwerfen.« So warfen sie es auf einen Misthaufen, wo das tote Schwälbchen auch schon lag.

»Bringe mir die beiden kostbarsten Dinge aus der Stadt«, sagte Gott zu einem seiner Engel. Und der Engel brachte ihm das bleierne Herz und den toten Vogel.

»Du hast gut gewählt«, sagte Gott. »Denn im Garten des Paradieses wird dieser kleine Vogel immerdar singen, und in meiner goldenen Stadt wird der glückliche Prinz mich preisen.«

Die Nachtigall und die Rose

»Sie würde mit mir tanzen, hat sie gesagt, wenn ich ihr rote Rosen brächte!«, rief der junge Student. »Aber in meinem Garten ist keine rote Rose.«

Die Nachtigall hörte ihn aus ihrem Neste in der Steineiche, und sie guckte durch die Blätter und wunderte sich.

»Keine einzige rote Rose in meinem ganzen Garten!«, rief er aus, und seine schönen Augen füllten sich mit Tränen. »Ach, von welchen kleinen Dingen hängt das Glück zuweilen ab. Ich habe alles gelesen, was die weisen Männer geschrieben haben, alle Geheimnisse der Philosophie sind mir offenbar, und weil ich keine rote Rose habe, ist mein Leben verpfuscht.«

»Das ist endlich einmal ein treuer Liebhaber«, sagte die Nachtigall. »Jede Nacht habe ich von ihm gesungen, obwohl ich ihn nicht kannte. Nacht für Nacht habe ich seine Geschichte den Sternen erzählt, und nun sehe ich ihn von Angesicht. Sein Haar ist dunkel wie die blühende Hyazinthe, und seine Lippen sind rot wie die Rose seiner Wünsche. Aber die Leidenschaft hat seinem Gesicht die Farbe des bleichen Elfenbeins gegeben, und das Leid hat ihm sein Siegel auf die Stirn gedrückt.«

»Der Prinz gibt morgen Abend einen Ball«, murmelte der junge Student. »Und die, die ich liebe, wird dort sein. Wenn ich ihr eine rote Rose bringe, wird sie mit mir tanzen, bis der Morgen anbricht. Wenn ich ihr eine rote Rose bringe, werde ich sie in meinen Armen halten, sie wird ihren Kopf an meine Schulter lehnen, und ihre Hand wird in meiner Hand liegen. Aber es gibt keine rote Rose in meinem Garten, und so werde ich einsam dasitzen, und sie wird an mir vorübergehen. Sie wird sich um mich nicht kümmern, und mein Herz wird brechen.«

»Das ist wirklich ein treuer Liebhaber«, sagte die Nachtigall. »Was ich singe, leidet er. Was Freude für mich ist, ist Schmerz für ihn. Die Liebe ist wirklich etwas Wunderbares. Sie ist kostbarer als Smaragden und wertvoller als der feinste Opal. Man kann sie nicht kaufen für Perlen und Granatäpfel, und sie ist auf dem Markt nicht zu haben. Sie ist den Händlern nicht feil, und sie kann auf der Goldwaage nicht gewogen werden.«

»Die Musikanten werden auf der Galerie sitzen«, sagte der Student. »Und sie werden die Saiten ihrer Instrumente streichen, und meine Geliebte wird tanzen, dass ihre Füße nicht den Boden berühren werden, und die Hofleute in den bunten Kleidern werden sich um sie drängen. Aber mit mir wird sie nicht tanzen, denn ich habe keine rote Rose für sie!« Und er warf sich ins Gras und vergrub sein Angesicht in den Händen und weinte.

»Warum weint er denn?«, fragte eine kleine Eidechse, die mit dem Schwänzlein in der Luft vorüberrannte.

»Warum weint er denn?«, sagte ein Schmetterling, der hinter einem Sonnenstrahl einhertanzte.

»Ja, warum wohl?«, flüsterte ein Gänseblümchen zu seinem Nachbar mit seiner weichen, tiefen Stimme.

»Er weint um eine rote Rose!«, sagte die Nachtigall.

»Um eine rote Rose?«, riefen alle. »Wie lächerlich!« Und die kleine Eidechse, die ein bisschen zynisch veranlagt war, lachte laut auf.

Aber die Nachtigall verstand den geheimnisvollen Kummer des armen Jungen, und sie saß schweigend in ihrem Baum und dachte über das Geheimnis der Liebe nach.

Plötzlich breitete sie ihre braunen Flügel zum Flug aus und erhob sich in die Luft. Sie flog wie ein Schatten durch den Hain und segelte wie ein Schatten durch den Garten.

In der Mitte des Grasplatzes stand ein schöner Rosenbaum, und als sie ihn erblickte, flog sie darauf zu und setzte sich auf einen Zweig.

»Gib mir eine rote Rose«, sagte sie. »Und ich will dir mein süßestes Lied singen.«

Aber der Baum schüttelte den Kopf.

»Meine Rosen sind weiß, so weiß wie der Schaum des Meeres und weißer als der Schnee auf den Bergen. Aber geh zu meinem Bruder, der um die alte Sonnenuhr wächst, vielleicht wird er dir geben, was du wünschest.«

So flog denn die Nachtigall zum Rosenstrauch, der sich um die alte Sonnenuhr rankte. »Gib mir eine rote Rose«, sagte sie. »Und ich will dir mein süßestes Lied singen.« Aber der Strauch schüttelte den Kopf.

»Meine Rosen sind gelb«, antwortete er. »So gelb wie das Haar der Meerjungfrau, die auf einem Bernsteinthron sitzt, und gelber als die Narzissen, die auf den Wiesen blühen, bevor der Schnitter kommt mit seiner Sense. Aber geh zu meinem Bruder, der unter dem Fenster des Studenten steht, vielleicht wird er dir geben, was du wünschest.«

Da flog die Nachtigall zum Rosenstrauch, der unter dem Fenster des Studenten wuchs.

»Gib mir eine rote Rose«, sagte sie. »Und ich will dir mein süßestes Lied singen.«

Aber der Strauch schüttelte den Kopf.

»Meine Rosen sind rot«, sagte er. »So rot wie die Füße der Taube und röter als die korallnen Fächer, die die Meerflut in tiefer Höhle auf und nieder bewegt. Aber der Winter hat meine Adern erstarrt, und der Frost hat meine Knospen geknickt, und der Sturm hat meine Zweige gebrochen, und so werde ich dieses Jahr keine Rosen mehr tragen.«

»Eine rote Rose ist alles, was ich haben will«, sagte die Nachtigall. »Eine einzige rote Rose. Gibt es denn keine Mittel, mir sie zu verschaffen?«

»Es gibt ein Mittel«, antwortete der Rosenstrauch. »Aber es ist so schrecklich, dass ich kaum wage, es zu sagen.«

»Sag es mir nur«, sagte die Nachtigall. »Ich fürchte mich nicht.«

»Wenn du eine rote Rose haben willst«, sagte der Strauch, »so forme sie aus Tönen im Licht des Mondes und färbe sie mit deinem eigenen Herzblut. Du musst mir dein Lied singen, indes ein Dorn sich in deine Brust drückt. Die ganze Nacht musst du singen für mich, und der Dorn muss dein Herz durchbohren. Und dein Lebensblut muss durch meine Adern fließen und mein werden.«

»Der Tod ist ein hoher Preis für eine rote Rose«, rief die Nachtigall. »Und das Leben ist allen teuer. Es ist so schön, im grünen Walde zu sitzen und zu sehen, wie die Sonne im goldenen Wagen herauffährt und wie der Mond kommt mit seiner Perlenkutsche. Süß sind die Glockenblumen, die im Wald versteckt sind, und das Heidekraut, das auf dem Hügel blüht. Aber die Liebe ist mehr als das Leben, und was ist das Herz eines Vogels im Vergleich zu dem Herzen eines Menschen!«

Und so breitete sie die braunen Flügel zum Fluge aus und erhob sich in die Luft. Sie flog wie ein Schatten durch den Garten und segelte wie ein Schatten durch den Hain.

Der junge Student lag noch immer im Gras, wo sie ihn verlassen hatte, und die Tränen waren in seinen schönen Augen noch nicht getrocknet.

»Sei glücklich!«, rief die Nachtigall. »Du sollst deine rote Rose haben. Ich will sie formen aus Tönen im Licht des Mondes, und mit meinem eigenen Herzblut will ich sie färben. Alles, was ich von dir dafür verlange, ist, dass du ein treuer Liebhaber wirst, denn die Liebe ist weiser als die Philosophie, so weise diese sein mag und mächtiger als die Macht, so mächtig diese sein mag. Flammenfarbig sind ihre Flügel, und von der Farbe der Flamme ist ihr Leib. Ihre Lippen sind süß wie Honig, und ihr Atem ist gleich Weihrauch.«

Der Student blickte auf und hörte zu, aber er konnte nicht verstehen, was die Nachtigall ihm sagte, denn er wusste nur die Dinge, die in den Büchern geschrieben stehen.

Aber der Eichbaum verstand jedes Wort und wurde sehr traurig, denn er liebte die kleine Nachtigall, die ihr Nest in seinen Zweigen gebaut hatte.

»Sing mir noch ein letztes Lied«, flüsterte er. »Ich werde sehr einsam sein, wenn du fort bist.«

So sang denn die Nachtigall dem Eichbaum, und ihre Stimme war dem Wasser gleich, das aus silberner Vase sprudelt.

Als sie ihr Lied geendet hatte, stand der Student auf und zog ein Notizbuch und einen Bleistift aus der Tasche.

»Sie hat Technik«, sagte er zu sich selbst, als er aus dem Hain schritt. »Das ist unleugbar; aber hat sie auch Gefühl? Ich glaube kaum. Sie gleicht den meisten Künstlern: Alles ist Stil, kein wahres Gefühl. Sie würde sich für andere nicht aufopfern. Sie denkt ausschließlich an ihre Musik und jedermann weiß, dass die Künste egoistisch sind. Aber man muss zugeben, dass sie einige schöne Töne in der Kehle hat. Jammerschade, dass sie keinen tieferen Sinn haben und praktisch nichts bedeuten!« Und er ging in sein Zimmer und legte sich auf sein schmales Feldbett und begann über seine Liebe nachzudenken; und nach kurzer Zeit schlief er ein.

Und als der Mond am Himmel stand, flog die Nachtigall zum Rosenstrauch und drückte ihre Brust gegen den Dorn. Die ganze Nacht sang sie, den Dorn in ihrer Brust, und der kalte, kristallene Mond beugte sich herab und lauschte. Die ganze Nacht sang sie, und der Dorn drang immer tiefer in ihre Brust, und ihr Lebensblut verebbte immer mehr und mehr.

Sie sang zuerst von der Geburt der Liebe im Herzen eines Jünglings und eines Mädchens. Und auf dem obersten Zweig des Rosenstrauches erblühte eine wunderbare Rose, und Blatt fügte sich an Blatt wie Ton an Ton. Sie war bleich zuerst wie der Nebel, der über dem Fluss hängt, bleich wie die Füße des Morgens und silbern wie die Schwingen der Dämmerung. Wie der Schatten einer Rose in einem Silberspiegel, wie der Schatten einer Rose in einem Teich, so war die Rose, die da erblühte am obersten Zweig des Rosenstrauches.

Aber der Strauch rief der Nachtigall zu, den Dorn tiefer einzudrücken. »Drücke ihn tiefer, kleine Nachtigall«, rief der Strauch. »Sonst kommt der Tag, ehe die Rose vollendet ist.«

So drückte die Nachtigall den Dorn tiefer in ihre Brust, und lauter und lauter erscholl ihr Lied, denn sie sang von der Geburt der Leidenschaft in der Seele eines Mannes und einer Jungfrau.

Und ein zarter Hauch von Rot kam über die Blätter der Rose, wie die Wange des Bräutigams sich rötet, wenn er die Lippen der Braut küsst. Aber der Dorn hatte ihr Herz noch nicht erreicht, und so blieb das Herz der Rose weiß, denn nur das Herzblut einer Nachtigall gibt dem Herzen der Rose das tiefe Rot.

Und der Strauch rief der Nachtigall zu, den Dorn tiefer einzudrücken. »Drück ihn tiefer, kleine Nachtigall«, rief der Strauch. »Sonst kommt der Tag, ehe die Rose vollendet ist.«

Da drückte die Nachtigall den Dorn tiefer in ihre Brust, und der Dorn berührte ihr Herz, und sie fühlte den heftigen Stich eines Schmerzes. Der Schmerz war groß, und wilder und wilder wurde ihr Gesang, denn sie sang von der Liebe, die der Tod vollendet, von der Liebe, die im Grabe nicht stirbt.

Und die wunderbare Rose wurde rot wie die Rose des Ostens. Rot war der Kranz der Blätter, und rot wie ein Rubin war ihr Herz.

Aber die Stimme der Nachtigall wurde schwächer, und ihre kleinen Flügel begannen zu schlagen, und ein Schleier legte sich über ihre Augen. Schwächer und schwächer wurde ihr Gesang, und sie fühlte, wie sie etwas in der Kehle würgte.

Dann brach noch einmal das Lied aus ihr hervor. Der weiße Mond hörte es und vergaß die Dämmerung und verharrte am Himmel. Die rote Rose hörte es, und alle ihre Blätter zitterten vor Wonne und öffneten sich der kalten Morgenluft. Das Echo trug es in seine purpurne Höhle auf den Hügeln und weckte die schlafenden Schläfer aus ihren Träumen. Es schwebte durch das Schilf am Fluss, und das Schilf gab die Botschaft weiter bis zum Meer.

»Schau, schau«, rief der Strauch. »Jetzt ist die Rose vollendet.« Aber die Nachtigall gab keine Antwort, denn sie lag tot im hohen Gras mit dem Dorn in ihrem Herzen.

Um Mittag öffnete der Student sein Fenster und blickte hinaus.

»Welch ein seltsames Glück«, rief er. »Da ist ja eine rote Rose. Ich habe in meinem ganzen Leben keine ähnliche Rose gesehen. Sie ist so schön, dass sie sicher einen langen lateinischen Namen hat.« Und er lehnte sich zum Fenster hinaus und pflückte sie.

Dann setzte er sich den Hut auf und rannte hinüber zum Haus des Professors, mit der Rose in der Hand.

Des Professors Töchterlein saß im Torweg und wand blaue Seide auf eine Haspel, und ihr kleiner Hund lag zu ihren Füßen.

»Sie sagten mir, dass Sie mit mir tanzen würden, wenn ich Ihnen eine rote Rose brächte«, sagte der Student. »Hier ist die schönste rote Rose der ganzen Welt. Sie werden sie heute Nacht an Ihrem Herzen tragen, und wenn wir zusammen tanzen, wird sie Ihnen sagen, wie sehr ich Sie liebe.«

Aber das junge Mädchen runzelte die Stirne. »Ich glaube nicht, dass die Rose zu meiner Toilette passen wird«, antwortete sie. »Und überdies hat mir der Neffe des Kammerherrn einige echte Juwelen geschickt, und jedermann weiß, dass Juwelen mehr kosten als Blumen.«

»Sie sind wirklich höchst undankbar, auf mein Wort!«, sagte der Student ärgerlich und warf die Rose auf die Straße, wo sie in die Gosse fiel, und ein Karrenrad fuhr darüber hinweg.

»Undankbar?«, sagte das Mädchen. »Sie gebrauchen starke Ausdrücke, mein Herr. Und überdies, wer sind Sie denn eigentlich? Nur ein Student. Ich glaube nicht einmal, dass Sie silberne Schnallen an Ihren Schuhen haben wie der Neffe des Kammerherrn.« Und sie stand von ihrem Stuhl auf und ging ins Haus.

»Die Liebe ist doch ein dummes Ding«, sagte der Student, als er heimging. »Sie ist nicht halb soviel nütze als die Logik, denn sie beweist nichts und erzählt einem immer Geschichten von Dingen, die doch nicht eintreffen und macht einen an Dinge glauben, die doch nicht wahr sind. Alles in allem ist sie sehr unpraktisch, und heutzutage heißt praktisch sein alles. Ich kehre daher zur Philosophie zurück und werde Metaphysik studieren.«

So ging er denn auf sein Zimmer und suchte ein dickes, verstaubtes Buch hervor und begann zu lesen.

Der selbstsüchtige Riese

Jeden Nachmittag pflegten die Kinder, wenn sie aus der Schule kamen, in den Garten des Riesen zu gehen und dort zu spielen.

Es war ein großer, schöner Garten mit weichem grünen Gras. Da und dort im Gras standen schöne Blumen gleich Sternen, und zwölf Pfirsichbäume waren da, die im Frühling zarte, rot-weiße Blüten trugen und im Herbste von Früchten schwer waren. Die Vögel saßen auf den Bäumen und sangen so süß, dass die Kinder zuweilen im Spielen innehielten, um ihnen zuzuhören. »Wie glücklich wir doch sind!«, riefen sie einander zu.

Eines Tages kam der Riese zurück. Er hatte seinen Freund, den Menschenfresser, in Cornwall besucht und war bei ihm sieben Jahre lang geblieben. Als die sieben Jahre um waren, hatte er ihm alles gesagt, was er ihm zu sagen hatte, denn sein Konversationstalent war beschränkt, und so beschloss er denn, auf sein Schloss zurückzukehren. Als er ankam, sah er die Kinder im Garten spielen.

»Was treibt ihr hier?«, rief er höchst verdrießlich. Und die Kinder liefen davon. »Mein Garten ist mein Garten«, sagte der Riese. »Das muss jedermann einsehen, und ich allein darf drin spielen.« So baute er eine hohe Mauer um den Garten und pflanzte eine Warnungstafel auf.

Das Betreten des Gartens ist bei Strafe verboten!

Es war eben ein sehr selbstsüchtiger Riese.

Die armen Kinder wussten nun nicht, wo sie spielen sollten. Sie versuchten, auf der Straße zu spielen, aber die Straße war sehr staubig und voll harter Steine, und das liebten sie nicht. Sie wanderten um die hohe Mauer herum, wenn die Schule aus war und sprachen über den schönen Garten, der dahinter lag. »Wie glücklich waren wir da!«, sagten sie.

Dann kam das Frühjahr, und im ganzen Land waren kleine Blüten und Vögel. Nur im Garten des egoistischen Riesen war immer noch Winter. Die Vögel hatten keine Lust, darin zu singen, da keine Kinder da waren, und die Bäume vergaßen zu blühen. Einmal steckte allerdings eine schöne Blume ihr Köpfchen aus dem Gras. Als sie aber die Warnungstafel sah, taten ihr die Kinder so leid, dass sie in die Erde zurückschlüpfte und schlafen ging. Die einzigen Leute, die zufrieden waren, waren der Schnee und der Frost. »Der Frühling hat den Garten vergessen«, riefen sie. »So werden wir das ganze Jahr leben!« Der Schnee bedeckte das Gras mit seinem großen weißen Mantel, und der Frost malte alle Bäume silberfarben. Dann luden sie den Nordwind ein, zu ihnen zu kommen, und er kam. Er war ganz in Pelze gewickelt und schrie den ganzen Tag im Garten herum und blies die Schornsteine von den Häusern. »Hier ist gut sein«, sagte er. »Wir müssten den Hagel auch einladen, uns zu besuchen.« So kam der Hagel. Jeden Tag drei Stunden lang rasselte er auf dem Dach des Hauses, bis er die meisten Dachziegel zerbrochen hatte, und dann lief er im Garten herum, so rasch er konnte. Er war ganz grau gekleidet, und sein Atem war wie Eis.

»Ich verstehe nicht, warum der Frühling so spät kommt«, sagte der selbstsüchtige Riese, der am Fenster saß und in seinen kalten, weißen Garten hinausblickte. »Ich hoffe, das Wetter wird sich bald ändern!«

Aber der Frühling kam nicht und der Sommer auch nicht. Der Herbst bescherte jedem Garten goldene Früchte, aber dem Garten des Riesen gab er keine. »Er ist zu selbstsüchtig«, sagte der Herbst. So war es dort denn immer Winter, und der Nordwind, der Hagel und der Schnee tanzten unter den Bäumen umher.

Eines Morgens lag der Riese wach in seinem Bett, als er eine wunderbare Musik hörte. Es klang so süß an sein Ohr, dass er glaubte, des Königs Musikanten zögen vorüber. Es war aber nur ein Hänfling, der draußen vor dem Fenster sang. Doch es war so lange her, dass er einen Vogel in seinem Garten hatte singen hören, dass ihm die Stimme des Hänflings klang wie die schönste Musik der Welt. Dann hörte der Hagel auf, über seinem Kopfe zu tanzen, und der Nordwind brüllte nicht mehr, und ein wunderbarer Duft drang durchs offene Fenster zu ihm. »Ich glaube, der Frühling kommt endlich!«, sagte der Riese. Und er sprang aus dem Bette und sah hinaus.

Was sah er da?

Da sah er etwas Wunderbares. Durch ein kleines Loch in der Mauer waren die Kinder in den Garten geschlüpft, und nun saßen sie in den Zweigen der Bäume. In jedem Baum, den er sehen konnte, saß ein kleines Kind. Und die Bäume waren so glücklich, die Kinder wiederzuhaben, dass sie sich mit Blüten bedeckt hatten und ihre Arme über den Köpfen der Kinder sanft hin und her bewegten. Die Vögel flogen umher und zwitscherten voll Entzücken, und die Blumen guckten durch das grüne Gras und lachten. Es war ein entzückender Anblick. Nur in einem Winkel des Gartens war noch Winter. Es war die entfernteste Ecke des Gartens, und dort stand ein kleiner Bub. Er war so klein, dass er die Zweige des Baumes nicht erreichen konnte, und so ging er um den Stamm herum und weinte bitterlich. Der arme Baum war noch ganz bedeckt mit Schnee und Eis, und der Nordwind blies und brüllte um ihn her. »Klettre herauf, kleiner Bub«, sagte der Baum und bog seine Zweige, so tief er konnte. Aber der Bub war zu klein.

Und des Riesen Herz schmolz, als er hinaussah. »Wie selbstsüchtig ich doch gewesen bin!«, sagte er. »Nun weiß ich, warum der Frühling nicht kommen wollte. Ich will den armen, kleinen Buben auf die Spitze des Baumes setzen, und dann will ich die Mauer niederreißen, und mein Garten soll für ewige Zeiten ein Spielplatz sein.« Es tat ihm wirklich leid, dass er so selbstsüchtig gewesen war.

So schlich er denn die Treppe hinunter und öffnete ganz leise die Haupttür und ging in den Garten hinaus. Als ihn aber die Kinder erblickten, erschraken sie so, dass sie alle davonrannten, und gleich war wieder Winter im Garten. Nur der kleine Bub lief nicht fort, denn seine Augen waren so voll Tränen, dass er den Riesen nicht kommen sah. Und der Riese stahl sich leise hinter ihn und nahm ihn sanft in seine Hand und setzte ihn auf den Baum hinauf. Und mit einem Male bedeckte sich der Baum mit Blüten, und die Vögel kamen und sangen, und der kleine Bub streckte seine beiden Arme aus, schlang sie um des Riesen Hals und küsste ihn. Und als die anderen Kinder sahen, dass der Riese gar nicht mehr böse sei, kamen sie zurückgelaufen, und mit ihnen kam der Frühling. »Das ist nun euer Garten, liebe Kinder!«, sagte der Riese und nahm eine große Axt und schlug die Mauer nieder. Und als die Leute mittags zum Markt gingen, sahen sie, wie der Riese mit den Kindern in seinem Garten spielte, und der Garten war der schönste der Welt.

Den ganzen Tag spielten sie, und am Abend kamen sie zum Riesen, um ihm Lebewohl zu sagen.

»Wo ist aber euer kleiner Gefährte«, sagte er. »Der Bub, den ich den Baum hinaufgehoben habe?« Der Riese liebte ihn am meisten, weil er ihn geküsst hatte.

»Das wissen wir nicht«, sagten die anderen Kinder. »Er ist fortgegangen!«

»Ihr müsst ihm sagen, dass er ja sicher morgen wiederkommt.« Aber die Kinder sagten, dass sie nicht wüssten, wo er wohne, und dass sie ihn nie vorher gesehen hätten. Und da wurde der Riese sehr traurig.

Jeden Nachmittag, wenn die Schule aus war, kamen die Kinder und spielten mit dem Riesen. Aber der kleine Bub, den der Riese liebte, wurde nicht mehr gesehen. Der Riese war sehr nett zu allen Kindern, aber doch sehnte er sich nach seinem ersten kleinen Freunde und sprach oft von ihm. »Wie gerne möchte ich ihn sehen!«, pflegte er zu sagen.

Jahre gingen vorüber, und der Riese wurde sehr alt und schwach. Er konnte nicht mehr herumtollen, und so saß er in seinem riesigen Lehnstuhl, schaute den Kindern bei ihren Spielen zu und bewunderte seinen Garten. »Ich habe viele schöne Blumen«, sagte er. »Aber die Kinder sind doch die schönsten Blumen von allen.«

Eines Wintermorgens sah er aus seinem Fenster, als er sich gerade anzog. Er hasste jetzt den Winter nicht, denn er wusste, dass der Frühling schlief und dass die Blumen ihm blieben. Plötzlich rieb er sich ganz verwundert die Augen und schaute und schaute. Was er sah, war wirklich höchst wunderbar. In der fernsten Ecke des Gartens stand ein Baum, ganz bedeckt mit herrlichen weißen Blüten. Seine Zweige waren aus eitel Gold, und silberne Früchte hingen an ihnen nieder, und darunter stand der kleine Bub, den er so geliebt hatte.

Der Riese lief in großer Freude die Treppen hinunter und hinaus in den Garten. Er eilte durch das Gras und näherte sich dem Kind. Aber als er ganz nahe gekommen war, wurde sein Gesicht ganz rot vor Wut, und er sagte: »Wer hat gewagt, dich zu verwunden?« Denn in den Handtellern des Kindes waren die Male von zwei Nägeln, und die Male von zwei Nägeln waren auf den kleinen Füßen.

»Wer hat gewagt, dich zu verwunden?«, schrie der Riese. »Sag es mir, und ich nehme ein großes Schwert und haue ihn nieder!«

»Nein«, antwortete das Kind. »Denn dies sind die Wunden der Liebe.«

»Wer bist du?«, sagte der Riese, und ein seltsames Weh befiel ihn, und er kniete vor dem kleinen Kinde nieder.

Und das Kind lächelte und sagte: »Du hast mich einmal in deinem Garten spielen lassen, heute sollst du mit mir kommen in meinen Garten, und das ist das Paradies.«

Und als die Kinder nachmittags in den Garten liefen, fanden sie den Riesen tot unter dem Baum, ganz bedeckt mit weißen Blüten.

Der treue Freund

Eines Morgens steckte die alte Wasserratte den Kopf aus dem Loch. Sie hatte glänzende Kugeläuglein und einen grauen, borstigen Backenbart, und ihr Schwanz war wie ein langes Stück schwarzes Gummi. Die kleinen Enten schwammen gerade im Teich herum und sahen aus wie eine Gesellschaft gelber Kanarienvögel, und ihre Mutter, die ganz weiß war mit echten roten Füßen, versuchte ihnen beizubringen, wie man auf dem Kopf im Wasser stehen könne.

»Ihr werdet nie in die feine Gesellschaft kommen, wenn ihr nicht auf dem Kopfe stehen könnt«, sagte sie ihnen. Und von Zeit zu Zeit zeigte sie ihnen, wie es gemacht werden müsse. Aber die kleinen Entlein gaben nicht acht darauf. Sie waren so jung, dass sie noch nicht wussten, wie vorteilhaft es ist, in der feinen Gesellschaft zu verkehren.

»O die ungehorsamen Rangen!«, schrie die alte Wasserratte, »Die verdienten wirklich zu ersaufen!«

»Nicht doch«, antwortete die Ente. »Aller Anfang ist schwer, und Eltern können nie geduldig genug sein.«

»Ach, ich verstehe nichts von elterlichen Gefühlen«, sagte die Wasserratte. »Ich bin kein Familienmensch. Ich war nie verheiratet und habe gar keine Lust, es je zu sein. Die Liebe ist ja in ihrer Art eine ganz nette Sache, aber die Freundschaft steht viel höher. Ich kenne nichts in der Welt, was edler und seltener ist als eine treue Freundschaft.«

»Und wie, bitte, stellen Sie sich die Pflichten einer treuen Freundschaft vor?«, fragte ein grüner Hänfling, der in der Nähe auf einem Weidenbaum saß und dem Gespräch zugehört hatte.

»Ja, das möchte ich eigentlich auch ganz gerne wissen«, sagte die Ente. Und sie schwamm fort zum Ende des Teiches und stellte sich auf den Kopf, um den Kindern ein gutes Beispiel zu geben.

»Was ist das für eine dumme Frage?«, schrie die Wasserratte. »Der treue Freund muss mir natürlich treu sein!«

»Und was geben Sie ihm für seine Treue?«, sagte der kleine Vogel und schwang sich auf einen Silberzweig und wippte mit seinen dünnen Flügelchen.

»Ich verstehe Sie nicht!«, antwortete die Wasserratte.

»Ich will Ihnen eine Geschichte über dieses Thema erzählen«, sagte der Hänfling.

»Betrifft die Geschichte mich?«, fragte die Wasserratte. »Dann will ich gerne zuhören, denn ich habe Romane sehr gern.«

»Sie können die Sache auch auf sich beziehen«, antwortete der Hänfling. Und er flog herab und ließ sich am Ufer nieder und erzählte die Geschichte vom treuen Freund.

»Es war einmal«, so sagte der Hänfling, »ein braver kleiner Bursche namens Hans.«

»War er sehr vornehm?«, fragte die Wasserratte.

»Nein«, antwortete der Hänfling. »Ich glaube nicht, dass er sich durch irgendetwas von anderen unterschied, es sei denn durch sein gutes Herz und sein lustiges, rundes, gutmütiges Gesicht. Er lebte in einem kleinen Häuschen ganz allein und arbeitete jeden Tag in seinem Garten. In der ganzen Gegend gab es keinen schöneren Garten. Federnelken wuchsen darin und Levkojen und Hirtentäschel und Frauenhaar. Da gab es rote und gelbe Rosen, lila Krokus und goldene, purpurne und weiße Veilchen. Akelei und Kresse, Majoran und Thymian, Schlüsselblumen und Lilien und Narzissen trieben und blühten der Ordnung nach, wie es die Monate verlangten, und eine Blume trat anstelle der anderen Blume, sodass immer schöne Sachen zu sehen waren und es immer wunderbar duftete.

Der kleine Hans hatte eine Menge Freunde, aber der treueste von allen war der dicke Hugo, der Müller. Ja, der reiche Müller war dem kleinen Hans so ergeben, dass er niemals an dem Garten vorbeigehen konnte, ohne sich über den Zaun zu lehnen und einen großen Strauß zu pflücken oder eine Handvoll duftender Kräuter oder seine Taschen mit Pflaumen oder Kirschen, je nach der Obstsaison, zu füllen.

›Wahre Freunde müssen alles gemeinsam haben‹, pflegte der Müller zu sagen. Und der kleine Hans nickte und lächelte und war sehr stolz, einen Freund zu haben, der so edel dachte.

Freilich, manchmal meinten die Nachbarn, es sei sonderbar, dass der reiche Müller dem Hans niemals etwas schenke, obwohl er hundert Säcke feinsten Mehls in seiner Mühle hatte und sechs Milchkühe und eine große Herde wolliger Schafe; aber Hans kümmerte sich nicht um solche Dinge, und nichts machte ihm mehr Vergnügen, als wenn er dem Müller zuhören konnte, wenn dieser die wunderbarsten Dinge von der Uneigennützigkeit der wahren Freundschaft erzählte.

So arbeitete der kleine Hans weiter in seinem Garten. Während des Frühlings, des Sommers und des Herbstes war er sehr glücklich, aber wenn der Winter kam und er keine Früchte und Blumen auf den Markt bringen konnte, litt er nicht wenig vor Hunger und Kälte und musste oft zu Bett gehen, ohne etwas zu beißen zu haben, als einige getrocknete Birnen und ein paar harte Nüsse. Im Winter fühlte er sich überdies sehr einsam, denn der Müller besuchte ihn nie.

›Es hat keinen Zweck, wenn ich den kleinen Hans besuche, solange der Schnee liegt‹, pflegte der Müller zu seiner Frau zu sagen. ›Denn wenn Leute Sorgen haben, muss man sie allein lassen und nicht durch Besuche stören. Das ist wenigstens meine Ansicht von Freundschaft, und ich bin überzeugt, dass ich recht habe. Ich will lieber warten, bis der Frühling kommt, und dann werde ich ihm einen Besuch machen, und dann wird er mir einen großen Korb mit Primeln schenken können, und das wird ihn gewiss riesig freuen.‹

›Du bist wirklich sehr rücksichtsvoll‹, antwortete seine Frau, die in einem bequemen Armstuhl am großen Kaminfeuer saß. ›Man kann gar nicht rücksichtsvoller sein. Es ist wirklich ein Genuss, dich über Freundschaft reden zu hören. Ich bin überzeugt, der Herr Pfarrer selbst kann nicht so schöne Dinge darüber sagen wie du, wenn er auch in einem dreistöckigen Haus lebt und einen goldenen Ring am kleinen Finger trägt.‹

›Aber könnten wir den kleinen Hans nicht zu uns einladen?‹, sagte der jüngste Sohn des Müllers. ›Wenn der arme Hans in Not ist, will ich ihm die Hälfte meiner Suppe geben und ihm meine weißen Kaninchen zeigen.‹

›Du dummer Bub‹, schrie der Müller. ›Ich weiß wirklich nicht, warum wir dich in die Schule schicken. Du scheinst dort gar nichts zu lernen. Siehst du, wenn der kleine Hans herkäme und unser warmes Feuer sähe und unser gutes Essen und unser großes Fass mit rotem Wein, da könnte er neidisch werden, und der Neid ist eine höchst schreckliche Sache, die leicht einen Charakter verdirbt. Ich möchte um keinen Preis schuld daran sein, dass Hansens Charakter Schaden litte. Ich bin sein bester Freund und werde immer über ihn wachen und Sorge tragen, dass er nicht in Versuchung komme. Überdies könnte Hans, wenn er herkäme, mich vielleicht um einiges Mehl auf Borg bitten, und das könnte ich nicht tun. Denn Mehl und Freundschaft sind zwei ganz verschiedene Dinge, und man soll sie nicht vermischen. Sieh, die Worte werden doch ganz verschieden geschrieben und bedeuten auch etwas ganz Verschiedenes. Das muss doch jeder einsehen.‹

›Wie ausgezeichnet du sprichst!‹, sagte die Müllerin und goss sich ein großes Glas warmes Bier ein. ›Ich bin schon ganz schläfrig, gerade als ob ich in der Kirche säße.‹

›Eine Menge Leute handeln gut, aber sehr wenige Leute sprechen gut, und das zeigt klar, dass Sprechen viel schwieriger ist, und es ist auch viel vornehmer.‹ Und er blickte strenge über den Tisch hinüber zu seinem kleinen Sohn, der sich so schämte, dass er den Kopf tief herabbeugte, ganz rot wurde und dicke Tränentropfen in seinen Tee fallen ließ. Er war aber so jung, dass ihr ihm deswegen nicht gram sein dürft.«

»Ist das das Ende der Geschichte?«, fragte die Wasserratte.

»Gewiss nicht«, antwortete der Hänfling. »Das ist erst der Anfang.«

»Dann sind Sie weit hinter Ihrer Zeit zurück«, sagte die Wasserratte. »Jeder gute Geschichtenerzähler von heute beginnt mit dem Ende, kommt dann auf den Anfang zu sprechen und endet mit der Mitte. Das ist die neue Methode. Unlängst ging ein Kritiker mit einem jungen Mann um den Teich herum, und da habe ich alles darüber erfahren. Er sprach über sein Thema mit großer Ausführlichkeit, und ich bin überzeugt, dass er vollkommen recht hat, denn er hatte eine blaue Brille und einen kahlen Kopf, und sooft der junge Mann eine Bemerkung machte, antwortete er mit ›Pah‹! Aber bitte, fahren Sie in Ihrer Geschichte fort. Ich habe den Müller schon riesig gerne. Ich habe nämlich auch eine große Menge schöner Gefühle in mir, und so sympathisieren wir sehr.«

»Gut!«, sagte der Hänfling und sprang von einem Fuß auf den andern. »Sobald der Winter vorüber war und die Primeln ihre bleichen gelben Sterne zu öffnen begannen, sagte der Müller zu seiner Frau, dass er nun hinuntergehen wolle, um den kleinen Hans zu besuchen.

›Was du doch für ein gutes Herz hast!‹, rief sein Weib. ›Du denkst wirklich immer an andere. Und vergiss nicht den großen Korb mitzunehmen für die Blumen.‹

So band denn der Müller die Flügel der Windmühle mit einer schweren Eisenkette fest und ging mit dem Korb am Arm den Hügel hinab. ›Guten Morgen, kleiner Hans‹, sagte der Müller.

›Guten Morgen‹, sagte Hans, auf seinen Spaten gelehnt, und lächelte von einem Ohr zum anderen.

›Und wie ist es dir den ganzen Winter über ergangen?‹, sagte der Müller.

›Ach‹, rief Hans. ›Es ist wirklich sehr lieb von dir, dass du danach fragst. Ich habe eine recht harte Zeit hinter mir, aber nun ist ja der Frühling da, und ich bin ganz glücklich, denn allen meinen Blumen geht es gut.‹

›Wir haben oft von dir gesprochen, Hans‹, sagte der Müller. ›Und uns immer gefragt, wie es dir wohl ginge.‹

›Das war sehr lieb von euch‹, sagte Hans. ›Ich dachte beinahe, ihr hättet mich vergessen.‹

›Wie kannst du so was sagen, Hans!‹, rief der Müller. ›Die Freundschaft vergisst niemals. Das ist ja das Wunderbare an der Freundschaft. Aber ich glaube fast, dass du die Poesie des Lebens nicht verstehst. Übrigens stehen ja deine Primeln ganz herrlich!‹

›Ja, sie stehen gut‹, sagte Hans. ›Und es ist für mich ein großes Glück, dass ich ihrer so viele habe. Ich will sie nämlich auf den Markt bringen und sie der Tochter des Bürgermeisters verkaufen; und mit dem Geld will ich dann meinen Schubkarren zurückkaufen.‹

›Deinen Schubkarren zurückkaufen? Hast du ihn denn verkauft? Wie kann man so eine Dummheit machen?‹

›Weißt du‹, sagte Hans. ›Ich musste es tun. Schau, der Winter war eine sehr böse Zeit für mich, und ich hatte wirklich kein Geld, mir Brot zu kaufen. So verkaufte ich zuerst die Silberknöpfe an meinem Sonntagsrock, dann meine silberne Kette, dann verkaufte ich meine große Pfeife, und dann endlich verkaufte ich meinen Schubkarren. Aber nun werde ich alles wieder zurückkaufen.‹

›Hans‹, sagte der Müller. ›Ich werde dir meinen Schubkarren schenken. Er ist zwar nicht in sehr gutem Zustand. Die eine Seite fehlt, und etwas ist schlecht in den Speichen. Aber trotzdem will ich ihn dir schenken. Ich weiß, das ist sehr großmütig von mir, und eine Menge Leute werden mich für verrückt halten, dass ich ihn weggebe, aber ich bin nun einmal nicht so wie die andern. Ich glaube, dass Großmut das

Wesen der Freundschaft ist, und überdies habe ich für mich einen neuen Schubkarren gekauft. Mach dir also keine weiteren Sorgen, ich gebe dir meinen Schubkarren.‹

›Das ist wirklich sehr großmütig von dir!‹, sagte der kleine Hans, und sein drolliges, rundes Gesicht glühte über und über vor Freude. ›Ich kann ihn leicht ausbessern, denn ich habe ein Brett im Haus.‹

›Ein Brett‹, sagte der Müller. ›Das ist just, was ich für das Dach meiner Scheune brauche. Das Dach hat nämlich ein großes Loch, und das Korn wird nass werden, wenn ich es nicht verstopfe. Wie gut, dass du mich erinnert hast! Es ist doch merkwürdig, wie eine gute Handlung immer eine andere nach sich zieht. Ich habe dir meinen Schubkarren gegeben, und du gibst mir nun dein Brett. Natürlich ist der Schubkarren viel mehr wert als dein Brett, aber treue Freundschaft kümmert sich um solche Dinge nicht. Geh, hole das Brett gleich, und ich werde sofort meine Scheune ausbessern.‹

›Gewiss‹, rief der kleine Hans, und er lief in die Hütte und zog das Brett heraus.

›Es ist kein sehr großes Brett‹, sagte der Müller, indem er es betrachtete. ›Und ich fürchte sehr, dass, wenn ich damit mein Dach ausgebessert haben werde, nichts für dich übrig bleiben wird, um den Schubkarren auszubessern. Aber das ist natürlich nicht meine Schuld. Und nun, da ich dir meinen Schubkarren geschenkt habe, wirst du gewiss mir gern einige Blumen schenken. Hier ist der Korb, und nun, bitte, fülle ihn mir ordentlich.‹

›Ganz voll?‹, sagte der kleine Hans und sah sorgenvoll drein, denn er wusste, dass ihm für den Markt keine Blume übrig bleiben könnte, wenn er den Korb gefüllt haben würde; und er hätte doch gerne seine Silberknöpfe zurückgehabt!

›Natürlich!‹, antwortete der Müller. ›Da ich dir meinen Schubkarren geschenkt habe, ist es doch gewiss nicht viel verlangt, wenn ich dich um ein paar Blumen bitte. Vielleicht habe ich unrecht, aber ich sollte doch glauben, dass Freundschaft, wahre Freundschaft ganz frei von jedem Eigennutz ist.‹

›Mein teurer Freund, mein bester Freund‹, rief der kleine Hans. ›Ich gebe dir gern alle Blumen in meinem Garten. Mir liegt an deiner Meinung tausendmal mehr als an allen silbernen Knöpfen der Welt.‹

Und er lief und pflückte alle seine schönen Primeln und füllte den Korb des Müllers damit.

›Leb wohl, kleiner Hans‹, sagte der Müller und stieg den Hügel hinauf, mit dem Brett auf der Schulter und dem gefüllten Korb in der Hand.

›Leb wohl‹, sagte der kleine Hans, und er begann höchst vergnügt weiterzugraben, denn er freute sich sehr über seinen Schubkarren. Am nächsten Tag band er gerade Geißblatt am Eingang hoch, als er hörte, wie der Müller ihn von der Straße aus rief. So sprang er denn von der Leiter und lief hinunter in den Garten und blickte über die Mauer.

Da stand der Müller mit einem großen Mehlsack auf der Schulter.

›Lieber, kleiner Hans‹, sagte der Müller. ›Möchtest du nicht diesen Mehlsack für mich zum Markt bringen?‹

›Ach, es tut mir furchtbar leid‹, sagte Hans. ›Aber heute habe ich wirklich sehr viel zu tun. Ich muss alle meine Schlingpflanzen befestigen, meine Blumen begießen und mein Gras schneiden.‹

›Na, hör einmal‹, sagte der Müller. ›In Anbetracht der Tatsache, dass ich dir meinen Schubkarren geschenkt habe, ist es nicht gerade sehr freundlich von dir, mir meine Bitte abzuschlagen.‹

›Das darfst du nicht sagen‹, rief der kleine Hans. ›Ich möchte um alles in der Welt nicht meine Freundespflicht vernachlässigen!‹ Und er lief, holte seinen Mantel und trabte davon, mit dem schweren Sack auf den Schultern.

Es war ein sehr heißer Tag, und die Straße war schrecklich staubig, und bevor Hans den sechsten Meilenstein erreicht hatte, war er so müde, dass er sich sehr gerne niedergesetzt hätte, um auszuruhen. Aber er ging tapfer weiter, und endlich erreichte er den Markt. Nachdem er eine Zeit lang gewartet hatte, verkaufte er den Sack Mehl um einen sehr guten Preis, und dann kehrte er sofort nach Hause zurück, denn er fürchtete sich, länger zu verweilen, da er sonst beim Heimweg leicht Räubern hätte begegnen können.

›Ei, das war ein schwerer Tag‹, sagte der kleine Hans, als er zu Bett ging. ›Aber ich bin froh, dass ich dem Müller seine Bitte nicht abgeschlagen habe, denn er ist mein bester Freund, und überdies schenkt er mir seinen Schubkarren.‹

Früh am nächsten Morgen kam der Müller herunter, um sich sein Geld für den Sack Mehl zu holen, aber der kleine Hans war so müde, dass er noch im Bett lag.

›Das nenne ich aber faul!‹, sagte der Müller. ›In Anbetracht, dass ich dir meinen Schubkarren schenken will, könntest du wohl etwas fleißiger sein. Faulheit ist eine große Sünde, und ich habe es nicht gern, wenn meine Freunde faul und träge sind. Du darfst nicht böse sein, wenn ich so offen zu dir rede. Natürlich bin ich nur zu meinen Freunden so aufrichtig. Aber ist es nicht gerade das Schönste in der Freundschaft, dass man immer sagen kann, was man denkt? Jeder andere kann liebenswürdige Sachen sagen, kann schmeicheln und dem andern nach dem Munde reden, aber ein wahrer Freund sagt immer unangenehme Dinge und scheut sich nicht, dem andern wehzutun. Ja, noch mehr: Der wahre Freund tut das mit Vorliebe, denn er weiß, dass er damit eine gute Tat begeht.‹

›Sei nicht bös‹, sagte der kleine Hans und rieb sich die Augen und warf die Nachtmütze in die Ecke. ›Aber ich war so müde, dass ich noch ein bisschen im Bett bleiben wollte, um den Vögeln zuzuhören. Weißt du, ich arbeite immer besser, wenn ich ein bisschen dem Gesang der Vögel gelauscht habe.‹

›Das freut mich zu hören‹, sagte der Müller und klopfte Hans auf den Rücken. ›Denn du musst gleich, sobald du angezogen bist, auf die Mühle kommen und mein Scheunendach für mich ausbessern.‹

Der kleine Hans brannte schon darauf, an seine Gartenarbeit zu gehen, denn er hatte seine Blumen seit zwei Tagen nicht begossen. Aber er wollte dem Müller doch nichts abschlagen, weil er ein gar so guter Freund war.

›Du, höre einmal, wäre es sehr unfreundlich von mir, wenn ich dir sagte, dass ich was Wichtiges zu tun habe?‹, fragte er sehr scheu und schüchtern.

›Na, hör mal!‹, sagte der Müller. ›Ich verlange doch bei Gott nicht viel von dir, in Anbetracht des Umstandes, dass ich dir meinen Schubkarren schenke; aber natürlich, wenn du nicht willst, dann gehe ich und mache es selbst.‹

›Was fällt dir ein‹, rief der kleine Hans und sprang aus dem Bett, zog sich an und ging hinauf zur Scheune.

Dort arbeitete er den ganzen Tag bis zum Sonnenuntergang. Und bei Sonnenuntergang kam der Müller, um nachzuschauen, wie weit er sei.

›Hast du schon das Loch im Dach ausgebessert, kleiner Hans?‹, rief fröhlich der Müller.

›Es ist ganz ausgebessert‹, antwortete der kleine Hans und kam die Leiter herab.

›Ach‹, sagte der Müller. ›Es gibt doch nichts Wundervolleres als die Arbeit, die einer für den andern tut.‹

›Es ist wahrhaftig ein großer Genuss, dich reden zu hören‹, antwortete der kleine Hans und setzte sich nieder und wischte sich die Stirn. ›Ein sehr großer Genuss. Aber ich glaube, dass ich niemals so schöne Gedanken haben werde wie du.‹

›Oh, das kommt alles mit der Zeit‹, sagte der Müller. ›Du musst dich nur recht zusammennehmen. Einstweilen hast du nur die Praxis der Freundschaft, eines Tages wirst du auch die Theorie begreifen.‹

›Glaubst du wirklich?‹, sagte der kleine Hans.

›Ich zweifle nicht daran‹, sagte der Müller. ›Da du aber jetzt mein Dach ausgebessert hast, rate ich dir, nach Hause zu gehen und dich auszuruhen. Denn morgen brauche ich dich. Du musst meine Schafe auf den Berg treiben.‹

Der arme kleine Hans traute sich nicht, ein Wort zu sagen, und früh am nächsten Morgen brachte der Müller seine Schafe zu seiner Hütte, und Hans ging mit ihnen auf den Berg. Er brauchte den ganzen Tag zum Hin- und Rückweg. Und als er nach Hause kam, war er so müde, dass er in seinem Stuhl einschlief und vor hellem Tag nicht erwachte.

›Wie schön ich es heute in meinem Garten haben werde!‹, sagte er sich und ging sofort an die Arbeit.

Aber er kam nie dazu, nach seinen Blumen zu sehen, denn sein Freund, der Müller, kam jeden Augenblick und schickte ihn auf lange Wege oder brauchte ihn zur Aushilfe in der Mühle.

Zuweilen war der kleine Hans sehr traurig, denn er fürchtete, seine Blumen könnten glauben, dass er sie ganz vergessen hätte. Aber er tröstete sich immer mit dem Gedanken, dass der Müller doch sein bester Freund sei. ›Überdies‹, sagte er sich ›schenkt er mir doch seinen Schubkarren, und das ist doch gewiss sehr großmütig von ihm.‹

So arbeitete der kleine Hans weiter für den Müller, und der Müller sprach immer eine Menge schöner Sachen über die Freundschaft, und Hans trug alles in ein Notizbuch ein. Und abends pflegte er in diesem Notizbuch zu lesen, denn er lernte sehr leicht.

Nun geschah es, dass er eines Abends vor seinem Kamin saß, als ein heftiger Schlag gegen die Türe dröhnte. Es war eine sehr stürmische Nacht, und der Wind tobte und brauste so heftig um das Haus, dass Hans zuerst glaubte, es sei das Unwetter, das so an der Tür rüttle. Aber ein zweiter Schlag folgte dem ersten und dann ein dritter, noch heftiger als die früheren.

›Es ist irgendein armer Reisender‹, sagte der kleine Hans und lief zur Tür.

Draußen stand der Müller mit der Laterne in der einen und einem dicken Stock in der anderen Hand.

›Lieber kleiner Hans‹, schrie der Müller. ›Ich bin in großer Verzweiflung. Mein kleiner Bub ist von der Leiter gefallen und hat sich verletzt, und ich muss den Doktor holen. Aber er wohnt so weit, und die Nacht ist so bös, dass es mir einfiel, ob es nicht viel besser wäre, wenn du statt meiner gingst. Du weißt, dass ich dir meinen Schubkarren schenke, und so ist es nur ganz in der Ordnung, dass du mir auch etwas zu Gefallen tust.‹

›Gewiss‹, rief der kleine Hans. ›Ich danke dir, dass du an mich gedacht hast, und ich werde mich gleich auf den Weg machen. Aber du musst mir deine Laterne borgen, denn die Nacht ist stockfinster und ich könnte leicht in den Graben fallen.‹

›Es tut mir sehr leid‹, sagte der Müller. ›Aber es ist meine neue Laterne und es könnte ihr was passieren. Und das wäre für mich ein großer Schaden.‹

›Ach, lass nur, ich gehe auch ohne Laterne!‹, rief der kleine Hans, und er nahm seinen Pelzrock vom Nagel und seine warme scharlachene Mütze, wand sich ein Tuch um den Hals und machte sich auf die Strümpfe.

Das Unwetter war wahrhaftig schrecklich. Die Nacht war so schwarz, dass Hans nicht die Hand vor den Augen sehen konnte, und der Sturm war so heftig, dass er Mühe hatte, sich auf den Beinen zu halten.

Aber er ging tapfer vorwärts und nach einem Marsch von drei Stunden kam er zum Haus des Doktors und klopfte an die Tür.

›Wer ist da?‹, rief der Doktor und steckte den Kopf aus dem Schlafzimmerfenster.

›Der kleine Hans, Herr Doktor.‹

›Und was willst du, kleiner Hans?‹

›Der Sohn des Müllers ist von der Leiter gefallen und hat sich verletzt, und der Müller bittet Euch, gleich zu ihm zu kommen.‹

›Gut‹, sagte der Doktor, ließ sich ein Pferd aus dem Stall holen, zog sich die hohen Stiefel an, nahm seine Laterne, kam die Stiegen herab und ritt davon in der Richtung der Mühle, und der kleine Hans schleppte sich hinterdrein.

Aber der Sturm wurde heftiger und immer heftiger, und der kleine Hans konnte nicht mehr sehen, wo er ging und mit dem Pferd nicht mehr Schritt halten. Schließlich verlor er seinen Weg, irrte im Moor herum, wo es sehr gefährlich war, denn es waren da viele tiefe Löcher, und da ertrank denn der arme kleine Hans. Am nächsten Tag wurde seine Leiche in einem großen Wassertümpel von einigen Ziegenhirten gefunden, und sie brachten sie zur Hütte.

Alle Leute gingen zum Leichenbegängnis des kleinen Hans, denn man liebte ihn allgemein. Der Hauptleidtragende war der Müller.

›Da ich sein bester Freund war‹, sagte der Müller, ›schickt es sich, dass ich an erster Stelle gehe.‹ So ging er denn an der Spitze des Zuges in einem langen schwarzen Rock, und dann und wann wischte er sich die Augen mit einem großen Taschentuch.

›Der kleine Hans ist gewiss ein großer Verlust für uns‹, sagte der Schmied, als das Leichenbegängnis vorüber war und sie alle behaglich im Wirtshaus saßen und Würzwein tranken und süße Kuchen verzehrten.

›Ach, für mich ist es ein besonders großer Verlust!‹, sagte der Müller. ›Ich hatte ihm meinen Schubkarren so gut wie geschenkt, und nun weiß ich wirklich nicht, was ich damit machen soll. Er steht mir im Haus sehr im Weg und er ist in so schlechtem Zustand, dass ich gar nichts dafür kriegen würde, wenn ich ihn verkaufen wollte. Ich werde in Zukunft gewiss nichts mehr verschenken. Man hat nur Schaden davon, wenn man großmütig ist.‹«

»Und dann?«, sagte die Wasserratte nach einer langen Pause.

»Das ist das Ende meiner Geschichte«, sagte der Hänfling.

»Und was wurde aus dem Müller?«, fragte die Wasserratte.

»Das weiß ich wirklich nicht«, sagte der Hänfling. »Und es ist mir auch höchst gleichgültig.«

»Da sieht man, dass Ihr keine gütige Natur seid«, sagte die Wasserratte.

»Ich glaube beinahe, Ihr versteht die Moral der Geschichte nicht«, sagte der Hänfling.

»Die was?«, schrie die Wasserratte.

»Die Moral.«

»Wollen Sie damit sagen, dass die Geschichte eine Moral hat?«

»Gewiss!«, sagte der Hänfling.

»So?«, sagte die Wasserratte sehr ärgerlich. »Das hätten Sie auch gleich sagen können, ehe Sie zu erzählen anfingen, dann hätte ich gewiss nicht zugehört, sondern ›Pah!‹ gesagt, wie der Kritiker. Übrigens, das kann ich noch tun.«

So sagte sie denn »Pah!« mit voller Stimme, schlug mit dem Schweif und ging in ihr Loch zurück.

»Was sagst du zur Wasserratte?«, sagte die Ente, die einige Minuten später herangepaddelt kam, zum Hänfling. »Sie hat eine ganze Menge guter Eigenschaften, aber ich habe nun einmal die Gefühle einer Mutter, und ich kann keinen verstockten Junggesellen sehen, ohne dass mir die Tränen in die Augen steigen.«

»Ich glaube, dass ich die Wasserratte geärgert habe«, sagte der Hänfling. »Ich habe ihr eine Geschichte mit einer Moral erzählt.«

»Ach, das ist immer eine gefährliche Sache«, sagte die Ente.

Und da bin ich ganz ihrer Meinung.

Die besondere Rakete

Man rüstete zur Hochzeit des Königssohnes, und so gab es große Festlichkeiten. Er hatte ein ganzes Jahr auf die Braut gewartet, und endlich war sie gekommen. Sie war eine russische Prinzessin, und den ganzen Weg von Finnland her war sie in einem von sechs Renntieren gezogenen Schlitten gefahren. Der Schlitten hatte die Form eines großen goldenen Schwans, und zwischen den Flügeln des Schwanes lag die kleine Prinzessin selbst. Ihr langer Hermelinmantel reichte ihr bis zu den Füßen, auf ihrem Kopfe saß eine kleine, aus Silber gewebte Haube, und sie war so bleich wie der Schneepalast, in dem sie immer gelebt hatte. So bleich war sie, dass alle Leute darob sich verwunderten, als sie durch die Straßen fuhr. Sie ist wie eine weiße Rose, sagten alle und sie warfen Blumen von den Balkonen.

Am Tor des Schlosses stand der Prinz und erwartete sie. Er hatte verträumte, veilchenfarbene Augen, und sein Haar glich gesponnenem Gold. Als er sie sah, ließ er sich auf ein Knie nieder und küsste ihre Hand.

»Dein Bild war schön«, murmelte er. »Aber du bist noch schöner als dein Bild.« Und die kleine Prinzessin errötete.

»Sie glich vorhin einer weißen Rose«, sagte ein junger Page zu seinem Nachbar. »Aber nun ist sie wie eine rote Rose.« Und der ganze Hof war entzückt.

In den nächsten drei Tagen gingen alle umher und sagten: »Rote Rose, weiße Rose, weiße Rose, rote Rose!« Und der König gab Befehl, dass die Löhnung des Pagen verdoppelt werden sollte. Da er aber überhaupt keine Löhnung bekam, so nützte ihm das nicht viel, aber man betrachtete es als große Ehre, und der Staatsanzeiger nahm pflichtschuldigst Notiz davon.

Als die drei Tage vorüber waren, wurde die Hochzeit gefeiert. Es war eine wunderbare Zeremonie, und die Braut und der Bräutigam gingen zusammen unter einem Baldachin aus Purpursamt, der über und über mit kleinen Perlen bestickt war. Dann gab es eine Hoftafel, die fünf Stunden dauerte. Der Prinz und die Prinzessin saßen ganz oben in der großen Halle und tranken aus einer Schale von klarem Kristall. Nur treu Liebende durften aus dieser Schale trinken, denn wenn falsche Lippen ihren Rand berührten, wurde sie grau und trübe und wolkig.

»Es ist ganz klar, dass sie einander lieben«, sagte der kleine Page. »So klar wie Kristall.« Und der König verdoppelte ein zweites Mal sein Gehalt. »Welch eine Ehre!«, riefen alle Hofleute.

Nach dem Bankett sollte ein großer Ball sein. Die Braut und der Bräutigam sollten den Rosentanz zusammen tanzen, und der König hatte versprochen, die Flöte zu spielen. Er spielte sehr schlecht, aber niemand hatte je gewagt, ihm das zu sagen, denn er war ja der König. Er kannte eigentlich nur zwei Melodien und war nie ganz sicher, welche er gerade spielte. Aber das schadete nichts, denn alle Leute schrien, was immer er auch tat: »Entzückend, entzückend!«

Der letzte Punkt des Programms war ein großes Feuerwerk, das genau um Mitternacht abgebrannt werden sollte. Die kleine Prinzessin hatte noch nie ein Feuerwerk gesehen, und so hatte der König dem königlichen Hoffeuerwerker den Auftrag gegeben, am Tag der Hochzeit alle seine Künste spielen zu lassen.

»Wie sieht ein Feuerwerk aus?«, fragte die Prinzessin, als sie am Morgen auf der Terrasse spazieren gingen.

»Ein Feuerwerk ist wie das Nordlicht«, antwortete der König, der immer auf Fragen antwortete, die an andere Leute gerichtet waren. »Ich selbst ziehe es sogar den Sternen vor, denn man weiß immer, wann so ein Feuerwerk losgeht, und es ist so schön wie mein eigenes Flötenspiel. Das Feuerwerk musst du unbedingt sehen.«

Am Ende der königlichen Gärten war daher ein großes Gerüst errichtet worden, und sobald der königliche Hoffeuerwerker alles in Ordnung gebracht hatte, begannen die Feuerwerkskörper miteinander zu reden.

»Die Welt ist wirklich sehr schön!«, sagte ein kleiner Schwärmer. »Seht doch nur diese gelben Tulpen an. Sie könnten nicht schöner sein, wenn es wirkliche Raketen wären. Ich bin sehr froh, dass ich Reisen gemacht habe. Das Reisen bildet in wunderbarer Weise den Geist und räumt mit allen Vorurteilen auf.«

»Die königlichen Gärten sind nicht die Welt, du närrischer Schwärmer«, sagte eine dicke römische Kerze. »Die Welt ist ein riesiger Platz, und man braucht mindestens drei Tage, um sie gründlich kennenzulernen.«

»Jeder Winkel, den man liebt, ist für einen die Welt«, sagte ein nachdenkliches Feuerrad, das in seiner Jugend an einer alten Holzschachtel befestigt worden war und sich nun seines gebrochenen Herzens rühmte. »Aber die Liebe ist nicht mehr modern, die Dichter haben sie getötet. Sie haben so viel darüber geschrieben, dass niemand ihnen mehr glaubt, was mich gar nicht wundert. Wahre Liebe leidet und schweigt. Ich erinnere mich, dass einmal – aber wozu darüber reden? Die Romantik gehört der Vergangenheit an.«

»Unsinn«, sagte die römische Kerze. »Die Romantik stirbt niemals. Sie gleicht dem Mond und lebt ewig. Braut und Bräutigam zum Beispiel lieben einander herzinniglich. Ich habe alles über sie heute Morgen von einer braunen Patrone gehört, die zufälligerweise in derselben Lade lag wie ich und die neuesten Hofnachrichten kannte.«

Aber das Feuerrad schüttelte den Kopf: »Die Romantik ist tot, die Romantik ist tot, die Romantik ist tot«, murmelte es. Es gehörte eben zu jenen Leuten, die glauben, dass, wenn man eine Sache immer und immer sehr oft wiederholt, sie endlich wahr wird.

Plötzlich hörte man ein scharfes trockenes Husten, und alle blickten sich um. Das Husten kam von einer schlanken, hochmütig blickenden Rakete, die am Ende eines langen Stockes angebunden war. Sie hustete immer, bevor sie eine Bemerkung machte, um die Aufmerksamkeit auf sich zu lenken.

»Hm, hm«, sagte sie, und jeder spitzte die Ohren, mit Ausnahme des armen Feuerrades, das immer noch den Kopf schüttelte und murmelte: »Die Romantik ist tot!«

»Ruhe, Ruhe!«, schrie der Schwärmer. Er hatte politische Anwandlungen und hatte an den Wahlen hervorragenden Anteil genommen. So kannte er denn die gebräuchlichen parlamentarischen Ausdrücke.

»Ganz tot!«, flüsterte das Feuerrad und schlief ein.

Sobald tiefe Stille eingetreten war, hustete die Rakete ein drittes Mal und begann. Sie sprach mit einer tiefen, klaren Stimme, als ob sie ihre Memoiren diktierte und blickte immer über die Schulter der Person fort, mit der sie gerade redete. Alles in allem hatte sie höchst vornehme Manieren.

»Wie glücklich doch der Königssohn ist«, bemerkte sie. »Dass er just an dem Tag heiratet, an dem ich losgelassen werden soll. Wenn man die ganze Sache mit Absicht angelegt hätte, hätte sie für ihn gar nicht besser ausfallen können; aber Prinzen haben eben immer Glück.«

»O Gott«, sagte der kleine Schwärmer. »Ich dachte, die Sache läge umgekehrt, und dass wir zu Ehren des Prinzen abgebrannt werden sollten.«

»Das trifft vielleicht bei Ihnen zu«, sagte die Rakete. »Ich bin sogar überzeugt, dass dem so ist. Aber bei mir liegen die Dinge doch anders. Ich bin eine ganz besondere Rakete und stamme von ganz besonderen Eltern. Meine Mutter war das berühmteste Feuerrad ihrer Zeit und war berühmt wegen ihres graziösen Tanzens. Als sie vor dem Publikum auftrat, drehte sie sich neunzehnmal um sich selbst, bevor sie ausging, und jedes Mal warf sie sieben rote Sterne in die Luft.

Sie hatte dritthalb Fuß im Durchmesser und war aus dem besten Schießpulver gemacht. Mein Vater war eine Rakete wie ich und von französischer Abkunft. Er flog so hoch, dass man allgemein fürchtete, er würde nie mehr zur Erde zurückkommen. Er kam schließlich doch herunter, denn er war liebenswürdig von Natur, und er löste sich in einem höchst glänzenden Schauer von goldenem Regen auf. Die Zeitungen besprachen seine Leistung in den schmeichelhaftesten Worten, ja der Staatsanzeiger nannte ihn sogar einen Triumph der pylotechnischen Kunst.«

»Pyrotechnisch, pyrotechnisch meinen Sie wohl«, sagte ein bengalisches Licht. »Ich weiß, es heißt Pyrotechnik, denn es steht so auf meiner Kapsel.«

»Ich aber sage pylotechnisch«, antwortete die Rakete sehr gemessen, und das bengalische Licht war so geknickt, dass es sofort die kleinen Schwärmer zu brüskieren begann, um zu zeigen dass es doch auch Amt und Würden hätte.

»Ich sagte also«, fuhr die Rakete fort – »was sagte ich denn?«

»Sie sprachen über sich selbst«, sagte die römische Kerze.

»Natürlich. Ich wusste, dass ich ein interessantes Thema behandelte, als ich so roh unterbrochen wurde. Ich hasse die Rohheit und schlechte Manieren, denn ich bin sehr empfindlich. Niemand in der ganzen Welt ist wohl so empfindlich wie ich.«

»Was heißt empfindlich?«, sagte der Schwärmer zur römischen Kerze.

»Empfindlich ist jemand, der, weil er selbst Hühneraugen hat, immer anderen Leuten auf die Zehen tritt«, antwortete die römische Kerze, und der Schwärmer platzte beinahe vor Lachen.

»Bitte, worüber lachen Sie nur?«, fragte die Rakete. »Ich lache doch nicht!«

»Ich lache, weil ich glücklich bin«, antwortete der Schwärmer.

»Das ist ein sehr eigennütziger Grund«, sagte die Rakete ärgerlich. »Welches Recht haben Sie, glücklich zu sein? Sie sollten an andere Leute denken. Sie sollten zum Beispiel an mich denken. Ich denke immer an mich und ich erwarte, dass jedermann das gleiche tut. Das nennt man Sympathie. Es ist eine sehr schöne Tugend, und ich besitze sie im hohen Grade. Nehmen Sie zum Beispiel an, es würde mir heute Nacht etwas passieren. Welch ein Unglück wäre das für die ganze Welt! Der Prinz und die Prinzessin würden nie mehr glücklich sein, und ihr ganzes eheliches Leben wäre gestört. Und was den König betrifft, so weiß ich, er käme nicht darüber hinweg. In der Tat, wenn ich beginne über die Bedeutung meiner Stellung nachzudenken, bin ich fast zu Tränen gerührt.«

»Wenn Sie aber anderen Leuten ein Vergnügen machen wollen, so bleiben Sie gefälligst trocken«, sagte die römische Kerze.

»Gewiss!«, rief das bengalische Licht, das nun besser aufgelegt war. »Das lehrt schon der gemeine Menschenverstand.«

»Der gemeine Menschenverstand?«, sagte die Rakete verächtlich. »Ihr vergesst, dass ich ganz und gar nicht gemein bin, sondern etwas ganz Besonderes. Gemeinen Menschenverstand kann jeder haben, vorausgesetzt, dass er keine Fantasie hat. Aber ich habe Fantasie, denn ich denke niemals an die Dinge, wie sie wirklich sind. Ich denke immer an sie, als ob sie ganz anders wären. Was nun mein Trockenbleiben betrifft, so ist niemand hier, der überhaupt meine gefühlvolle Natur begreifen kann. Glücklicherweise ist mir das höchst gleichgültig. Die einzige Sache, die einen im Leben aufrechterhält, ist das Bewusstsein der ungeheuren Inferiorität aller anderen, und das ist ein Gefühl, das ich immer gepflegt habe. Aber niemand unter euch hat ein Herz. Ihr lacht und seid glücklich, just so, als ob der Prinz und die Prinzessin nicht eben geheiratet hätten.«

»Warum auch nicht?«, rief ein kleiner Feuerball. »Das ist doch eine sehr freudige Angelegenheit, und wenn ich in die Luft steigen werde, will ich allen Sternen davon erzählen. Ihr werdet sehen, wie die Sterne blinzeln werden, wenn ich ihnen von der hübschen Braut berichte.«

»Das nenne ich eine banale Weltanschauung«, sagte die Rakete. »Aber ich habe von Ihnen nichts anderes erwartet. In Ihnen ist nichts, Sie sind hohl und leer. Können nicht vielleicht der Prinz und die Prinzessin in eine Gegend ziehen, wo ein tiefer Fluss ist, können sie nicht vielleicht einen einzigen Sohn haben, einen kleinen blond gelockten Knaben mit Veilchenaugen, wie der Prinz sie hat? Kann das Kind nicht eines Tages mit der Amme spazierengehen? Kann nicht vielleicht die Amme unter einem Fliederbusch einschlafen? Kann nicht der kleine Bub in einen tiefen Fluss fallen und ertrinken? Welch ein schreckliches Unglück! O über die Ärmsten, die ihr einziges Kind verlieren! Es ist zu schrecklich! Ich werde nie darüber hinwegkommen.«

»Aber sie haben ja gar nicht ihren einzigen Sohn verloren«, sagte die römische Kerze. »Es ist ihnen überhaupt kein Unglück zugestoßen.«

»Das habe ich ja auch gar nicht gesagt«, erwiderte die Rakete. »Ich sagte nur, dass ihnen ein Unglück zustoßen könnte. Wenn sie ihren einzigen Sohn verloren hätten, hätte es gar keinen Zweck, ein Wort weiter über die Sache zu verlieren. Ich hasse Leute, die wegen vergossener Milch weinen. Wenn ich aber daran denke, dass sie den einzigen Sohn verlieren könnten, bin ich im höchsten Affekt.«

»Das glaube ich«, sagte das bengalische Licht. »Sie sind wirklich die affektierteste Person, die ich kenne.«

»Und Sie sind die roheste Person, die ich kenne«, erwiderte die Rakete. »Und Sie können meine Freundschaft für den Prinzen überhaupt nicht begreifen.«

»Aber Sie kennen ihn ja überhaupt nicht«, brummte die römische Kerze.

»Ich habe nie behauptet, dass ich ihn kenne«, antwortete die Rakete. »Und ich glaube sogar, dass ich durchaus nicht sein Freund wäre, wenn ich ihn kennen würde. Es ist sehr gefährlich, seine Freunde zu kennen.«

»Denken Sie lieber daran, trocken zu bleiben«, sagte der kleine Feuerball. »Das ist die Hauptsache.«

»Eine Hauptsache vielleicht für Sie, aber ich weine, wann es mir passt.« Und richtig brach die Rakete in wirkliche Tränen aus, die gleich Regentropfen an ihrem Stock herunterrannen und beinahe zwei kleine Käferchen ersäuft hätten, die gerade daran dachten, hübsch gemeinsam nach Hause zu gehen, und sich nach einem trockenen Nestchen umsahen.

»Sie scheint in der Tat eine recht romantische Natur zu sein«, sagte das Feuerrad. »Denn sie weint, wo gar kein Anlass zum Weinen ist.« Und das Feuerrad seufzte tief und träumte von der hölzernen Schachtel.

Aber die römische Kerze und das bengalische Licht waren sehr empört und riefen in einem fort: »Unsinn! Unsinn!« so laut sie nur konnten. Sie waren nämlich sehr praktische Naturen, und wenn ihnen etwas nicht in den Kram passte, so nannten sie es gleich Unsinn.

Dann ging der Mond auf wie ein wunderbarer silberner Schild. Und die Sterne begannen zu leuchten, und Musik drang aus dem Palast.

Der Prinz und die Prinzessin führten den Tanz. Sie tanzten so schön, dass die hohen weißen Lilien durch das Fenster guckten und zusahen, und der große rote Mohn wiegte den Kopf und schlug den Takt.

Dann schlug es von der Turmuhr zehn und dann elf und dann zwölf, und mit dem letzten Schlag der Mitternacht strömte alles auf die Terrasse hinaus, und der König schickte nach dem königlichen Hoffeuerwerker.

»Lasst das Feuerwerk beginnen«, sagte der König, und der königliche Hoffeuerwerker machte einen tiefen Bückling und stieg hinab bis ans Ende des Gartens. Er hatte sechs Diener mit sich und jeder trug eine flammende Fackel am Ende einer langen Stange.

Es gab nun wirklich ein wunderbares Schauspiel.

»Zzzz! Zzzz!«, machte das Feuerrad, als es sich zu drehen begann. »Bumbum!«, machte die römische Kerze. Dann tanzten die Schwärmer über den ganzen Platz, und die bengalischen Lichter tauchten alles in Rot. »Leb wohl!«, rief der Feuerball, als er emporstieg und kleine blaue Funken streute. »Bang, bang!«, antworteten die Feuerfrösche, die sich riesig freuten. Und alles hatte einen großen Erfolg, mit Ausnahme der besonderen Rakete. Die war so nass vom Weinen, dass sie überhaupt nicht losging. Das beste in ihr war das Schießpulver, und das war von Tränen so durchnässt, dass es zu nichts mehr nütze war. Ihre ganze arme Verwandtschaft, die sie sonst keines Blickes würdigte, flog in die Luft empor gleich wunderbaren goldenen Blumen mit feurigen Blüten.

»Hurra, hurra!«, schrie der Hof, und die kleine Prinzessin lachte vor Vergnügen.

»Gewiss hebt man mich für eine ganz besondere Gelegenheit auf«, sagte die Rakete. »Das ist offenbar der Sinn des Ganzen.« Und sie sah hochmütiger drein denn je.

Am nächsten Tag kamen die Arbeiter, um alles fortzuräumen. »Das ist gewiss eine Deputation«, sagte die Rakete. »Ich will sie mit gebührender Würde empfangen.« Und sie steckte die Nase in die Luft und runzelte ernst die Stirn, als denke sie weiß Gott über was nach. Aber die Arbeiter nahmen keine Notiz von ihr, und erst als sie sich schon entfernen wollten, bemerkte sie einer. »Schau«, rief er, »eine schlechte Rakete!« Und er warf sie über die Mauer in den Graben.

»Schlechte Rakete, schlechte Rakete?«, sagte sie, als sie durch die Luft wirbelte. »Unmöglich. Die rechte Rakete, das wollte der Mann offenbar sagen. Schlecht und recht klingt sehr ähnlich und bedeutet oft auch dasselbe.« Und damit fiel sie in den Schlamm.

»Hier ist es nicht sehr hübsch«, bemerkte sie. »Das ist gewiss ein eleganter Badeort und man hat mich hergeschickt um meiner Gesundheit willen. Meine Nerven sind auch sehr zerrüttet und ich brauche Ruhe.«

Da schwamm ein kleiner Frosch mit glänzenden Äuglein in einem grünscheckigen Rock zu ihr hin.

»Ein neuer Ankömmling, wie ich sehe«, sagte der Frosch. »Schließlich gibt es doch nichts Besseres als Schlamm. Habe ich nur Regenwasser und einen Graben, dann bin ich ganz glücklich. Glauben Sie, dass es heute Nachmittag regnen wird? Ich hoffe bestimmt darauf, aber der Himmel ist ganz blau und wolkenlos. Wie schade!«

»Hm, hm!«, sagte die Rakete und begann zu husten.

»Welch eine entzückende Stimme Sie haben«, rief der Frosch. »Sie klingt beinahe wie Gequak – und Quaken ist natürlich das musikalischste Geräusch der Welt. Sie werden ja heute Abend unseren Gesangverein hören. Wir sitzen im alten Ententeich beim Pächterhaus, und sobald der Mond aufgeht, beginnen wir. Unser Gesang ist so hinreißend, dass alles wach in den Betten bleibt, um uns zuzuhören. Gestern hörte ich, wie die Frau des Pächters zu ihrer Mutter sagte, dass sie unsertwegen nicht eine Sekunde schlafen könnte. Es ist doch sehr angenehm, wenn man so beliebt ist.«

»Hmhm, hmhm!«, sagte die Rakete und war sehr ärgerlich, dass sie kein Wort erwidern konnte.

»Eine entzückende Stimme, in der Tat!«, fuhr der Frosch fort. »Ich hoffe, Sie kommen heute Abend hinüber zum Ententeich. Ich muss jetzt nach meinen Töchtern sehen. Ich habe sechs sehr schöne Töchter und ich fürchte, es könnte ihnen der Hecht begegnen. Das ist ein grässliches Ungeheuer und würde keinen Augenblick zögern, sie zum Frühstück zu verspeisen. Also auf Wiedersehen, ich habe mich sehr gefreut, dass ich mich mit Ihnen unterhalten konnte.«

»Eine nette Unterhaltung«, sagte die Rakete. »Sie haben die ganze Zeit allein gesprochen. Das nenne ich keine Unterhaltung.«

»Einer muss zuhören«, antwortete der Frosch. »Und ich besorge das Sprechen gern allein. Man erspart damit Zeit und vermeidet eine Diskussion.«

»Aber ich liebe Diskussionen«, sagte die Rakete.

»Ach, lassen Sie doch«, sagte der Frosch liebenswürdig. »Diskussionen sind sehr gewöhnlich, denn in guter Gesellschaft haben alle Leute genau dieselben Ansichten. Also nochmals auf Wiedersehen. Dort sehe ich meine Töchter.« Und der kleine Frosch schwamm fort.

»Sie machen einen ganz nervös«, sagte die Rakete. »Und haben gar keine Lebensart. Ich hasse Leute, die immer über sich selber sprechen wie Sie, wenn man von sich sprechen will wie ich. Das nenne ich eigennützig, und Eigennutz ist eine verabscheuungswürdige Sache, besonders für jemand von meinem Temperament, denn ich bin wegen meines sympathischen Wesens bekannt. Sie sollten sich wirklich an mir ein Beispiel nehmen. Sie könnten kein besseres Vorbild finden. Da Sie nun eine solche Gelegenheit haben, sich zu bilden, sollten Sie sie rasch benützen, denn ich gehe in kürzester Zeit an den Hof zurück. Ich bin sehr gut angeschrieben bei Hofe. Mir zu Ehren haben der Prinz und die Prinzessin gestern geheiratet. Natürlich wissen Sie von all den Dingen nichts, denn Sie sind ja bloß ein Provinzler.«

»Sie regen sich unnütz auf, wenn Sie mit ihm sprechen«, sagte eine Libelle, die an der Spitze eines großen braunen Rohrkolbens saß. »Er ist nämlich schon fort.«

»Das ist sein Schade und nicht meiner«, antwortete die Rakete. »Ich werde nicht aufhören zu reden, nur weil er nicht zuhört. Ich höre mich selbst sehr gerne, es gehört zu meinen größten Genüssen. Ich führe oft lange Selbstgespräche und ich bin so klug, dass ich oft kein einziges Wort von dem verstehe, was ich spreche.«

»Dann sollten Sie Vorträge über Philosophie halten«, sagte die Libelle, und sie breitete ein Paar entzückender Florflügel aus und erhob sich in die Luft.

»Wie dumm von ihm, dass er nicht dageblieben ist«, sagte die Rakete. »Solch eine Gelegenheit, seinen Geist zu bilden, findet er nicht oft. Übrigens, was geht's mich an?! Ein Genie wie das meine findet doch eines Tages gewiss die richtige Anerkennung.« Und sie versank etwas tiefer im Schlamm.

Nach einiger Zeit kam eine große weiße Ente herangeschwommen. Sie hatte gelbe Beine und Schwimmfüße und galt wegen ihres Watschelns als große Schönheit. »Quak, quak, quak«, sagte sie. »Wie komisch Ihre Gestalt doch ist! Darf ich mir die Frage erlauben, ob Sie so geboren wurden oder ob Sie durch ein Unglück so geworden sind?«

»Es ist sonnenklar, dass Sie immer auf dem Lande gelebt haben«, antwortete die Rakete. »Sonst würden Sie wissen, wer ich bin. Aber ich entschuldige Ihre Unbildung. Man kann wirklich von anderen Leuten nicht erwarten, dass sie so besonders sind, wie man selbst. Sie werden gewiss überrascht sein zu hören, dass ich bis in den Himmel fliegen kann und dann in einem Schauer von goldenem Regen herunterkomme.«

»Na, davon halte ich nicht viel«, sagte die Ente. »Da ich den praktischen Zweck der Sache nicht einsehen kann. Wissen Sie, wenn Sie Felder pflügen könnten wie der Ochs oder einen Wagen ziehen wie das Pferd oder die Schafe bewachen wie der Schäferhund, das wäre etwas.«

»Meine Liebe«, rief die Rakete in einem sehr hochmütigen Ton. »Ich sehe, Sie gehören zu den unteren Klassen. Eine Person von meinem Rang ist niemals nützlich. Wir haben gewisse Talente, und das ist mehr als genügend. Ich habe persönlich gar keine Sympathie für irgendeine Beschäftigung, am allerwenigsten für die Beschäftigungen, die Sie zu empfehlen scheinen. Ich war immer der Ansicht, dass Handarbeit nur die Zuflucht von Leuten ist, die nichts anderes zu tun haben.«

»Schön, schön«, sagte die Ente, die von sehr friedfertigem Naturell war und niemals mit irgendjemand Streit anfing. »Jeder hat eben seinen Geschmack. Ich hoffe übrigens, dass Sie sich bei uns niederlassen werden.«

»O nein«, rief die Rakete. »Ich bin bloß zu Besuch, ein vornehmer Besuch. Ich finde diesen Ort eigentlich langweilig. Es ist hier weder Gesellschaft noch Einsamkeit. Es ist alles so vorstädtisch. Ich werde wahrscheinlich an den Hof zurückkehren, denn ich weiß, dass ich bestimmt bin, in der Welt großes Aufsehen zu machen.«

»Auch ich habe einmal daran gedacht, mich dem öffentlichen Leben zu widmen«, bemerkte die Ente. »So viel Dinge müssten gründlich reformiert werden. Vor einiger Zeit habe ich auch bei einer Versammlung die Rednertribüne bestiegen und wir haben Resolutionen angenommen, die alles verurteilten, was wir nicht mochten. Aber sie scheinen nicht sehr gewirkt zu haben. Nun bin ich nur für Häuslichkeit und kümmere mich um meine Familie.«

»Ich bin für die Öffentlichkeit geschaffen«, antwortete die Rakete. »Und ebenso alle meine Verwandten, selbst die bescheidensten unter ihnen. Sooft wir erscheinen, erregen wir große Aufmerksamkeit. Ich bin selbst noch nicht in die Öffentlichkeit getreten, aber wenn ich dies tun werde, wird es ein wunderbarer Anblick sein. Was aber das häusliche Leben betrifft, so wird man dadurch rasch alt, und unser Geist wird von höheren Dingen abgelenkt.«

»Ach, die höheren Dinge im Leben, die sind schön«, sagte die Ente. »Und das erinnert mich daran, wie hungrig ich bin.« Und sie schwamm die Strömung hinunter und sagte: »Quak, quak, quak«.

»Kommen Sie zurück, kommen Sie zurück«, schrie die Rakete. »Ich habe Ihnen eine Menge zu sagen.« Aber die Ente schenkte ihr keine Aufmerksamkeit. »Ich bin froh, dass sie fort ist«, sagte die Rakete zu sich selbst. »Sie ist entschieden sehr kleinbürgerlich veranlagt.« Und sie sank ein bisschen tiefer in den Schlamm und begann über die Einsamkeit des Genies nachzudenken, als zwei kleine Buben in weißen Kitteln gelaufen kamen mit einem Kessel und trockenem Reisig.

»Das muss die Deputation sein«, sagte die Rakete und suchte sehr würdevoll dreinzusehen.

»Hallo!«, schrie einer der Buben. »Sieh doch den alten Stock. Wie ist der hergekommen?« Und er fischte die Rakete aus dem Graben.

»Alter Stock?!«, sagte die Rakete. »Unmöglich. Gewaltiger Stock wollte er offenbar sagen. Gewaltiger Stock ist sehr schmeichelhaft. Er hält mich gewiss für einen Würdenträger bei Hofe.«

»Wir wollen ihn ins Feuer schmeißen«, sagte der andere Bub. »Er soll helfen, den Kessel warm zu machen.«

Sie schichteten also das Reisig zusammen und legten die Rakete drauf und zündeten das Feuer an.

»Das ist großartig«, schrie die Rakete. »Sie lassen mich los bei hellem Tagslicht, sodass jedermann mich sehen kann.«

»Jetzt werden wir uns schlafen legen«, sagten die Buben. »Und wenn wir aufwachen, wird das Wasser im Kessel sieden.« Und sie legten sich ins Gras und schlossen die Augen.

Die Rakete war sehr nass, und so dauerte es lange, bis sie Feuer fing. Aber endlich brannte sie doch.

»Nun gehe ich los!«, schrie sie, und sie machte sich steif und starr. »Ich weiß, ich werde viel höher steigen als die Sterne, viel höher als der Mond, viel höher als die Sonne. Ich werde wirklich so hoch steigen, dass – fzzz! fzzz! fzzz!« Und sie stieg geradeaus in die Luft. »Entzückend«, schrie sie.

»Nun werde ich ewig so weitersteigen. Ich mache wunderbare Wirkung.«

Aber niemand sah sie.

Dann begann sie, ein merkwürdiges Prickeln im ganzen Körper zu fühlen.

»Nun werde ich gleich explodieren!«, schrie sie. »Ich werde die ganze Welt in Brand setzen und solch einen Lärm machen, dass man ein ganzes Jahr von nichts anderem sprechen wird.« Und in diesem Augenblick explodierte sie auch. Krach! machte das Schießpulver. Aber niemand hörte den Knall. Nicht einmal die beiden kleinen Buben, denn sie schliefen fest.

Und alles, was von der Rakete übrig blieb, war der Stock, und dieser fiel auf den Rücken einer Gans, die eben am Rand des Grabens spazierte.

»Großer Gott«, schrie die Gans. »Es fängt an, Stöcke zu regnen«, und sie schoss ins Wasser.

»Ich wusste ja, dass ich ein großes Aufsehen machen würde«, keuchte die Rakete und ging aus.

Das Granatapfelhaus

Der junge König

Es war die Nacht vor dem festgesetzten Tage seiner Krönung, und der junge König weilte einsam in seinem schönen Gemach. Seine Höflinge hatten sich von ihm verabschiedet, dem zeremoniösen Gebrauch der Zeit gemäß die Häupter bis zur Erde neigend, und alle hatten dann die große Halle des Palastes aufgesucht, um daselbst noch einige letzte Unterweisungen vom Oberzeremonienmeister zu empfangen. Waren unter ihnen doch einige, die sich noch ganz natürlich bewegten! Und dass dies bei einem Höfling ein sehr schweres Vergehen ist, bedarf wohl keiner Worte.

Der Knabe – denn er war noch ein Knabe mit seinen sechzehn Jahren – war über ihr Fortgehen nicht betrübt, sondern hatte sich mit einem tiefen Seufzer der Erleichterung auf die weichen, gestickten Kissen seines Lagers zurückgeworfen und ruhte da, flammenäugig und die Lippen halb geöffnet gleich einem braunen Waldesfaun oder einem jungen Tier der Wildnis, das die Jäger just gefangen haben.

Und Jäger waren es ja auch gewesen, die ihn gefunden hatten, rein durch Zufall auf ihn gestoßen waren, als er nacktfüßig, die Flöte in der Hand, hinter der Herde des armen Ziegenhirten herging, der ihn aufgezogen und für dessen Sohn er sich stets gehalten hatte. Doch er war des alten Königs einziger Tochter Kind, gezeugt in geheimem Ehebund mit einem Mann, der tief unter ihr im Range stand: Einem Fremden, sagten manche, der durch den wunderbaren Zauber seines Lautenspieles die Liebe der jungen Prinzessin gewonnen hatte – während andere von einem Künstler aus Rimini sprachen, dem die Prinzessin viel, vielleicht zu viel Ehre erwiesen hatte, und der plötzlich aus der Stadt verschwunden war, sein Werk im Dome unvollendet lassend. Er war, als er erst eine Woche alt gewesen, von der Seite seiner Mutter, da sie schlief, weggestohlen und in die Obhut eines gemeinen Bauern und seines Weibes gegeben worden, die ohne leibliche Kinder waren und in einem entlegenen Teil des Waldes lebten, mehr denn einen Tagesritt von der Stadt entfernt.

Gram oder, wie der Hofarzt feststellte, die Pest oder wie manche vermuteten, ein schnell wirkendes italienisches Gift, in einem Becher gewürzten Weines dargereicht, tötete noch in der Stunde des Erwachens das bleiche Mädchen, das ihn geboren hatte. Und als der treue Bote, der das Kind quer auf dem Sattelbügel trug, von seinem müden Rosse stieg und an die raue Tür der Hirtenhütte pochte, wurde der Prinzessin Leib in ein offenes Grab gesenkt, das man auf einem verlassenen Kirchhof außerhalb der Stadttore gegraben hatte – ein Grab, worin, so sagte man, schon ein anderer Leichnam ruhte, der eines jungen Mannes von wunderbarer, fremdartiger Schönheit, dessen Hände mit einem geknoteten Seile auf den Rücken gebunden waren und dessen Brust von vielen roten Wunden durchbohrt war.

So wenigstens lautete die Geschichte, die man im Volk einander flüsternd anvertraute. Sicher war es, dass der alte König, als er auf dem Sterbebett lag, sei's, dass ihn seine große

Sünde reute oder auch nur, weil er nicht wollte, dass das Königreich an einen falle, der nicht seines Stammes war, nach dem Knaben gesandt und ihn in Gegenwart des Rates als seinen Erben anerkannt hatte.

Und es scheint, dass sich in jenem schon vom ersten Augenblicke seiner Anerkennung an die seltsame Leidenschaft für Schönheit offenbarte, die einen so großen Einfluss auf sein Leben ausüben sollte. Die ihn durch die Flucht der Gemächer geleiteten, die man zu seinem Gebrauch hergerichtet hatte, sprachen oft von dem Schrei der Lust, der über seine Lippen brach, als er die prunkvollen Gewänder und das kostbare Geschmeide sah, die für ihn bereitet waren und von der fast wilden Freude, mit der er sein raues Lederwams und seinen groben Schafwollmantel von sich schleuderte. Manchmal freilich vermisste er die herrliche Freiheit seines Lebens im Walde und war stets geneigt, über das lästige Hofzeremoniell zu schelten, das einen so großen Teil jedes Tages in Anspruch nahm. Der herrliche Palast jedoch – Joyeuse nannte man ihn –, dessen Herr er nun war, schien ihm eine eigens zu seiner Wonne erschaffene neue Welt. Sobald er einer Ratsversammlung oder dem Audienzsaale entfliehen konnte, eilte er die breite Freitreppe mit ihren ehernen Löwen aus Gold und ihren Stufen aus hellem Porphyr hinab und schritt von Raum zu Raum, von Gang zu Gang, wie einer, der in der Schönheit Linderung für Schmerz, Genesung aus Krankheit sucht.

Auf diesen Entdeckungsreisen, wie er sie nannte – und es waren für ihn tatsächlich Fahrten durch ein Wunderland – begleiteten ihn zuweilen die schlanken, blondhaarigen Pagen des Hofes in ihren wehenden Mänteln mit lustig flatternden Bändern. Meist aber blieb er allein, denn sein lebhafter, sicherer Instinkt verriet ihm, einer Eingebung vergleichbar, dass die Geheimnisse der Kunst sich am besten im Geheimen offenbaren und dass die Schönheit, wie ja auch die Weisheit die liebt, die sie in Einsamkeit verehren.

Manch seltsame Geschichte über ihn ging zu jener Zeit von Mund zu Mund. Man erzählte, dass ein behäbiger Bürgermeister, der gekommen war, um eine blumige, kunstvolle Ansprache im Namen der Bürger seiner Stadt an ihn zu halten, ihn in wirklicher Anbetung auf den Knien vor einem großen Bild gefunden habe, das soeben aus Venedig angelangt war und neuer Götter Dienst zu künden schien. Bei anderer Gelegenheit hatte man ihn während vieler Stunden vermisst und ihn erst nach langem Suchen in einem kleinen Gemach in einem der nördlichen Türme des Schlosses entdeckt, wie er einem Verzückten gleich eine griechische Gemme anstarrte, in die die Gestalt des Adonis eingeschnitten war. Er war gesehen worden, so erzählte das Gerücht, wie er die heißen Lippen auf die Marmorstirn einer antiken Statue drückte, die man im Bett des Stromes beim Bau der steinernen Brücke ausgegraben hatte und die als Inschrift den Namen des bythinischen Sklaven Hadrians trug. Eine ganze Nacht hatte er damit verbracht, die Wirkung des Mondlichtes auf einem Silberbildnis des Endymion zu betrachten.

Sicher übte alles, was selten und kostbar war, großen Zauber auf ihn aus und in der Begierde, sich das zu verschaffen, hatte er viele Kaufleute ausgesandt; einige, um mit dem rauen Fischervolk der Nordmeere um Bernstein zu feilschen; einige nach Ägypten, um jene grünen Wundertürkise zu suchen, die man nur in den Königsgräbern findet und die Zauberkräfte besitzen sollen; wieder andere nach Persien, um seidene Teppiche zu erstehen und bemaltes Tongeschirr; und manche nach Indien, um Schleiergewebe zu kaufen und getöntes Elfenbein, Mondsteine und Armgeschmeide aus Nephrit, Sandelholz und blaues Email und Tücher aus feiner Wolle.

Was ihn jedoch am meisten beschäftigt hatte, war das Gewand, das er zu seiner Krönung tragen wollte, der Mantel aus Gold gewebt, die Krone rubinbesetzt und das Zepter mit Reihen und Ringen aus Perlen. An dieses dachte er auch heute

Abend, als er zurückgelehnt auf seinem reichen Lager ruhte und dem großen Tannenscheite zusah, wie es sich im offenen Feuer des Kamins selbst verzehrte. Die Zeichnungen für den Krönungsornat, von der Hand der berühmtesten zeitgenössischen Künstler entworfen, waren ihm vor schon vielen Monden vorgelegt worden, und er hatte Befehl erteilt, dass die Handwerker Tag und Nacht an ihrer Ausführung schaffen sollten und dass man die ganze Welt durchforsche nach Juwelen, die ihrer Arbeit würdig wären. Er sah sich im Geiste bereits in dem strahlenden Gewand vor dem Hochaltar des Domes stehen. Ein Lächeln spielte um seinen Knabenmund und ließ einen hellen Schimmer in seinen dunklen Waldaugen aufleuchten.

Nach einiger Zeit erhob er sich und blickte, gegen das geschnitzte Schutzdach des Kamins gelehnt, in dem matt erleuchteten Gemach umher. Die Wände waren mit reichen Stickereien bekleidet, die den Triumph der Schönheit darstellten. Die eine Ecke füllte ein breiter Schrank, mit Achat und Lapislazuli eingelegt, und dem Fenster gegenüber stand ein anderer, eigentümlich gearbeiteter Schrank mit lackierten Holzfüllungen, goldbestäubt und goldgeschmückt, und darauf herrliche Becher aus venezianischem Glas und eine Schale aus dunkel-geädertem Onyx.

Blasse Mohnblüten waren in die Seidendecke des Bettes gestickt, als wären sie den müden Händen des Schlafes entfallen, und hohe Stäbe geschnitzten Elfenbeins hoben den samtenen Baldachin, auf dem gleich weißem Schaume große Büschel von Straußenfedern ragten, zu den bleichen Silberreliefs der Decke empor. Ein lachender Narziss aus grüner Bronze hielt einen geschliffenen Spiegel hoch über seinen Kopf. Auf dem Tisch stand eine flache Schüssel aus Amethyst.

Draußen konnte er die Riesenkuppel des Domes sehen, die wie eine dunkle Blase über die schattenverhüllten Häuser emporragte und die müden Schildwachen, die auf der nebeligen Terrasse am Strome auf und nieder schritten. Fern, in einem Obstgarten, schlug eine Nachtigall. Zarter Jasmingeruch drang durch das offene Fenster. Er strich sich die braunen Locken aus der Stirn. Dann griff er zur Laute und ließ die Finger über die Saiten gleiten. Seine schweren Lider senkten sich, und eine seltsame Müdigkeit kam über ihn. Nie zuvor hatte er so stark, so voll tiefer Freude den Zauber und das Geheimnis schöner Dinge empfunden.

Als die Mitternacht vom Turme schlug, ergriff er eine Glocke. Seine Pagen traten ein und entkleideten ihn mit vieler Förmlichkeit, gossen Rosenwasser über seine Hände und streuten Blumen auf sein Kissen. Wenige Augenblicke darauf hatten sie das Gemach verlassen, und er schlief ein.

Und wie er so schlief, träumte er einen Traum. Und dies war sein Traum:

Es war ihm, als stünde er in einem langen, niedrigen Dachzimmer inmitten surrender, klappernder Webstühle. Das kümmerliche Tageslicht blickte durch die vergitterten Fenster und ließ ihn die hageren Gestalten der Weber sehen, die sich über ihre Rahmen beugten. Blasse, kränklich aussehende Kinder kauerten auf den großen Querbalken. Wenn die Webschiffchen durch den Einschlag schossen, hoben sie das schwere Richtscheit auf; und setzten die Schiffchen aus, so ließen sie das Richtscheit fallen und pressten die Fäden aneinander. Ihre Gesichter waren vom Hunger schmal und ihre dünnen Arme und Hände zitterten. An einem Tisch saßen abgemagerte Weiber und nähten. Ein furchtbarer Geruch erfüllte den Raum. Die Luft war schwer und drückend, und von den Wänden tropfte und rann es feucht.

Der junge König trat zu einem der Weber, stellte sich neben ihn und sah ihm zu.

Und der Weber blickte ihn zornig an und sprach: »Warum siehst du mir so zu? Bist du ein Aufseher, den unser Herr über uns gesetzt hat?«

»Wer ist dein Herr?«, fragte der junge König.

»Unser Herr?«, rief der Weber bitter. »Er ist ein Mensch wie ich. Wahrlich, ein kleiner Unterschied nur ist zwischen ihm und mir: Er trägt schöne Kleider, während ich in Lumpen gehe und dass er, während ich schwach bin vor Hunger, höchstens einmal Schmerzen hat, wenn er sich überfrisst!«

»Das Land ist frei«, sprach der junge König. »Und du bist keines Menschen Sklave.«

»Im Kriege«, erwiderte der Weber, »macht sich der Starke den Schwachen und im Frieden macht der Reiche den Armen zum Sklaven! Wir müssen arbeiten, um zu leben – sie aber geben uns so kärglichen Lohn, dass wir sterben. Wir quälen uns für sie den lieben, langen Tag – sie aber häufen Gold in ihren Truhen. Unsere Kinder welken vor der Zeit dahin, und die Gesichter derer, die wir lieben, werden hart und böse. Wir keltern die Trauben, und andere trinken den Wein. Wir säen das Korn, aber unser Tisch ist leer. Wir tragen Ketten, wenn auch kein Auge sie sieht und sind Sklaven, wenngleich man uns Freie heißt.«

»Ist es bei allen so?«, fragte jener.

»Bei allen«, erwiderte der Weber. »Bei den Jungen und bei den Alten, bei den Frauen und bei den Männern, bei den kleinen Kindern wie bei jenen, die vom Alter gebeugt sind. Die Kaufleute pressen uns aus, und wir müssen handeln nach ihrem Gebot. Der Priester geht vorüber und betet seinen Rosenkranz – mit uns aber hat keiner Mitleid. Durch unsere sonnenlosen Gassen schleicht sich die Armut mit hungrigen Augen, und die Sünde mit gedunsenem Gesicht folgt hinter ihr. Frühmorgens weckt uns das Elend und nachts sitzt die Schande an unserem Bett. Doch was soll dir das alles?! Du bist keiner von den Unsern – du siehst zu glücklich aus!« Finster blickend wandte er sich ab und warf das Schiffchen durch den Webstuhl, und der junge König sah, dass ein Goldfaden eingefädelt war.

Und ihn befiel tiefes Entsetzen, und er sprach zum Weber: »Was für ein Gewand webest du da?«

»Das Krönungsgewand des jungen Königs«, erwiderte jener. »Doch was soll das dir?«

Und der junge König stieß einen lauten Schrei aus und erwachte, und siehe! Er war in seinem Gemach, und durch das Fenster sah er den großen Mond honigfarben in der dämmerigen Luft hangen.

Und wieder schlief er ein und träumte, und dies war sein Traum:

Ihm war, als läge er auf dem Deck einer großen Galeere, die von hundert Sklaven gerudert wurde. Auf einem Teppich, ihm zur Seite, saß der Herr der Galeere. Er war schwarz wie Ebenholz, und sein Turban war aus roter Seide. Große Silberringe zogen seine dicken Ohrlappen nieder, und in den Händen hielt er zwei elfenbeinerne Waagschalen.

Die Sklaven waren nackt bis auf einen zerlumpten Lendenschurz, und jeder Mann war an seinen Nachbar gekettet. Heiße Sonnenglut brannte auf sie herab, und Neger liefen den Quergang auf und nieder und striemten sie mit Peitschenhieben. Sie streckten die mageren Arme und zogen die schweren Ruder durch das Wasser. Salziger Gischt rann schäumend von den Riemenblättern.

Endlich erreichten sie eine kleine Bucht und fingen an zu loten. Ein leichter Wind wehte von der Küste und hüllte das Deck und das große lateinische Segel in eine Wolke feinen, roten Staubes. Drei Araber kamen auf wilden Mauleseln angeritten und schleuderten Speere nach ihnen. Der Besitzer der Galeere ergriff einen bunten Bogen und schoss einen von ihnen durch die Kehle. Schwer stürzte der vornüber in die Brandung, und seine Gefährten sprengten davon. Ein in einen gelben Schleier gehülltes Weib folgte langsam auf einem Kamel und blickte von Zeit zu Zeit nach dem Leichnam zurück.

Sobald sie Anker geworfen und das Segel eingezogen hatten, stiegen die Neger in den Kielraum hinab und holten eine lange Strickleiter herauf, die mit großen Bleigewichten beschwert war. Der Besitzer der Galeere warf sie über Bord und befestigte das Ende an zwei eisernen Haken. Dann ergriffen die Neger den jüngsten der Sklaven. Sie schlugen seine Fesseln entzwei, verstopften ihm die Nasenlöcher und Ohren mit Wachs und banden einen großen Stein um seine Hüften. Müde kroch er die Leiter hinab und verschwand im Meere. Einige Luftblasen stiegen da, wo er versunken, auf. Etliche der anderen Sklaven spähten neugierig über Bord. Vorne, am Bug der Galeere, saß ein Haifischbeschwörer und rührte eintönig die Trommel.

Nach einiger Zeit tauchte der Sklave aus dem Wasser auf und klammerte sich keuchend an die Leiter; seine Rechte hielt eine Perle. Die Neger entrissen sie ihm und stießen ihn ins Meer zurück. Die Sklaven schliefen über ihren Rudern ein.

Wieder und wieder tauchte er auf, und jedes Mal brachte er eine schöne Perle mit empor. Der Besitzer der Galeere wog sie und steckte sie in einen kleinen grünen Ledersack.

Der junge König versuchte zu sprechen, aber die Zunge schien ihm am Gaumen zu kleben und seine Lippen versagten den Dienst. Die Neger schwatzten miteinander und fingen an, sich um eine Schnur schimmernder Perlen zu streiten. Zwei Kraniche umkreisten unablässig das Schiff.

Ein letztes Mal kam der Taucher herauf, und die Perle, die er brachte, war schöner als alle Perlen des Ormuz, denn sie war an Form dem Vollmond gleich und weißer als der Morgenstern. Aber sein Gesicht war sonderbar bleich und als er auf dem Deck niedersank, quoll ihm das Blut aus Nase und Ohren. Ein kurzes Zittern – dann lag er still. Die Neger zuckten die Achseln und warfen den Körper über Bord.

Und der Besitzer der Galeere lachte, streckte die Hand nach der Perle aus und da er sie sah, drückte er sie an seine

Stirn und neigte sich tief. »Sie soll«, sprach er, »für das Zepter des jungen Königs sein«, und er gab den Negern ein Zeichen, die Anker zu lichten.

Und da der junge König dies vernahm, stieß er einen lauten Schrei aus und erwachte, und durch das Fenster sah er die langen, grauen Finger der Dämmerung nach den verblassenden Sternen greifen.

Und wieder schlief er ein und träumte, und dies war sein Traum:

Ihm war, als wanderte er durch einen düsteren Wald, worin seltsame Früchte wuchsen und schöne, giftige Blumen. Nattern züngelten nach ihm, da er vorüberging, und schillernde Papageien flogen kreischend von Zweig zu Zweig. Riesige Schildkröten lagen schlafend im heißen Schlamme, und die Bäume waren voll von Affen und Pfauen.

Weiter und weiter ging er, bis er den Waldessaum erreichte. Dort ward er einer ungeheuren Menschenmenge gewahr, die im Bette eines ausgetrockneten Stromes sich abmühte. Wie Ameisen schwärmten sie um die Felsblöcke. Sie gruben tiefe Gruben in den Boden und stiegen in sie hinab. Einige von ihnen spalteten die Felsen mit großen Äxten, andere wühlten im Sande. Sie rissen den Kaktus mit der Wurzel aus und zertraten die scharlachroten Blüten. Sie eilten hin und her, schrien sich zu, und kein einziger ging müßig.

Aus dem Dunkel einer Höhle blickten Tod und Habsucht auf sie, und der Tod sprach: »Ich bin müde. Gib mir ein Drittel von ihnen, so will ich meines Weges ziehen.«

Die Habsucht aber schüttelte das Haupt. »Es sind meine Knechte«, entgegnete sie. Und der Tod sprach zu ihr: »Was hältst du da in deiner Hand?«

»Drei Getreidekörner habe ich«, entgegnete sie. »Was sollen sie dir?«

»Gib mir eines davon!«, rief der Tod. »Ich will es in meinen Garten pflanzen. Nur eines davon, so will ich meines Weges gehen.«

»Gar nichts will ich dir geben«, sprach die Habsucht und verbarg die Hand in den Falten ihres Gewandes.

Und der Tod lachte und nahm eine Schale, tauchte sie in einen Wassertümpel, und der Schale entstieg das Sumpffieber. Es lief durch die große Menschenmenge, und ein Dritteil von ihnen lag tot. Ein kalter Nebel folgte ihm und die Wasserschlangen liefen ihm zur Seite.

Und da die Habsucht sah, dass ein Drittteil der Menge tot war, schlug sie sich an die Brust und weinte. Sie schlug ihre welken Brüste und schrie laut:

»Du hast ein Drittteil meiner Knechte erschlagen«, schrie sie. »Hebe dich von hinnen! In den Bergen der Tatarei wütet der Krieg, und die Könige beider Parteien rufen dich. Die Afghanen haben den schwarzen Ochsen geschlachtet und ziehen in die Schlacht. Sie haben mit ihren Speeren gegen die Schilde geschlagen und ihre ehernen Helme aufgesetzt. Was ist dir mein Tal, dass du darin verweilst? Geh von dannen und kehre nicht wieder zurück!«

»Nein«, entgegnete der Tod. »Ehe du mir nicht eins deiner Getreidekörner gibst, gehe ich nicht!« Aber die Habsucht schüttelte den Kopf und biss die Zähne fest zusammen. »Nichts will ich dir geben«, murmelte sie.

Und der Tod lachte und nahm einen schwarzen Stein vom Boden auf und schleuderte ihn in den Wald hinein, und aus dem Dickicht wilden Schierlings trat das Fieber in einem Flammenkleide. Es schritt durch die Menschenmenge und berührte sie, und jedermann, den es berührte, starb. Das Gras verdorrte unter seinen Füßen, wo es ging.

Und die Habsucht erschauerte und streute Asche auf ihr Haupt. »Du bist grausam«, rief sie. »Du bist grausam. In den mauerumgürteten Städten Indiens herrscht Hungersnot und die Zisternen von Samarkand sind versiegt, Hungersnot herrscht in den mauerumgürteten Städten Ägyptens und die Heuschrecken sind aus der Wüste gekommen. Der Nil ist nicht über seine Ufer getreten, und die Priester haben Isis und Osiris geflucht. Geh zu jenen, die deiner bedürfen, doch lass mir meine Knechte.«

»Nein«, entgegnete der Tod. »Ehe du mir nicht ein Getreidekorn gegeben hast, werde ich nicht gehen!«

»Nichts will ich dir geben«, entgegnete die Habsucht.

Und wieder lachte der Tod und pfiff durch die Finger, und ein Weib kam durch die Luft geflogen. »Pest« stand auf ihrer Stirn geschrieben und eine Schar magerer Geier umkreiste sie. Sie bedeckte das Tal mit ihren Schwingen, und kein Sterblicher blieb am Leben.

Und die Habsucht floh schreiend durch den Wald. Der Tod aber schwang sich auf sein rotes Ross und sprengte davon. Sein Ritt war schneller denn der Wind.

Und aus dem Schlamm im Talgrund krochen Drachen und furchtbare, schuppige Tiere, und Schakale kamen über den Sand gelaufen und witterten mit gierigen Nüstern.

Und der junge König weinte und sprach: »Wer waren jene Männer und wonach suchten sie?«

»Sie suchten nach Rubinen für eines Königs Krone«, antwortete einer, der hinter ihm stand. Und der junge König erschrak und wandte sich um. Da sah er einen Mann, der wie ein Pilger gekleidet war und einen Spiegel aus Silber in seiner Hand trug.

Und er erblasste und sprach: »Welches Königs?«

Da antwortete der Pilger: »Blick in diesen Spiegel und du wirst ihn sehen.«

Und er blickte in den Spiegel und sah sein eigenes Angesicht. Da schrie er laut auf und erwachte. Das helle Sonnenlicht strömte in das Gemach. Und auf den Bäumen im Lustgarten sangen die Vögel.

Und der Kämmerer und die Würdenträger des Staates traten ein und huldigten ihm. Und die Pagen brachten ihm das Gewand aus Goldgewebe und legten Krone und Zepter vor ihn hin.

Und der junge König betrachtete die Kostbarkeiten, und sie waren schön – schöner als alles, was er je gesehen hatte. Aber er entsann sich seiner Träume, und er sprach zu seinen Großen: »Nehmt diese Dinge fort, denn ich will sie nicht tragen.«

Und die Höflinge staunten und einige lachten, denn sie glaubten, er scherze.

Doch er sprach streng zu ihnen und sagte: »Nehmt diese Dinge weg und verbergt sie vor mir. Wenn es auch der Tag meiner Krönung ist, so will ich sie doch nicht tragen. Denn auf dem Webstuhle der Sorge und von den bleichen Händen der Not ist dieses mein Gewand gewoben worden. Blut ist im Herzen des Rubins und der Tod im Herzen der Perle.« Und er erzählte ihnen seine drei Träume.

Und als die Höflinge sie hörten, blickten sie einander an und flüsterten und sagten: »Wahrlich, er ist wahnsinnig geworden! Denn, was ist ein Traum anderes als ein Traum und ein Gesicht mehr als ein Gesicht? Sie sind nicht Dinge der Wirklichkeit, dass man auf sie achte. Und was haben wir mit dem Leben jener zu schaffen, die für uns arbeiten? Soll ein Mensch nicht Brot essen, ehe er den Sämann gesehen, und Wein schlürfen, bevor er den Winzer befragt hat?«

Und der Kanzler sprach zum jungen König und sagte: »Herr, ich bitte dich, lass ab von all den düsteren Gedanken und kleide dich in dieses schöne Gewand und setze diese Krone auf dein Haupt. Denn wie soll das Volk wissen, dass du ein König bist, wenn du nicht eines Königs Kleid trägst?«

Und der junge König blickte ihn an. »Ist dem wirklich so?«, fragte er. »Werden sie mich nicht als König erkennen, wenn ich eines Königs Kleid nicht trage?«

»Sie werden dich nicht erkennen, o Herr!«, rief der Kanzler.

»Ich wähnte, es habe Männer gegeben, die königlich waren«, entgegnete er. »Doch vielleicht ist es, wie du sagst. Aber dennoch will ich dies Gewand nicht tragen, noch mich mit dieser Krone krönen lassen, sondern wie ich in den Palast gekommen bin, will ich ihn wieder verlassen!«

Und er befahl ihnen allen, ihn allein zu lassen, einen Pagen ausgenommen, den er als seinen Gefährten genommen hatte, einen Knaben, der ein Jahr jünger als er selbst. Ihn behielt er zu seiner Bedienung bei sich. Und als er sich in klarem Wasser gebadet hatte, öffnete er eine große bemalte Truhe und nahm das Lederwams und den groben Schaffellmantel heraus, die er getragen hatte, da er am Hügelhange die zottigen Ziegen des Hirten hütete. Die legte er an, und in die Hand nahm er den rauen Hirtenstab.

Und der kleine Page öffnete erstaunt die großen blauen Augen weit und sprach lächelnd zu ihm: »Herr, wohl sehe ich dein Gewand und auch dein Zepter, wo aber ist deine Krone?«

Und der junge König pflückte einen Zweig wilder Rosen, der auf den Altan niederhing, und bog ihn sich zum Reif und drückte ihn sich aufs Haupt.

»Dies soll meine Krone sein«, entgegnete er.

Und also angetan trat er aus seinem Gemach in die große Halle, wo die Edelleute ihn erwarteten.

Und die Edelleute spotteten und etliche riefen ihm zu: »Herr, das Volk harrt eines Königs, und du zeigst ihm einen Bettler.« Und andere waren voller Entrüstung und sprachen: »Er bringt Schande über unser Land, und er ist nicht würdig, unser Herr zu sein.« Er aber erwiderte nicht ein einziges Wort, sondern ging an ihnen vorüber und schritt die helle Treppe aus Porphyr hinab und hinaus durch die ehernen Tore und bestieg sein Pferd und sprengte dem Dome zu, während der kleine Page ihm zur Seite lief.

Und das Volk lachte und schrie: »Da reitet des Königs Hofnarr vorbei!«, und sie verhöhnten ihn.

Und er zog die Zügel an und sprach: »Nein – ich bin es, euer König!«, und er erzählte ihnen seine drei Träume.

Ein Mann aber trat aus der Menge und sprach voll Bitterkeit und sagte: »Herr, weißt du nicht, dass das Leben des Armen aus dem Überfluss des Reichen entsteht? Euer Prunk nährt uns, und eure Laster geben uns Brot. Für einen harten Herrn zu arbeiten, ist bitter; noch bitterer aber ist es, keinen Herrn zu haben, für den man arbeiten darf. Meinst du etwa, dass uns die Raben speisen werden? Und was vermagst du gegen diese Dinge? Willst du dem Käufer gebieten: ›Du sollst für so und so viel kaufen‹, und dem Verkäufer: ›Du sollst zu diesem Preis verkaufen?‹ Ich meine, nein. Darum kehre zurück in deinen Palast und kleide dich wieder in Purpur und feines Linnen. Was hast du mit uns zu schaffen und dem, was wir leiden?«

»Sind nicht der Reiche und der Arme Brüder?«, fragte der junge König.

»Seit jeher sind sie Brüder«, entgegnete der Mann. »Und der Name des reichen Bruders ist Kain.«

Da füllten sich die Augen des jungen Königs mit Tränen und er ritt vorwärts, vom Murren des Volkes begleitet. Und den kleinen Pagen ergriff Angst und er verließ ihn.

Und als er vor das hohe Portal des Domes kam, streckten die Kriegsleute die Hellebarden vor und sprachen: »Was suchst du hier? Keiner tritt durch diese Tür ein, außer dem König.«

Und sein Angesicht rötete sich vor Zorn und er sprach zu ihnen: »Ich bin der König!«, und er stieß die Hellebarden zur Seite und schritt hinein.

Doch als der alte Bischof ihn in seinem Hirtenkleide kommen sah, erhob er sich verwundert von seinem Throne, schritt ihm entgegen und sprach zu ihm: »Mein Sohn, ist dies eines Königs Kleid? Wo ist die Krone, mit der ich dich krönen und wo das Zepter, das ich in deine Hand legen soll? Wahrlich, dieser Tag sollte für dich ein Tag der Freude und nicht ein Tag der Erniedrigung sein.«

»Soll sich die Freude in das Gespinst des Leides kleiden?«, fragte der junge König. Und er erzählte ihm seine drei Träume.

Und als der Bischof sie vernommen hatte, runzelte er die Stirn und sprach: »Mein Sohn, ich bin ein alter Mann und stehe im Winter meiner Tage und ich weiß, dass in der weiten Welt viel schlimme Dinge geschehen. Die wilden Räuber steigen von den Bergen herab, rauben die kleinen Kinder und verkaufen sie den Mauren. Die Löwen lauern den Karawanen auf und stürzen sich auf die Kamele. Die wilden Eber entwurzeln das Korn im Tale und die Füchse benagen den Wein auf den Hügeln. Die Seeräuber verwüsten die Küsten und verbrennen dem Fischer die Schiffe und rauben ihm die Netze. In den salzigen Sümpfen leben die Aussätzigen; ihre Häuser sind aus geflochtenem Rohr, und keiner darf ihnen nahen. Die Bettler wandern durch die Städte und essen ihr Brot mit den Hunden. Kannst du erreichen, dass all dies nicht geschieht? Willst du den Aussätzigen zu deinem Bettgenoss wählen und den Bettler an deine Tafel setzen? Soll der Löwe tun, wie du gebietest und sollen die wilden Eber dir gehorchen? Ist Er, der das Elend schuf, nicht weiser als du? Darum lobe ich dich nicht für das, was du getan hast, sondern ich befehle dir, in den Palast zurückzureiten und Freude über dein Angesicht zu breiten und deinen Leib mit der Gewandung, die einem König ziemt, zu kleiden. Und mit der Krone aus Gold will ich dich krönen und das Perlenzepter will ich dir in die Hände legen. Deiner Träume aber gedenke nicht mehr. Die Bürde dieser Welt ist zu groß, als dass ein Mann sie tragen könnte, und der Kummer der Welt ist zu schwer, als dass ein Herz ihn erleidet.«

»Sprichst du so in diesem Haus?«, fragte der junge König und ging am Bischof vorbei und schritt die Stufen des Altars hinan und stand vor dem Bild Christi.

Er stand vor dem Bild Christi, und zu seiner rechten Hand und zu seiner linken waren die herrlichen Goldgefäße, die Kelche voll gelben Weins und die Phiolen mit dem heiligen Öl. Er kniete nieder vor dem Bild Christi, und die hohen Kerzen brannten hell vor dem juwelenbesetzten Schrein und die Wolken des Weihrauches kräuselten sich in schmalen, blauen Ringen durch den Dom. Er neigte das Haupt im Gebet, und die Priester in ihren starren Goldgewändern schlichen sich fort vom Altar.

Und plötzlich ertönte ein wildes Lärmen von der Straße her, und herein stürzten die Edelleute mit gezückten Schwertern und wehendem Federschmuck und Schilden aus blankem Stahl. »Wo ist dieser Träumer der Träume?«, riefen sie. »Wo ist dieser König, der wie ein Bettler einhergeht – der Knabe, der Schmach über unser Land bringt? Wir wollen ihn töten, denn wahrlich, er ist nicht würdig, über uns zu herrschen.«

Und wieder beugte der König das Haupt und betete. Und als er sein Gebet beendet hatte, stand er auf und wandte sich und blickte sie traurig an.

Und siehe! Durch die gemalten Fenster strömte das Sonnenlicht auf ihn herab, und die Sonnenstrahlen woben um ihn ein Prunkgewebe, weit herrlicher als das Gewand, das zu seiner Lust gefertigt ward. Und der tote Stab erblühte und trug Lilien, die weißer waren als Perlen. Der trockene Zweig blühte auf und trug Rosen, die röter waren denn Rubine. Weißer als herrliche Perlen waren die Lilien, und ihre Stiele waren von schimmerndem Silber. Röter als Blutrubinen waren die Rosen, und ihre Blätter waren aus getriebenem Golde. Er stand da in eines Königs Gewand, und die Türen des juwelengeschmückten Schreins sprangen auf, und dem Kristall um die vielstrahlige Monstranz entströmte ein herrliches, mystisches Licht. Er stand da in eines Königs Gewand und Gottes Herrlichkeit erfüllte den Raum. Und die Heiligen schienen sich in den geschnitzten Nischen zu bewegen. Im Prunkgewande eines Königs stand er vor ihnen, und die Orgel ließ ihre Musik ertönen, die Trompeter bliesen auf ihren Trompeten, und die Sängerknaben sangen.

Das Volk aber sank in Ehrfurcht auf die Knie, und die Edelleute steckten ihre Schwerter in die Scheide und huldigten ihm. Und das Angesicht des Bischofs wurde bleich und seine Hand erzitterte: »Ein Größerer als ich hat dich gekrönt!«, rief er und er kniete vor ihm nieder.

Und der junge König stieg die Stufen des Hochaltars herab und schritt heimwärts, mitten durch die Menge. Kein Mensch aber wagte, ihm ins Angesicht zu schauen, denn es war wie das Angesicht eines Engels.

Der Geburtstag der Infantin

Es war der Geburtstag der Infantin. Just zwölf Jahre war sie alt geworden, und die Sonne schien hell auf die Gärten des Palastes nieder. Wenn sie auch eine wirkliche Prinzessin und Infantin von Spanien war, so hatte sie doch in jedem Jahr nur einen Geburtstag, ganz wie armer Leute Kinder. Deshalb war es denn auch für das ganze Land von allergrößter Wichtigkeit, dass ihr hierfür ein wirklich schöner Tag beschert werde. Und ein wirklich schöner Tag war es diesmal gewiss.

Die hohen, gestreiften Tulpen reckten sich kerzengerade auf ihren Stielen gleich dichten Reihen von Soldaten und blickten herausfordernd über das Gras zu den Rosen hinüber und sprachen: »Jetzt sind wir genau so prächtig wie ihr.« Die purpurfarbenen Schmetterlinge flatterten umher auf goldbestäubten Flügeln und statteten den Blumen, einer nach der anderen, Besuche ab. Die kleinen Eidechsen krochen aus den Mauerritzen hervor und lagen da, im weißen Sonnenglast sich badend; und die Granatäpfel brachen auf und barsten unter der Glut und wiesen ihre blutend roten Herzen. Selbst die blassen, gelben Zitronen, die in reicher Fülle vom morschen Spalier und längs den dunklen Bogengängen herabhingen, schienen im herrlichen Sonnenscheine farbensatter, und die Magnolienbäume befreiten ihre großen kugelrunden Blüten aus dem umschließenden Elfenbein und erfüllten die Luft mit süßem schweren Duft.

Das Prinzesschen selbst ging mit seinen Gespielen die Terrasse auf und nieder und spielte Versteck hinter den runden Vasen aus Stein und den alten moosbewachsenen Statuen. An gewöhnlichen Tagen war ihr nur gestattet, mit Kindern ihres eigenen Ranges zu spielen, und sie musste daher immer allein spielen. Ihr Geburtstag aber war eine Ausnahme, und der König hatte Befehl erteilt, dass sie alle jungen Freunde und Freundinnen, die sie wollte, zu sich bitten dürfe, um mit ihnen fröhlich zu sein. Es lag eine würdevolle Anmut über diesen schlanken spanischen Kindern, wie sie so umherhuschten, die Knaben mit ihren breiten Federhüten und den kurzen, flatternden Mänteln, die Mädchen mit langen Gewändern aus Brokat, deren Schleppe sie rafften, und riesigen Fächern in Schwarz und Silber, mit denen sie die Augen vor der Sonne schützten. Doch die anmutreichste von allen war die Infantin, und sie war am geschmackvollsten gekleidet nach der etwas beschwerlichen Mode jener Zeit. Ihr Gewand war aus grauem Atlas, der Rock und die weit gebauschten Ärmel waren mit schwerer Silberstickerei besetzt und das steife Mieder mit Reihen schöner Perlen. Zwei winzige Pantöffelchen mit großen, rosafarbenen Rosetten guckten unter ihrem Kleide hervor, wenn sie ging. Rosenfarbig und perlgrau war ihr mächtiger Gazefächer, und im Haar, das wie ein Glorienschein verblassten Goldes starr um ihr blasses Gesichtchen stand, trug sie eine schöne weiße Rose.

Von einem Fenster des Palastes aus sah der tieftraurige, melancholische König ihnen zu. Hinter ihm stand sein Bruder, Don Pedro von Aragonien, den er hasste, und sein Beichtvater, der Großinquisitor von Granada, saß neben ihm. Trauriger noch als gewöhnlich war der König. Denn als er auf die Infantin niedersah, die sich bald mit kindlicher Ernsthaftigkeit vor den versammelten Höflingen verneigte, bald hinter ihrem Fächer über die grimmige Herzogin von Albuquerque lachte, von der sie stets begleitet ward, musste er der jungen Königin gedenken, ihrer Mutter, die erst vor kurzer Zeit – wie es ihm schien – aus dem heiteren Frankreich gekommen und in der düsteren Pracht des spanischen Hofes dahingewelkt war. Just sechs Monate nach der Geburt ihres Kindes war sie gestorben, noch ehe sie die Mandelbäume zum zweiten Male in den Gärten blühen sah oder des zweiten Jahres Frucht von dem alten, knorrigen Feigenbaume gepflückt hatte, der inmitten des jetzt grasüberwachsenen Hofes stand. So groß war seine Liebe zu ihr gewesen, dass er es sogar nicht ertrug, dass das Grab sie ihm verberge. Sie war von einem maurischen Arzte einbalsamiert worden, dem man zum Lohn für diesen Dienst das Leben schenkte, das, wie die Leute sagten, wegen Ketzerei und des Verdachtes der Zauberei bereits dem Heiligen Amte verfallen gewesen. Und noch ruhte ihr Leichnam auf der stickereibedeckten Bahre in der dunklen Marmorkapelle des Palastes, just so, wie ihn die Mönche hineingetragen hatten, an jenem windigen Märzentag vor fast zwölf Jahren. Einmal in jedem Monat besuchte sie der König, in einen schwarzen Mantel gehüllt, eine verdunkelte Laterne in der Hand, kniete neben ihr nieder und schluchzte: »Mi reina! Mi reina!« Und bisweilen durchbrach er den Zwang der strengen Etikette, die in Spanien jede einzelne Lebenshandlung beherrscht und selbst dem Gram eines Königs Schranken setzt. Dann umklammerte er in wilder Schmerzensraserei die blassen, juwelenbedeckten Hände und versuchte durch seine irren Küsse, das kalte, bemalte Gesicht zum Leben zu erwecken.

Heute war ihm, als sähe er sie wieder, wie er sie zum ersten Mal im Schloss zu Fontainebleau gesehen, als er selbst erst fünfzehn Jahre alt und sie noch jünger war. Sie waren damals durch den päpstlichen Nunzius in Gegenwart des französischen Königs und des ganzen Hofes feierlich einander verlobt worden, und er war in den Eskurial zurückgekehrt mit einer kleinen Locke blonden Haares und der Erinnerung an zwei kindliche Lippen, die sich niederbeugten, seine Hand zu küssen, als er in den Wagen stieg.

Späterhin war dann die Hochzeit gefolgt, die man hastig in Burgos vollzogen, einer kleinen Stadt an der Grenze der beiden Länder, und der große feierliche Einzug in Madrid, mit der üblichen Feier der Hochmesse in der Kirche La Atocha und einem außergewöhnlich prächtigen Autodafé, zu welchem die Geistlichkeit nahezu dreihundert Ketzer, unter denen sich auch viele Engländer befanden, der weltlichen Gerichtsbarkeit zur Verbrennung überliefert hatte.

Wahrlich, er hatte sie wild geliebt und, wie viele dachten, zum Verderben seines Landes, das damals mit England um den Besitz der Herrschaft über die neue Welt im Kriege lag. Kaum je hatte er ihr gestattet, sich aus seinen Augen zu entfernen. Um ihretwillen hatte er alle ernsten Staatsgeschäfte vergessen oder schien sie wenigstens vergessen zu haben. Mit jener furchtbaren Blindheit, mit der die Leidenschaft ihre Knechte schlägt, war es ihm entgangen, dass die auserlesenen Zeremonien, durch die er sie zu erheitern suchte, nur das seltsame Leid, an dem sie krankte, vertieften. Als sie starb, glich er eine Zeit lang einem, der der Vernunft beraubt ist. Auch unterliegt es keinem Zweifel, dass er in aller Form abgedankt und sich in das große Trappistenkloster zu Granada, dessen Prior er dem Namen nach bereits war, zurückgezogen hätte, hätte er nicht gefürchtet, die kleine Infantin der Willkür seines Bruders zu überlassen, dessen Grausamkeit sogar in Spanien berüchtigt war, und den viele verdächtigten, den Tod der Königin durch ein Paar vergifteter Handschuhe herbeigeführt zu haben, das er ihr zum Geschenk machte, als sie zu Gast auf seinem Schloss in Aragonien weilte. Selbst nach Ablauf der drei Jahre öffentlicher Trauer, die er durch einen königlichen Erlass dem ganzen Lande vorgeschrieben hatte, duldete er nie, dass seine Minister ihm von einer neuen Ehe sprachen. Und als der Kaiser selbst zu ihm sandte und ihm die Hand der lieblichen Erzherzogin von Böhmen, seiner Nichte, zum Ehebündnis anbot, hieß er die Gesandten ihrem Herrn melden, der König von Spanien sei bereits dem Leide angetraut. Und sei dieses auch nur eine unfruchtbare Braut, so liebe er es doch mehr als alle Schönheit – eine Antwort, die seiner Krone die reichen Provinzen der Niederlande kostete, die kurz darauf auf Anstiften des Kaisers sich unter der Führerschaft einiger Fanatiker der reformierten Kirche wider ihn empörten.

Sein ganzes Eheleben, mit all seiner wilden, feuerfarbenen Wonne und der furchtbaren Qual seines jähen Endes, schien ihm heute wiedergekehrt, als er dem Spiel der Infantin auf der Terrasse zusah. Ihr Wesen hatte ganz den reizvollen Übermut, der auch der Königin zu eigen gewesen war. Das war die gleiche eigenwillige Art, den Kopf zu werfen, der gleiche, stolz geschwungene, wunderbare Mund, das gleiche hinreißende Lächeln – ein vrai sourire de France –, wie sie so hin und wieder zum Fenster aufblickte oder ihre kleine Hand den stattlichen spanischen Granden zum Kuss hinhielt. Aber das gellende Lachen der Kinder tat seinen Ohren weh. Und das helle, schonungslose Sonnenlicht spottete seines Grames. Ein dumpfer Geruch seltsamer Spezereien, wie man sie zum Einbalsamieren benutzt, schien ihm – oder war es nur Wahn? – die reine Morgenluft zu trüben. Er barg das Antlitz in den Händen und als die Infantin wieder nach oben sah, waren die Fenster verhängt, und der König hatte sich zurückgezogen.

Sie verzog enttäuscht das Mündchen und zuckte die Achseln. Er hätte an ihrem Geburtstage doch wahrlich bleiben können. Was lag denn an den dummen Staatsgeschäften? Oder war er in die düstere Kapelle gegangen, worin Tag und Nacht die Kerzen brannten und die sie selber nie betreten durfte? Wie töricht von ihm, während doch die Sonne so strahlend schien und jedermann so glücklich war! Überdies würde er nun das Schein-Stiergefecht versäumen, zu dem schon die Trompete lud; von dem Puppenspiel und den anderen Herrlichkeiten gar nicht zu reden. Ihr Onkel und der Großinquisitor waren viel vernünftiger. Die waren auf die Terrasse herausgekommen und hatten ihr niedliche Schmeicheleien gesagt. Sie warf das holde Köpfchen in den Nacken, ergriff Don Pedro bei der Hand und schritt bedächtig die Stufen herab, einem großen Zelt aus Purpurseide zu, das man am Ende des Gartens errichtet hatte. Die anderen Kinder folgten in strenger Rangordnung: Die die längsten Namen hatten, gingen zuerst.

Eine Reihe von Edelknaben, fantastisch als Toreadore verkleidet, kam ihr entgegen, sie zu begrüßen. Und der junge Graf von Tierra-Nueva, ein wunderschöner Knabe von ungefähr vierzehn Jahren, der das Haupt mit der vollen Anmut eines geborenen Hidalgos und Granden von Spanien entblößte, führte sie feierlich hinan zu einem kleinen Stuhl aus Gold und Elfenbein, der auf einem erhöhten Platz vor der Arena stand. Die Kinder setzten sich im Kreis, ließen ihre großen Fächer in ihren kleinen Händen auf- und niederwippen und flüsterten miteinander. Don Pedro aber und der

Großinquisitor standen lachend am Eingang. Selbst die Herzogin – die Camerera-Mayor nannte man sie –, eine dünne Dame mit harten Zügen und einer gelben Halskrause, sah nicht so übellaunig wie gewöhnlich aus, und etwas wie ein frostiges Lächeln huschte über ihr runzeliges Gesicht und zuckte um ihre dünnen, blutleeren Lippen.

Es war auch wahrhaftig ein ganz wunderbares Stiergefecht, viel schöner, fand die Infantin, als das ernsthafte Stiergefecht, zu dem man sie einmal in Sevilla gelegentlich eines Besuches geführt, den der Herzog von Parma ihrem Vater abgestattet hatte. Einige der Knaben sprengten auf Steckenpferden mit prächtigen Schabracken umher und schleuderten lange Wurfspieße, an denen lustige Wimpel von hellen Bändern flatterten. Andere waren zu Fuß und schwangen ihre scharlachroten Mäntel dem Stier entgegen und setzten behände über die Schranken, wenn er auf sie losging. Auch der Stier gebärdete sich ganz wie ein ernsthafter Stier, obgleich er nur aus Weidengeflecht und einem darüber gespannten Fell bestand und bisweilen hartnäckig auf seinen Hinterbeinen die Runde um die Arena machte, was sich ein lebendiger Stier auch nicht im Traum einfallen lässt. Er lieferte ein prächtiges Gefecht, und die Kinder wurden so aufgeregt, dass sie auf die Bänke sprangen, mit ihren Spitzentaschentüchern winkten und »Bravo, Toro! Bravo, Toro!« just so verständnisvoll riefen, als wären sie erwachsene Leute. Schließlich aber, nach einem langen Kampf, in dem einige der Steckenpferde durch und durch durchbohrt und ihre Reiter abgeworfen wurden, zwang der junge Graf von Tierra-Nueva den Stier in die Knie und stieß – nachdem er von der Infantin Erlaubnis erhalten hatte, ihm den coup de grâce zu geben – sein Holzschwert so heftig in den Hals des Tieres, dass er ihm den Kopf vom Rumpfe trennte und das lachende Gesichtchen des kleinen Monsieur de Lorraine sichtbar wurde, dessen Vater Frankreichs Botschafter in Madrid war.

Dann wurde die Arena unter großem Beifallslärmen geräumt und die toten Steckenpferde von zwei maurischen Pagen in gelben und schwarzen Livreen weggeschleppt. Und nach einer kurzen Pause, über die ein französischer Seiltänzer auf dem straffen Seil hinweghalf, traten italienische Marionetten auf in der halbklassischen Tragödie »Sophonisbe«, auf der Bühne eines kleinen Theaters, das man zu diesem Zweck errichtet hatte. Sie spielten so gut und ihre Gebärden waren so außerordentlich natürlich, dass am Schluss der Vorstellung die Augen der Infantin feucht von Tränen waren. Einige der Kinder weinten so heftig, dass sie mit Süßigkeiten getröstet werden mussten. Ja, der Großinquisitor selbst fühlte sich so ergriffen, dass er Don Pedro gegenüber die Bemerkung nicht unterdrücken konnte, es erschiene ihm höchst unstatthaft, dass solche Geschöpfchen aus Holz und farbigem Wachs, die man doch rein mechanisch an Drähten bewege, so unglücklich sein und von so fürchterlichem Missgeschick betroffen werden dürften.

Ein afrikanischer Gaukler folgte. Er trug einen großen, flachen Korb herein, der mit einem roten Tuch überdeckt war, stellte ihn in der Mitte der Arena nieder und zog aus seinem Turban eine seltsame Flöte aus Rohr, auf der er blies. Nach wenigen Augenblicken begann sich das Tuch zu bewegen, und als die Flöte schriller und schriller wurde, streckten zwei grüngoldenschimmernde Schlangen die wunderlichen flach gedrückten Köpfe hervor, richteten sich langsam auf und wiegten sich hin und her nach den Klängen der Musik, wie sich Pflanzen auf den Wassern wiegen. Den Kindern aber machten die gefleckten Köpfe und die schnell züngelnden Zungen Angst, und sie freuten sich, als der Gaukler einen winzigen Orangenbaum aus dem Sande hervorwachsen ließ, der schöne, weiße Blüten trug und daneben Büschel wirklicher Früchte. Und als er den Fächer der kleinen Tochter des Marquis de Las-Torres nahm und ihn in einen blauen Vogel verwandelte, der zwitschernd in dem Zelt umherflog, kannten ihre Wonne und ihr Erstaunen keine Grenzen mehr.

Auch das feierliche Menuett, das die Tänzerknaben der Kirche von Nuestra-Señora-del-Pilar tanzten, war entzückend. Die Infantin hatte nie vorher diese wundervolle Zeremonie gesehen, die alljährlich einmal zur Maienzeit vor dem Hochaltar der Jungfrau und ihr zu Ehren stattfindet. Hatte doch überhaupt kein Mitglied der königlichen Familie Spaniens je die große Kathedrale zu Saragossa wieder betreten, seit einst ein wahnsinniger Priester, von dem viele sagten, er habe im Solde Elisabeths von England gestanden, versucht hatte, dem Prinzen von Asturien eine vergiftete Hostie zu reichen. Nur vom Hörensagen kannte sie den Tanz unser Lieben Frauen, wie man ihn nannte. Er war wirklich ein herrliches Schauspiel. Die Knaben trugen altmodische Hofgewänder aus weißem Samt, und ihre merkwürdigen dreispitzigen Hüte waren silbergefranst und von riesigen Straußenfederwedeln überschattet. Wie sie sich so im Sonnenlicht hin- und herbewegten, trat das blendende Weiß ihrer Gewandung durch den Gegensatz zu ihren dunkelbraunen Gesichtern und ihren langen schwarzen Haaren noch mehr hervor. Da war auch nicht einer, den nicht der würdevolle Ernst, mit dem sie durch die verschlungenen Figuren des Tanzes glitten und die erlesene Anmut ihrer langsamen Bewegungen und stolzen Verbeugungen bezaubert hätte. Und als sie die Vorführung beendet und ihre großen Federhüte tief vor der Infantin gesenkt hatten, nahm diese ihre Huldigung mit viel Artigkeit entgegen und tat ein Gelübde, dass sie unserer Lieben-Frau-del-Pilar zum Dank für das Vergnügen, das sie ihr gewährt, eine große Wachskerze stiften wolle.

Eine Schar hübscher Ägypter, wie man in jenen Zeiten die Zigeuner nannte, betrat dann die Arena. Sie ließen sich mit gekreuzten Beinen in der Runde nieder und begannen, gedämpft die Zither zu schlagen. Ihre Körper folgten wiegend der Melodie, und sie sangen fast unhörbar ein leises, träumerisches Lied. Als sie Don Pedros gewahr wurden, blickten sie ihn finster an, und auf den Gesichtern einiger malte sich Entsetzen: Hatte er doch vor wenigen Wochen erst zwei ihres Stammes wegen Hexerei auf dem Marktplatz von Sevilla hängen lassen! Die süße Infantin aber entzückte sie, wie sie sich so zurücklehnte und mit ihren großen, blauen Augen über den Fächer hinweg sah; und es war ihnen, als könne eine, die so lieblich sei, niemals gegen einen Menschen grausam sein. So spielten sie ganz leise, die Saiten ihrer Zithern mit den langen, spitzen Nägeln kaum berührend, und ihre Köpfe nickten, als wollten sie in Schlaf versinken. Plötzlich aber sprangen sie auf mit einem Schrei, der so gellend war, dass alle Kinder erschraken und Don Pedros Hand nach dem Achatknopf seines Dolches fuhr, wirbelten in tollem Kreistanz durch die Arena, schlugen die Tamburine und sangen in ihrer seltsamen, gutturalen Sprache ein wildes Liebeslied. Auf ein anderes Zeichen warfen sie sich dann wieder zu Boden und lagen reglos stille, sodass nichts das Schweigen brach als der dumpfe Zitherlaut. Nachdem sie dies mehrmals wiederholt hatten, verschwanden sie für einen Augenblick und kehrten mit einem braunen, zottigen Bären an einer Kette zurück und trugen auf ihren Schultern ein paar kleine Berberaffen. Der Bär stand mit tiefem Ernst auf dem Kopf, und die Äffchen mit den runzligen Gesichtern führten allerlei lustige Streiche mit zwei Zigeunerkindern auf, die ihre Herren zu sein schienen. Sie fochten mit winzigen Schwertern, feuerten Gewehre ab und exerzierten richtig, genau wie des Königs Leibgarde. Die Zigeuner hatten wirklich einen großen Erfolg!

Aber den lustigsten Teil der ganzen Morgenunterhaltung bildete zweifellos der Tanz eines kleinen Zwerges; wie er so, auf krummen Beinchen watschelnd, in die Arena stolperte und seinen schweren, missgestalteten Kopf von einer Seite zur andern warf, brachen die Kinder in einen lauten Schrei des Entzückens aus, und die Infantin selber lachte so laut, dass die Camerera sich verpflichtet fühlte, sie daran zu erinnern, dass es in Spanien wohl schon Fälle gegeben habe, wo eines Königs Tochter vor ihresgleichen geweint habe, aber dass noch nie eine Prinzessin von königlichem Geblüte so vergnügt gewesen sei und noch dazu vor niedriger Geborenen. Der Zwerg war aber einfach ganz unwiderstehlich. Und selbst am spanischen Hofe, der stets wegen seiner ausgebildeten Leidenschaft für das Grauenvolle bekannt war, hatte man nie ein so fantastisch-scheußliches kleines Ungeheuer gesehen. Zudem war es sein Debut. Er war am vorhergehenden Tage erst entdeckt worden. Zwei Granden, die in einem entlegenen Teil des dichten Korkeichenwaldes jagten, der die Stadt umgab, hatten ihn durch Zufall aufgestöbert und ihn als Überraschung für die Infantin in den Palast gebracht. War doch sein Vater, ein armer Kohlenbrenner, herzlich froh, ein so hässliches und nutzloses Kind loszuwerden! Das Belustigendste an ihm war wohl seine völlige Ahnungslosigkeit gegenüber der eigenen Lächerlichkeit. Er schien sogar ganz glücklich und voll der besten Laune zu sein. Wenn die Kinder lachten, lachte er mit, frei und fröhlich wie irgendeins von ihnen, und nach jedem Tanz machte er vor jedem eine höchst possierliche Verbeugung, lächelte und nickte ihnen zu, ganz als wäre er ihresgleichen und nicht ein kleines missgestaltetes Geschöpf, das die Natur in einer tollen Laune zum Gespött der anderen geformt hatte. Vollends bezauberte die Infantin ihn. Er konnte die Augen nicht von ihr wenden und schien nur für sie zu tanzen. Und als sie zum Schluss der Vorstellung die schöne weiße Rose aus ihrem Haar löste – sie erinnerte sich daran, dass die großen Damen des Hofes es so bei dem berühmten italienischen Tenore Caffarelli machten, den der Papst aus seiner

Kapelle eigens nach Madrid gesandt hatte, damit er die Schwermut des Königs durch die Lieblichkeit seiner Stimme heile – und sie ihm in die Arena hinunter mit ihrem lieblichsten Lächeln zuwarf, teils zum Scherz und teils um die Camerera zu ärgern, fasste er die Sache ganz ernsthaft auf, drückte die Blume an seine rauen, wulstigen Lippen, legte die Hand aufs Herz und sank vor ihr aufs Knie, wobei er von einem Ohr bis zum andern grinste und ihr freudefunkelnde Blicke aus den kleinen Äuglein zuwarf.

Dies erschütterte die Ernsthaftigkeit der Infantin so sehr, dass sie hellauf lachte und immer noch lachte, als der kleine Zwerg schon längst aus der Arena hinausgelaufen war. Auch drückte sie ihrem Oheim den Wunsch aus, man möge den Tanz doch auf der Stelle wiederholen lassen. Die Camerera jedoch entschied, unter dem Vorwande, die Sonne sei zu heiß, dass es für Ihre Hoheit besser sei, unverzüglich in den Palast zurückzukehren, wo man bereits ein wundervolles Fest für sie bereitet habe, bei dem auch ein wirklicher Geburtstagskuchen nicht fehle, auf dem bunter Zuckerguss mit ihren Initialen sei und über dem eine hübsche kleine Silberflagge wehe. Dementsprechend erhob sich die Infantin mit großer Würde und ging in ihre Gemächer zurück, nachdem sie den Befehl erteilt, dass nach der Siestastunde der kleine Zwerg von Neuem vor ihr tanzen solle und dem jungen Grafen von Tierra-Nueva ihren Dank für die reizende Veranstaltung übermittelt hatte. Die Kinder folgten ihr, in derselben Ordnung, in der sie gekommen waren.

Als nun der kleine Zwerg hörte, dass er ein zweites Mal vor der Infantin, noch dazu auf ihren eigenen, ausdrücklichen Befehl, tanzen solle, war er so über alle Maßen stolz, dass er in den Garten hinauslief, die weiße Rose in überströmender Freude wieder und wieder küsste und die ungeschlachtesten und linkischsten Gebärden des Entzückens machte.

Die Blumen waren höchst entrüstet, dass er wagte, sich in ihr schönes Heim zu drängen. Und wie sie ihn so auf den Wegen hin- und herspringen und in so lächerlicher Weise die Arme über dem Kopf schwingen sahen, konnten sie ihre Empfindungen nicht länger zurückhalten.

»Er ist doch wahrhaftig zu hässlich, als dass er da spielen dürfte, wo wir sind!«, riefen die Tulpen.

»Er sollte Mohnsaft trinken und sich zu tausendjährigem Schlaf legen«, sprachen die großen Scharlachlilien und ereiferten und erhitzten sich nicht wenig.

»Er ist einfach ein Scheusal!«, schrie der Kaktus. »Seht nur, wie verkümmert und verstümmelt er ist! In welchem Missverhältnis sein Kopf zu seinen Beinen steht! Weiß Gott, mir wird ganz stachelig zumute. Kommt er mir nahe, will ich ihn mit meinen Stacheln stechen.«

»Und dabei hat er sich wahrhaftig eine meiner schönsten Blüten angeeignet!«, rief der weiße Rosenbusch. »Ich habe sie selber der Infantin heute Morgen als Geburtstagsgeschenk gegeben. Er hat sie ihr gestohlen.« Und er schrie, so laut er nur konnte: »Dieb! Dieb! Dieb!«

Selbst die roten Geranien, die für gewöhnlich gar nicht stolz taten und von denen man wusste, dass sie eine Menge armer Verwandter hatten, wandten sich voll Ekel ab, als sie ihn erblickten. Und als die Veilchen in aller Bescheidenheit bemerkten, dass er wohl furchtbar hässlich, daran aber doch unschuldig sei, betonten sie nicht ganz zu Unrecht, dass ja eben gerade dies sein Hauptfehler sei und dass kein Grund vorliege, jemanden zu bewundern, bloß weil er unverbesserlich sei. Und wirklich kam es selbst einigen der Veilchen zum Bewusstsein, dass die Hässlichkeit des kleinen Zwerges recht aufdringlich war und dass er weit besseren Geschmack gezeigt hätte, wenn er Trauer oder mindestens Nachdenklichkeit zur Schau getragen hätte, anstatt so lustig herumzuhüpfen und sich in solchen absonderlichen und albernen Stellungen zu gefallen.

Die alte Sonnenuhr jedoch, die eine sehr hervorragende Persönlichkeit war und einst die Stunden des Tages keinem geringeren als Kaiser Karl V. höchstselbst angezeigt hatte, war über das Aussehen des kleinen Zwerges so entsetzt, dass sie beinahe vergessen hätte, zwei volle Minuten mit ihren langen Schattenfingern anzuzeigen und sich dem großen, milchweißen Pfauen gegenüber, der sich auf der Balustrade sonnte, nicht der Bemerkung enthalten konnte, es zeige sich wieder einmal, dass die Kinder eines Königs Könige und die Kinder eines Kohlenbrenners eben Kohlenbrenner wären. Und es sei töricht zu behaupten, dem sei nicht so. Eine Feststellung, mit der der Pfau völlig übereinstimmte und zu der er sein »gewiss! Gewiss«! so laut und schrill hervorstieß, dass die Goldfische, die im Becken der kühlplätschernden Fontäne wohnten, die Köpfe aus dem Wasser reckten und die großen, steinernen Tritonen fragten, was in aller Welt es denn da gäbe.

Nur allein die Waldvögel konnten ihn leiden. Sie hatten ihn oft im Wald gesehen, wie er, gleich einem Kobold, hinter den wirbelnden Blättern hertanzte oder auch sich in die Höhlung eines alten Eichenbaumes verkroch und seine Nüsse mit den Eichhörnchen teilte. Sie nahmen ihm seine Hässlichkeit nicht im geringsten übel. War doch selbst die Nachtigall, die des Nachts in den Orangenhainen so süß sang, dass sich der Mond bisweilen niederbeugte, um zu lauschen, schließlich nicht gerade sehr ansehnlich. Auch war er stets gütig gegen sie gewesen; und während jenes fürchterlich grimmen Winters, als es gar keine Beeren mehr an den Bäumen gegeben hatte und der Boden stahlhart gewesen war und die Wölfe bis vor die Stadtmauern gekommen waren, um Nahrung zu suchen, hatte er ihrer nicht ein einziges Mal vergessen, sondern ihnen stets die Krumen seiner kleinen schwarzen Brotrinde gegeben und immer mit ihnen geteilt, wie ärmlich auch sein Frühstück gewesen war.

Darum flogen sie in der Runde um ihn her, streiften im Flug ganz leise seine Wangen mit den Flügeln und schwätzten miteinander. Und der kleine Zwerg war so froh, dass er ihnen die schöne weiße Rose zeigen und ihnen erzählen musste, dass sie die Infantin selbst ihm geschenkt habe, weil sie ihn liebe!

Sie verstanden kein Sterbenswort von dem, was er sagte. Aber das tat nichts, denn sie legten die Köpfchen schief und blickten ihn verständnisvoll an, was ganz denselben Zweck erfüllt wie wirkliches Verstehen und viel leichter ist.

Auch die Eidechsen hatten eine große Vorliebe für ihn. Und als er vom Laufen müde war und sich ins Gras warf, um auszuruhen, spielten und krochen sie alle auf ihm herum und versuchten, ihn, so gut sie nur konnten, zu unterhalten. »Es kann nicht jeder so schön wie eine Eidechse sein!«, riefen sie. »Das wäre zuviel verlangt. Aber, mag es auch töricht klingen, so über die Maßen hässlich ist er gar nicht. Natürlich muss man die Augen schließen und darf ihn nicht anschauen.« Die Eidechsen waren geborene Philosophen und hockten oft Stunden und Stunden zusammen über einem Gedanken, wenn sonst nichts zu tun war oder wenn ihnen das Wetter zu regnerisch schien, um auszugehen.

Die Blumen jedoch waren sehr verstimmt über ihr Benehmen und das Benehmen der Vögel.

»Das zeigt nur wieder«, sagten sie, »welche verpöbelnde Wirkung dieses unaufhörliche Umherfliegen und Herumlaufen hat. Wohlerzogene Leute bleiben stets am selben Platz, wie wir. Uns hat noch niemand die Wege auf- und niederhüpfen oder wie toll im Gras hinter den Libellen herjagen sehen. Tut uns Luftveränderung not, so senden wir nach dem Gärtner, und er trägt uns auf ein anderes Beet. So ist es geziemend, und so soll es sein. Aber Vögel und Eidechsen haben für Ruhe kein Verständnis. Die Vögel haben ja nicht einmal eine ständige Adresse. Sie sind die reinsten

Vagabunden, wie die Zigeuner, und man sollte sie genau wie diese behandeln.«

So streckten sie die Nase in die Luft und blickten sehr hochmütig drein und waren sehr froh, als sie nach einiger Zeit sahen, wie sich der kleine Zwerg aus dem Gras erhob und über die Terrasse weg dem Palast zuschritt.

»Man sollte ihn wahrhaftig hinter Schloss und Riegel halten, solange er lebt«, sprachen sie. »Schaut doch nur diesen buckligen Rücken und die krummen Beinchen an!« Und sie kicherten alle zusammen.

Der kleine Zwerg aber wusste von alldem nichts. Er hatte die Vögel und Eidechsen unendlich gern und fand, dass die Blumen die herrlichsten Geschöpfe der Welt seien. Natürlich die Infantin ausgenommen, denn die hatte ihm ja die schöne weiße Rose geschenkt, die liebte ihn! Das war ganz etwas anderes … Wie sehr wünschte er, er wäre ihr gefolgt! Sie hätte ihn zu ihrer Rechten gesetzt und ihn angelächelt, und er wäre nie von ihrer Seite gewichen, sondern ihr Genosse geworden und hätte sie allerlei herrliche Spiele gelehrt. Wenn er auch noch nie zuvor in einem Palast gewesen, so wusste er doch eine Menge wunderbarer Dinge. Er konnte aus Binsen kleine Käfige bauen, in denen die Grashüpfer singen, aus langstieligem Rohr die Flöte schneiden, die Pan zu hören liebt. Er kannte jedes Vogels Ruf und konnte den Star vom Baumwipfel locken oder den Reiher aus dem Sumpf. Er kannte die Spur jedes Tieres und ersah aus den leichten Fußstapfen den Lauf des Hasen und aus den zerstampften Blättern den Weg des Ebers. Alle Tänze des Windes kannte er – den tollen Tanz im roten Gewand mit dem Herbst, den leichten Tanz in blauen Sandalen über das Korn hin, den Tanz mit weißen Schneewehen im Winter und den Blütentanz durch die Gärten im Lenz. Er wusste, wo die Waldtauben ihr Nest bauen; und einst, als ein Vogelsteller die Vogeleltern weggefangen hatte, hatte er die Jungen selbst aufgezogen und ihnen in der Höhlung einer gespaltenen Ulme einen kleinen Taubenschlag gebaut. Sie waren ganz zahm geworden und gewohnt, ihm jeden Morgen aus der Hand zu fressen. Die würden ihr gefallen und auch die Kaninchen, die in dem hohen Farnkraut umherliefen und die Holzhäher mit ihren stahlfarbenen Federn und schwarzen Schnäbeln und die Igel, die sich zu Stachelballen einrollen konnten und die großen, klugen Schildkröten, die langsam herumkrochen, die Köpfe schüttelten und an den jungen Blättern nagten. Ja, gewiss, in den Wald musste sie kommen und dort mit ihm spielen. Dort wollte er ihr sein eigenes kleines Bett geben und bis zum Morgengrauen Wache vor dem Fenster halten, dass das wilde Hornvieh ihr nicht Schaden tat und auch die hageren Wölfe der Hütte nicht zu nahe kamen.

Beim Morgengrauen aber würde er dann an die Läden klopfen und sie wecken, und sie würden hinausziehen und miteinander tanzen, den ganzen, langen Tag. Es war im Wald wirklich gar nicht einsam. Bisweilen ritt ein Bischof durch auf seinem weißen Maultier und las in einem schön gemalten Buch. Bisweilen zogen auch in ihren grünen Samtmützen und ihren Wämsen aus gegerbtem Hirschleder die Falkeniere vorbei, mit bekappten Falken auf der Faust. Zur Zeit der Weinlese kamen die Winzer mit purpurroten Händen und Füßen und trugen Kränze von glattem Efeu und tropfende Schläuche voll Wein. Und die Köhler saßen nachts rings um ihre riesigen Meiler und sahen die trockenen Klötze langsam im Feuer zu Asche verkohlen, in der sie Kastanien brieten. Und die Räuber kamen aus ihren Höhlen und trieben Kurzweil mit ihnen. Einmal hatte er auch eine schöne Prozession gesehen, die sich den langen staubigen Weg nach Toledo aufwärts wand. Die Mönche schritten unter lieblichem Gesang voran und trugen helle Fahnen und Kreuze aus Gold. Ihnen folgten in silberner Rüstung mit

Luntenschloss und Pike Soldaten. Und in deren Mitte schritten drei barfüßige Männer in wunderlichen, gelben Gewändern, die über und über mit seltsamen Zeichen bemalt waren, und sie trugen brennende Kerzen in den Händen. Gewiss, es gab schon viel zu sehen im Wald. Und wenn sie müde war, wollte er eine weiche Moosbank für sie finden oder sie auf seinen Armen tragen. Denn er war sehr stark, wenngleich er wusste, dass er nicht groß war. Er würde ihr ein Halsgeschmeide aus roten Zaunbeeren machen, das gerade so hübsch sein würde wie die weißen Beeren, mit denen ihr Kleid bestickt war, und wenn sie deren müde war, brauchte sie sie nur wegzuwerfen – er würde ihr schon andere suchen. Eicheln würde er ihr bringen und taubetropfte Anemonen und winzige Glühwürmchen als Sterne in das bleiche Gold ihres Haares.

Wo aber war sie? Er fragte die weiße Rose, und sie gab ihm keinen Bescheid. Der ganze Palast schien in Schlaf verfallen. Selbst da, wo die Läden nicht geschlossen waren, hatte man die Fenster mit schweren Vorhängen verhängt, um der Sonnenglut den Eingang zu wehren. Er wanderte auf und nieder, nach einer Stelle spähend, wo er sich Einlass erzwingen könnte und erblickte endlich eine kleine, verborgene Tür, die offenstand. Er schlüpfte hinein und fand sich in einer prächtigen Halle, viel prächtiger, fürchtete er, als selbst der Wald. Sah er doch Gold, wohin er blickte! Der Boden war aus großen bunten Steinen gebildet, die sich zu regelmäßigem Linienspiele zusammenfügten. Aber die kleine Infantin sah er nicht, nur ein paar wunderschöne, weiße Statuen, die von ihren Jaspispiedestalen auf ihn niedersahen, mit traurigen leeren Augen und seltsam lächelnden Lippen.

Am Ausgang des Saales hing ein reich gestickter Vorhang aus schwarzem Samt, der mit Sonnen und Sternen nach des Königs eigenem Entwurf übersät und in der Farbe gestickt war, die er vor allem liebte. Vielleicht verbarg sie sich dahinter. Er wollte jedenfalls nachsehen …

So stahl er sich leise zu dem Vorhang hin und zog ihn beiseite. Nein, es war nur ein anderes Zimmer dahinter – ein hübscheres freilich, dachte er, als das, was er eben verlassen. Die Wände waren mit handgefertigter Arrasstickerei behängt, die in vielen Gestalten eine Jagd darstellte und das Werk eines flämischen Künstlers war, der mehr als sieben Jahre daran geschaffen hatte. Sie hing einst im Gemache von Jean Le Fou, wie man ihn nannte, jenes wahnsinnigen Königs, der die Jagd so leidenschaftlich liebte, dass er oft in seinem Wahn versucht hatte, die sich bäumenden Riesenpferde an der Wand zu besteigen und den Hirsch herunterzureißen, den die großen Jagdhunde ansprangen; der ins Jagdhorn stieß und mit seinem Dolch nach der bleichen fliehenden Hindin stach. Jetzt wurde der Raum als Ratssaal benutzt, und auf dem Tisch, der in der Mitte stand, lagen die roten Mappen der Minister, auf die die goldenen Tulpen Spaniens eingepresst waren und das Wappen und die Embleme des Hauses Habsburg.

Der kleine Zwerg blickte verwundert um sich und wagte kaum, weiterzugehen. Die seltsam schweigsamen Reiter, die so behände und lautlos durch das Dickicht jagten, schienen ihm gleich jenen furchtbaren Phantomen, von denen er die Köhler hatte reden hören, den Comprachos, die nur des Nachts jagen und Menschen, denen sie begegnen, in Hindinnen verwandeln und verfolgen. Dann aber dachte er an die hübsche Infantin und fasste Mut. Er wollte sie allein antreffen und ihr sagen, dass auch er sie liebe. Vielleicht war sie im nächsten Gemach. Er lief über die weichen, maurischen Teppiche und öffnete die Tür. Doch auch hier war sie nicht. Das Gemach war ganz leer.

Es war ein Thronsaal, der zum Empfang fremder Gesandter diente, wenn der König, was in letzter Zeit allerdings nur selten geschah, sie selbst zu empfangen geruhte. Dasselbe

Gemach, in dem vor vielen Jahren Botschafter Englands erschienen waren, um ein Ehebündnis zwischen ihrer Königin, damals eine der katholischen Herrscherinnen Europas, mit dem ältesten Sohne des Kaisers vorzubereiten. Die Tapeten waren aus vergoldetem Kordovaleder, und ein schwerer, goldener Kronleuchter mit Armen für dreihundert Wachskerzen hing von der schwarz und weißen Decke herab. Unter einem großen Baldachin aus Goldstoff, auf dem die Löwen und Türme Kastiliens, Perle an Perle, eingestickt waren, stand der Thron, mit einem reichen Tuch aus schwarzem Samt verhangen, das mit Silbertulpen besetzt und mit Silber und Perlen reich umsäumt war. Auf der zweiten Stufe des Thrones stand der Knieschemel der Infantin mit seinen Kissen aus silbergewebtem Tuch. Und tiefer noch und außerhalb des Baldachins stand der Stuhl des päpstlichen Nunzius, der allein das Recht besaß, in des Königs Gegenwart zu sitzen, wenn eine der öffentlichen Feierlichkeiten vor sich ging, und dessen Kardinalshut mit seinen verschlungenen scharlachroten Troddeln auf einem purpurroten Taburett davor lag. An der Wand, dem Thron gegenüber, hing ein lebensgroßes Bildnis Karls V. im Jagdgewand mit einer großen Dogge ihm zur Seite, und ein Bild Philipps II., wie er die Huldigung der Niederlande entgegennimmt, nahm die Mitte der anderen Wand ein. Zwischen den Fenstern stand ein Schrank aus schwarzem Ebenholz, mit Elfenbeinplatten eingelegt, in die die Gestalten aus Holbeins Totentanz geschnitten waren – von der Hand dieses großen Künstlers selbst – wie viele wissen wollten.

Dem kleinen Zwerg aber galt all diese Pracht nichts. Für alle Perlen auf dem Baldachin hätte er seine weiße Rose nicht hingegeben, nicht ein weißes Blütenblatt seiner Rose für den Thron selbst. Sein Sinnen galt nur, die Infantin zu sehen, ehe sie in das Zelt hinabging, und sie zu bitten, mit ihm fortzugehen, sobald er seinen Tanz beendet hätte. Hier im

Palast war die Luft dumpf und stickig, im Wald aber blies der Wind frei, und der Sonnenschein, mit ewig regen Händen von Gold, bewegte die zitternden Blätter. Auch Blumen gab es ja im Wald, Blumen, die vielleicht weniger prunkvoll als die im Garten waren, die dafür aber um so lieblicher dufteten. Im Frühling Hyazinthen, die mit wogendem Purpur die kühlen Täler und grasreichen Hügel erfüllten, gelbe Primeln, die in kleinen Büscheln rund um die knorrigen Wurzeln der Eichen wuchsen, helles Schellkraut und blauen Ehrenpreis, und gold- und fliederfarbene Schwertlilien. Graue Kätzchen hingen an den Haselstauden und der Fingerhut trug schwer an dem Gewichte seiner gesprenkelten, bienenbelebten Kämmerchen. Die Kastanie wiegte ihre Türme aus weißen Sternen und der Hagedorn seine bleichen, schönen Monde. Ja, ohne Zweifel: Sie würde mit ihm kommen, wenn er sie nur finden könnte! Sie würde mit ihm ziehen in den schönen Wald, und den ganzen lieben Tag lang würde er zu ihrem Vergnügen tanzen.

Ein Lächeln leuchtete bei dem Gedanken in seinen Augen auf. Und er betrat das nächste Gemach.

Von allen Gemächern war dies das hellste und schönste. Die Wände waren mit rosa geblümtem Luccadamast bekleidet, auf dem sich Vögelmuster reihten und verstreute, kleine Silberblüten. Die Einrichtung war aus schwerem Silber, mit blühenden Kränzen behangen und schwebenden Liebesgöttern. Vor den beiden Kaminen standen mächtige Schirme, bestickt mit Papageien und Pfauen. Der Fußboden aus meergrünem Onyx schien sich in weite Fernen hinzudehnen.

Hier war er nicht allein. Im Schatten der Tür, am äußersten Ende des Raumes, erblickte er eine schmächtige Gestalt, die ihn ansah. Sein Herz erbebte. Ein Freudenschrei rang sich von seinen Lippen, und er trat ins helle Sonnenlicht hinaus. Nun, da er ging, bewegte sich auch die Gestalt. Und nun sah er sie genau.

Die Infantin? … Ein Scheusal war es, das widerlichste Scheusal, das er je erblickt hatte. Nicht gerade gewachsen wie alle anderen Leute, sondern bucklig und krummbeinig, mit großem, wackelnden Kopfe und einer Mähne von schwarzen Haaren. Der kleine Zwerg runzelte die Stirn, und auch das Scheusal runzelte die seine. Er lachte, und es lachte mit ihm und stemmte die Hände in die Hüften, just wie er selbst es tat. Er verneigte sich höhnisch, und es gab ihm seine tiefe Verbeugung zurück. Er ging darauf zu, und es kam ihm entgegen, jeden Schritt nachahmend, den er machte – innehaltend, wenn er selber innehielt. Er schrie vor Entzücken laut auf und lief vorwärts und streckte die Hand aus, und die Hand des Scheusals berührte die seine, und sie war kalt wie Eis. Ihn beschlich Angst, und er hob die Hand, und die Hand des Scheusals folgte schnell der seinen. Er versuchte weiterzugehen, aber etwas Glattes und Hartes hielt ihn auf. Das Gesicht des Scheusals war nun dicht vor seinem eigenen und Entsetzen stand darauf geschrieben. Er strich sich das Haar aus der Stirn. Es ahmte ihm nach. Er schlug danach, und es gab Schlag für Schlag zurück. Er zeigte ihm seinen Abscheu, und es schnitt ihm scheußliche Fratzen. Er fuhr zurück, und es entfernte sich.

Was war das? Einen Augenblick besann er sich, dann blickte er ringsum in dem Gemach. Seltsam! Alles schien sein Doppelbild in dieser unsichtbaren Mauer von klarem Wasser zu besitzen. Ja, Bild für Bild wiederholte sich und Sofa für Sofa. Der schlafende Faun, der im Alkoven neben der Tür lag, hatte seinen Zwillingsbruder, der schlummerte; und die silberne Venus, die im Sonnenlichte stand, streckte die Arme nach einer Venus aus, die gleich lieblich anzusehen war wie sie.

Trieb das Echo hier sein Spiel? Er hatte ihm einst im Tale zugerufen und es hatte ihm Wort für Wort zurückgeworfen. War's möglich, dass es das Auge höhnte, wie es die Stimme verspottete? War's möglich, dass es eine Scheinwelt herzauberte, die der wirklichen so völlig glich? War's möglich, dass die Schatten der Dinge Farbe und Leben besitzen und Bewegung? War's möglich, dass …?

Er zuckte zusammen, dann nahm er die schöne weiße Rose von der Brust, wandte sich um und küsste sie. Das Scheusal hatte auch eine Rose, Blatt für Blatt der seinen gleich! Es küsste sie mit gleichen Küssen und presste sie mit schrecklichen Gebärden an das Herz.

Als die Wahrheit ihm endlich aufdämmerte, stieß er einen wilden Schrei der Verzweiflung aus und warf sich schluchzend auf den Fußboden. Er also war es, der missgeformt und bucklig war, hässlich anzusehen, eine Zwerggestalt! Er selber war das Scheusal! Und über ihn hatten die Kinder alle so laut gelacht. Und auch die kleine Prinzessin, von der er geglaubt hatte, sie liebe ihn – auch sie hatte nur seine Hässlichkeit verhöhnt und sich über seine krummen Glieder lustig gemacht.

Warum hatte man ihn nicht im Walde gelassen, wo es keinen Spiegel gab, der ihm sagen konnte, wie abscheulich er war? Warum hatte ihn sein Vater nicht lieber getötet, als ihn zu seiner Schande verkauft?! … Heiße Tränen rannen über seine Wangen, und er riss die weiße Rose in Stücke. Das ausgestreckt daliegende Scheusal tat dasselbe und streute die bleichen Blütenblätter in die Luft. Es wälzte sich am Boden, und wenn er nach ihm blickte, spähte es mit schmerzverzerrtem Antlitz nach ihm hin. Er kroch fort, um es nicht mehr zu sehen und bedeckte sich die Augen mit den Händen. Wie ein verwundetes Tier schleppte er sich in den Schatten und blieb dort stöhnend liegen.

In diesem Augenblick aber kam die Infantin selbst mit ihren Gespielen durch die offene Flügeltür herein. Und da sie den hässlichen, kleinen Zwerg am Boden liegen sahen, der mit geballten Fäusten in höchst fantastischer und erregter

Weise um sich schlug, brachen sie in helles, kindlichfrohes Lachen aus und umringten ihn alle und sahen ihm zu.

»Sein Tanzen war unterhaltend«, sagte die Infantin. »Aber sein Spiel jetzt ist noch viel unterhaltender. Er spielt beinahe so gut wie die Marionetten. Nur selbstverständlich nicht ganz so natürlich.« Und sie bewegte langsam ihren großen Fächer und klatschte Beifall.

Der kleine Zwerg aber blickte kein einziges Mal auf, und seine Seufzer wurden leiser und leiser und plötzlich entrang sich ein seltsamer Laut seiner Kehle. Er grub sich die Nägel ins Fleisch. Dann fiel er wiederum zurück und lag ganz unbeweglich.

»Das war großartig«, sagte die Infantin nach einer Pause. »Aber jetzt musst du mir etwas vortanzen!«

Da riefen alle Kinder: »Ja, du musst aufstehen und tanzen, denn du bist nicht minder geschickt als die Berberaffen und viel, viel komischer.«

Der kleine Zwerg aber antwortete nicht.

Und die Infantin stampfte mit dem Füßchen auf und rief ihren Oheim herbei, der mit dem Kanzler auf der Terrasse promenierte und einige Berichte las, die soeben aus Mexiko angelangt waren, wo man kürzlich die Heilige Inquisition eingeführt hatte.

»Mein lustiger kleiner Zwerg schmollt!«, rief sie. »Weck ihn mir auf und sag ihm, dass er für mich tanzen soll.«

Die Kinder lächelten einander zu und schlenderten herein, und Don Pedro beugte sich nieder und schlug den Zwerg mit seinem gestickten Handschuh auf die Backe. »Du sollst tanzen«, sprach er. »Petit monstre – tanzen sollst du. Die Infantin des spanischen Königreiches und beider Indien will unterhalten sein.« Aber der kleine Zwerg regte sich nicht.

»Man wird nach einem Peitschenmeister senden«, sprach Don Pedro müde und ging wieder auf die Terrasse hinaus. Der Kanzler aber blickte ernst und kniete neben dem kleinen Zwerge nieder und legte die Hand auf dessen Herz. Nach wenigen Augenblicken zuckte er die Achseln, stand auf, verneigte sich tief vor der Infantin und sprach: »Mia bella princessa! Ihr lustiger kleiner Zwerg wird nie mehr tanzen. Es ist schade, da er doch so hässlich ist, dass er selbst dem König ein Lächeln hätte entlocken können.«

»Und warum wird er nie mehr tanzen?«, fragte lächelnd die Infantin.

»Weil ihm das Herz gebrochen ist«, erwiderte der Kanzler.

Da runzelte die Infantin die Stirn, und ihre niedlichen Rosenlippen kräuselten sich in hübscher Verachtung.

»In Zukunft lassen Sie die, die zu mir zum Spielen kommen, kein Herz haben!«, rief sie und lief in den Garten hinaus.

Der Fischer und seine Seele

Allabendlich fuhr der junge Fischer hinaus auf das Meer und versenkte seine Netze in die Flut.

Wenn der Wind vom Land her blies, fing er nichts oder selbst im besten Fall nur wenig. War's doch ein beißender, schwarzflügeliger Wind, dem raue Wellen sich entgegenbäumten. Doch wenn der Wind landeinwärts blies, stiegen die Fische aus der Tiefe und schwammen in die Maschen seiner Netze. Und er trug sie auf den Marktplatz und verkaufte sie.

Allabendlich fuhr er hinaus auf das Meer. Und an einem Abend war sein Netz so schwer, dass er es kaum ins Boot hereinziehen konnte. Da lachte er und sprach zu sich selber: »Wahrlich, entweder habe ich alle Fische gefangen, die da schwimmen oder ein dunkles Ungeheuer geangelt, das die

Menschen angaffen werden. Vielleicht auch etwas Grausiges, wonach die große Königin Verlangen tragen wird.« Und er nahm seine Kräfte zusammen und zog an den groben Tauen, bis auf seinen Armen die Adern dick hervortraten, wie Linien blauen Emails rund um ein ehernes Gefäß. Er zog an den dünnen Stricken und näher und näher kam der Kreis von flachen Korken, und endlich stieg das Netz an die Oberfläche des Wassers.

Aber es lag kein Fisch darin und auch kein Ungeheuer. Auch nichts Grauenvolles, nur ein kleines Meermädchen, das fest schlief.

Ihr Haar war wie ein nasses Flies von Gold, und jedes einzelne Haar war wie ein Faden feinen Goldes in einer Glasschale. Ihr Leib war wie weißes Elfenbein, und ihr Schuppenschwanz war aus Silber und Perlen und rings umwunden von grünen Meeralgen. Den Seemuscheln glichen ihre Ohren und ihre Lippen Seekorallen. Die kalten Wellen umspielten ihre kalten Brüste, und Salz glitzerte auf ihren Augenlidern.

Sie war so schön, dass der junge Fischer bei ihrem Anblick voll Staunen verstummte und die Hand ausstreckte und das Netz ganz nahe an sich zog. Tief beugte er sich über Bord und schloss sie in die Arme. Doch da er sie berührte, stieß sie einen Schrei aus, gleich dem Schrei der erschreckten Möwe, und erwachte und blickte ihn mit entsetzten Malven- und Amethyst-Augen an und rang mit ihm, sich ihm zu entwinden. Er aber hielt sie fest an sich gepresst und wollte sie nicht lassen.

Und da sie sah, dass sie ihm auf keinerlei Art entrinnen konnte, begann sie zu weinen und sprach: »Ich bitte dich, lass mich frei, denn ich bin die einzige Tochter eines Königs, und mein Vater ist alt und allein.«

Der junge Fischer aber erwiderte: »Ich lasse dich nicht, es sei denn, du gelobest mir, zu mir zu kommen, sooft ich dich rufe und für mich zu singen. Denn die Fische lauschen gern dem Gesang des Meervolkes, und meine Netze werden sich dann füllen.«

»Willst du mich in Wahrheit freilassen, wenn ich dir dies gelobe?«, rief die Meermaid.

»Ich will dich in Wahrheit freilassen«, erwiderte der junge Fischer.

Da versprach sie ihm, was er von ihr verlangte und beschwor es mit dem Eid des Meervolkes. Und er löste die Arme von ihr, und sie stieg hinab zum Wassergrunde und zitterte in seltsamer Furcht.

Allabendlich fuhr der junge Fischer hinaus aufs Meer und rief das Meermädchen, und sie stieg auf aus den Fluten und sang für ihn. Rund um sie her schwammen die Delfine und ihr zu Häupten flatterten die wilden Seemöwen.

Sie aber sang einen seltsam schönen Sang. Sie sang vom Meervolk, das seine Herden von Höhle zu Höhle treibt und kleine Kälbchen auf den Schultern trägt; von den Tritonen, die lange grüne Bärte haben und behaarte Brüste und auf den gewundenen Muscheln blasen, wenn der König vorüberzieht; von dem Palast des Königs, der ganz aus Bernstein ist, ein Dach aus durchsichtigen Smaragden hat und mit glänzenden Perlen gepflastert ist; und von den Gärten des Meeres, in denen die breit gefiederten Fächer von Korallen den ganzen Tag lang auf- und niedergehen und die Fische gleich Silbervögeln hin und her gleiten, die Anemonen fest in den Felsen wurzeln und die rosenroten Nelken im gewellten, gelben Sand.

Sie sang von den Riesenwalen, die aus den nördlichen Meeren kommen und scharfe Eiszapfen an ihren Kiemen hängen haben; von den Sirenen, die von solch wunderbaren Dingen singen, dass die Kauffahrer die Ohren mit Wachs verstopfen müssen, um sie nicht zu hören, in die Tiefe zu springen und zu ertrinken; von gesunkenen Galeeren mit hohen Masten und erstarrten Seefahrern, die in das Tauwerk verklammert sind, und den Makrelen, die durch die offenen Luken ein und aus schwimmen; von den kleinen Entenmuscheln, die große Reisende sind und sich in die Kiele der Schiffe einbohren und so rund um die Welt segeln; und vom Tintenfisch, der am Klippenrand lebt und die langen schwarzen Arme ausstreckt und die Nacht herbeirufen kann, wenn er will. Sie sang vom Nautilos, der sein eigenes Boot hat, das aus Opal geschnitten ist und mit einem seidenen Segel gesteuert wird, von den glücklichen Meermännern, die die Harfe spielen und die große Seeschlange in Schlaf versenken können; von den kleinen Kindern, die glatte Meerschweine fangen und lachend auf ihren Rücken reiten; von den Meerjungfrauen, die im weißen Schaum liegen und nach dem Seefahrer die Arme ausstrecken; und von den Seelöwen mit den gebogenen Fangzähnen und den Seepferden mit den wogenden Mähnen.

Und wie sie so sang, kamen alle Thunfische aus der Tiefe herbei, um ihr zu lauschen, und der junge Fischer warf sein Netz aus und fing sie, und wieder andere traf er mit dem Speer. Und wenn sein Boot sich vollgefüllt hatte, stieg die Meermaid, ihm zulächelnd, hinab in das Meer.

Niemals aber kam sie ihm so nahe, dass er sie berühren konnte. Oft rief er sie und bat sie. Doch sie wollte nicht. Und wenn er sie zu ergreifen versuchte, tauchte sie ins Wasser, wie wohl ein Seehund taucht, und an diesem Tag sah er sie nicht wieder. Täglich aber schien der Klang ihrer Stimme seinen Ohren süßer. So süß klang ihre Stimme ihm, dass er sein Netz und seine Geschicklichkeit vergaß und sich um sein Handwerk nicht mehr kümmerte.

Mit roten Flossen und Augen von gewölbtem Gold zogen die Thunfische in Scharen vorüber – er aber achtete ihrer nicht. Sein Speer lag unbenützt an seiner Seite, und seine Körbe aus geflochtenen Weidenruten blieben leer. Mit offenen Lippen und Augen, die vor Staunen dunkel wurden, saß er müßig in seinem Boot und lauschte. Lauschte, bis die Meeresnebel über ihn hinkrochen und der wandelnde Mond seine braunen Glieder mit Silber färbte.

Eines Abends aber rief er sie und sprach: »Kleines Meermädchen, kleines Meermädchen, ich liebe dich. Nimm mich zum Bräutigam, denn ich liebe dich!«

Doch das Meermädchen schüttelte den Kopf: »Du hast eine Menschenseele«, erwiderte sie. »Nur wenn du deine Seele von dir wegjagen wolltest – dann könnte ich dich lieben.«

Und der junge Fischer sprach zu sich selbst: »Was frommt mir meine Seele? Ich kann sie nicht sehen, ich kann sie nicht fassen, ich kenne sie nicht einmal. Wahrlich, ich will sie fortjagen, und große Seligkeit wird meiner harren.«

Und ein Freudenschrei rang sich von seinen Lippen, und aufrecht stehend in seinem bunt bemalten Boot streckte er die Arme dem Meermädchen entgegen.

»Ich will meine Seele von mir jagen«, rief er. »Und du sollst meine Braut sein. Dein Bräutigam will ich sein, und in den Tiefen der See wollen wir zusammen wohnen, und du sollst mir all das, wovon du gesungen hast, zeigen, und ich will alles tun, was du begehrest, und nichts mehr soll unser Leben scheiden.«

Und das kleine Meermädchen lachte laut auf vor Glückseligkeit und verbarg das Antlitz in den Händen.

»Doch wie soll ich meine Seele von mir jagen?«, rief der junge Fischer. »Sag mir, wie ich es beginnen soll und siehe, so will ich es tun!«

»Ach – das weiß ich nicht«, sprach das kleine Meermädchen. »Das Meervolk hat keine Seele.« Und sie stieg hinab in die Tiefe und sah ihn sehnsuchtsvoll an.

Früh am nächsten Morgen schon, ehe die Sonne noch eine Manneshand breit über dem Hügel stand, ging der junge Fischer zum Haus des Priesters und pochte dreimal an die Tür.

Ein Novize spähte durch das Türfenster heraus und da er sah, wer draußen stand, zog er den Riegel zurück und sprach: »Tritt ein!«

Und der junge Fischer trat ein und kniete auf den süß duftenden Binsen des Bodens nieder und rief den Priester an, der in dem heiligen Buche las und sprach zu ihm: »Vater, ich liebe eine vom Meervolk, und meine Seele hindert mich an der Erfüllung meiner Sehnsucht. Sag mir, wie ich meine Seele von mir jagen kann. Denn in Wahrheit, ich brauche sie nicht. Was soll mir meine Seele? Ich kann sie nicht sehen, ich kann sie nicht fassen, ich kenne sie nicht.«

Und der Priester schlug sich die Brust und entgegnete: »Wehe! Weh! Aus dir spricht Wahnsinn! Vielleicht auch hast du von einem giftigen Kraut genossen. Ist doch das Edelste im Menschen die Seele, und sie ist uns von Gott geschenkt worden, dass wir sie auf edle Art gebrauchen sollen. Es gibt nichts Herrlicheres als eine Menschenseele, und kein irdisch Ding kann sich damit vergleichen. Sie wieget alles Gold der Erde auf und ist kostbarer als die Rubine der Könige. Darum, mein Sohn, wende deine Gedanken ab von dieser Sünde, die eine von denen ist, die nicht vergeben werden kann. Denn das Meervolk ist verloren und verloren sind alle die, die sich mit ihm einlassen. Sie sind wie das Vieh auf dem Feld, das nicht Gutes vom Bösen unterscheidet. Und nicht für sie ist unser Herr gestorben.«

Die Augen des jungen Fischers füllten sich mit Tränen, als er die strengen Worte des Priesters vernahm, und er erhob sich von den Knien und sprach zu ihm: »Vater, die Faune leben im Wald und sind froh; und auf den Felsen sitzen die Meermänner mit ihren Harfen aus rotem Gold. Lass mich einer von ihnen sein, ich beschwöre dich – denn ihre Tage verstreichen wie die Tage der Blumen. Meine Seele aber? Was frommt mir meine Seele, wenn sie zwischen mir und dem steht, was ich liebe?«

»Die Liebe des Leibes ist gemein«, rief der Priester, die Stirn runzelnd. »Und gemein und böse sind die heidnischen Wesen, die Gott durch seine Welt wandern lässt. Verflucht seien die Faune des Waldlandes, und verflucht seien die Sänger der See. Ich habe sie zur Nachtzeit gehört und sie haben versucht, mich von meinem Gebet zu locken. Sie pochen ans Fenster und lachen, sie flüstern mir das Märchen von ihrer verderblichen Lust ins Ohr. Sie versuchen mich mit Versuchung – und wenn ich beten will, grinsen mich Fratzen an. Sie sind verloren, sag ich dir, sie sind verloren. Für sie gibt es nicht Himmel noch Hölle, und nicht hier noch dort werden sie Gottes Namen preisen.«

»Vater!«, rief der junge Fischer. »Du weißt nicht, was du sprichst. Einst fing ich in meinen Netzen die Tochter eines Königs. Sie ist schöner als der Morgenstern und weißer als der Mond. Für ihren Leib gäbe ich gern meine Seele hin und für ihre Liebe meine Seligkeit. Sage mir, wonach ich dich frage, und lass mich in Frieden ziehen.«

»Hebe dich hinweg!«, schrie der Priester. »Deine Buhle ist verloren und du wirst mit ihr verloren sein.« Und er gab ihm keinen Segen, sondern trieb ihn von seiner Tür.

Und der junge Fischer ging hinab auf den Marktplatz. Und er ging langsam und ließ den Kopf hängen wie einer, der in Sorgen ist. Und als die Kaufleute ihn kommen sahen, flüsterten sie miteinander, und einer von ihnen kam ihm entgegen und rief ihn beim Namen und sprach: »Was hast du zu verkaufen?«

»Ich will dir meine Seele verkaufen«, antwortete er. »Ich bitte dich, kaufe sie mir ab, denn ich bin ihrer müde. Wozu brauche ich meine Seele? Ich kann sie nicht sehen, ich kann sie nicht fassen, ich kenne sie nicht.«

Die Kaufleute aber höhnten ihn und sagten: »Was frommt uns wohl eine Menschenseele? Sie ist kein Stück geprägten Silbers wert. Verkaufe uns deinen Leib zu eigen, und wir wollen dich in den Purpur des Meeres hüllen, einen Ring an deinen Finger stecken und dich zum Liebling der großen Königin machen. Aber rede uns nicht von deiner Seele, denn für uns ist sie nichts, noch hat sie irgendeinen Wert für uns.«

Da sprach der junge Fischer zu sich: »Wie seltsam ist doch all dies! Der Priester sprach zu mir: ›Die Seele wiegt alles Gold der Welt auf.‹ Und die Kaufleute sagen, sie sei kein geprägtes Stück Silber wert.«

Und er verließ den Marktplatz und stieg nieder an das Ufer der See und begann darüber nachzusinnen, was er tun solle.

Und zur Mittagsstunde erinnerte er sich, dass ihm einst einer seiner Gefährten, der ein Meerfenchelsucher war, von einer jungen Hexe erzählt hatte, die am Ende der Bucht in einer Höhle wohne und sehr geschickt in Zauberkünsten sei. Und er machte sich auf und lief zu ihr; so sehr gelüstete es ihn, seine Seele loszuwerden. Und eine Wolke Staubes folgte ihm, als er den Ufersand entlang eilte.

Aus dem Jucken ihrer Hand ersah die junge Hexe sein Kommen. Und sie lachte und löste ihr rotes Haar. Von ihrem roten Haar umwogt, stand sie am Eingang der Höhle, und in den Händen hielt sie einen Zweig von wildem Schierling, der blühte.

»Was willst du? Was willst du?«, rief sie, als er keuchend den Abhang hinanklomm und sich vor ihr neigte. »Fische im Netz, wenn der Wind ungünstig steht? Ich habe ein kleines Rohrpfeifchen: blas ich darauf, so kommen die Meeräschen in die Bucht gesegelt. Aber es hat einen Preis, schöner Knabe. Es hat einen Preis. – Was willst du? Was willst du? Einen Sturm, der Schiffe scheitern lässt und Kisten voll reicher Schätze an das Ufer spült? Ich habe mehr Stürme als der Wind, denn ich diene einem, der stärker ist als der Wind. Und mit einem Sieb und einem Eimer Wasser kann ich die großen Galeeren auf den Grund des Ozeans senden. Aber ich habe meinen Preis, schöner Knabe. Ich habe meinen Preis. – Was willst du? Was willst du? Ich kenne eine Blume, die im Tale wächst. Keiner kennt sie als ich. Purpurblätter hat sie und einen Stern in ihrem Herzen, und ihr Saft ist weiß wie Milch. Berührtest du mit dieser Blume die strengen Lippen der Königin, so würde sie dir über die ganze Welt hin folgen. Aus dem Bett des Königs stünde sie auf, und über die ganze Welt hin folgte sie dir. Doch die hat ihren Preis, schöner Knabe! Die hat ihren Preis. – Was willst du? Was willst du? Ich kann eine Kröte im Mörser zerstoßen und eine Brühe daraus brauen und diese Brühe mit eines toten Mannes Hand umrühren. Spritzest du sie auf deinen Feind, während er schläft, so wird er sich in eine schwarze Viper verwandeln, und seine eigene Mutter wird ihn erschlagen. Mit einem Spinnrad kann ich den Mond vom Himmel ziehen und in einem Kristall dir den Tod zeigen. – Was willst du? Was willst du? Nenne mir deinen Wunsch, und ich will ihn dir erfüllen, und du wirst mir den Preis zahlen, schöner Knabe, du wirst den Preis zahlen.«

»Mein Wunsch steht nur nach einer kleinen Sache«, sprach der junge Fischer. »Doch hat der Priester mir darob gezürnt und mich davongejagt. Nach einer kleinen Sache nur steht mein Wunsch und doch haben die Kaufleute mich verhöhnt und sie mir verweigert. Drum bin ich zu dir gekommen, wenngleich dich die Menschen böse schelten. Und welchen Preis du auch fordern magst – ich will ihn bezahlen.«

»Und was wünschest du?«, fragte die Hexe und trat dicht an ihn heran.

»Ich möchte meine Seele von mir fortjagen«, erwiderte der junge Fischer.

Die Hexe erbleichte und schauderte und verhüllte das Angesicht mit ihrem blauen Mantel. »Schöner Knabe, schöner Knabe«, murmelte sie. »Du verlangst Entsetzliches.«

Er schüttelte die braunen Locken und lachte. »Ich brauche meine Seele nicht«, erwiderte er. »Ich kann sie nicht sehen, ich kann sie nicht fassen, ich kenne sie nicht.«

»Was willst du mir geben, wenn ich es dir sage?«, fragte die Hexe und blickte ihn verlangend an mit ihren schönen Augen.

»Fünf Stücke Goldes«, sprach er. »Die Hütte aus Schilfrohr, worin ich lebe und das bemalte Boot, in dem ich segle. Nur sage mir, wie ich meine Seele loswerden kann, und ich will dir alles geben, was ich besitze.«

Sie lachte höhnisch auf und schlug ihn mit dem Zweig des Schierlings. »Ich kann die Blätter des Herbstes in Gold verwandeln«, erwiderte sie. »Ich kann die bleichen Mondstrahlen zu Silber spinnen, wenn ich will. Der, dem ich diene, ist reicher als alle Könige der Erde und herrscht über alle ihre Länder.«

»Was soll ich dir dann geben«, rief er. »Wenn dein Preis nicht Gold ist noch Silber?«

Die Hexe glättete sein Haar mit ihrer schmalen, weißen Hand: »Tanzen sollst du mit mir, schöner Knabe«, flüsterte sie und lächelte ihm zu, während sie sprach.

»Sonst nichts?«, rief der junge Fischer verwundert und sprang auf die Füße.

»Sonst nichts«, entgegnete sie. Und wieder lächelte sie ihm zu.

»So wollen wir bei Sonnenuntergang an heimlicher Stelle miteinander tanzen«, sprach er. »Und haben wir getanzt, so wirst du mir sagen, was zu wissen mich verlangt.«

Sie schüttelte den Kopf. »Erst wenn der Mond voll ist! Erst wenn der Mond voll ist!«, flüsterte sie. Dann spähte sie im Kreise umher und lauschte. Ein blauer Vogel flog kreischend von seinem Nest auf und kreiste über den Dünen, und drei bunte Vögel rauschten durch das harte, graue Gras und schrien einander zu. Kein Laut sonst war zu hören, außer dem Rauschen der Wogen, die sich nagend über die glatten Kiesel unten wälzten. Da streckte sie die Hand aus und zog ihn eng an sich heran und legte ihre heißen Lippen dicht an sein Ohr.

»Heute Nacht musst du mit mir auf den Bergesgipfel kommen«, flüsterte sie. »Es ist Sabbat und Er wird dort sein.«

Der junge Fischer erschrak und sah sie an. Doch sie wies ihm die weißen Zähne und lachte.

»Wer ist Er, von dem du sprichst?«, fragte er.

»Was kümmert es dich?«, erwiderte sie. »Komm heute Nacht! Unter den Ästen der Hagebuche sollst du stehen und auf mich warten. Läuft ein schwarzer Hund auf dich zu, schlag ihn mit einer Weidenrute, und er wird fortgehen. Spricht eine Eule zu dir, gib ihr keine Antwort. Sobald der Mond voll ist, will ich bei dir sein, und dann wollen wir zusammen im Grase tanzen.«

»Doch schwörst du, mir dann zu sagen, wie ich meine Seele von mir fortjagen kann?«, fragte er.

Sie trat in das volle Sonnenlicht hinaus und durch ihr rotes Haar strich der Wind. »Bei den Hufen des Bockes schwöre ich es!«, gab sie zur Antwort.

»Du bist die beste aller Hexen«, rief der junge Fischer. »Darum will ich auch wahrlich heute mit dir auf dem Bergesgipfel tanzen. Ich wollte zwar, du hättest Gold oder Silber von mir erbeten – doch soll dir der Preis werden, nach dem du verlangst, denn es ist ja nur eine Kleinigkeit.«

Er lüftete die Mütze vor ihr und neigte tief das Haupt und lief zurück in die Stadt, von großer Freude erfüllt.

Und die Hexe blickte ihm nach, wie er so lief. Und als er ihrem Blick entschwunden war, trat sie wieder in ihre Höhle, nahm einen Spiegel aus einem Kasten von geschnitztem Zedernholz, stellte ihn auf einen Balken und verbrannte auf glühender Kohle Eisenkraut davor und starrte in die Ringel des Rauches. Und nach einer Weile krampfte sie zornig die Hände ineinander. »Er soll mein sein!«, murrte sie leise. »Ich bin so schön wie sie.«

Am Abend, als der Mond aufgegangen war, kletterte der junge Fischer zum Berggipfel hinan und stellte sich unter die Äste der Hagebuche. Wie ein Schild aus geglättetem Metall ruhte zu seinen Füßen das Meer, und die Schatten der Fischerboote zogen durch die kleine Bucht. Eine große Eule mit gelben Schwefelaugen rief seinen Namen, er aber antwortete nicht. Ein schwarzer Hund lief auf ihn zu und fletschte die Zähne, er schlug ihn mit einer Weidenrute, und winselnd schlich er sich fort.

Um Mitternacht kamen die Hexen wie Fledermäuse durch die Luft geflogen. »Pfui!«, kreischten sie, als sie den Boden berührten. »Es ist einer hier, den wir nicht kennen.« Und sie schnüffelten herum und schwatzten miteinander und gaben sich Zeichen. Als letzte von allen aber kam die junge Hexe, und ihr Rothaar flatterte im Wind. Sie trug ein goldgewebtes Gewand, das mit Pfauenaugen bestickt war und eine kleine Haube aus grünem Samt auf dem Kopfe.

»Wo ist er? Wo ist er?«, kreischten die Hexen, als sie sie sahen. Sie aber lachte nur auf und lief auf die Hagebuche zu, nahm den jungen Fischer an der Hand und führte ihn hinaus ins helle Mondlicht und hub zu tanzen an.

In rasendem Wirbeltanze drehten und drehten sie sich, und die junge Hexe sprang so hoch, dass er die scharlachroten Absätze ihrer Schuhe sehen konnte. Da drang, mitten in den Tanz hinein, der Hufschlag eines galoppierenden Pferdes. Doch kein Pferd war zu sehen, und der Fischer fürchtete sich.

»Schneller!«, schrie die Hexe und schlang ihm die Arme um den Nacken, und ihr Atem brannte auf seinem Gesicht. »Schneller! Schneller!«, rief sie, und die Erde schien unter seinen Füßen wie ein fliegendes Spinnrad, und seine Gedanken verwirrten sich, und eine große Angst befiel ihn, als ob etwas Furchtbares auf ihn laure, und zuletzt wurde er gewahr, dass unter dem Schatten des Felsens eine Gestalt stand, die vorher noch nicht da gewesen war.

Es war ein Mann in einem schwarzen Samtgewand, nach spanischer Art geschnitten. Sein Gesicht war seltsam bleich. Seine Lippen aber waren wie eine stolze rote Blume. Er schien müde und lehnte sich zurück, achtlos mit dem Knauf seines Dolches spielend. Auf dem Gras neben ihm lagen ein Federhut und ein Paar Reithandschuhe mit goldenen Spitzen besetzt und mit Perlen bestickt, die ein seltsames Symbol bildeten. Ein kurzer, zobelbesetzter Mantel hing ihm von der Schulter, und seine zarten weißen Hände waren mit Ringen übersät. Schwere Lider schatteten seine Augen.

Der junge Fischer starrte ihn an wie einer, den ein Zauber bannt. Endlich trafen sich ihre Blicke, und wohin er auch tanzte, immer fühlte er die Augen des Mannes auf sich ruhen. Er hörte die Hexe lachen, fasste sie um den Leib und drehte sie in tollem Wirbel.

Plötzlich bellte ein Hund im Wald, und die Tänzer hielten ein und traten zwei und zwei vor den Mann hin, knieten nieder und küssten seine Hände. Während sie dies taten, glitt ein leises Lächeln um seine stolzen Lippen, wie Vogelschwingen über das Wasser streifen und es lächeln machen. Aber es lag Verachtung darin, und immerzu sah er den jungen Fischer an.

»Komm, lass uns ihn anbeten!«, flüsterte die Hexe und nahm ihn bei der Hand, und ein heißes Verlangen, zu tun, wie sie begehrte, ergriff ihn, und er folgte ihr. Doch als er nähertrat, schlug er, ohne zu wissen warum, auf seiner Brust das Kreuzeszeichen und rief den heiligen Namen an.

Kaum hatte er dies getan, da kreischten die Hexen wie Falken auf und flogen von dannen, und das bleiche Gesicht, das ihn ansah, zuckte in einem Krampf des Schmerzes zusammen. Der Mann schritt auf ein kleines Gehölz zu und pfiff. Eine silbergezäumte Stute lief ihm entgegen. Und als er sich in den Sattel schwang, wendete er sich nochmals um und blickte den jungen Fischer traurig an. Auch die Hexe mit dem roten Haare versuchte fortzufliegen, aber der Fischer erhaschte sie beim Handgelenk und hielt sie fest.

»Gib mich frei«, rief sie. »Und lass mich gehen! Hast du doch genannt, was nicht genannt werden darf und das Zeichen gemacht, das wir nicht ansehen dürfen.«

»Nein!«, erwiderte er. »Ich lasse dich nicht, ehe du mir das Geheimnis verraten hast!«

»Welches Geheimnis?«, sprach die Hexe und rang mit ihm wie eine wilde Katze und biss sich auf die schaumbedeckten Lippen.

»Du weißt es«, antwortete er.

Ihre grasgrünen Augen wurden tränenschwer, und sie sprach zum jungen Fischer: »Verlange von mir, was du willst, nur das nicht.«

Er lachte und hielt sie nur um so fester.

Und als sie sah, dass sie sich nicht befreien konnte, flüsterte sie ihm zu: »Sag, bin ich nicht ebenso schön wie die Töchter des Meeres und so begehrenswert wie jene, die in den blauen Wassern wohnen?« Und sie lehnte sich an ihn und schmiegte ihr Antlitz dicht an das seine.

Er aber stieß sie stirnrunzelnd von sich und sprach: »Brichst du das Versprechen, das du mir gegeben hast, so erschlage ich dich, du falsche Hexe!«

Sie wurde grau wie eine Blume am Judasbaum und erschauerte. »Sei's denn!«, murmelte sie. »Es ist ja deine Seele und nicht meine. Tu, was du willst, mit ihr.« Und sie zog aus dem Gürtel ein kleines Messer, das einen Griff von grüner Vipernhaut trug und gab es ihm.

»Was soll mir das?«, fragte er sie verwundert.

Einen Augenblick lang schwieg sie, und ein Ausdruck des Entsetzens glitt über ihr Gesicht. Dann strich sie sich das Haar aus der Stirn, und seltsam lächelnd sprach sie zu ihm:

»Was die Menschen den Schatten des Körpers nennen, ist nicht der Schatten des Körpers, sondern der Körper der

Seele. Gehe hinab an das Ufer des Meeres und wende deinen Rücken dem Mond zu und schneide rings um deine Füße den Schatten ab, der deiner Seele Körper ist, und heiße deiner Seele dich verlassen, so wird sie es tun.«

Der junge Fischer zitterte. »Sprichst du wahr?«, murmelte er.

»Ich sprach wahr. Und ich wollte, ich hätte es dir nicht gesagt!«, rief sie und umfing schluchzend seine Knie.

Er schob sie von sich und ließ sie im hohen Gras liegen, steckte das Messer in seinen Gürtel, schritt an den Abhang des Berges und begann hinabzuklettern.

Und die Seele in ihm rief und sprach: »Höre! Ich habe all die Jahre in dir gewohnt und dir gedient. Schicke mich jetzt nicht von dir! Denn was hab ich dir Böses getan?«

Und der junge Fischer lachte. »Du hast mir nichts Böses getan, doch brauche ich dich nicht«, antwortete er. »Die Welt ist weit. Auch gibt es einen Himmel und eine Hölle und jenes dämmerdunkle Zwielichthaus, das zwischen beiden liegt. Geh, wohin du willst, aber störe mich nicht, denn mich ruft meine Geliebte.«

Und seine Seele flehte ihn jammernd an, er aber achtete ihrer nicht, sondern sprang von Klippe zu Klippe, sicheren Fußes wie eine wilde Ziege, und endlich erreichte er die Ebene und das gelbe Ufer des Meeres.

Mit bronzefarbenen Gliedern und wohlgestaltet, wie eine Statue von Griechenhand geschaffen, so stand er auf dem Sand, dem Mond den Rücken zugewandt. Aus dem Schaum der Wellen aber streckten sich ihm winkend weiße Arme entgegen, und aus den Wogen stiegen dunkle Gestalten, die ihm huldigten. Vor ihm lag sein Schatten, der seiner Seele Körper war, und hinter ihm hing der Mond in der honigfarbenen Luft.

Und seine Seele sprach zu ihm: »Musst du mich wirklich von dir treiben, so jage mich nicht ohne ein Herz davon. Die Welt ist grausam, gib mir dein Herz mit auf den Weg!«

Er schüttelte den Kopf und lächelte. »Womit sollte ich wohl meine Geliebte lieben, gäbe ich dir mein Herz?«, fragte er.

»Nicht also – sei barmherzig«, sprach seine Seele. »Gib mir dein Herz, denn die Welt ist sehr grausam, und ich fürchte mich.«

»Mein Herz gehört meiner Geliebten«, erwiderte er. »Und nun zögere nicht länger. Fort mit dir!«

»Soll ich nicht auch lieben?«, fragte seine Seele.

»Hebe dich fort, denn ich kann dich nicht mehr brauchen!«, rief der junge Fischer, und er nahm das kleine Messer mit dem Griff aus grüner Vipernhaut und schnitt den Schatten rings um seine Füße ab. Da erhob sich dieser und stand vor ihm und sah ihn an und glich ihm selbst in allen Dingen.

Er wich zurück und stieß das Messer in den Gürtel und ein Gefühl des Schauderns überkam ihn. »Hebe dich weg«, murmelte er. »Und lass mich dein Antlitz nicht mehr sehen.«

»Nein – wir müssen uns wiedersehen«, erwiderte die Seele. Ihre Stimme war leise und glich dem Ton einer Flöte, und ihre Lippen bewegten sich kaum, da sie sprach.

»Wie sollten wir uns wiedersehn?«, rief der junge Fischer. »Du wirst mir nicht in die Tiefen des Meeres folgen.«

»Einmal in jedem Jahr will ich an diese Stelle kommen und dich rufen«, sprach die Seele. »Vielleicht bedarfst du meiner.«

»Wozu sollte ich dich nötig haben?«, rief der junge Fischer. »Doch sei dem so, wenn du es willst.« Und er tauchte hinab in das Wasser, und die Tritonen bliesen auf ihren Hörnern, und die kleine Meermaid stieg empor, ihm entgegen, und schlang die Arme um seinen Hals und küsste ihn auf den Mund.

Und die Seele stand einsam am Ufer und blickte nach ihnen hin. Und als sie im Meere versunken waren, zog sie weinend ihres Weges, über das Sumpfland hin.

Und als ein Jahr verstrichen war, kam die Seele zum Ufer des Meeres herab und rief den jungen Fischer, und er stieg empor aus der Tiefe und sprach: »Warum rufst du mich?«

Und die Seele antwortete: »Komm näher, dass ich zu dir spreche, denn Wunderbares habe ich geschaut.«

Und er kam näher und legte sich ins seichte Wasser und stützte das Haupt in die Hand und lauschte.

Und die Seele sprach zu ihm: »Als ich dich verlassen hatte, wandte ich mein Antlitz gen Osten und wanderte. Von Osten kommt alle Weisheit. Sechs Tage lang wanderte ich und am Morgen des siebenten Tages kam ich an einen Hügel, der im Lande der Tataren liegt. Ich lagerte mich in den Schatten eines Tamariskenbaumes, um mich vor der Sonne zu schützen. Das Land war trocken und von der Hitze versengt. Die Leute schleppten sich über die Ebene hin wie Fliegen, die auf einer Scheibe blanken Kupfers kriechen.

Als es Mittag geworden war, stieg eine Wolke toten Staubes am flachen Horizont auf. Als die Tataren sie erblickten, spannten sie ihre bemalten Bogen und sprangen auf ihre kleinen Pferde und sprengten ihr entgegen. Die Weiber flohen schreiend zu den Wagen und verbargen sich hinter den Vorhängen aus Fellen.

In der Dämmerung kamen die Tataren zurück, aber fünf von ihnen fehlten; und von denen, die zurückkamen, waren nicht wenige verwundet. Sie schirrten ihre Pferde vor die Wagen und fuhren eilig davon. Drei Schakale kamen aus einer Höhle und spähten ihnen nach. Dann zogen sie die Luft mit den Nüstern ein und trabten in entgegengesetzter Richtung davon.

Als der Mond aufging, sah ich ein Lagerfeuer in der Ebene brennen und lenkte den Schritt darauf zu. Auf Teppichen lagerte eine Schar von Kaufleuten. Ihre Kamele waren hinter ihnen an Pfählen festgebunden, und die Neger, die ihre

Knechte waren, errichteten Zelte aus gegerbten Tierhäuten auf dem Sand und umgaben sie mit einer hohen Mauer aus Stachelreisig.

Als ich in ihre Nähe kam, erhob sich der Führer der Kaufleute und zog das Schwert und fragte nach meinem Begehr.

Ich erwiderte, ich sei ein Fürst in meinem Heimatlande, und sei soeben den Tataren entflohen, die versucht hätten, mich zu ihrem Sklaven zu machen.

Der Häuptling lachte und zeigte mir fünf Köpfe, die an langen Bambusrohren staken.

Dann fragte er mich, wer Gottes Prophet sei. Ich gab zur Antwort: ›Mohammed.‹

Als er den Namen des falschen Propheten hörte, neigte er sich tief und nahm mich bei der Hand und setzte mich an seine Seite. Ein Neger brachte mir Stutenmilch in einer hölzernen Schale und ein Stück gebratenen Lammfleisches.

Bei Tagesanbruch machten wir uns auf die Reise. Ich ritt auf einem rothaarigen Kamel, dem Führer zur Seite, und ein Läufer lief vor uns her und trug einen Speer. Zu beiden Seiten schritt Kriegsvolk, und die Maultiere folgten mit den Waren. Es waren vierzig Kamele in der Karawane und der Maultiere waren zweimal vierzig an Zahl.

Wir zogen vom Land der Tataren in das Land derer, die den Mond anbeten. Wir sahen die Greifen auf den weißen Felsen ihr Gold bewachen und die schuppigen Drachen in ihren Höhlen schlafen. Als wir über das Gebirge schritten, hielten wir den Atem an, damit sich der Schnee nicht lockere und uns verschütte, und jedermann band sich einen Schleier aus Gaze vor die Augen. Als wir durch die Täler zogen, schossen die Zwerge aus ihren Höhlen auf den Bäumen mit Pfeilen nach uns, und zur Nachtzeit hörten wir die Wilden ihre Trommeln rühren. Als wir zum Turm der Affen kamen, setzten wir ihnen Früchte vor und sie taten uns kein Leid.

Als wir zu dem Turm der Schlangen kamen, gaben wir ihnen warme Milch in zinnernen Schalen, und sie ließen uns vorüberziehen. Dreimal kamen wir auf unserer Reise an die Ufer des Oxus. Wir setzten auf hölzernen Flößen mit großen Blasen luftgefüllter Häute darüber. Die Flusspferde wüteten gegen uns und wollten uns töten. Als die Kamele sie sahen, zitterten sie.

Die Könige jeder Stadt heischten Zoll von uns, doch keiner ließ uns durch die Tore ziehen. Über die Mauern hinüber warfen sie uns Brot zu, kleine honiggebackene Maiskuchen und Kuchen aus feinem Mehl mit Datteln gefüllt. Für je hundert Körbe voll gaben wir ihnen eine Bernsteinperle.

Wenn die Einwohner der Dörfer uns kommen sahen, vergifteten sie die Brunnen und flohen auf die Hügelhöhen. Wir kämpften mit den Magadaern, die alt zur Welt kommen und von Jahr zu Jahr jünger werden und die sterben, wenn sie kleine Kinder sind; und mit den Laktroen, die behaupten, die Söhne von Tigern zu sein und sich gelb und schwarz bemalen; und mit den Auranthen, die ihre Toten in den Wipfeln der Bäume begraben und selber in dunklen Höhlen wohnen, damit die Sonne, die ihr Gott ist, sie nicht töte; und mit den Krimnieren, die ein Krokodil anbeten und ihm Ohrringe aus grünem Glas geben und es mit Butter und jungem Geflügel füttern; und mit den Agazonbaten, die Hundeköpfe haben; und mit den Sibanern, die Pferdefüße haben und schneller laufen als Pferde. Ein Drittteil unserer Schar fand im Kampf den Tod, und ein Drittteil starb an Entbehrung. Die Übriggebliebenen murrten wider mich und sagten, ich habe Unheil über sie gebracht. Ich zog eine Hornnatter unter einem Stein hervor und ließ mich von ihr beißen. Als sie sahen, dass ich nicht erkrankte, befiel sie Furcht.

Im vierten Monat erreichten wir die Stadt Illel. Nacht war es, als wir an den Hain gelangten, der vor den Mauern liegt, und die Luft war schwül, denn der Mond stand unter dem Zeichen des Skorpions. Wir pflückten die reifen Granatäpfel von den Bäumen, brachen sie auf und schlürften ihren süßen Saft. Dann lagerten wir uns auf unsere Teppiche und erwarteten die Dämmerung.

Und als es dämmerte, standen wir auf und klopften an das Tor der Stadt. Es war aus rotem Erz und mit getriebenen Seeungetümen und geflügelten Drachen geschmückt. Die Wächter schauten von den Wällen herab und fragten nach unserem Begehr. Der Dolmetscher der Karawane antwortete, wir kämen von der syrischen Insel und brächten viele Waren. Sie nahmen Geiseln und sagten, sie wollten uns das Tor am Mittag öffnen und hießen uns bis dahin warten.

Als es Mittag war, öffneten sie das Tor, und als wir einzogen, liefen die Leute in Scharen aus den Häusern, um uns zu sehen, und ein Ausrufer lief durch die ganze Stadt und blies auf einer Muschel. Wir standen auf dem Marktplatz und die Neger banden die Ballen bunten Tuches auf und öffneten die geschnitzten Truhen aus Sykomorenholz. Und als sie mit ihrer Arbeit fertig waren, breiteten die Kaufleute ihre seltenen Waren aus: das gewachste Linnen aus Ägypten und das farbige Linnen aus dem Lande der Äthiopier, die purpurnen Schwämme von Tyrus und die blauen Tapeten aus Sidon; die kühlen Bernsteinschalen und die schönen Gefäße aus Glas und die seltsamen Gefäße aus gebranntem Ton. Vom Dach eines Hauses herab beobachtete uns eine Schar Frauen. Eine der Frauen trug eine Maske von vergoldetem Leder.

Und am ersten Tage kamen die Priester und trieben Tauschhandel mit uns, und am zweiten Tage kamen die Edelleute, und am dritten kamen die Arbeiter und die Sklaven. Und so ist dies in ihrem Lande Brauch bei allen Kaufleuten, solange sie in der Stadt weilen.

Wir aber verweilten einen Monat lang. Und als der Mond abnahm, wurde ich müde und wanderte fort durch die Straßen der Stadt und kam zu dem Garten ihres Gottes. Lautlos glitten die Priester in ihren gelben Gewändern zwischen den grünen Bäumen hin, und auf einem Pflaster von schwarzem Marmor stand das rosenrote Haus, in dem der Gott seine Wohnung hat. Die Türen waren aus goldbestaubtem Lack, und Stiere und Pfauen waren in leuchtendem Golde und erhabener Arbeit darauf abgebildet. Das Ziegeldach war aus meergrünem Porzellan und die hervorspringenden Dachtraufen waren mit kleinen Glöckchen umkränzt. Wenn die weißen Tauben vorüberflatterten, berührten sie die Glöckchen mit ihren Schwingen, sodass sie erklangen.

Vor dem Tempel war ein Teich mit klarem Wasser, dessen Grund mit geädertem Onyx ausgelegt war. Ich lagerte mich an seinen Rand und strich mit meinen weißen Fingern über die breiten Blätter. Einer der Priester kam auf mich zu und trat hinter mich. Er trug Sandalen an den Füßen, eine aus weicher Schlangenhaut, die andere aus Vogelgefieder. Auf seinem Kopf war eine Mitra aus schwarzem Filz mit silbernen Halbmonden besät. Siebenfaches Gelb war in sein Kleid verwoben und sein gekräuseltes Haar war mit Antimon gefärbt.

Nach einer kleinen Weile sprach er zu mir und fragte nach meinem Begehr.

Ich sagte ihm, dass ich den Gott zu sehen verlange.

›Der Gott ist auf der Jagd‹, sprach der Priester und blickte mich seltsam mit den schmalen, geschlitzten Augen an.

›Sage mir, in welchem Wald, so will ich zu ihm reiten‹, erwiderte ich. Er glättete die weichen Fransen seiner Tunika mit seinen langen spitzigen Fingern. ›Der Gott schläft‹, murmelte er.

›Sage mir, auf welchem Lager, so will ich bei ihm wachen‹, erwiderte ich.

›Der Gott ist beim Festmahl!‹, rief er.

›Ist der Wein süß, so will ich mit ihm trinken und schmeckt er bitter, so will ich gleichfalls mit ihm trinken‹, war meine Antwort.

Er neigte voll Staunen den Kopf und nahm mich bei der Hand, hob mich auf und führte mich in den Tempel.

Und im ersten Gemach sah ich ein Götzenbild auf einem Thron von Jaspis sitzen, der mit großen Perlen aus dem Osten eingesäumt war. Es war aus Ebenholz geschnitzt, und seine Gestalt glich der Gestalt eines Mannes. Auf seiner Stirn saß ein Rubin, und dickes Öl tropfte aus seinem Haare auf die Schenkel nieder. Seine Füße waren vom Blut eines frisch geschlachteten Lammes rot und seine Lenden gürtete ein kupfernes Gehenk, das mit sieben Beryllen besetzt war.

Und ich sprach zum Priester: ›Ist dies der Gott?‹ Und er erwiderte: ›Dies ist der Gott.‹

›Zeige mir den Gott‹, rief ich, ›oder wahrlich, ich töte dich‹, und ich berührte seine Hand und sie verdorrte.

Und der Priester flehte und sprach: ›Es heile der Herr seinen Knecht, und ich will ihm den Gott zeigen.‹

Da hauchte ich meinen Atem auf seine Hand, und sie ward wieder stark, er aber zitterte und führte mich in ein zweites Gemach, und ich sah ein Götzenbild in einem Lotuskelche aus Nephrit stehen, der mit großen Smaragden behangen war. Es war aus Elfenbein geschnitzt und seine Größe war zweifache Mannesgröße. An seiner Stirn hing ein Chrysolith und seine Brüste waren mit Myrrhen und Zimt gesalbt. In einer Hand hielt es ein krummes Zepter aus Nephrit, in der anderen einen runden Kristall. Es trug Kothurne von Kupfer und sein dicker Hals war mit einem Kranz von Selenithen umwunden.

Und ich sprach zum Priester: ›Ist dies der Gott?‹ Und er erwiderte: ›Dies ist der Gott.‹

›Zeig mir den Gott!‹, rief ich, ›oder wahrlich, ich erschlage dich.‹ Und ich berührte seine Augen, da wurden sie blind.

Und der Priester flehte mich an und sprach: ›Es heile der Herr seinen Knecht und ich will ihm den Gott zeigen.‹

Da hauchte ich mit meinem Atem auf seine Augen, und das Licht kam ihm wieder. Und er erzitterte von Neuem und führte mich in das dritte Gemach. Und siehe! Kein Götzenbild stand darin, noch sonst ein Bildnis – nur ein Spiegel von rundem Metall, auf einem Altar von Stein.

Und ich sprach zum Priester: ›Wo ist der Gott?‹

Und er antwortete mir: ›Wir haben keinen Gott – nur diesen Spiegel, den du siehst; denn dies ist der Spiegel der Weisheit, und er spiegelt alle Dinge wider, die im Himmel und auf Erden sind, nur das Gesicht dessen nicht, der hineinschaut. Dieses spiegelt er nicht wider, auf dass er, der hineinschaut, weise sei. Es gibt viele andere Spiegel, aber sie sind die Spiegel der Meinungen. Dieser nur ist der Spiegel der Weisheit. Und die, die diesen Spiegel besitzen, wissen alle Dinge, und es gibt nichts Verborgenes für sie. Und die, die ihn nicht besitzen, haben nicht die Weisheit. Darum ist dies der Gott und darum beten wir ihn an.‹ Und ich blickte in den Spiegel, und es war, wie er gesprochen hatte.

Und ich tat etwas Seltsames. Doch ist meine Tat ohne Schaden, denn in einem Tal, das nur eine Tagesreise fern von hier liegt, habe ich den Spiegel der Weisheit versteckt. Nimm mich wieder in dich auf, lass mich dir dienen, und du wirst weiser sein als alle Weisen, und die Weisheit selbst wird dein sein. Nimm mich wieder in dich auf, und keiner wird dir an Weisheit gleichen.«

Der junge Fischer aber lachte. »Liebe ist besser als Weisheit«, rief er. »Und das kleine Meermädchen liebt mich.«

»Nein – es gibt nichts Höheres als die Weisheit!«, sprach die Seele.

»Die Liebe ist besser«, erwiderte der junge Fischer, und er tauchte in die Tiefe und weinend zog die Seele ihres Weges, über das Sumpfland hin.

Und als das zweite Jahr verstrichen war, stieg die Seele wieder zum Ufer des Meeres herab und rief den jungen Fischer, und er kam aus der Tiefe und sprach: »Was rufest du mich?«

Und die Seele erwiderte: »Komm näher, dass ich zu dir spreche, denn Wunderbares habe ich gesehen.«

Da kam er näher und lagerte sich ins seichte Wasser und stützte den Kopf in die Hand und lauschte.

Und die Seele sprach zu ihm: »Da ich dich verließ, wandte ich mein Antlitz südwärts und wanderte. Aus dem Süden kommt jedwede Kostbarkeit. Sechs Tage lang zog ich die Heerstraßen entlang, die zur Stadt Asthar führen, die staubigen, rot gefärbten Heerstraßen, auf denen die Pilger wandern, und am Morgen des siebenten Tages hob ich die Augen auf, und siehe! Zu meinen Füßen breitete sich die Stadt, denn sie liegt in einem Tale.

Neun Tore führen in diese Stadt, und vor jedem Tor steht ein Pferd aus Erz, das wiehert, wenn die Beduinen von den Bergen herabkommen. Die Mauern sind mit Kupfer beschlagen und die Dächer auf den Wachttürmen erzgedeckt. In jedem Turme steht ein Bogenschütze mit einem Bogen in der Hand. Bei Sonnenaufgang schlägt er mit seinem Pfeil an ein Schallbecken, und bei Sonnenuntergang bläst er in ein Horn von Horn.

Als ich eintreten wollte, hielten mich die Wachen an und fragten, wer ich sei. Ich gab zur Antwort, dass ich ein Derwisch sei und auf dem Weg in die Stadt Mekka, wo ein grüner Schleier wäre, in den von Engelhand der Koran in Silberlettern gestickt sei. Sie waren voll Staunens und baten mich, einzutreten.

Drinnen aber geht es zu wie in einem Basar. Wahrlich, du hättest mit mir sein sollen: Quer über die engen Straßen flattern lustig Laternen aus Papier gleich großen Schmetterlingen. Bläst der Wind über die Dächer, so steigen und fallen sie wie bunte Seifenblasen. Vor ihren Läden sitzen die Kaufleute auf seidenen Teppichen. Sie tragen gerade, schwarze Bärte, und ihre Turbane sind mit Goldzechinen übersät, und lange Ketten aus Bernstein und geschnitzten Pfirsichsteinen gleiten durch ihre kalten Finger. Einige von ihnen verkaufen Galbanum und Narden und seltsame Wohlgerüche von den Inseln des Indischen Ozeans und dick träufelndes Öl von roten Rosen und Myrrhen und winzige, nagelförmige Nelken. Wenn man stehen bleibt, um mit ihnen zu reden, werfen sie kleine Stückchen Weihrauch auf ein Kohlenbecken und machen damit die Luft lieblich. Einen Syrier hab ich gesehen, der hielt in den Händen eine dünne Rute, die einem Rohre glich. Graue Rauchfäden wanden sich daraus empor und als sie brannte, glich ihr Duft der rosenfarbenen Mandelblüte im Lenz. Andere verkaufen silberne Armspangen, die über und über mit milchig blauen Türkisen besetzt sind und metallene Knöchelspangen, die mit winzigen Perlen gefranst sind und goldgefasste Tigerklauen und die gleichfalls goldgefassten Klauen der goldgelben Katze, des Leoparden, und Ohrringe aus durchlöcherten Smaragden und Fingerringe aus Nephrit. Aus den Teehäusern kommt der Klang der Gitarre, und die Opiumraucher blicken mit weißen, starr lächelnden Gesichtern auf die Vorübergehenden hinaus.

Wahrlich – du hättest bei mir sein sollen. Die Weinverkäufer erkämpfen sich mit den Ellbogen den Weg durch die Menge und tragen große schwarze Schläuche auf den Schultern. Die meisten von ihnen verkaufen Wein aus Schiraz, der süß wie Honig ist. Sie schenken ihn in kleine Metallschalen und streuen Rosenblätter darauf. Auf dem Marktplatze stehen die Obstverkäufer, die aller Art Früchte verkaufen: reife Feigen mit ihrem weichen Purpurfleische, Melonen, die nach Moschus duften und gelb wie Topase sind, Zitronen und Rosenäpfel und Bündel weißer Trauben, runde, rotgoldene Orangen und längliche Zitronen aus grünem Gold. Einmal sah ich einen Elefanten vorüberschreiten. Sein Rüssel war mit Karmin und Gelbwurz gefärbt und über seine Ohren war ein Netz hellroter Seidenschnüre gezogen. Er stand vor einer der Buden still und fing an, die Orangen zu fressen, und der Mann lachte bloß. Du kannst dir nicht vorstellen, welch seltsames Volk dies ist. Wenn sie froh sind, gehen sie zu einem Vogelverkäufer und kaufen von ihm einen gefangenen Vogel und schenken ihm die Freiheit, damit ihre Freude noch größer sei. Und sind sie traurig, so geißeln sie sich mit Dornen, dass ihr Gram nicht geringer werde.

Eines Abends begegnete ich einigen Negern, die durch den Basar eine schwere Sänfte trugen. Sie war aus vergoldetem Bambusrohr, und die Stangen waren aus hellrotem Lack mit erzenen Pfauen eingelegt. Vor den Fenstern hingen dünne Vorhänge aus Musselin, die mit Käferflügeln und winzigen Staubperlen bestickt waren. Und da sie vorüberzog, sah eine blasse Zirkassierin heraus und lächelte mir zu. Ich folgte, und die Neger beschleunigten die Schritte und murrten. Ich aber achtete dessen nicht. Ich fühlte eine große Neugierde in mir erwachen.

Endlich hielten sie vor einem viereckigen weißen Haus. Es hatte keine Fenster, nur eine kleine Tür, wie die Tür eines Grabes. Sie setzten die Sänfte nieder und klopften dreimal mit einem kupfernen Hammer an. Ein Armenier in einem Kaftan aus grünem Leder spähte durch das Türfenster und als er sie erblickte, öffnete er und breitete einen Teppich auf den Boden, und die Frau stieg aus. Beim Hineingehen wandte sie sich um und lächelte mir wieder zu. Ich hatte noch nie jemand gesehen, der so bleich war. Als der Mond aufging, kehrte ich zur selben Stelle zurück und suchte nach dem Haus, doch es war nicht mehr da. Als ich das sah, wusste ich, wer die Frau war und warum sie mir zugelächelt hatte.

Wahrlich, du hättest mit mir sein sollen. Am Fest des Neumonds kam der junge Kaiser aus seinem Palast heraus und trat in die Moschee, zu beten. Sein Haar und sein Bart waren mit Rosenblättern gefärbt, und seine Wangen mit feinem Goldstaub bestäubt. Seine Fußsohlen und seine Hände waren gelb von Safran.

Bei Sonnenaufgang ging er aus seinem Palast heraus in einem Gewand von Silber, und bei Sonnenuntergang kehrte er dahin zurück in einem Gewand von Gold.

Das Volk warf sich zu Boden und verhüllte das Angesicht. Ich aber wollte das nicht tun. Ich stand bei dem Brettverschlage eines Dattelhändlers und wartete. Als der Kaiser mich sah, zog er die gemalten Augenbrauen in die Höhe und blieb stehen. Ich verharrte regungslos und erwies ihm keine Huldigung. Das Volk staunte ob meiner Kühnheit und riet mir, aus der Stadt zu fliehen. Ich achtete seiner nicht, sondern ging hin und setzte mich zu den Verkäufern fremder Götter, die man um ihres Gewerbes willen verabscheut. Als ich ihnen erzählte, was ich getan, schenkte mir jeder von ihnen einen Gott und bat mich, von ihnen zu gehen.

In der Nacht, als ich in dem Teehaus, das in der Straße der Granatäpfel steht, auf einem Kissen ruhte, kamen die Wachen des Kaisers und führten mich in sein Schloss. Als ich hineingegangen war, schlossen sie alle Türen hinter mir und legten eine Kette davor. Im Innern war ein großer Hof, um den ringsum eine Säulenhalle lief. Die Wände waren aus weißem Alabaster, hier und da mit blauen und grünen Ziegeln eingelegt. Die Säulen waren aus grünem Marmor und das Pflaster aus einer Art pfirsichblütenfarbenen Marmors. Ich hatte niemals Ähnliches gesehen.

Da ich durch den Hof ging, schauten von einem Altan zwei verschleierte Frauen herab und fluchten mir. Die Wachen eilten vorwärts, und die Schäfte ihrer Lanzen dröhnten auf dem spiegelglatten Pflaster. Sie öffneten ein Tor aus gedrechseltem Elfenbein, und ich befand mich in einem wasserreichen Garten mit sieben Terrassen. Er war mit Tulpen und Mohnblumen und silberknospenden Aloen bepflanzt. Gleich einer schlanken Säule aus Kristall hing ein Springbrunnen in der dämmerigen Luft. Die Zypressen glichen erloschenen Fackeln. Von einer herab sang eine Nachtigall.

Am Ende des Gartens stand ein kleines Zelt. Als wir uns näherten, kamen zwei Eunuchen heraus, uns entgegen. Ihre fetten Leiber schwankten, da sie gingen, und sie spähten mit ihren gelblidrigen Augen neugierig nach mir hin. Einer von ihnen nahm den Hauptmann der Wache beiseite und flüsterte mit leiser Stimme mit ihm. Der andere kaute indessen duftende Pastillen, die er mit gezierter Handbewegung einer länglichen Dose von lilafarbigem Email entnahm.

Nach einigen Augenblicken entließ der Hauptmann der Wache die Soldaten. Sie gingen zum Palast zurück. Die Eunuchen folgten ihnen langsam und pflückten im Vorübergehen die süßen Maulbeeren von den Bäumen. Einmal drehte sich der ältere der beiden um und lächelte mir mit bösem Lächeln zu.

Dann winkte mich der Hauptmann der Wache an den Eingang des Zeltes heran. Ohne zu zittern schritt ich hin, lüftete den schweren Vorhang und trat ein.

Da lag der junge Kaiser, auf ein Lager gefärbter Löwenfelle hingestreckt, und ein Geierfalke hockte auf seiner Faust. Hinter ihm stand ein Nubier mit steifem Turban, bis zu den Hüften nackt, in den gespaltenen Ohren schwere Ohrgehänge. Auf einem Tisch neben dem Ruhebett lag ein mächtiger Säbel aus Stahl.

Als der Kaiser mich erblickte, runzelte er die Stirn und sprach: ›Wie nennst du dich? Weißt du nicht, dass ich Kaiser bin in dieser Stadt?‹ Ich aber gab keine Antwort.

Er deutete mit dem Finger auf den Säbel, und der Nubier ergriff ihn und stürzte vor und hieb nach mir mit großer Wucht. Die Schneide sauste auf mich nieder und tat mir kein Leid. Der Mann stürzte zappelnd zu Boden, und als er wieder aufstand, schlugen seine Zähne vor Grauen aufeinander, und er verbarg sich hinter dem Lager.

Der Kaiser sprang auf die Füße und nahm von einem Waffenständer seine Lanze und warf sie nach mir. Ich fing sie im Flug auf und brach den Schaft in zwei Stücke. Er schoss nach mir mit einem Pfeil, ich aber hob die Hände; da blieb er mitten in der Luft hängen. Dann zog er aus seinem weißen Ledergürtel einen Dolch und bohrte ihn tief dem Nubier in den Hals, auf dass der Sklave von seiner Schande nicht erzähle. Der Mann krümmte sich wie eine zertretene Natter und roter Schaum rann ihm von den Lippen.

Sobald er tot war, wandte der Kaiser sich mir zu. Und als er sich den hellen Schweiß mit einem kleinen Tuch aus purpurgestickter Seide von der Stirne gewischt hatte, sprach er zu mir: ›Bist du ein Prophet, dass ich dich nicht töten kann oder der Sohn eines Propheten, dass ich dich nicht zu verwunden vermag? Ich bitte dich, verlass noch heute Nacht meine Stadt, denn solange du in ihr weilst, bin nicht ich ihr Herr.‹

Und ich erwiderte ihm: ›Für die Hälfte deiner Schätze will ich gehen. Gib mir die Hälfte deiner Schätze, so werde ich von hinnen gehen.‹

Er nahm mich bei der Hand und führte mich hinaus in den Garten. Als der Hauptmann der Leibwache meiner ansichtig ward, staunte er. Als die Eunuchen mich sahen, zitterten ihre Knie und sie stürzten vor Angst zu Boden.

Das Schloss birgt ein Gemach, das Wände aus rotem Porphyr hat und eine erzgeschuppte Decke, von der Lampen niederhängen.

Der Kaiser berührte eine der Wände und sie öffneten sich, und wir gingen einen Gang entlang, der von vielen Fackeln erhellt war. Zu beiden Seiten standen in Nischen hohe Weinkrüge, mit Silberstücken bis an den Rand gefüllt. Als wir die Mitte des Ganges erreicht hatten, sprach der Kaiser das Wort, das sonst keiner sprechen darf. Von einer geheimen Feder bewegt, schwang ein granitenes Tor zurück, und er verhüllte die Augen mit den Händen, auf dass seine Augen nicht geblendet würden.

Du vermagst nicht zu ahnen, welch wunderbarer Ort dies war; da lagen Riesenschalen von Schildkrot, mit Perlen angefüllt, und große ausgehöhlte Mondsteine, in denen sich rote Rubinen türmten. Das Gold stand in Koffern aus Elefantenhaut aufgespeichert und Goldstaub in ledernen Flaschen. Da gab es Opale und Saphire, diese in kristallenen Schalen, in Nephritschalen jene. Runde grüne Smaragden waren auf dünnen Elfenbeinplatten geschichtet, und in einer Ecke reihten sich seidene, hochgefüllte Säcke, einige voll mit Türkisen, andere mit Beryllen. Die elfenbeinernen Hörner waren mit purpurnen Amethysten hochgefüllt und die Hörner aus Erz mit Chalzedonen und Narden. Die Pfeiler aus Zedernholz hingen schwer von Schnüren gelber Luchssteine. In den flachen länglichen Schilden häuften sich Karfunkel; einige von der Farbe des Weines, von der Farbe des Grases andere. Und noch habe ich dir nicht ein zehntel all dessen, was da war, geschildert.

Und als der Kaiser die Hände vom Gesicht genommen hatte, sprach er zu mir: ›Dies ist mein Schatzhaus und die Hälfte von allem sei dein, so wie ich dir versprochen habe. Auch will ich dir Kamele und Kameltreiber schenken, und sie sollen tun nach deinem Geheiß und deinen Teil des Schatzes tragen, wohin du auch zu gehen verlangst. Heute Nacht aber noch soll all dies geschehen, denn ich möchte nicht, dass die Sonne, die mein Vater ist, sieht, dass in meiner Stadt ein Mann lebt, den ich nicht zu töten vermag.‹

Ich aber erwiderte ihm: ›Das Gold, das hier ist, bleibe dein, und auch das Silber bleibe dein. Dein auch mögen die kostbaren Juwelen bleiben und die Gegenstände ohne Preis. Ich trage nach all diesem nicht Begehr. Auch will ich nichts von dir nehmen als den kleinen Ring, den du am Finger deiner Hand trägst!‹

Und der Kaiser runzelte die Stirne. ›Es ist nur ein Ring aus Blei‹, rief er, ›und hat keinerlei Wert. Drum nimm deine Hälfte des Schatzes und meide meine Stadt.‹

›Nein‹, erwiderte ich. ›Nichts anderes will ich nehmen, als diesen Ring aus Blei. Weiß ich doch, was drauf geschrieben steht und was es bedeutet.‹

Da bebte der Kaiser und blickte mich an und sprach: ›Nimm alle meine Schätze und geh aus meiner Stadt. Auch die Hälfte, die noch mein ist, soll dein sein.‹

Ich aber tat etwas Seltsames. Doch davon will ich nicht sprechen, denn in einer Höhle, nur eine Tagesreise von hier entfernt, habe ich den Ring des Reichtums versteckt. Eine Tagesreise von hier entfernt liegt er verborgen und harret dein. Wer diesen Ring besitzt, ist reicher als alle Könige der Welt. Darum komm und nimm ihn, und alle Schätze der Erde sind dein.«

Der junge Fischer aber lachte. »Die Liebe ist besser als Reichtum«, rief er. »Und das kleine Meermädchen liebt mich.«

»Nein, nichts ist besser als Reichtum«, sprach die Seele.

»Die Liebe ist besser«, erwiderte der junge Fischer. Und er tauchte hinab in die Tiefe. Die Seele aber zog weinend ihres Weges über das Sumpfland hin.

Und da das dritte Jahr verstrichen war, kam die Seele herab zum Ufer des Meeres und rief den jungen Fischer. Und er stieg empor aus der Tiefe und sprach: »Warum rufest du mich?«

Und die Seele erwiderte: »Komm näher, dass ich zu dir sprechen kann, denn Wunderbares habe ich gesehen.«

Und er kam näher und streckte sich in dem seichten Wasser aus und stützte das Haupt in die Hand und lauschte.

Und die Seele sprach zu ihm:

»In einer Stadt, die ich kenne, ist eine Herberge, die am Flussufer steht. Dort saß ich mit Matrosen zusammen, die zweifarbigen Wein tranken und Gerstenbrot aßen und kleine gesalzene Fische, die man auf Lorbeerblättern mit Essig reicht.

Und als wir so saßen und guter Dinge waren, gesellte sich ein alter Mann zu uns, der einen Lederteppich trug und eine Laute mit zwei Bernsteinhörnern. Und als er den Teppich auf den Boden gebreitet hatte, schlug er mit einem Federkiel auf die Drahtsaiten seiner Laute, und ein Mädchen mit verschleiertem Antlitz eilte herein und begann vor uns zu tanzen. Ihr Antlitz war mit einem Gazeschleier bedeckt, doch ihre Füße waren nackt. Nackt waren ihre Füße, und sie glitten gleich zwei weißen Tauben über den Teppich hin. Nie habe ich so Wunderbares gesehen. Und die Stadt, in der sie tanzte, liegt nur eine Tagesreise weit von hier.«

Und als der Fischer die Worte seiner Seele hörte, erinnerte er sich, dass das kleine Meermädchen keine Füße hatte und nicht tanzen konnte. Und es überfiel ihn eine große Sehnsucht, und er sprach zu sich selber: »Eine Tagesreise nur ist es dorthin und ich kann ja zu meiner Geliebten zurückkehren.« Und er lachte, erhob sich aus dem seichten Wasser und schritt dem Ufer zu.

Und als er das trockene Ufer erreicht hatte, lachte er von Neuem und breitete die Arme aus nach seiner Seele, und die Seele stieß einen lauten Jubelschrei aus und eilte auf ihn zu und kehrte in ihn zurück. Und der junge Fischer sah vor sich auf dem Sande den Schatten seines Körpers, der der Körper der Seele ist.

Und seine Seele sprach zu ihm: »Lass uns nicht zögern, sondern unverzüglich fort von hier gehen, denn die Meergötter sind eifersüchtig und haben Ungeheuer, die ihrem Gebot gehorchen.«

So eilten sie von dannen und wanderten die ganze Nacht hindurch unter dem Monde und den nächsten Tag hindurch wanderten sie unter der Sonne dahin. Und am Abend des Tages gelangten sie in eine Stadt.

Und der junge Fischer sprach zu seiner Seele: »Ist dies die Stadt, worin sie tanzt, von der du mir erzählt hast?«

Und seine Seele erwiderte ihm: »Nicht diese Stadt ist es, sondern eine andere. Nichtsdestoweniger lass uns eintreten.«

So betraten sie denn die Stadt und gingen durch die Straßen, und da sie durch die Straße der Goldschmiede kamen, erblickte der junge Fischer einen schönen Silberbecher, der in einer Bude zur Schau gestellt war. Und seine Seele sprach zu ihm: »Nimm diesen Silberbecher und verbirg ihn.«

Da nahm er den Becher und verbarg ihn in den Falten seines Gewandes, und sie gingen eilends aus der Stadt.

Und als sie eine Meile weit gegangen und fern der Stadt waren, runzelte der junge Fischer die Stirn und warf den Becher fort und sprach zu seiner Seele: »Warum hast du mich geheißen, diesen Becher zu nehmen und ihn zu verbergen? War es doch ein Unrecht, das ich tat.«

Seine Seele aber erwiderte ihm: »Sei ruhig, sei ruhig!«

Und am Abend des zweiten Tages kamen sie in eine Stadt, und der junge Fischer sprach zu seiner Seele: »Ist das die Stadt, in der sie tanzt, von der du mir gesprochen hast?«

Und seine Seele erwiderte ihm: »Nicht diese Stadt ist es, sondern eine andere. Aber lass uns immerhin eintreten.«

So schritten sie hinein und schritten durch die Straßen, und als sie durch die Straße der Sandalenhändler gingen, sah der junge Fischer ein Kind bei einem Wasserkrug stehen, und seine Seele sprach zu ihm: »Schlage dies Kind!« Da schlug er das Kind, bis es weinte. Und da er dies getan, gingen sie eilends hinaus aus der Stadt.

Und als sie eine Meile weit gegangen und fern der Stadt waren, wurde der junge Fischer zornig, und sprach zu seiner Seele: »Warum befahlst du mir, dieses Kind zu schlagen? War es doch ein Unrecht, das ich tat.«

Doch seine Seele entgegnete ihm: »Sei ruhig, sei ruhig!«

Und am Abend des dritten Tages kamen sie in eine Stadt, und der junge Fischer sprach zu seiner Seele: »Ist das die Stadt, in der sie tanzt, von der du mir gesprochen hast?«

Und seine Seele erwiderte ihm: »Es kann sein, dass dies die Stadt ist, darum lass uns eintreten.«

So gingen sie hinein und schritten durch die Straßen. Doch nirgends konnte der junge Fischer den Fluss gewahren, noch die Herberge, die am Flussufer stand. Und die Einwohner der Stadt blickten ihn neugierig an und Furcht packte ihn, und er sprach zu seiner Seele: »lass uns von hinnen gehen, denn die, die mit weißen Füßen tanzt, ist nicht hier.«

Und seine Seele erwiderte: »Nein – doch lass uns hier verweilen, denn die Nacht ist dunkel, und Räuber werden auf dem Wege sein.«

So setzte er sich auf dem Marktplatz nieder und ruhte. Und nach einer Weile kam ein Kaufmann vorbei, der hatte einen Mantel aus Tatarentuch um und trug eine Laterne aus durchlöchertem Horn an der Spitze eines gegliederten Rohres. Und der Kaufmann sprach zu ihm: »Weshalb sitzest du hier auf dem Marktplatz, da doch die Buden verschlossen und die Ballen verschnürt sind?«

Und der junge Fischer erwiderte ihm: »Ich kann in dieser Stadt keine Herberge finden. Auch habe ich keinen Verwandten, der mir Obdach gäbe.«

»Sind wir nicht alle Verwandte?«, sprach der Kaufmann. »Und hat nicht Gott uns alle erschaffen? Folge mir, hat mein Haus doch Raum für Gäste.«

Und der junge Fischer stand auf und folgte dem Kaufmann in sein Haus. Und als er durch den Garten von Granatäpfelbäumen gegangen und in das Haus getreten war, brachte ihm der Kaufmann in einer kupfernen Schale Rosenwasser, dass er seine Hände wasche und reife Melonen, dass er seinen Durst stille und setzte eine Schüssel mit Reis und ein Stück gebratenen Lammes vor ihn hin. Und als er mit der Mahlzeit zu Ende war, führte ihn der Kaufmann in das Gastzimmer und hieß ihn schlafen und rasten. Und der junge Fischer dankte ihm und küsste den Ring an seiner Hand und ließ sich nieder auf die Teppiche aus gefärbtem Ziegenhaar. Und als er sich mit einer Decke aus schwarzer Lammwolle zugedeckt hatte, schlief er ein.

Doch drei Stunden, ehe der Morgen graute, da es noch Nacht war, weckte ihn seine Seele und sprach zu ihm: »Stehe auf und gehe in das Gemach des Kaufmanns, in das Gemach, darin er schläft, und töte ihn und nimm ihm sein Gold, denn wir brauchen es.«

Und der junge Fischer stand auf und schlich zu dem Gemache des Kaufmanns. Und zu Füßen des Kaufmanns lag ein krummes Schwert und die Lade zu Häupten des Kaufmanns enthielt neun Beutel voll Goldes. Und er streckte die Hand aus und berührte das Schwert, und als er es berührte, fuhr der Kaufmann aus dem Schlaf empor und sprang auf, ergriff das Schwert und rief dem jungen Fischer zu: »Erwiderst du Gutes mit Bösem und zahlst du mit Blutvergießen für die Güte, die ich dir erwies?«

Und es sprach die Seele zu dem jungen Fischer: »Schlag ihn nieder!« Da traf er ihn so hart, dass er bewusstlos hinstürzte. Dann ergriff er die neun Beutel Goldes und floh hastig durch den Garten von Granatäpfelbäumen und kehrte sein Angesicht dem Sterne zu, der der Stern des Morgens ist. Und da sie eine Meile weit gegangen und von der Stadt entfernt waren, schlug sich der junge Fischer an die Brust und sprach zu seiner Seele: »Weshalb hießest du mich, den Kaufmann töten und sein Geld rauben? Wahrlich, du bist böse!«

Doch seine Seele entgegnete ihm: »Sei ruhig, sei ruhig!«

»Nein!«, rief der junge Fischer. »Ich kann nicht Ruhe finden, denn ich verabscheue all das, wozu du mich verlockt.

Ich verabscheue auch dich und ich gebiete dir: Sag mir, warum du solches an mir getan hast!«

Da entgegnete ihm die Seele: »Als du mich von dir jagtest in die Welt hinaus, gabst du mir kein Herz. So lernte ich diese Dinge und lernte sie lieben.«

»Was sagst du da?«, murmelte der junge Fischer.

»Du weißt es«, entgegnete seine Seele. »Du weißt es wohl. Hast du vergessen, dass du mir kein Herz mitgabst? Ich glaube es kaum. Drum quäle dich nicht, noch mich, sondern sei ruhig. Denn es gibt keinen Schmerz, den du nicht bereiten wirst, und keine Lust, die du nicht empfangen wirst.«

Und als der junge Fischer diese Worte hörte, erbebte er und sprach zu seiner Seele: »Wehe, du bist böse! Du hast mich meine Liebe vergessen lassen und hast mich mit Versuchungen versucht und hast meine Füße den Pfad der Sünde geführt.«

Und seine Seele entgegnete ihm: »Hast du vergessen, dass du mir kein Herz mitgabst, als du mich von dir jagtest in die Welt hinaus? Komm, lass uns in eine andere Stadt gehen und fröhlich sein! Sind doch neun Beutel voll Gold unser!«

Der junge Fischer aber nahm die neun Beutel voll Gold, schleuderte sie zu Boden und trat sie mit Füßen. »Hebe dich weg!«, rief er. »Nichts will ich fortan mit dir zu schaffen haben, noch will ich weiter deine Wege wandern. Nein, so wie ich einmal schon dich von mir gejagt habe, will ich dich jetzt von mir jagen, denn du hast mir nichts Gutes getan.«

Und er stellte sich mit dem Rücken gegen den Mond, und mit dem kleinen Messer, dessen Griff aus grüner Schlangenhaut war, versuchte er, vor seinen Füßen den Schatten des Körpers abzuschneiden, der der Körper der Seele ist.

Doch seine Seele wich nicht. Sie folgte nicht seinem Befehl, sondern sprach: »Die Zauberformel, die dich die Hexe gelehrt, frommt dir nicht länger, denn ich kann dich nimmer verlassen, und nimmer vermagst du mich von dir zu jagen. Einmal im Leben kann der Mensch seine Seele davonjagen, doch wer sie wieder aufnimmt, muss sie für immer behalten, und dies ist seine Strafe und sein Lohn.«

Und der junge Fischer erbleichte und krampfte die Hände ineinander und rief: »Sie war eine falsche Hexe, da sie mir das nicht gesagt hat.«

»Schilt sie nicht falsch!«, erwiderte die Seele. »Sie war dem treu, zu dem sie betet und dessen Magd sie ewig sein wird.«

Und als der junge Fischer begriff, dass er nicht mehr seiner Seele ledig werden könne und dass er eine schlechte Seele in sich trüge, die ewig bei ihm bleiben würde, fiel er zu Boden und weinte bitterlich.

Und als es Tag war, erhob sich der junge Fischer wieder und sprach also zu seiner Seele: »Ich will mir die Hände binden, dass sie nicht handeln können nach deinem Geheiß und meine Lippen versiegeln, dass sie nicht deine Worte sprechen! Und ich will zu der Stelle zurückkehren, wo die, die ich liebe, ihre Wohnung hat. Zum Meer will ich heimkehren und zu der kleinen Bucht, wo sie zu singen pflegt. Und ich will sie rufen und ihr das Böse eingestehen, das ich getan, und das Böse, das du in mir geweckt hast.«

Und seine Seele versuchte ihn und sprach: »Wer ist denn deine Liebe, dass du zu ihr zurückkehren solltest? Die Welt hat viele, die schöner sind als sie. In Samaris sind Tänzerinnen, die tanzen wie alle Vögel und Tiere. Ihre Füße sind mit Henna bemalt und in den Händen halten sie kleine kupferne Glocken. Sie lachen beim Tanz, und ihr Lachen ist so hell wie das Lachen des Wassers. Folge mir und ich will dich zu ihnen führen, denn was soll all deine Furcht vor der Sünde und vor sündigen Dingen? Ist Köstliches nicht für den da, der es kostet? Ist Gift in dem Süßen, das man schlürfet? Klage nicht, sondern folge mir in eine andere Stadt! Ganz nah von hier liegt eine kleine Stadt, in der ein Garten mit Tulpenbäumen steht. In diesem lieblichen Garten wohnen weiße Pfauen und Pfauen mit blau gefiederter Brust. Wenn sie ihr Rad sonnenwärts spreizen, gleicht es Scheiben aus Elfenbein und Scheiben aus Gold. Und die, die sie füttern, tanzen zu ihrer Lust. Sie tanzen auf den Händen und ein anderes Mal wieder tanzen sie mit den Füßen. Ihre Augen sind mit Antimon gefärbt und ihre Nasenflügel wie Schwalbenschwingen geschweift. Von einem Häkchen, in einem ihrer Nasenflügel, hängt eine Blume herab, die ist aus einer Perle geschnitten. Sie lachen beim Tanz, und die Silberringe um ihre Knöchel klingen gleich Silberglöckchen. Also quäle dich nicht länger, sondern folge mir in jene Stadt.«

Der junge Fischer aber antwortete der Seele nicht, sondern verschloss mit dem Siegel des Schweigens die Lippen und band sich mit engem Knoten die Hände und wanderte zurück zu der Stelle, von der er gekommen war, hin zu der kleinen Bucht, wo seine Geliebte zu singen pflegte. Und immer versuchte ihn seine Seele auf dem Weg. Er aber gab ihr keine Antwort, noch tat er irgendetwas von dem Bösen, wozu sie ihn verleiten wollte: So groß war die Macht der Liebe, die er in sich trug.

Und als er am Ufer des Meeres angelangt war, lockerte er die Stricke von seinen Händen und löste das Siegel des Schweigens von den Lippen und rief die kleine Meermaid. Sie aber kam nicht auf seinen Ruf, obgleich er den ganzen Tag lang nach ihr rief und flehte.

Und seine Seele spottete seiner und sprach: »Wahrhaftig! Geringe Freude nur schenkt deine Liebe dir. Du gleichst einem, der zur Zeit der Wassernot Wasser in ein durchlöchertes Gefäß gießt. Du gibst alles, was du besitzest, hin, und nichts wird dir dafür zurückgegeben. Dir wäre besser, du folgtest mir, denn ich weiß, wo das Tal der Lust liegt und welche Dinge dort geschehen.«

Der junge Fischer aber antwortete seiner Seele nicht, sondern baute sich in einem Felsenspalt eine Hütte aus Flechtwerk und wohnte dort ein langes Jahr. Und jeden Morgen rief er das Meermädchen und zur Mittagsstunde rief er sie wieder, und wenn die Nacht sank, sprach er ihren Namen. Doch niemals stieg sie aus dem Meere auf, ihm entgegen. Und an keiner Stelle der See konnte er sie finden, wenngleich er sie in den Höhlen suchte und in den grünen Wassern, in den Tiefen der Fluten und in den Brunnen, die unten am Grunde der Tiefe sind.

Und immer wieder versuchte seine Seele ihn mit Bösem und flüsterte ihm Entsetzliches zu. Aber sie vermochte nichts gegen ihn – so groß war die Macht seiner Liebe. Und als das Jahr verstrichen war, dachte die Seele bei sich: »Ich habe meinen Herrn mit Bösem versucht, doch seine Liebe ist stärker als ich. So will ich ihn denn mit Gutem versuchen – vielleicht, dass er mir dann folgt.«

Und so sprach sie zum jungen Fischer und sagte: »Ich habe dir von den Freuden dieser Welt erzählt, und du hast dein Ohr mir verschlossen. Lass mich dir nun von dem Leid der Welt erzählen, vielleicht wirst du diesem lauschen. Denn in Wahrheit, das Leid ist der Herr dieser Welt und keiner ist, der seinem Netze zu entschlüpfen vermöchte. Die einen haben keine Kleidung, die andern haben kein Brot. Witwen sitzen in Purpur und Witwen sitzen in Lumpen. Hin und her über die Sümpfe ziehen die Aussätzigen und grausam sind sie gegeneinander. Die Landstraße auf und nieder schleichen die Bettler, und ihre Ränzel sind leer. Durch die Straßen der Stadt schreitet die Hungersnot, und vor ihren Toren lauert die Pest. Komm, lass uns gehen und all dem Linderung schaffen und es ändern! Warum sollst du hier verweilen und deine Liebe rufen, da du doch siehst, dass sie deinem Ruf nicht folgt? Und was ist Liebe, dass du also hohen Wert auf sie legst?«

Der junge Fischer aber gab keine Antwort, so groß war die Macht seiner Liebe. Und jeden Morgen rief er das Meermädchen und zur Mittagsstunde rief er sie wieder, und nachts sprach er ihren Namen. Doch nie stieg sie aus dem Meer auf, ihm entgegen, und an keiner Stelle des Meeres konnte er sie finden, ob er auch nach ihr suchte in den Flüssen der See und in den Tälern, die unter den Wogen liegen, und in dem Meer, das die Nacht purpurn färbt, und in dem Meer, das die Dämmerung grau färbt.

Und als das zweite Jahr verstrichen war, sprach die Seele zu dem jungen Fischer, da es Nacht ward und er einsam in seiner Hütte von Flechtwerk saß: »Siehe! Ich habe dich mit Bösem versucht und habe dich mit Gutem versucht, und deine Liebe ist stärker als ich, darum will ich dich nicht länger versuchen. Doch flehe ich dich an, lass mich in dein Herz, auf dass ich mit dir eins werde, wie ich vorher eins war mit dir.«

»Wahrlich – du darfst hinein«, sprach der junge Fischer. »Denn du musst Furchtbares gelitten haben in den Tagen, da du ohne Herz durch die Welt geirrt bist.«

»Ach«, rief die Seele. »Ich kann nirgends Einlass finden, so übervoll von Liebe ist dein Herz.«

»Und doch wollte ich, ich könnte dir helfen«, sprach der junge Fischer.

Und da er so sprach, klang ein lauter Schmerzensschrei vom Meer her, ein Schrei, wie die Menschen ihn vernehmen, wenn vom Meervolk einer gestorben ist. Und der junge Fischer sprang auf und verließ seine Hütte aus Flechtwerk und lief ans Ufer hinab. Und die schwarzen Wogen liefen eilends ans Land und trugen ihm eine Last zu, die weißer als Silber war. Weiß wie die Brandung war sie und wiegte sich wie eine Blume auf den Wogen, und die Brandung hob sie von den Wogen, und der Gischt hob sie von der Brandung, und das Ufer nahm sie auf, und der junge Fischer sah zu seinen Füßen die Leiche des kleinen Meermädchens liegen. Tot lag sie da, zu seinen Füßen.

Schluchzend wie einer, den das Leid zu Tode getroffen hat, warf er sich neben sie nieder und küsste das kalte Rot des Mundes und spielte mit dem nassen Bernstein ihres Haares. Nieder auf den Sand, ihr zur Seite warf er sich und weinte wie einer, der in Freuden erzittert, und mit seinen braunen Armen presste er sie an seine Brust. Kalt waren ihre Lippen, doch er küsste sie; salzig schmeckte der Honig ihres Haares, aber er kostete ihn mit bitterer Freude. Er küsste die geschlossenen Lider, und der wilde Schaum, der auf den Augenhöhlen lag, war nicht so salzig wie seine Tränen.

Und der Toten beichtete er alles. In die Muscheln ihrer Ohren goss er den herben Wein seiner Geschichte. Er schlang die kleinen Hände sich um den Nacken und streichelte mit seinen Fingern das schlanke Rohr ihrer Kehle. Bitter, bitter war seine Freude, und voll seltsamer Fröhlichkeit war sein Schmerz.

Die schwarze See kam näher, und der weiße Gischt stöhnte wie ein Aussätziger. Mit weißen Klauen von Gischt kroch die See ans Ufer. Aus dem Palast des Meerkönigs drang wieder der Schrei der Trauer, und weit draußen auf dem Meere bliesen die Tritonen heiser auf ihrem Horn.

»Fliehe!«, sprach seine Seele. »Denn immer näher wälzt sich das Meer, und wenn du zögerst, wird es dich verschlingen. Fliehe fort, denn ich fürchte mich; sehe ich doch, dass dein Herz wieder gegen mich verschlossen ist, um deiner großen Liebe willen. Flieh an einen sicheren Ort. Wahrlich, du darfst mich nicht ohne Herz in eine andere Welt jagen!«

Der junge Fischer aber lauschte seiner Seele nicht, sondern rief das kleine Meermädchen an und sprach: »Liebe ist weiser als Weisheit. Liebe ist kostbarer als Reichtum und lieblicher als die Füße der Menschentöchter. Die Feuer können sie nicht zerstören, und die Wasser können sie nicht löschen. Ich rief nach dir bei der Morgendämmerung, doch du kamst nicht auf meinen Ruf. Der Mond vernahm deinen Namen, du aber achtetest meiner nicht. Zum Unheil hatte ich dich verlassen, und zu meinem eigenen Verderben bin ich fortgewandert. Doch war deine Liebe immer in mir und immer war sie stark, sodass nichts dagegen ankommen konnte, wenngleich ich das Böse gesehen habe und das Gute. Und nun, da du gestorben bist, wahrlich, will auch ich mit dir sterben.«

Und seine Seele flehte, er möge sich retten. Er aber wollte nicht – so groß war seine Liebe. Und die See wälzte sich heran und warf ihre Wellen über ihn, und da er wusste, dass das Ende nahe war, küsste er mit wahnsinnigen Lippen die kalten Lippen des Meermädchens, und das Herz in seinem Leibe brach. Und als sein Herz durch die Größe seiner Liebe brach, fand die Seele ihren Weg hinein und war in ihm, wie zuvor. Und das Meer bedeckte den jungen Fischer mit seinen Wogen.

Am andern Morgen aber zog der Priester aus, das Meer zu segnen, denn es war stürmisch gewesen. Und mit ihm zogen die Mönche und die Musikanten und die Kerzenträger und die Schwinger der Weihrauchfässer und eine große Menge.

Und als der Priester das Ufer erreichte, sah er den jungen Fischer ertrunken in der Brandung liegen, und von seinem Arm umklammert lag der Leichnam des kleinen Meermädchens. Da trat er finster zurück und schlug das Zeichen des Kreuzes und sprach laut und sagte: »Ich will das Meer nicht segnen, noch was in ihm ist! Verflucht sei das Meervolk und verflucht seien alle, die sich mit ihm einlassen. Er aber hat um der Liebe willen Gott vergessen und hier liegt er vom Gericht Gottes samt seiner Buhle erschlagen! Nehmt seinen Leib und den Leib seiner Buhle auf und verscharrt sie in einer Ecke des Schindangers und setzt keinen Stein darüber, noch sonst ein Wahrzeichen irgendeiner Art, auf dass keiner den Platz ihrer Ruhestatt wisse. Denn verflucht waren sie im Leben und verflucht seien sie auch im Tod!«

Da tat das Volk, wie er befohlen hatte. Und in einer Ecke des Schindangers, wo keine süßen Gräser wuchsen, gruben sie eine tiefe Grube und senkten die toten Leiber hinein.

Und als das dritte Jahr dahingegangen war, an einem Tag, der ein heiliger Tag, zog der Priester in die Kapelle, um dem Volk die Wundmale des Herrn zu zeigen und zu dem Volke über Gottes Zorn zu sprechen.

Und als er sich in sein Gewand gekleidet hatte und eintrat und sich vor dem Altare neigte, sah er, wie der Altar mit seltsamen Blumen bedeckt war, die er nie zuvor gesehen. Seltsam anzuschauen waren sie und von wunderlicher Schönheit. Und ihre Schönheit verwirrte ihn, und ihr Duft stieg süß in seine Nase. Freude erfüllte ihn, und er wusste nicht, worüber er sich freute.

Und als er das Tabernakel geöffnet und der Monstranz, die darin stand, Weihrauch dargebracht und dem Volk die schöne Hostie gezeigt und sie dann wiederum unter dem Tuch der Tücher verborgen hatte, begann er zum Volke zu sprechen. Und er wollte zu ihm sprechen von Gottes Zorn, aber die Schönheit der weißen Blumen verwirrte ihn, und ihr Duft stieg ihm süß in die Nase, und andere Worte drängten sich auf seine Lippen, und er sprach nicht vom Zorne Gottes, sondern von dem Gotte, dessen Name Liebe ist. Und weshalb er also sprach, wusste er nicht.

Und als seine Worte verklungen waren, weinte das Volk, und der Priester ging in die Sakristei zurück, und seine Augen waren voll Tränen. Und die Diakone traten herein und fingen an, ihm das heilige Gewand von seinen Schultern zu nehmen. Sie nahmen ihm die Alba ab und den Gurt, die Armstreifen und die Stola. Er aber stand wie in einem Traum.

Und als sie fertig waren, blickte er sie an und sprach: »Was sind das für Blumen, die auf dem Altare stehen, und woher sind sie?«

Sie antworteten ihm: »Wir wissen nicht die Art der Blumen, doch kommen sie aus der Ecke des Schindangers.«

Da begann der Priester zu zittern, ging in sein Haus und betete.

Und am frühen Morgen, da es noch dämmerte, zog er aus mit den Mönchen und mit den Musikanten und mit den Kerzenträgern und mit den Schwingern der Weihrauchfässer und mit einer großen Menge und kam zum Ufer der See und segnete das Meer und alle die wilden Geschöpfe, die in ihm sind. Auch die Faune segnete er und die kleinen Wesen, die im Wald tanzen, und die helläugigen Wesen, die durch das Blattwerk spähen. Alle Geschöpfe in Gottes Welt segnete er. Und das Volk war voll Freude und Staunen. Nie wieder aber wuchsen irgendwelche Blumen in der Ecke des Schindangers, sondern das Feld blieb unfruchtbar, wie es zuvor gewesen war, noch kam das Meervolk wieder in die Bucht, wie es ehedem zu tun pflegte, denn es zog in einen anderen Teil des Meeres.

Das Sternenkind

Es waren einmal zwei arme Holzhauer, die durch einen großen Tannenwald nach Hause gingen. Es war Winter, und die Nacht war bitterkalt. Der Schnee lag hoch auf dem Erdboden und auf den Ästen der Bäume. Der Frost brach unaufhörlich Zweig um Zweig, zu beiden Seiten des Weges, den sie gingen. Und als sie zum Bergbache kamen, hing dieser regungslos in den Lüften, denn der Eiskönig hatte ihn geküsst.

Es war so kalt, dass selbst die Tiere und die Vögel nicht wussten, wie sie sich schützen sollten.

»Hu«, heulte der Wolf, der, den Schwanz zwischen die Beine geklemmt, durch das Unterholz schlich. »Das Wetter ist ja einfach ungeheuerlich. Warum tut die Regierung dagegen nichts?«

»Witte-witt, witte-witt!«, zwitscherten die grünen Hänflinge. »Die alte Erde ist tot, und man hat sie aufgebahrt in ihrem weißen Grabtuch.«

»Die Erde will Hochzeit feiern, und dies ist ihr bräutliches Kleid«, gurrten die Turteltauben einander zu. Ihre kleinen, rosigen Füßchen waren ganz frostzernagt, aber sie empfanden es als ihre Pflicht, die Sache romantisch anzusehen.

»Unsinn!«, knurrte der Wolf. »Ich sage euch, an allem trägt die Regierung schuld. Und wenn ihr mir nicht glaubt, so fress ich euch!« Der Wolf war ausgesprochen praktisch veranlagt, und an guten Gründen fehlte es ihm nie.

»Ich meinerseits«, sagte der Specht, ein geborener Philosoph, »kümmere mich kein Atom um theoretische Erklärungen! Wie eine Sache ist, so ist sie. Und augenblicklich ist es schrecklich kalt.«

Und es war wirklich schrecklich kalt. Die kleinen Eichhörnchen, die in den hohen Tannenbäumen lebten, rieben sich einander die Näschen, um sich warm zu machen, und die Kaninchen rollten sich in ihren Löchern zusammen und wagten keinen Blick vor die Türe. Das einzige Volk, das hocherfreut schien, war das der großohrigen Eulen. Ihre Federn waren vom Reif ganz steif, aber sie achteten dessen nicht und rollten ihre großen, gelben Augen und riefen einander durch den Wald zu: »Tuwitt! tuhu! tuwitt! tuhu – was für wunderbares Wetter wir haben!«

Fürbass schritten die zwei Holzhauer, bliesen munter auf ihre Finger und stapften mit den schweren, eisengenagelten Stiefeln durch den harten Schnee. Einmal sanken sie in eine tiefe Schneewehe ein und kamen aus ihr so weiß heraus, wie Müller, wenn ihre Steine mahlen. Ein andermal glitten sie auf dem harten, glatten Eis des gefrorenen Sumpfes aus, und das Reisig fiel aus ihren Bündeln; sie mussten es aufsuchen und wieder zusammenbinden. Ein andermal wieder glaubten sie, den Weg verloren zu haben, und großes Entsetzen packte sie, da sie ja wussten, wie grausam der Schnee gegen die ist, die in seinen Armen einschlafen. Doch sie setzten ihr Vertrauen auf den guten heiligen Martin, der über allen Wanderern wacht und wandten ihre Schritte wieder zurück und gingen dann behutsam. Und zu guter Letzt erreichten sie den Waldsaum und sahen tief zu ihren Füßen unten im Tal die Lichter des Dorfes, in dem sie wohnten.

So überfroh waren sie über ihre Erlösung, dass sie einander laut zulachten und in der Erde eine Silberblüte, im Monde eine Goldblume zu sehen vermeinten. Doch nachdem sie einander zugelacht hatten, wurden sie wieder traurig, denn sie gedachten ihrer Armut, und der eine sprach zu dem andern: »Worüber freuten wir uns nur so sehr, da wir doch sehen, dass das Leben den Reichen gehört und nicht den Armen, wie wir sind? Es wäre besser gewesen, wir wären im Wald vor Kälte gestorben, oder es hätte sich ein wildes Tier auf uns gestürzt und uns zerfleischt.«

»Wahrlich«, sprach sein Gefährte. »Manchem ist vieles gegeben und anderen wenig. Die Ungerechtigkeit hat die Welt eingeteilt und nichts ist gleichmäßig verteilt außer der Sorge.« Doch indem sie einander noch ihr Leid klagten, begab sich etwas Wunderbares. Vom Himmel fiel ein leuchtend heller, schöner Stern. Er glitt nieder vom Wolkenrand, vorüber an den anderen Sternen in ihrer Bahn. Und da sie ihm verwundert nachblickten, schien es ihnen, als fiele er hinter einem dichten Weidengestrüpp nieder, das nur einen Steinwurf entfernt dicht bei einer kleinen Schafhürde stand.

»Hurra! Das ist ein Topf voll Gold für den, der ihn findet«, riefen sie und fingen an zu laufen, so gierig waren sie nach dem Gold.

Und der eine von ihnen lief rascher als sein Gefährte und überholte ihn und erzwang sich einen Weg durch die Büsche. Und als er hinter ihnen angelangt war, siehe! Da lag wahrhaftig ein goldenes Ding im weißen Schnee. Er stürzte darauf zu und ergriff es, sich niederbeugend, mit beiden Händen; und es war ein Mantel aus Goldgewebe, mit Sternen seltsam durchwirkt und in viele Falten gerafft. Und er rief seinem Gefährten zu, dass er den Schatz gefunden habe, der vom Himmel gefallen sei. Und als sein Gefährte herbeigekommen war, setzten sie sich in den Schnee nieder und lockerten die Falten des Mantels, damit sie die Goldstücke untereinander verteilen könnten. Aber ach! Es war nicht Gold darin noch Silber, noch irgendein Schatz, sondern nur ein kleines Kind, das schlief.

Und der eine sprach zu dem anderen: »Das ist ein bitteres Ende unseres Hoffens. Wir haben eben kein Glück – denn was kann ein Kind einem Mann nützen? Wir wollen es hier lassen und unseres Weges gehen, denn wir sind arme Leute und haben leibliche Kinder, deren Brot wir fremden Kindern nicht geben dürfen.«

Sein Gefährte aber erwiderte: »Nein – übel wäre es getan, das Kind hier im Schnee umkommen zu lassen. Und wenngleich ich so arm bin wie du und viele Münder zu füttern und nur wenig im Topf habe, so will ich es dennoch heimnehmen mit mir, und mein Weib soll für es sorgen.«

So hob er denn das Kind ganz sanft auf, hüllte es in den Mantel, um es vor der grimmigen Kälte zu schützen und schritt bergab dem Dorfe zu, während sein Gefährte über seine Torheit und die Weichheit seines Herzens staunte.

Und als sie zu dem Dorfe kamen, sprach sein Gefährte zu ihm: »Du hast das Kind, darum gib mir den Mantel; denn es ist nur billig, dass wir teilen.«

Er aber antwortete: »Nein, denn der Mantel ist weder mein noch dein, sondern gehört allein dem Kind.«

Und er wünschte ihm Lebewohl, schritt seinem Haus zu und klopfte an. Und als sein Weib die Tür öffnete und sah, dass ihr Mann gesund zu ihr zurückgekehrt war, schlang sie die Arme um seinen Nacken und küsste ihn und nahm das Reisigbündel von seinem Rücken, streifte den Schnee von seinen Schuhen und hieß ihn hereinkommen.

Er aber sprach zu ihr: »Ich habe im Walde etwas gefunden und habe es dir gebracht, damit du dafür sorgest.« Und er rührte sich nicht von der Schwelle.

»Was ist es?«, rief sie. »Zeige es mir, denn unser Haus ist leer und es ist Not an vielen Dingen.« Da zog er den Mantel zur Seite und zeigte ihr das schlafende Kind.

»Ach, guter Freund«, sprach sie murrend. »Haben wir selbst nicht Kinder genug, dass du noch durchaus einen Wechselbalg anbringen musst, um mit an unserem Herd zu sitzen? Und wer weiß, ob er nicht Unheil über uns bringen wird? Und womit sollen wir ihn nähren?« Und sie ward zornig gegen ihn.

»Es ist aber doch ein Sternenkind«, entgegnete er. Und er erzählte ihr von der wundersamen Art, wie er es gefunden.

Sie aber wollte sich nicht beschwichtigen lassen, sondern höhnte ihn, sprach zornig und schrie:

»Unseren Kindern fehlt es an Brot, und wir sollen anderer Leute Kinder füttern? Wer sorgt denn für uns? Und wer gibt uns Speise?«

»Sprich nicht also! Gott sorgt selbst für die Sperlinge und ernähret sie!«, erwiderte er.

»Sterben etwa die Sperlinge nicht Hungers im Winter?«, fragte sie. »Und ist es nicht Winter jetzt?« Und der Mann antwortete nichts, noch rührte er sich von der Schwelle.

Und ein schneidender Wind drang vom Wald her durch die offene Tür, die in den Angeln erbebte, und das Weib erschauerte und sprach zum Mann: »Willst du nicht die Tür schließen? Es dringt ein eisiger Wind in das Haus und mich friert.«

»Und streicht nicht immer ein eisiger Wind durch ein Haus, in dem ein hartes Herz wohnt?«, fragte er. Und das Weib antwortete ihm nichts, sondern schlich sich näher an das Feuer heran. Und nach einer Weile wandte sie sich um und sah ihn an, und ihre Augen waren voll Tränen. Da trat er rasch ein und gab ihr das Kind in die Arme, und sie küsste es und legte es in ein kleines Bettchen, in dem das jüngste ihrer eigenen Kinder schlief. Am andern Morgen aber nahm der Holzhauer den seltsamen Mantel aus Gold und barg ihn in einer großen Truhe; und die Kette aus Bernstein, die um den Hals des Kindes hing, nahm das Weib und barg sie gleichfalls in der Truhe.

So wuchs das Sternenkind mit den Kindern des Holzhauers heran und saß am selben Tisch mit ihnen und war ihr Spielgenoss. Und mit jedem Jahre ward es schöner anzusehen, sodass alle, die in dem Dorf wohnten, staunten, denn, während sie dunkel und schwarzhaarig waren, war es weiß und zart wie gedrechseltes Elfenbein, und seine Locken glichen dem Blütenstaub der Narzisse. Seine Lippen waren wie die Blütenblätter einer roten Blume und seine Augen wie Veilchen am Ufer eines klaren Baches, und sein Leib war wie die Narzissen auf dem Feld, auf das kein Mäher kommt.

Aber seine Schönheit brachte ihm Unheil, denn es ward auch stolz und grausam und selbstsüchtig. Die Kinder des Holzhauers und die anderen Kinder des Dorfes verachtete es, sagte, sie seien von niederer Herkunft, während es vornehm sei, da es von einem Stern herstamme. Und es machte sich zum Herrn über sie und nannte sie seine Diener. Nicht kannte es Mitleid mit den Armen, noch mit denen, die blind oder missgestaltet oder sonst wie bresthaft waren. Es warf vielmehr Steine nach ihnen und trieb sie auf die Landstraße hinaus und hieß sie anderswo ihr Brot erbetteln, sodass die Geächteten kein zweites Mal den Weg zum Dorfe nahmen, um Almosen zu erbitten. Es glich einem, der in die Schönheit verliebt ist, und spottete über die Schwächlichen und hässlichen und verlachte sie. Sich selber aber liebte es. Und zur Sommerzeit, wenn die Winde ruhten, lag es ganz still neben dem Brunnen in des Priesters Garten und betrachtete das Wunder seines eigenen Angesichts und lachte voll Freude an seiner eigenen Schönheit.

Oft schalten es der Holzhauer und sein Weib und sagten: »Wir haben an dir nicht getan wie du an jenen tust, die verlassen sind und keinen haben, der ihnen hilft. Weshalb bist du so grausam gegen alle jene, die Erbarmen brauchen?«

Oft sandte der alte Priester nach ihm und versuchte, es die Liebe zu allem Lebenden zu lehren. Er sprach zu ihm: »Die Fliege ist deine Schwester, tu ihr nichts Böses. Die wilden Vögel, die durch den Wald streichen, sind frei, fange sie nicht zu deiner Lust. Gott schuf die Blindschleiche und den Maulwurf und jedem ward sein Ort. Wer bist du, dass du Schmerz in Gottes Welt bringst? Selbst das Vieh auf dem Felde preist Ihn.«

Doch das Sternenkind achtete nicht auf seine Worte, sondern verzog den Mund und blickte höhnisch und ging zu seinen Gefährten zurück und stellte sich an ihre Spitze. Und seine Gefährten folgten ihm, denn es war schön und schnellen Fußes und konnte tanzen und pfeifen und musizieren. Und wohin auch das Sternenkind sie führte, folgten sie ihm, und was das Sternenkind gebot, das taten sie. Und wenn es mit einem spitzen Schilfrohr die trüben Augen des Maulwurfs durchbohrte, so lachten sie, und wenn es nach den Aussätzigen Steine warf, lachten sie auch. Und in allen Dingen herrschte es über sie, und ihre Herzen wurden hart, wie seines war.

Eines Tages nun geschah es, dass ein armes Bettlerweib durch das Dorf des Weges kam. Ihre Kleider waren zerrissen und zerlumpt, und ihre Füße bluteten von der rauen Straße, die sie gewandert war, und sie war in einer wirklich schlimmen Lage. Und da sie müde war, setzte sie sich unter einen Kastanienbaum, um zu rasten.

Kaum hatte das Sternenkind sie gesehen, so sprach es zu seinen Gespielen: »Seht ihr, da sitzt ein schmutziges Bettelweib unter dem schönen, grünblätterigen Baum. Kommt, wir wollen es von hinnen treiben, denn es ist hässlich und missgestaltet.« Darauf trat es näher und warf nach ihm mit Steinen und spottete seiner. Die Bettlerin aber sah es an, und Grauen war in ihrem Blick, und sie wandte ihn nicht von ihm. Und als der Holzhauer, der in einer nahen Schonung Holz spaltete, sah, was das Sternenkind tat, lief er hinzu, verwies es ihm und sprach: »Wahrlich, du bist harten Herzens und kennst kein Erbarmen. Was hat dir dies arme Weib Böses getan, dass du es in dieser Weise behandelst?«

Und das Sternenkind wurde rot vor Wut, und stampfte mit den Füßen auf den Boden und entgegnete: »Wer bist du, dass du von mir Rechenschaft forderst über mein Tun? Ich bin dein Sohn nicht und schulde dir keinen Gehorsam.«

»Wahr sprichst du«, entgegnete der Holzhauer. »Doch ich hatte Mitleid mit dir, als ich dich im Wald fand.«

Als nun die Frau diese Worte hörte, stieß sie einen lauten Schrei aus und sank bewusstlos nieder. Und der Holzhauer trug sie in sein Haus und sein Weib sorgte für sie, und als sie aus der Ohnmacht erwachte, in die sie gefallen war, setzten sie ihr Speis und Trank vor und baten sie, vorlieb zu nehmen.

Sie aber wollte weder essen noch trinken, sondern sagte zum Holzhauer: »Sagtest du nicht, dass jenes Kind im Wald gefunden sei? Und war das nicht just heute vor zehn Jahren?«

Und der Holzhauer erwiderte: »Du sagst es. Ich habe es im Wald gefunden. Und heute sind es zehn Jahre her.«

»Und welch Kennzeichen trug es an sich?«, rief sie. »Trug es nicht um den Hals eine Kette von Bernstein? War es nicht in einen Mantel aus goldenem Gewebe, mit Sternen durchwirkt, gehüllt?«

»Wahrlich«, erwiderte der Holzhauer. »Es war also, wie du sagst.« Und er nahm den Mantel und die Bernsteinkette aus der Truhe, in der sie lagen und zeigte sie ihr.

Sie aber brach bei dem Anblicke in Freudentränen aus und sagte: »Es ist mein kleiner Sohn, den ich im Walde verloren habe. Ich flehe dich an, hole ihn auf der Stelle. Denn um ihn zu suchen, habe ich die weite Welt durchwandert.«

Da gingen der Holzhauer und sein Weib und riefen das Sternenkind herbei und sagten zu ihm: »Tritt in das Haus, du sollst darin deine Mutter finden, die deiner harrt.« Es lief hinein voll Staunen und Entzücken, doch als es die sah, die dort wartete, lachte es hämisch und sagte: »Wo ist meine Mutter? Sehe ich doch niemand als dieses gemeine Bettelweib.«

Und das Weib antwortete ihm: »Ich bin deine Mutter.«

»Das schwatzt der Wahnsinn aus dir!«, schrie zornig das Sternenkind. »Ich bin dein Sohn nicht, du Bettlerin, denn du bist hässlich und zerlumpt. Drum gehe schleunigst von hinnen und lass mich dein scheußliches Gesicht nicht länger schauen!«

»Aber du bist wirklich mein kleiner Sohn, den ich im Wald gebar«, rief sie, fiel auf die Knie und streckte die Arme nach ihm aus. »Die Räuber haben dich mir gestohlen und dich dem Tod preisgegeben«, stöhnte sie. »Ich aber erkannte dich wieder, sobald ich dich erblickte. Und auch die Kennzeichen habe ich wiedererkannt, den Mantel aus Goldgewebe und die Bernsteinkette. Darum bitte ich dich: komm mit mir! Bin ich doch durch die ganze Welt gewandert, dich zu suchen. Komm mit mir, mein Sohn, denn ich habe deine Liebe nötig!«

Doch das Sternenkind rührte sich nicht von seinem Platz, sondern schloss die Tore seines Herzens noch fester. Und nichts war zu hören als das Schluchzen des Weibes, das vor Gram weinte.

Endlich aber sprach es zu ihr, und seine Stimme war hart und bitter: »Bist du in Wahrheit meine Mutter«, sagte es, »so wäre es besser gewesen, du wärest fortgeblieben und nicht hierhergekommen, um Schande über mich zu bringen. Wähnte ich doch, das Kind eines Sternes zu sein und nicht einer Bettlerin Kind, wie du mir sagst. Darum gehe fort von hier und lass dich nicht mehr von mir erblicken!«

»Ach, mein Sohn«, rief sie. »Willst du mich nicht küssen, eh ich gehe? Hab ich doch so viel gelitten, nur um dich zu finden.«

»Wahrlich nicht«, sprach das Sternenkind. »Allzu scheußlich bist du anzusehen. Eher sollen meine Lippen eine Natter oder eine Kröte küssen als dich!«

Da stand das Weib auf und ging hinaus in den Wald und weinte bitterlich. Das Sternenkind aber freute sich, dass es gegangen und lief zurück zu seinen Spielgenossen, um mit ihnen zu spielen.

Als sie aber seiner ansichtig wurden, verhöhnten sie es und sprachen: »Du bist ja so scheußlich wie eine Kröte und ekelhaft wie eine Natter! Fort mit dir! Wir wollen dich nicht mit uns spielen lassen.« Und sie trieben es aus dem Garten hinaus.

Das Sternenkind aber runzelte die Stirn und sprach zu sich: »Was sagen sie nur zu mir? Ich will zum Wasser des Brunnens gehen und hineinschauen – das soll mir von meiner Schönheit erzählen.«

So ging es zum Wasserbrunnen und sah hinein. Doch siehe! Sein Kopf glich dem Kopfe einer Kröte und sein Leib war schuppenbedeckt wie eine Schlange. Und es warf sich nieder ins Gras und schluchzte und sprach zu sich: »Wahrlich, das ist durch meine Sünde über mich gekommen. Habe ich doch meine Mutter verleugnet und sie weggejagt. War ich doch stolz und grausam gegen sie. Nun will ich gehen und sie suchen in der ganzen Welt und will nicht rasten, eh ich sie gefunden habe.«

Da aber trat die kleine Tochter des Holzhauers zu ihm, legte ihre Hand auf seine Schulter und sagte: »Was tut es, wenn du auch deine Schönheit verloren hast. Bleibe bei uns. Ich will deiner nicht spotten.«

Und es sprach zu ihr: »Nein, denn ich war grausam gegen meine Mutter, und dies Leiden ist als Strafe über mich gekommen. Darum muss ich von hinnen gehen und durch die Welt wandern, bis ich sie finde und sie mir Verzeihung gewährt.«

Und es lief in den Wald hinein und rief nach seiner Mutter, sie möge zu ihm kommen, aber es erhielt keine Antwort. Den ganzen Tag hindurch rief es nach ihr, und als die Sonne sank, legte es sich zum Schlaf in ein Laubbett und die Vögel und Tiere des Waldes flohen vor ihm, denn sie entsannen sich seiner Grausamkeit. Nichts Lebendes kam ihm nahe, außer der Kröte, die nach ihm spähte, und der trägen Natter, die vorüberkroch.

Am Morgen stand es auf und pflückte etliche bittere Beeren von den Bäumen, aß sie und schlug bitterlich weinend den Weg durch den großen Wald ein. Und alles, was ihm begegnete, fragte es, ob es vielleicht seine Mutter gesehen habe.

Es sprach zum Maulwurf: »Du kennst die Tiefen der Erde, sag mir, ist meine Mutter dort?« Doch der Maulwurf antwortete: »Du hast meine Augen geblendet, wie sollte ich es wissen?«

Es sprach zum Hänfling: »Du fliegst über die Wipfel der hohen Bäume hin und kannst die ganze Welt übersehen. Sag mir, kannst du meine Mutter sehen?« Und der Hänfling erwiderte: »Du hast meine Flügel gestutzt in böser Lust, wie könnte ich fliegen?«

Und zum kleinen Eichhörnchen, das im Tannenbaum wohnte und einsam war, sprach es: »Wo ist meine Mutter?« Und das Eichhörnchen erwiderte: »Du hast meine Mutter erschlagen. Suchst du deine, um sie auch zu erschlagen?«

Und das Sternenkind weinte und neigte das Haupt und bat Gottes Geschöpfe um Vergebung und wanderte hin durch den Wald, das Bettelweib zu suchen. Und am dritten Tage erreichte es die andere Seite des Waldes und stieg nieder in die Ebene.

Und wenn es durch die Dörfer schritt, verspotteten es die Kinder und warfen Steine nach ihm, und die Landleute wollten es nicht einmal in der Scheune schlafen lassen, damit es nicht Meltau über das aufgespeicherte Korn bringe, so scheußlich war es anzusehen. Und ihre Knechte jagten es fort und keiner war, der Erbarmen mit ihm hatte. Auch konnte es nirgends von dem Bettelweib vernehmen, das seine Mutter war, obgleich es drei lange Jahre durch die Welt wanderte und auch oft vermeinte, sie vor sich auf dem Weg zu sehen und sie dann rief und hinter ihr herlief, bis die scharfen Kiesel seine Füße bluten machten.

Sie einzuholen aber vermochte es nicht, und die, die am Weg wohnten, leugneten stets, sie oder irgendjemand, der ihr glich, gesehen zu haben, und sie verhöhnten seinen Gram.

Drei Jahre lang wanderte es über die Erde, und es fand auf der Erde weder Liebe noch Güte noch Erbarmen. Es war eben eine Welt, wie es sich selbst geschaffen hatte in den Tagen seines großen Stolzes.

Und eines Abends kam es vor das Tor einer stark befestigten Stadt, die an einem Fluss lag. Und obwohl es müde war und seine Füße wund, wollte es doch hineingehen. Aber die Soldaten, die die Wache hielten, kreuzten ihre Hellebarden vor dem Eingange und fuhren es rau an: »Was hast du in der Stadt zu suchen?«

»Ich suche meine Mutter«, erwiderte es. »Und ich bitte euch, lasst mich vorbei, denn vielleicht ist sie in der Stadt hier.«

Sie aber höhnten es, und einer von ihnen schüttelte den schwarzen Bart, stieß den Schild auf die Erde und rief: »Wahrhaftig, deine Mutter wird nicht sehr erfreut sein, wenn sie dich sieht, denn du bist missgestalteter als die Kröte im Sumpf oder die Natter, die im Schlamm kriecht. Scher dich fort von hier, deine Mutter wohnt nicht in dieser Stadt.«

Und ein anderer, der ein gelbes Banner in der Hand hielt, sagte zu ihm: »Wer ist deine Mutter, und warum suchst du sie?«

Und es antwortete: »Meine Mutter ist eine Bettlerin, wie ich ein Bettler bin. Und ich habe schlecht an ihr gehandelt und bitte euch, erlaubt mir, einzutreten, damit sie mir verzeihe, falls sie in dieser Stadt weilt.« Aber sie wehrten ihm und verwundeten es mit ihren Speeren. Und da es sich weinend von ihnen wandte, kam einer, dessen Rüstung mit goldenen Blumen eingelegt war und dessen Helmzier ein ruhender Löwe war, der Flügel hatte. Und dieser fragte die Krieger, wer es gewesen sei, der Einlass begehrt habe, und sie antworteten ihm: »Ein Bettler war es, eines Bettlers Kind, und wir haben es fortgejagt.«

»Nicht also«, rief er lachend. »Dies hässliche Wesen wollen wir als Sklaven verkaufen, und der Erlös soll uns einen Humpen süßen Weines schaffen.«

Und ein alter Mann mit bösem Gesicht, der gerade vorüberging, rief sie an und sprach: »Für diesen Preis will ich ihn kaufen!« Und als er den Preis gezahlt hatte, nahm er das Sternenkind bei der Hand und führte es in die Stadt hinein.

Und nachdem sie durch viele Straßen gegangen waren, kamen sie an eine kleine Pforte, die in eine Mauer gebrochen war und die ein Granatapfelbaum verdeckte. Und der alte Mann berührte die Pforte mit einem Ring aus geschnittenem Jaspis und sie sprang auf. Fünf eherne Stufen schritten sie hinab in einen Garten voll schwarzen Mohns und grüner Krüge gebrannten Tones. Und der alte Mann zog aus seinem Turban ein Tuch aus gemusterter Seide und verband damit dem Sternenkind die Augen und trieb es vor sich her.

Und als das Tuch ihm von den Augen gelöst wurde, fand sich das Sternenkind in einem Turmverlies, das von einer Hornlaterne erhellt wurde. Und der alte Mann setzte ihm auf einem Holzbrett schimmliges Brot vor und sprach: »Da iss!« und fauliges Wasser in einer Schale und sprach: »Da trink!« Und als es gegessen und getrunken hatte, ging der alte Mann hinaus, schloss die Tür hinter sich ab und befestigte sie mit einer eisernen Kette.

Und am nächsten Tage kam der alte Mann, der der schlauste Zauberer Libyens war und seine Kunst von einem, der in den Gräbern am Nil hauste, erlernt hatte, zu ihm herein, blickte ihn finster an und sprach: »In einem Wald, unfern der Tore dieser Giaurenstadt, liegen drei Klumpen Goldes verborgen: Der eine ist aus weißem Gold, der andere aus gelbem Gold und das Gold des dritten ist rot. Heute sollst du mir den Klumpen weißen Goldes bringen. Und bringst du ihn nicht, so will ich dich mit hundert Riemen schlagen. Mach dich hurtig auf den Weg, und bei Sonnenuntergang werde ich dich an der Pforte des Gartens erwarten. Achte wohl, dass du das weiße Gold mir bringst, oder es wird dir übel ergehen. Denn du bist mein Sklave, und ich habe dich für den Preis eines Humpens süßen Weins gekauft.«

Und er verband dem Sternenkind die Augen mit einem Tuch aus gemusterter Seide und führte es durch das Haus und den Garten voll Mohn und die fünf ehernen Stufen hinan. Und nachdem er die kleine Tür mit seinem Ring geöffnet hatte, stieß er es auf die Straße.

Und das Sternenkind ging zum Tore der Stadt hinaus und kam in den Wald, von dem ihm der Zauberer gesprochen hatte. Und der Wald war von außen schön anzusehen und schien voll singender Vögel und süß duftender Blumen zu sein. Und das Sternenkind betrat ihn frohgemut, doch nützte ihm die Schönheit wenig, denn wohin es sich auch wandte, schossen scharfe Dornen und Hecken vom Boden auf und umklammerten es, und böse Nesseln stachen es und die Disteln verletzten es mit ihren Dolchen, sodass es in großer Not war. Auch vermochte es nirgends den Klumpen weißen Goldes zu finden, von dem der Zauberer gesprochen hatte, obschon es ihn vom Morgen bis zur Mittagsstunde und von Mittag bis zum Sonnenuntergang suchte. Und beim Sonnenuntergang wandte es das Antlitz rückwärts und weinte bitterlich, denn es wusste, welch Geschick seiner harrte.

Doch als es den Saum des Waldes erreicht hatte, vernahm es aus dem Dickicht einen Schrei, wie von einem, der in Not ist. Da vergaß es seinen eigenen Kummer und lief zur Stelle hin und sah einen kleinen Hasen, der sich in einer Falle gefangen hatte, die ihm ein Jäger gestellt hatte. Und das Sternenkind fühlte Mitleid mit dem Kleinen und befreite ihn und sagte zu ihm: »Ich bin selbst nur ein Sklave, aber ich kann dir doch die Freiheit schenken.«

Und der Hase antwortete ihm und sprach: »Wahrlich, du hast mir die Freiheit geschenkt! Doch was kann ich dir dafür schenken?«

Da sprach das Sternenkind zu ihm: »Ich suche einen Klumpen weißen Goldes, doch kann ich ihn nirgends finden. Und bringe ich ihn meinem Herrn nicht, so wird er mich schlagen.«

»Komm mit mir«, sagte der Hase. »Und ich will dich zu der Stelle führen, denn ich weiß, wo er versteckt liegt und zu welchem Zwecke.«

So ging das Sternenkind mit dem Hasen und siehe! In einer Spalte im Stamm eines großen Eichenbaumes sah es den Klumpen weißen Goldes, den es suchte. Und es war voll Freude und griff danach und sagte zu dem Hasen: »Den

Dienst, den ich dir getan, hast du mir viele Male vergolten. Und was ich dir an Güte erwies, hast du mir hundertfach zurückgezahlt.«

»Nein«, entgegnete der Hase. »Aber wie du an mir getan hast, habe auch ich an dir getan.« Und schnell lief er davon, und das Sternenkind schritt der Stadt zu.

Nun saß am Tor der Stadt ein Aussätziger. Eine Kapuze aus grauem Linnen hing über seinem Gesicht, und durch die Augenlöcher glühten seine Augen wie rote Kohlen. Als er das Sternenkind kommen sah, schlug er auf ein hölzernes Becken und rasselte mit seiner Klapper und rief ihm zu und sprach: »Gib mir ein Geldstück, oder ich muss Hungers sterben. Denn sie haben mich aus der Stadt gestoßen, und es ist keiner, der mit mir Erbarmen hätte.«

»Ach«, klagte das Sternenkind. »Ich habe in meinem Quersack nichts als einen Klumpen Goldes. Und wenn ich den nicht meinem Herrn bringe, schlägt er mich, denn ich bin sein Sklave.«

Der Aussätzige aber bat und flehte es an, bis das Sternenkind Mitleid hatte und ihm den Klumpen weißen Goldes gab.

Und als es zu des Zauberers Haus kam, öffnete ihm der Zauberer und führte es hinein und sprach zu ihm: »Hast du den Klumpen weißen Goldes?« Das Sternenkind erwiderte: »Ich habe ihn nicht.« Da fiel der Zauberer über das Kind her und peitschte es und setzte ihm einen leeren Holzteller hin und sagte: »Da iss!«, und stellte ihm einen leeren Becher hin und sagte: »Da trink!«, und warf es wieder in das Turmverlies.

Am nächsten Morgen aber kam der Zauberer von Neuem und sprach: »Wenn du mir heute nicht den Klumpen gelben Goldes bringst, so will ich wahrlich an dir tun, wie man an Sklaven tut und dir dreihundert Hiebe aufzählen.«

Da ging das Sternenkind in den Wald und suchte den ganzen langen Tag den Klumpen gelben Goldes, doch konnte es ihn nirgends finden. Und als die Sonne sank, setzte es sich auf den Boden und begann zu weinen. Und als es schluchzte, kam der kleine Hase zu ihm, den es aus der Falle befreit hatte.

Und der Hase sprach zu ihm: »Warum weinst du? Und was suchst du hier im Walde?«

Und das Sternenkind erwiderte: »Ich suche den Klumpen gelben Goldes, der hier verborgen liegt, und wenn ich ihn nicht finde, wird mich mein Herr schlagen und an mir tun, wie man an Sklaven tut.«

»Folge mir!«, rief der Hase. Und es lief durch den Wald, bis es zu einem Wassertümpel kam. Und auf dem Grund des Tümpels lag der Klumpen gelben Goldes.

»Wie soll ich dir danken?!«, sprach das Sternenkind. »Siehe, schon zum zweiten Male hast du mir geholfen.«

»Nicht also – du hast zuerst mit mir Erbarmen gehabt«, sprach der Hase, und lief leichtfüßig davon.

Und das Sternenkind nahm den Klumpen gelben Goldes und steckte ihn in seinen Quersack und eilte der Stadt zu. Doch der Aussätzige sah es kommen und lief ihm entgegen und sank in die Knie und schrie: »Gib mir ein Geldstück oder ich muss Hungers sterben!«

Das Sternenkind sprach zu ihm: »Ich trage in meinem Quersack nur einen Klumpen gelben Goldes. Und bringe ich den nicht meinem Herrn, wird er mich schlagen und an mir tun, wie man an Sklaven tut.«

Doch der Aussätzige bat es so sehr, dass das Sternenkind Erbarmen mit ihm hatte und ihm den Klumpen gelben Goldes gab.

Und als es zum Haus des Zauberers kam, öffnete ihm der Zauberer und ließ es ein und sprach: »Hast du den Klumpen gelben Goldes?« Und das Sternenkind sagte zu ihm: »Ich habe ihn nicht.« Da fiel der Zauberer über das Kind her und schlug es und belud es schwer mit Ketten und warf es wieder in das Turmverlies.

Und am Morgen darauf kam der Zauberer von Neuem zu ihm und sagte: »Wenn du mir heute den Klumpen rot gleißenden Goldes bringst, will ich dir die Freiheit schenken. Doch bringst du ihn mir nicht, dann wahrlich, will ich dich töten!«

So ging das Sternenkind in den Wald und suchte den ganzen langen Tag hindurch nach dem Klumpen roten Goldes, doch konnte es ihn nirgends finden. Und gegen Abend setzte es sich nieder und weinte. Und wie es so weinte, kam der kleine Hase zu ihm.

Und der Hase sprach zu ihm: »Der Klumpen roten Goldes, den du suchest, ist in der Höhle, die hinter dir liegt. Deshalb weine nicht mehr, sondern sei froh!«

»Wie soll ich dir's lohnen?!«, rief das Sternenkind. »Denn siehe! Zum dritten Male hast du mir geholfen!«

»Nicht also – du warst es, der zuerst Mitleid mit mir hatte«, erwiderte der Hase und lief schnell davon.

Und das Sternenkind trat in die Höhle und fand in ihrem entlegensten Winkel den Klumpen roten Goldes und legte ihn in seinen Rucksack und eilte der Stadt zu.

Und der Aussätzige sah es kommen und trat in die Mitte des Weges und schrie auf und sprach zu ihm: »Gib mir den Klumpen roten Goldes – oder ich muss sterben.« Und das Sternenkind hatte wieder Mitleid mit ihm und gab ihm den Klumpen roten Goldes und sprach: »Deine Not ist größer als die meine.« Doch sein Herz war schwer, denn es wusste, welch bitteres Los seiner harrte.

Doch siehe! Als es durch das Tor der Stadt schritt, beugten sich die Wächter tief vor ihm und huldigten ihm und sprachen: »Wie herrlich anzusehen ist unser Herr!« Und eine Menge Bürgersleute folgte ihm und rief laut: »Wahrlich, niemand auf der ganzen Welt gleicht ihm an Schönheit«, sodass das Sternenkind weinte und zu sich selber sprach: »Sie verhöhnen mich und spotten meines Elends.« Und so groß war der Zusammenlauf des Volkes, dass es die Richtung seines Weges verlor und sich plötzlich auf einem großen Platz fand, auf dem ein Königspalast stand.

Und die Tore des Palastes öffneten sich, und die Priester und hohen Würdenträger der Stadt eilten ihm entgegen. Und sie beugten sich tief vor ihm und sprachen: »Du bist unser Herr, auf den wir gewartet haben und unseres Königs Sohn!«

Da antwortete das Sternenkind und sprach: »Ich bin nicht eines Königs Sohn, sondern das Kind eines armen Bettelweibes, und wie könnt ihr sagen, ich sei schön, da ich doch weiß, dass ich hässlich anzuschauen bin!«

Da hielt der, dessen Rüstung mit goldenen Blumen verziert war und auf dessen Helmzier ein ruhender Löwe war, der Flügel hatte, den Schild empor und rief: »Warum sagt mein Herr, dass er nicht schön sei?«

Und das Sternenkind blickte hinein und siehe! Sein Antlitz war wie es ehedem gewesen, und all seine Schönheit war ihm zurückgekommen. In seinen Augen aber sah es etwas, was es selbst zuvor noch nie darin gesehen hatte.

Und die Priester und die hohen Würdenträger knieten nieder und sprachen zu ihm: »Es war von altersher prophezeiet, dass am heutigen Tage der kommen würde, der über uns herrschen soll. So nehme denn unser Herr diese Krone und dieses Zepter und in seiner Gerechtigkeit und Gnade sei er König über uns!«

Er aber sprach zu ihnen: »Ich bin nicht würdig, denn ich habe die Mutter, die mich geboren hat, verleugnet und kann nicht Ruhe finden, ehe ich sie gefunden habe und ehe ich weiß, dass sie mir vergeben hat. Darum lasst mich gehen, denn ich muss von Neuem die Welt durchwandern und darf hier nicht verweilen, ob ihr mir gleich Krone und Zepter bietet!«

Und da es so sprach, wandte es das Antlitz ab von ihnen, der Straße zu, die zu dem Tor der Stadt führte. Und siehe! In der Mitte der Menge, die sich um die Soldaten drängte, sah es das Bettelweib, das sich seine Mutter genannt hatte. Und an ihrer Seite stand der Aussätzige, der am Wege gesessen hatte.

Da löste sich ein Freudenschrei von seinen Lippen, und es stürzte auf sie zu und kniete nieder und küsste die Wunden an den Füßen seiner Mutter und netzte sie mit seinen Tränen. Es neigte das Haupt in den Staub und schluchzte wie einer, dem das Herz brechen will, und sprach zu ihr: »Mutter, ich habe dich in der Stunde meines Stolzes verleugnet – nimm mich hin in der Stunde meiner Demut. Mutter, ich gab dir Hass – gib du mir Liebe! Mutter, ich verschmähte dich – nimm jetzt dein Kind auf!« Doch das Bettelweib antwortete ihm kein Wort.

Und das Sternenkind streckte die Hände aus und umklammerte die weißen Füße des Aussätzigen und sprach zu diesem: »Dreimal hatte ich Erbarmen mit dir; bitte du meine Mutter, dass sie zu mir spreche.« Doch der Aussätzige antwortete ihm kein Wort.

Und wieder hub es an zu schluchzen und sprach: »Mutter, mein Leid ist größer, als ich zu tragen vermag. Gib mir deine Verzeihung und lass mich heimkehren in den Wald.«

Da legte das Bettelweib die Hände auf sein Haupt und sprach zu ihm: »Stehe auf!« Und der Aussätzige legte die Hände auf sein Haupt, und auch er sprach zu ihm: »Stehe auf!«

Da stand es auf und sah die beiden an. Und siehe! Sie waren ein König und eine Königin.

Und die Königin sprach zu ihm: »Dies ist dein Vater, dem du geholfen hast!«

Und der König sagte: »Dies ist deine Mutter, deren Füße du mit deinen Tränen genetzt hast!« Und sie fielen ihm um den Hals und küssten es und führten es in den Palast und kleideten es in schöne Gewänder und setzten ihm die Krone aufs Haupt und gaben ihm das Zepter in die Hand. Und es herrschte über die Stadt, die am Ufer des Stromes lag und war ihr Herr.

Gerechtigkeit und Erbarmen zeigte es allen und verbannte den bösen Zauberer. Und dem Holzhauer und seinem Weib sandte es viel reiche Gaben und erwies auch ihren Kindern hohe Ehren. Es duldete nicht, dass irgendeiner grausam gegen die Vögel oder sonst ein Tier sei, sondern lehrte Liebe und Güte und Barmherzigkeit und gab dem Armen Brot und gab den Nackten Kleidung. Und Friede und Überfluss waren im Lande.

Doch es herrschte nicht lange, denn sein Leid war allzu groß und das Feuer seiner Prüfung allzu verzehrend gewesen, sodass es nach Ablauf von drei Jahren starb. Und der nach ihm kam, herrschte böse.

Lord Arthur Saviles Verbrechen

Lord Arthur Saviles Verbrechen

Eine Studie über die Pflicht

I

Es war Lady Windermeres letzter Empfang vor Ostern und Bentinck-House war noch voller als gewöhnlich. Sechs Kabinettsminister waren direkt vom Morgenempfang des Unterhauspräsidenten gekommen mit allen ihren Sternen und Ordensbändern, alle die hübschen Frauen trugen ihre schönsten Toiletten, und am Ende der Gemäldegalerie stand die Prinzessin Sophia von Karlsruhe, eine gewichtige Dame mit einem Tatarenkopf, mit kleinen schwarzen Augen und wundervollen Smaragden, die sehr laut ein schlechtes Französisch sprach und maßlos über alles lachte, was man zu ihr sagte. Es war gewiss ein wundervolles Gemisch von Menschen. Pairsfrauen in all ihrer Pracht plauderten liebenswürdig mit extremen Radikalen, volkstümliche Prediger sah man neben hervorragenden

Skeptikern, ein ganzer Trupp von Bischöfen folgte Schritt für Schritt einer dicken Primadonna von Zimmer zu Zimmer, auf der Treppe standen einige Mitglieder der Königlichen Akademie, die sich als Künstler gaben, und es hieß, dass zeitweise der Speisesaal mit Genies geradezu vollgepfropft sei. Alles in allem war es einer von Lady Windermeres schönsten Abenden und die Prinzessin blieb bis fast halb zwölf Uhr.

Kaum war sie fort, kehrte Lady Windermere in die Gemäldegalerie zurück, wo gerade ein berühmter Nationalökonom einem unwillig zuhörenden ungarischen Virtuosen einen feierlichen Vortrag über die wissenschaftliche Theorie der Musik hielt, und begann mit der Herzogin von Paisley zu plaudern. Sie sah wundervoll schön aus mit ihrem herrlichen, elfenbeinweißen Hals, ihren großen Vergissmeinnichtaugen und den schweren Flechten ihres goldenen Haares. Es war wirklich reines Gold, ihr Haar, nicht die blasse Strohfarbe, die sich heute den edlen Namen des Goldes anmaßt, nein, es war Gold, wie es in Sonnenstrahlen verwebt ist oder in seltenem Bernstein ruht. Und dieses Haar gab ihrem Gesicht gleichsam die Umrahmung eines Heiligenbildes, doch nicht ohne den berückenden Zauber einer Sünderin. Sie war ein interessantes psychologisches Studienobjekt. Sie hatte sehr früh die große Wahrheit entdeckt, dass nichts so sehr wie Unschuld aussieht wie ein leichtfertiges Benehmen. Und durch eine Reihe von leichtsinnigen Streichen, von denen die Hälfte ganz harmlos war, hatte sie sich alle Vorrechte einer Persönlichkeit erworben. Sie hatte mehr als einmal ihren Gatten gewechselt und der Adelskalender belastete ihr Konto mit drei Ehen. Da sie aber niemals ihren Liebhaber gewechselt hatte, hatte die Welt längst aufgehört, über sie zu klatschen. Sie war nun vierzig Jahre alt, hatte keine Kinder, aber die ausschweifende Freude am Vergnügen, die das Geheimnis ist, jung zu bleiben.

Plötzlich sah sie sich eifrig im Zimmer um und sagte mit ihrer klaren Altstimme: »Wo ist mein Chiromant?«

»Ihr was, Gladys?«, rief die Herzogin und sprang unwillkürlich auf.

»Mein Chiromant, Herzogin. Ich kann jetzt ohne ihn nicht leben.«

»Liebe Gladys, Sie sind immer so originell«, murmelte die Herzogin und versuchte sich zu erinnern, was ein Chiromant eigentlich sei, wobei sie hoffte, es sei nicht dasselbe wie Chiropodist.

»Er kommt regelmäßig zweimal in der Woche, um meine Hand anzusehen«, fuhr Lady Windermere fort. »Und interessiert sich sehr dafür.«

»Großer Gott!«, sagte die Herzogin zu sich selbst. »Es ist also doch eine Art Chiropodist, wie schrecklich! Hoffentlich ist es wenigstens ein Ausländer – dann wäre es doch nicht ganz so schlimm.«

»Ich muss ihn Ihnen vorstellen.«

»Ihn mir vorstellen?«, rief die Herzogin. »Ist er denn hier?« Und sie suchte ihren kleinen Schildkrotfächer und einen sehr ramponierten Spitzenschal, um im gegebenen Augenblick zum Fortgehen bereit zu sein.

»Natürlich ist er hier, ich würde nicht daran denken, ohne ihn eine Soiree zu geben. Er behauptet, ich hätte eine rein psychische Hand, und dass ich, wenn mein Daumen nur ein ganz kleines Stückchen kürzer wäre, eine unverbesserliche Pessimistin geworden wäre und heute in einem Kloster säße.«

»Ach so«, sagte die Herzogin und atmete erleichtert auf. »Er ist ein Wahrsager, nicht wahr? Und prophezeit er Glück?«

»Auch Unglück«, antwortete Lady Windermere. »Und zwar eine ganze Menge. Nächstes Jahr zum Beispiel bin ich in großer Gefahr, sowohl zu Wasser als zu Lande. Ich habe also die Absicht, in einem Ballon zu leben, und werde jeden Abend mein Essen in einem Korb heraufziehen. Das steht alles auf meinem kleinen Finger geschrieben oder in meiner Handfläche, ich weiß nicht mehr genau.«

»Aber das heißt doch die Vorsehung versuchen, Gladys.«

»Meine liebe Herzogin, die Vorsehung kann heutzutage sicher schon der Versuchung widerstehen. Ich glaube, dass jeder Mensch einmal im Monat in seiner Hand lesen lassen müsste, um zu wissen, was er nicht tun darf. Natürlich tut man es doch, aber es ist so hübsch, wenn man gewarnt wird. Und wenn jetzt nicht gleich jemand Herrn Podgers holt, so werde ich ihn wohl selbst holen müssen.«

»Gestatten Sie, dass ich ihn hole«, sagte ein schlanker, hübscher junger Mann, der in der Nähe stand und dem Gespräch mit heiterem Lächeln zugehört hatte.

»Ich danke Ihnen vielmals, Lord Arthur, aber ich fürchte, Sie werden ihn nicht erkennen.«

»Wenn er ein so wunderbarer Mensch ist, wie Sie sagen, Lady Windermere, kann ich ihn wohl kaum verfehlen. Sagen Sie mir nur, wie er aussieht, und ich schaffe ihn sofort zur Stelle.«

»Er sieht durchaus nicht wie ein Chiromant aus – das heißt, er sieht weder mystisch, noch esoterisch, noch romantisch aus. Er ist ein kleiner untersetzter Mann mit einem komischen, kahlen Kopf und einer großen goldenen Brille. So ein Mittelding zwischen einem Hausarzt und einem Provinzadvokaten. Es tut mir sehr leid, Sie zu enttäuschen, aber es ist nicht meine Schuld. Die Leute sind immer so langweilig. Alle meine Pianisten sehen genau wie Dichter aus und alle meine Dichter wie Pianisten. Ich erinnere mich, dass ich in der vorigen Saison einmal einen schrecklichen Verschwörer zu Tisch eingeladen habe, der schon eine ganze Menge Menschen in die Luft gesprengt hatte und immer ein Panzerhemd trug und einen Dolch in seinem Rockärmel verbarg. Und denken Sie sich, als er ankam, sah er just aus wie ein netter alter Pastor und riss den ganzen Abend Witze. Natürlich – er war sehr unterhaltend, aber ich war schrecklich enttäuscht. Und als ich ihn wegen des Panzerhemdes befragte, lachte er bloß und sagte, dafür sei es zu kalt in England.

Ach – da ist ja Herr Podgers. Herr Podgers, Sie müssen der Herzogin von Paisley die Hand lesen. Herzogin, ziehen Sie den Handschuh aus. Nicht den linken, den anderen!«

»Liebe Gladys, ich weiß wirklich nicht, ob das ganz recht ist«, sagte die Herzogin und knöpfte zögernd einen ziemlich schmutzigen Glacéhandschuh auf.

»Das sind interessante Dinge nie«, sagte Lady Windermere. »On a fait le monde ainsi. Aber ich muss Sie vorstellen. Herzogin, das ist Herr Podgers, mein Lieblingschiromant. Herr Podgers, das ist die Herzogin von Paisley, und wenn Sie sagen, dass ihr Mondberg größer ist als der meine, dann glaube ich Ihnen nie wieder.«

»Ich bin sicher, Gladys, dass in meiner Hand nichts Derartiges ist«, sagte die Herzogin ernsthaft.

»Euer Gnaden haben ganz recht«, sagte Herr Podgers und blickte auf die kleine fette Hand mit den kurzen, dicken Fingern. »Der Mondberg ist nicht entwickelt. Aber die Lebenslinie ist jedenfalls ausgezeichnet. Bitte, beugen Sie ein wenig das Gelenk. Danke. Drei deutliche Linien auf der Rascette. Sie werden ein hohes Alter erreichen, Herzogin, und werden außerordentlich glücklich sein. Ehrgeiz – sehr mäßig, Intelligenzlinie nicht übertrieben. Herzlinie …«

»Jetzt seien Sie einmal indiskret, Herr Podgers!«, rief Lady Windermere.

»Nichts wäre mir erwünschter«, sagte Herr Podgers und verbeugte sich. »Wenn die Herzogin jemals dazu Anlass gegeben hätte. Aber ich muss leider sagen, dass ich nichts anderes sehe als eine große Beständigkeit der Neigung, verbunden mit einem strengen Pflichtgefühl.«

»Bitte, fahren Sie nur fort, Herr Podgers«, sagte die Herzogin und sah sehr vergnügt drein.

»Sparsamkeit ist nicht die letzte von Euer Gnaden Tugenden«, fuhr Herr Podgers fort, und Lady Windermere brach in lautes Lachen aus.

»Sparsamkeit hat sein Gutes«, bemerkte die Herzogin gnädig. »Als ich Paisley heiratete, hatte er elf Schlösser und nicht ein einziges Haus, in dem man wohnen konnte.«

»Und jetzt hat er zwölf Häuser und nicht ein einziges Schloss!«, rief Lady Windermere.

»Ja, meine Teure«, sagte die Herzogin. »Ich liebe …«

»Den Komfort«, sagte Herr Podgers. »Und die Errungenschaften der Neuzeit, wie Warmwasserleitungen in jedem Schlafzimmer. Euer Gnaden haben ganz recht. Komfort ist das Einzige, was unsere Kultur uns zu geben vermag.«

»Sie haben den Charakter der Herzogin bewundernswürdig getroffen, Herr Podgers – jetzt müssen Sie uns aber auch den Charakter Lady Floras enthüllen.« Und auf ein Kopfnicken der lächelnden Hausfrau erhob sich ein hochgewachsenes Mädchen mit rötlichem Haar und hohen Schultern verlegen vom Sofa und streckte ihm eine lange knochige Hand mit spatelförmigen Fingern entgegen.

»Ah, eine Klavierspielerin, wie ich sehe«, sagte Herr Podgers. »Eine ausgezeichnete Pianistin, aber vielleicht nicht sehr musikalisch. Sehr zurückhaltend, sehr ehrlich. Sie lieben Tiere sehr.«

»Sehr wahr!«, rief die Herzogin und wandte sich Lady Windermere zu. »Das ist vollkommen wahr. Flora hält in Macloskie zwei Dutzend Collies und würde auch unser Stadthaus in eine Menagerie verwandeln, wenn der Vater es erlauben würde.«

»Wie ich es mit meinem Haus jeden Donnerstagabend tue«, rief Lady Windermere lachend. »Nur habe ich Salonlöwen lieber als Collies.«

»Das ist Ihr einziger Fehler, Lady Windermere«, sagte Herr Podgers mit einer pompösen Verbeugung.

»Wenn eine Frau ihre Fehler nicht mit Reiz umkleiden kann, ist sie bloß ein Weibchen«, war die Antwort. »Aber Sie müssen uns noch einige Hände lesen. Bitte, Sir Thomas, zeigen Sie doch Herrn Podgers die Ihre!« Und ein lustig dreinschauender alter Herr mit einer weißen Weste kam heran und hielt eine dicke, raue Hand hin, deren Mittelfinger sehr lang war.

»Eine Abenteurernatur. Sie haben vier lange Reisen hinter sich und eine vor sich. Sie haben dreimal Schiffbruch gelitten. Nein, nur zweimal – aber die Gefahr eines Schiffbruchs droht Ihnen auf der nächsten Reise. Streng konservativ, sehr pünktlich. Sie sammeln mit Leidenschaft Kuriositäten. Eine schwere Krankheit zwischen dem sechzehnten und achtzehnten Jahr. Große Erbschaft nach dem dreißigsten Jahr. Große Abneigung gegen Katzen und Radikale.«

»Außerordentlich!«, rief Sir Thomas aus. »Sie müssen unbedingt auch die Hand meiner Frau lesen.«

»Ihrer zweiten Frau«, sagte Herr Podgers ruhig und hielt Sir Thomas Hand noch in der seinen fest. »Ihrer zweiten Frau. Es wird mir ein Vergnügen sein.« Aber Lady Marvel, eine melancholisch aussehende Dame mit braunem Haar und sentimentalen Wimpern, lehnte entschieden ab, sich ihre Vergangenheit oder Zukunft enthüllen zu lassen. Und was Lady Windermere auch versuchte, nichts konnte Monsieur de Koloff, den russischen Botschafter, dazu bewegen, auch nur seine Handschuhe auszuziehen. Ja, viele schienen sich zu fürchten, dem seltsamen kleinen Mann mit dem stereotypen Lächeln, der goldenen Brille und den glänzenden Kugelaugen gegenüberzutreten; und als er der armen Lady Fermor klipp und klar vor allen Leuten erklärte, dass sie gar keinen Sinn für Musik habe, aber in Musiker vernarrt sei, fühlte man allgemein, dass Chiromantie eine sehr gefährliche Wissenschaft sei und dass man sie nur unter vier Augen betreiben dürfe.

Lord Arthur Savile aber, der von Lady Fermors unglückseliger Geschichte nichts wusste und Herrn Podgers mit großem Interesse beobachtet hatte, war furchtbar neugierig, sich aus der Hand lesen zu lassen, und da er sich etwas scheute, sich in den Vordergrund zu drängen, so ging er durch das Zimmer hinüber zu Lady Windermeres Platz und fragte sie mit reizendem Erröten, ob sie wohl glaube, dass Herr Podgers ihm den Gefallen tun würde.

»Gewiss, gewiss«, sagte Lady Windermere. »Dazu ist er ja hier. Alle meine Löwen, lieber Lord Arthur, sind dressierte Löwen, die durch den Reifen springen, wenn ich es ihnen befehle. Aber ich sage Ihnen im Voraus, dass ich Sybil alles wiedererzählen werde. Sie kommt morgen zum Lunch zu mir – wir haben über Hüte zu reden –, und wenn Herr Podgers herausfinden sollte, dass Sie einen schlechten Charakter oder Anlage zur Gicht haben, oder dass Sie bereits eine Frau besitzen, die irgendwo in Bayswater lebt, so werde ich sie das alles bestimmt wissen lassen!«

Lord Arthur lächelte und schüttelte den Kopf. »Ich fürchte mich nicht«, sagte er, »Sybil kennt mich so gut, wie ich sie kenne.«

»Ach, das tut mir eigentlich leid. Die passende Grundlage für eine Ehe ist gegenseitiges Missverstehen. Nein, ich bin durchaus nicht zynisch. Ich habe bloß Erfahrung gesammelt, was übrigens fast auf dasselbe hinauskommt ... Herr Podgers, Lord Arthur Savile ist furchtbar neugierig, was in seiner Hand steht. Aber erzählen Sie ihm nicht, dass er mit einem der schönsten Mädchen Londons verlobt ist, denn das hat bereits vor einem Monat in der Morning-Post gestanden!«

»Liebe Lady Windermere«, rief die Marquise von Jedburgh. »Lassen Sie Herrn Podgers nur noch einen Augenblick hier! Er hat mir eben gesagt, dass ich zur Bühne gehen würde, und das interessiert mich schrecklich.«

»Wenn er Ihnen das gesagt hat, Lady Jedburgh, werde ich ihn gewiss sofort abberufen. Kommen Sie gleich herüber, Podgers, und lesen Sie Lord Arthurs Hand.«

»Schön«, sagte Lady Jedburgh und verzog etwas das Mündchen, als sie vom Sofa aufstand. »Wenn man mir nicht erlauben will, zur Bühne zu gehen, will ich wenigstens Publikum sein.«

»Natürlich, wir sind alle Publikum«, sagte Lady Windermere. »Und nun, Herr Podgers, erzählen Sie uns etwas recht Hübsches. Lord Arthur ist einer meiner besonderen Lieblinge.«

Als aber Herr Podgers Lord Arthurs Hand erblickte, erblasste er ganz merkwürdig und sagte gar nichts. Ein Schauer schien ihn zu schütteln, und seine großen buschigen Augenbrauen zuckten konvulsivisch auf eine ganz seltsame, erregte Art, wie immer, wenn er sich in einer schwierigen Situation befand. Dann traten große Schweißtropfen auf seine gelbe Stirn wie giftiger Tau und seine dicken Finger wurden kalt und feucht.

Lord Arthur entgingen natürlich diese merkwürdigen Zeichen von Aufregung nicht und zum ersten Mal in seinem Leben empfand er Furcht. Sein erster Gedanke war, aus dem Zimmer zu stürzen, aber er bezwang sich. Es war besser, das Schlimmste zu erfahren, was es auch sein mochte, als in dieser fürchterlichen Ungewissheit zu bleiben.

»Ich warte, Herr Podgers«, sagte er.

»Wir warten alle«, sagte Lady Windermere in ihrer raschen, ungeduldigen Art, aber der Chiromant gab keine Antwort.

»Wahrscheinlich soll Arthur auch zur Bühne gehen«, sagte Lady Jedburgh. »Und da Sie vorhin gescholten haben, traut sich Herr Podgers nicht, es zu sagen.«

Plötzlich ließ Herr Podgers Lord Arthurs rechte Hand fallen und ergriff seine linke; um sie zu prüfen, beugte er sich so tief herab, dass die goldene Fassung seiner Brille die Handfläche zu berühren schien. Einen Augenblick legte sich das Entsetzen wie eine bleiche Maske über sein Gesicht, aber er fand bald seine Kaltblütigkeit wieder und sagte mit einem Blick auf Lady Windermere und mit einem erzwungenen Lächeln: »Es ist die Hand eines reizenden jungen Mannes.«

»Das stimmt natürlich«, antwortete Lady Windermere. »Aber wird er auch ein reizender Ehemann werden? Das möchte ich gern wissen.«

»Das ist die Bestimmung aller reizenden jungen Männer«, sagte Podgers.

»Ich glaube nicht, dass ein Ehemann gar zu reizend sein sollte«, murmelte nachdenklich Lady Jedburgh. »Das ist zu gefährlich.«

»Mein liebes Kind, Ehemänner sind niemals reizend genug!«, rief Lady Windermere. »Was ich aber wissen möchte, sind Einzelheiten. Einzelheiten sind nämlich das Einzige, was interessant ist. Was wird also Lord Arthur begegnen?«

»In den nächsten Monaten wird Lord Arthur eine Reise machen ...«

»Seine Hochzeitsreise natürlich.«

»Und eine Verwandte verlieren.«

»Doch hoffentlich nicht seine Schwester«, sagte Lady Jedburgh mit kläglicher Stimme.

»Bestimmt nicht seine Schwester«, sagte Herr Podgers mit einer abwehrenden Handbewegung. »Bloß eine entfernte Verwandte.«

»Ich bin schrecklich enttäuscht«, sagte Lady Windermere. »Da habe ich ja morgen Sybil gar nichts zu erzählen. Kein Mensch kümmert sich doch heutzutage um entfernte Verwandte – die sind schon seit Jahren aus der Mode. Jedenfalls werde ich ihr aber raten, ein schwarzes Seidenkleid bereitzuhalten. Es macht sich immer gut in der Kirche ... Nun wollen wir zu Tisch gehen. Gewiss ist alles schon aufgegessen worden, aber vielleicht finden wir doch noch etwas warme Suppe. François war sonst ein Meister in Suppen, aber er beschäftigt sich jetzt so viel mit Politik, dass gar kein Verlass mehr auf ihn ist. Ich wünschte, General

Boulanger würde endlich Ruhe geben. Sie scheinen etwas abgespannt, Herzogin?«

»Nicht im Geringsten, teure Gladys«, antwortete die Herzogin und wackelte zur Tür. »Ich habe mich ausgezeichnet unterhalten, und der Chiropodist, ich meine der Chiromant, ist sehr interessant. Flora, wo kann mein Schildpattfächer nur sein? O, vielen Dank, Sir Thomas! Und mein Spitzenschal, Flora? O, ich danke Ihnen, Sir Thomas, Sie sind sehr liebenswürdig.« Und die würdige Dame kam endlich die Treppe hinunter und hatte ihr Riechfläschchen bloß zweimal fallen lassen.

Die ganze Zeit über hatte Lord Arthur Savile am Kamin gestanden mit einem Gefühl des Schreckens, mit dem lähmenden Vorgefühl kommenden Unheils. Er lächelte traurig seiner Schwester zu, als sie an Lord Plymdales Arm vorüberkam, reizend anzuschauen mit ihrem roten Brokatkleid und ihren Perlen, und er hörte kaum, als Lady Windermere ihn aufforderte, mit ihr zu kommen. Er dachte an Sybil Merton, und der Gedanke, dass etwas zwischen sie treten könnte, füllte seine Augen mit Tränen.

Wer ihn ansah, hätte glauben können, die Nemesis habe den Schild der Pallas gestohlen, um ihm das Medusenhaupt vorzuhalten. Er schien in Stein verwandelt und sein Gesicht war marmorn in seiner Melancholie. Er hatte das verfeinerte Luxusleben eines jungen Mannes von Rang und Vermögen geführt, ein Leben, wunderbar frei von hässlicher Sorge, herrlich in seiner knabenhaften Unbekümmertheit. Zum ersten Mal war ihm das furchtbare Geheimnis des Schicksals zum Bewusstsein gekommen, der schreckliche Sinn des Verhängnisses.

Wie wahnsinnig und schrecklich ihm all das erschien! Konnte irgendein furchtbares sündiges Geheimnis, ein blutrotes Zeichen des Verbrechens in seiner Hand geschrieben stehen, in Hieroglyphen, die er selbst nicht zu lesen vermochte, die aber ein anderer zu entziffern verstand? War es nicht möglich, diesen drohenden Dingen zu entgehen? Waren wir denn nichts anderes als Schachfiguren, die eine unsichtbare Macht bewegt, nichts anderes als Gefäße, die ein Töpfer formt, wie es ihm beliebt, um sie mit Schmach oder Ehre zu füllen? Sein Verstand empörte sich dagegen, und doch fühlte er, dass irgendeine Tragödie über ihm hing und dass ihm plötzlich beschieden war, eine unerträgliche Last zu tragen. Wie glücklich sind doch Schauspieler! Sie haben die Wahl, ob sie in der Tragödie oder Komödie auftreten wollen, ob sie leiden oder lustig sein, lachen oder Tränen vergießen wollen. Aber im wirklichen Leben ist das so ganz anders. Die meisten Männer und Frauen sind gezwungen, Rollen durchzuführen, für die sie gar nicht geeignet sind. Unsere Güldensterns spielen uns den Hamlet vor und unsere Hamlets müssen scherzen wie Prinz Heinz. Die Welt ist eine Bühne, aber das Stück ist falsch besetzt.

Plötzlich trat Herr Podgers ins Zimmer. Als er Lord Arthur erblickte, fuhr er zusammen, und sein grobes, dickes Gesicht wurde ganz grünlich gelb. Die Augen der beiden Männer begegneten sich und einen Augenblick herrschte Schweigen.

»Die Herzogin hat einen ihrer Handschuhe hier vergessen, Lord Arthur, und hat mich gebeten, ihn ihr zu bringen«, sagte endlich Herr Podgers. »Ach, ich sehe ihn da auf dem Sofa. Guten Abend.«

»Herr Podgers, ich muss darauf bestehen, dass Sie mir eine Frage, die ich an Sie stellen will, aufrichtig beantworten.«

»Ein anderes Mal, Lord Arthur, die Herzogin wartet. Ich muss wirklich gehen.«

»Sie werden nicht gehen. Die Herzogin hat keine Eile.«

»Man darf Damen nie warten lassen, Lord Arthur«, sagte Herr Podgers mit seinem matten Lächeln. »Das schöne Geschlecht wird leicht ungeduldig.«

Um Lord Arthurs fein gezeichnete Lippen spielte eine stolze Verachtung. Die arme Herzogin hatte für ihn in diesem Augenblick nicht die geringste Bedeutung. Er ging auf Herrn Podgers zu und hielt ihm seine Hand entgegen.

»Sagen Sie mir, was Sie hier gesehen haben«, sagte er. »Sagen Sie mir die Wahrheit. Ich muss sie wissen. Ich bin kein Kind.«

Herrn Podgers Augen blinzelten hinter der goldenen Brille, und er trat unruhig von einem Fuß auf den andern, während seine Finger nervös mit einer dicken Uhrkette spielten.

»Warum glauben Sie denn, Lord Arthur, dass ich mehr in Ihrer Hand gesehen habe, als ich Ihnen gesagt habe?«

»Ich weiß es und bestehe darauf, dass Sie mir sagen, was es war. Ich werde Ihnen natürlich diesen Dienst bezahlen. Ich gebe Ihnen einen Scheck auf hundert Pfund.«

Die grünen Augen blitzten einen Augenblick auf und dann wurden sie wieder trübe.

»Guineen?«, sagte Herr Podgers endlich leise.

»Gewiss. Ich sende Ihnen morgen den Scheck. Wie heißt Ihr Klub?«

»Ich bin in keinem Klub. Das heißt, momentan nicht. Meine Adresse ist … Aber gestatten Sie mir, Ihnen meine Karte zu geben.« Und Herr Podgers zog aus seiner Westentasche eine goldgeränderte Visitenkarte und überreichte sie Lord Arthur mit einer tiefen Verbeugung. Auf der Karte stand:

Mr. Septimus R. Podgers
berufsmäßiger Chiromant
103 a West Moon Street

»Meine Sprechstunden sind von zehn bis vier«, murmelte Herr Podgers mechanisch. »Familien haben ermäßigte Preise.«

»Schnell, schnell«, rief Lord Arthur, ganz blass im Gesicht, und hielt ihm die Hand entgegen. Herr Podgers blickte sich unruhig um und dann zog er die schwere Portiere vor die

Tür. »Es wird einige Zeit dauern, Lord Arthur, wollen Sie sich nicht lieber setzen?«

»Rasch, rasch!«, rief Lord Arthur wieder und stampfte ärgerlich mit dem Fuß auf das Parkett.

Herr Podgers lächelte, zog aus seiner Brusttasche ein kleines Vergrößerungsglas und wischte es sorgfältig mit seinem Taschentuch ab.

»Ich stehe ganz zu Ihrer Verfügung«, sagte er.

II

Zehn Minuten später stürzte Lord Arthur Savile mit entsetzensbleichem Gesicht, mit Augen, aus denen der Schrecken starrte, aus dem Haus, brach sich Bahn durch die Menge pelzumhüllter Lakaien, die unter der großen gestreiften Markise herumstanden und nichts zu sehen und zu hören schienen. Die Nacht war bitterkalt und die Gaslaternen rings auf dem Platz flatterten und zuckten im scharfen Winde. Aber seine Hände waren fieberheiß und seine Stirn brannte wie Feuer. Er ging weiter und weiter, fast schwankend wie ein Betrunkener. Ein Schutzmann sah ihm neugierig nach, als er an ihm vorübergegangen war, und ein Bettler, der aus einem Torweg herauskroch, um ihn um ein Almosen anzusprechen, schauderte zusammen, denn er sah einen Jammer, der größer war als der seine. Einmal blieb er unter einer Laterne stehen und betrachtete seine Hände. Er glaubte Blutspuren auf ihnen zu entdecken und ein schwacher Schrei brach von seinen zitternden Lippen.

Mord – das war es, was der Chiromant da gesehen hatte. Mord! Die Nacht selbst schien es zu wissen und der einsame Wind heulte es ihm ins Ohr. Die dunklen Ecken der Straße waren davon voll. Von den Dächern der Häuser grinste er ihn an.

Zuerst kam er zum Park, dessen dunkles Gehölz ihn festzubannen schien. Er lehnte sich müde gegen das Gitter, kühlte seine Stirn am feuchten Metall und horchte auf das zitternde Schweigen der Bäume. »Mord! Mord!«, wiederholte er immer wieder, als ob die Wiederholung den Schrecken des Wortes mindern könnte. Der Klang seiner eigenen Stimme ließ ihn erschauern, aber er hoffte fast, dass das Echo ihn höre und die schlafende Stadt aus ihren Träumen wecke. Er fühlte ein tolles Verlangen, einen der zufällig Vorübergehenden festzuhalten und ihm alles zu sagen.

Dann ging er durch die Oxford Street in enge, hässliche Gässchen. Zwei Weiber mit geschminkten Gesichtern spotteten, als er vorüberging. Aus einem dunklen Hof kam der Lärm von Flüchen und Schlägen, gefolgt von schrillem Geschrei, und zusammengesunken auf feuchten Torstufen sah er die verkrümmten Gestalten der Armut und des Alters. Ein seltsames Mitleid überkam ihn. War diesen Kindern der Sünde und des Elends ihr Ende vorherbestimmt, wie ihm das seine? Waren sie wie er bloß Puppen in einem ungeheuerlichen Theater?

Und doch war es nicht das Geheimnis, sondern die Komödie des Leidens, die ihn ergriff, seine absolute Nutzlosigkeit, seine groteske Sinnlosigkeit. Wie schien doch alles zusammenhangslos, wie bar jeder Harmonie! Er war bestürzt über den Zwiespalt zwischen dem schalen Optimismus des Tages und den wirklichen Tatsachen des Lebens. Er war noch sehr jung.

Nach einiger Zeit fand er sich vor der Marylebone-Kirche wieder. Die schweigende Landstraße glich einem langen Band von glänzendem Silber, in das zitternde Schatten hier und da dunkle Flecken einzeichneten. Weit in der Ferne wand sich eine Linie flackernder Gaslaternen, und vor einem kleinen ummauerten Haus stand ein einsamer Wagen, dessen Kutscher eingeschlafen war. Er ging hastig in Richtung Portland Place und sah sich ab und zu um, als fürchte er, verfolgt zu werden. An der Ecke der Rich Street standen zwei Männer und lasen einen kleinen Anschlagzettel an einem Zaun. Ein merkwürdiges Gefühl der Neugier überkam ihn und er ging hinüber. Als er näher kam, traf sein Blick das Wort »Mord«, das da mit schwarzen Lettern gedruckt stand. Er fuhr zusammen und ein dunkles Rot schoss in seine Wangen. Es war eine Bekanntmachung, die eine Belohnung aussetzte für jede Nachricht, die dazu führen könnte, einen Mann von mittlerer Größe zwischen dreißig und vierzig Jahren festzunehmen, der einen weichen Hut, schwarzen Rock und karierte Hosen trug und eine Narbe auf der rechten Wange hatte. Er las den Steckbrief wieder und immer wieder und dachte darüber nach, ob der unglückliche Mensch gefangen werden würde und wieso er wohl verwundet worden sei. Vielleicht würde auch einmal sein eigner Name so an den Mauern Londons zu lesen sein! Vielleicht würde auch auf seinen Kopf eines Tages ein Preis gesetzt werden.

Der Gedanke erfüllte ihn mit namenlosem Grauen. Er wandte sich ab und eilte hinaus in die Nacht.

Er wusste kaum, wohin er ging. Er erinnerte sich dunkel, dass er durch ein Labyrinth schmutziger Häuser wanderte, dass er sich in einem riesigen Spinnennetz finsterer Straßen verlor, und es dämmerte schon, als er sich endlich auf dem Piccadilly-Platz befand. Als er dann langsam heimwärts, dem Belgrave-Platz zu, ging, begegnete er den großen Marktwagen auf dem Weg nach Covent Garden. Die Fuhrleute in den weißen Röcken mit ihren lustigen, sonnengebräunten Gesichtern und den derben Krausköpfen gingen mit festen Schritten neben ihren Wagen her, knallten mit der Peitsche und riefen dann und wann einander etwas zu. Auf einem großen grauen Pferd, dem Leitpferd eines lärmenden Gespanns, saß ein pausbäckiger Junge mit einem Strauß von

Primeln an seinem abgenutzten Hut, hielt sich mit seinen kleinen Händen an der Mähne fest und lachte. Und die großen Haufen von Gemüse auf den Wagen, die sich vom Morgenhimmel abhoben, glichen großen Haufen von grünem Nephrit, die sich von den roten Blättern einer wunderbaren Rose abheben.

Lord Arthur fühlte sich merkwürdig bewegt – er wusste selbst nicht, warum. Es lag etwas in der zarten Lieblichkeit des aufdämmernden Morgens, das ihn mit merkwürdiger Gewalt ergriff, und er dachte an all die Tage, die in Schönheit anbrechen und im Sturme enden. Und welch ein seltsames London sahen diese Bauern mit ihren rauen, fröhlichen Stimmen und ihrem nachlässigen Gehabe! Ein London, frei von der Sünde der Nacht und dem Rauch des Tages, eine bleiche, gespenstische Stadt, eine öde Stadt der Gräber. Er fragte sich, was sie wohl von dieser Stadt dächten, ob sie irgendetwas wüssten von ihrem Glanz und ihrer Schande, von ihren wilden, feuerfarbenen Freuden und ihrem schrecklichen Hunger, von all ihren guten und bösen Taten vom Morgen bis zum Abend. Wahrscheinlich war ihnen die Stadt nur der Markt, auf den sie ihre Früchte und Gemüse brachten, um sie zu verkaufen und wo sie höchstens einige Stunden verweilten, bis sie wieder die immer noch schweigenden Straßen, die noch schlafenden Häuser hinter sich ließen. Es machte ihm Vergnügen, sie zu beobachten, wie sie vorüberzogen. Rau wie sie waren mit ihren schweren, genagelten Schuhen und ihrem schwerfälligen Gang, brachten sie ein Stück Arkadien mit sich. Er fühlte, dass sie mit der Natur gelebt hatten und dass die Natur sie den Frieden gelehrt hatte. Er beneidete sie um alles, was sie nicht wussten.

Als er den Belgrave-Platz erreicht hatte, war der Himmel blassblau, und die Vögel begannen in den Gärten zu zwitschern.

III

Als Lord Arthur erwachte, war es zwölf Uhr, und die Mittagssonne strömte herein durch die elfenbeinfarbenen Seidenvorhänge seines Zimmers. Er stand auf und blickte aus dem Fenster. Ein trüber Glutnebel hing über der großen Stadt und die Dächer der Häuser flimmerten wie mattes Silber. In dem schimmernden Grün unten auf dem Platz huschten einige Kinder gleich weißen Schmetterlingen hin und her, und auf den Bürgersteigen wimmelte es von Leuten, die in den Park gingen. Niemals war ihm das Leben schöner erschienen, niemals schien alles Böse weiter von ihm entfernt.

Dann kam sein Kammerdiener und brachte ihm eine Tasse Schokolade auf einem Tablett. Nachdem er sie ausgetrunken hatte, schob er eine schwere Portiere von pfirsichfarbenem Plüsch beiseite und ging ins Badezimmer. Das Licht fiel sanft von oben durch dünne Scheiben von durchsichtigem Onyx und das Wasser im Marmorbecken schimmerte wie ein Mondstein. Er stieg rasch hinein, bis die kühlen Wellen ihm Brust und Haare benetzten, und dann tauchte er auch den Kopf unter, als wolle er die Flecken irgendeiner schmachvollen Erinnerung von sich abspülen. Als er herausstieg, fühlte er sich fast beruhigt. Das ausgezeichnete physische Wohlbefinden des Augenblicks beherrschte ihn, wie dies oft bei sehr fein gearteten Naturen der Fall ist, denn die Sinne können, wie das Feuer, ebenso gut reinigen wie zerstören.

Nach dem Frühstück warf er sich auf den Diwan und zündete sich eine Zigarette an. Auf dem Kaminsims, gerahmt in köstlichen alten Brokat, stand eine große Fotographie von Sybil Merton, wie er sie zum ersten Mal auf dem Ball von Lady Noel gesehen hatte. Der schmale, entzückend geschnittene Kopf war leicht zur Seite geneigt, als könne der zarte Hals, schlank wie ein Rohr, die Last so vieler Schönheit nicht tragen. Die Lippen waren leicht geöffnet und schienen zu süßer

Musik geschaffen. Und all die zarte Reinheit der Jungfräulichkeit blickte wie verwundert aus den träumerischen Augen. Mit ihrem leichten, sich an den Körper schmiegenden Kleid aus Crêpe de Chine und ihrem breiten, blattförmigen Fächer glich sie einer jener kleinen zarten Figuren, die man in den Olivenwäldern bei Tanagra findet. Ein Hauch griechischer Grazie lag auch in der Stellung und Haltung. Und doch war sie nicht »petite«. Sie war einfach von vollendetem Ebenmaß, eine Seltenheit in einer Zeit, wo so viele Frauen entweder überlebensgroß oder zu klein sind.

Als Lord Arthur jetzt das Bild ansah, erfüllte ihn das furchtbare Mitleid, das der Liebe entspringt. Er fühlte, dass sie zu heiraten mit dem Verhängnis des Mordes, das über seinem Haupt schwebte, ein Verrat wäre, gleich dem des Judas, ein Verbrechen, schlimmer als je ein Borgia es erträumt. Welches Schicksal würde ihrer harren, wenn jeder Augenblick ihn rufen konnte, das zu erfüllen, was in seiner Hand geschrieben stand? Welches Leben würden sie führen, indes seine unheilvolle Bestimmung in der Waagschale des Fatums lag! Die Heirat musste um jeden Preis verschoben werden. Dazu war er unbedingt entschlossen. Fest entschlossen, obwohl er das Mädchen liebte und die bloße Berührung ihrer Fingerspitzen, wenn sie beisammensaßen, ihm jeden Nerv in wunderbarer Wonne erbeben ließ; er erkannte klar, was seine Pflicht war und war sich bewusst, dass er nicht das Recht hatte, zu heiraten, ehe er den Mord begangen hatte. War es einmal geschehen, dann konnte er mit Sybil Merton vor den Altar treten und sein Leben in ihre Hände legen, ohne fürchten zu müssen, unrecht zu handeln. War es einmal geschehen, so konnte er sie in seine Arme schließen, und sie würde niemals für ihn erröten, niemals den Kopf in Schande beugen müssen. Aber geschehen musste es erst, und je früher, desto besser für beide.

Viele Männer in seiner Lage hätten gewiss den Blumenpfad der Liebeständelei den steilen Höhen der Pflicht vorgezogen. Aber Lord Arthur war zu gewissenhaft, um den Genuss dem Prinzip vorzuziehen. Seine Liebe war mehr als bloße Leidenschaft. Und Sybil war ihm ein Symbol für alles Gute und Edle. Einen Augenblick hatte er einen natürlichen Widerwillen gegen die Tat, die ihm aufgezwungen war, aber das ging rasch vorüber. Sein Herz sagte ihm, dass es keine Sünde, sondern ein Opfer wäre; seine Vernunft erinnerte ihn daran, dass ihm kein anderer Weg offen stünde. Er hatte zu wählen zwischen einem Leben für sich selbst und einem Leben für andere, und so schrecklich zweifellos die Aufgabe war, die er erfüllen musste, er wusste doch, dass er den Eigennutz nicht über die Liebe triumphieren lassen dürfe. Früher oder später werden wir alle vor dieselbe Entscheidung gestellt, wird uns dieselbe Frage vorgelegt. An Lord Arthur trat sie früh im Leben heran – ehe sein Charakter von dem berechnenden Zynismus der mittleren Jahre verdorben war, bevor sein Herz zerfressen war von dem oberflächlichen Modeegoismus unserer Tage, und er zögerte nicht, seine Pflicht zu tun. Zu seinem Glück war er kein bloßer Träumer, kein müßiger Dilettant. Wäre er das gewesen, würde er gezögert haben wie Hamlet, und die Unentschlossenheit hätte seinen Willen gelähmt. Aber er war eine durch und durch praktische Natur. Das Leben bestand für ihn mehr im Handeln als im Denken. Er besaß das Seltenste auf Erden, gesunden Menschenverstand.

Die wilden, verworrenen Empfindungen der vergangenen Nacht waren mittlerweile fast vollständig verschwunden, und er blickte beinahe mit einem Gefühl von Scham auf seine kopflose Wanderung von Straße zu Straße, auf den wütenden Aufruhr in seiner Seele zurück. Gerade die Wahrheit seiner Qualen ließ sie ihm jetzt unwirklich erscheinen. Er fragte sich verwundert, warum er so töricht gewesen sei, gegen das Unvermeidliche zu toben und zu rasen. Die einzige Frage, die ihn jetzt zu quälen schien, war, wen er umbringen sollte; denn er war nicht blind gegen die Tatsache, dass der Mord, wie die

Religionsübungen der heidnischen Welt, ebenso ein Opfer verlangt wie einen Priester. Da er kein Genie war, hatte er keine Feinde, und er fühlte auch, dass es jetzt nicht an der Zeit wäre, irgendeine persönliche Antipathie oder Rankünе zu befriedigen, dass vielmehr die Aufgabe, die ihm auferlegt war, eine große und tiefe Feierlichkeit erforderte. Er setzte also auf einem Blatt Papier eine Liste seiner Freunde und Verwandten auf und entschied sich nach langer Überlegung für Lady Clementina Beauchamp, eine gute alte Dame, die in der Curzon Street wohnte und die seine Cousine zweiten Grades von Mutterseite her war. Er hatte Lady Clem, wie alle in der Familie sie nannten, immer sehr gerngehabt, und da er selbst sehr wohlhabend war – er hatte bei seiner Volljährigkeit den ganzen Besitz Lord Rugbys geerbt –, so bestand nicht die Möglichkeit, dass man ihm gemeine Geldinteressen an ihrem Tod unterschieben könnte. Je mehr er über die Sache nachdachte, desto mehr schien sie ihm die richtige zu sein, und da er fühlte, dass jeder Aufschub unrecht gegen Sybil sein würde, entschloss er sich, sofort seine Vorbereitungen zu treffen.

Zuallererst musste natürlich die Angelegenheit mit dem Chiromanten geordnet werden; er setzte sich also an einen kleinen Sheratonschreibtisch, der am Fenster stand, und schrieb einen Scheck über hundertfünf Pfund, zahlbar an Herrn Septimus Podgers aus, steckte die Anweisung in einen Umschlag und gab seinem Diener den Auftrag, ihn in die West Moon Street zu bringen. Dann telefonierte er den Stall nach seinem Wagen an und zog sich zum Ausgehen an. Bevor er das Zimmer verließ, warf er noch einen Blick auf Sybil Mertons Bild zurück und schwor sich zu, dass, was auch kommen möge, er sie nie wissen lassen würde, was er jetzt um ihretwillen tue; er würde vielmehr das Geheimnis seiner Selbstaufopferung immer in seinem Herzen verborgen halten.

Auf dem Weg zu seinem Klub ließ er vor einem Blumenladen halten und schickte Sybil einen wundervollen Korb mit Narzissen, mit entzückenden weißen Blütenblättern und starren Fasanenaugen. Als er in seinem Klub ankam, ging er sofort in das Bibliothekszimmer, klingelte dem Diener und ließ sich ein Glas Selterswasser mit Zitrone und ein Buch über Toxikologie bringen. Er war sich vollkommen darüber klar, dass Gift das beste Mittel für sein schwieriges Unternehmen sei. Jede persönliche Gewaltanwendung widerstrebte ihm durchaus, und überdies wollte er Lady Clementina entschieden nicht auf eine Weise umbringen, die öffentliche Aufmerksamkeit erregen konnte. Der Gedanke, bei Lady Windermeres Empfängen zum Löwen des Tages gemacht zu werden oder seinen Namen in den Spalten gemeiner Gesellschaftsklatschblätter zu finden, war ihm ein Gräuel. Außerdem musste er an Sybils Eltern denken, die ziemlich altmodische Leute waren und sich vielleicht der Heirat widersetzen könnten, wenn es jetzt irgendeinen Skandal gab; trotzdem war er vollkommen davon überzeugt, dass, wenn er ihnen den wahren Sachverhalt mitteilen würde, sie die Ersten wären, die Motive, die ihn zur Tat getrieben hatten, zu würdigen. Alles war also dazu angetan, ihn zur Wahl von Gift zu bestimmen. Das war sicher, ruhig und unfehlbar, und man vermied dabei alle peinlichen Szenen, gegen die er, wie die meisten Engländer, eine eingewurzelte Abneigung hatte.

In der Giftkunde aber waren seine Kenntnisse gleich null, und da der Diener in der Bibliothek nichts darüber finden konnte als Ruffs Führer und Baileys Magazine, sah er selbst in den Büchergestellen nach und stieß schließlich auf eine hübsch gebundene Ausgabe der Pharmacopoea und ein Exemplar von Erskines Toxikologie, herausgegeben von Sir Mathew Reid, dem Präsidenten der Königlichen Physikalischen Gesellschaft und einem der ältesten Mitglieder des Klubs, in den er irrtümlich anstelle eines andern aufgenommen worden war – ein Versehen, das das Komitee so geärgert hatte, dass es, als der richtige Mann erschien, ihn einstimmig durchfallen ließ. Lord Arthur kannte sich in den Fachausdrücken der beiden Bücher gar nicht aus und begann schon bitter zu bereuen, dass er in Oxford nicht fleißiger die klassischen Sprachen studiert hatte, als er im zweiten Band von Erskine einen sehr interessanten und vollständigen Bericht über die Eigenschaften des Akonits fand, der in ziemlich klarem Englisch geschrieben war. Das schien ihm gerade das Gift zu sein, das er brauchte. Es wirkte schnell – seine Wirkung wurde sogar augenblicklich genannt –, vollkommen schmerzlos, und, wenn man es in einer Gelatinekapsel nahm, wie dies Sir Mathew empfahl, schmeckte es keineswegs unangenehm. Er notierte sich also auf seiner Manschette die für einen letalen Ausgang notwendige Dosis, stellte die Bücher auf ihren Platz zurück und schlenderte in die St. James Street zu Pestle und Humbeys, dem großen Chemikaliengeschäft. Herr Pestle, der die Aristokratie immer selbst bediente, war einigermaßen überrascht über den Auftrag und murmelte in sehr untertäniger Weise etwas über die Notwendigkeit einer ärztlichen Verordnung. Als ihm aber Lord Arthur erklärte, dass er das Gift für eine große dänische Dogge brauche, die er töten müsse, weil sie Zeichen beginnender Tollwut zeige und den Kutscher bereits zweimal in die Wade gebissen habe, war er vollkommen zufriedengestellt, beglückwünschte Lord Arthur zu seinen ausgezeichneten Kenntnissen in der Toxikologie und ließ das Gewünschte sofort herstellen.

Lord Arthur legte die Kapsel in eine hübsche kleine Silberbonbonniere, die er in der Bond Street in einer Auslage sah, warf die hässliche Pillenschachtel von Pestle und Humbey weg und fuhr sofort zu Lady Clementina.

»Ei, Monsieur le mauvais sujet!«, rief die alte Dame, als er ins Zimmer trat. »Warum hast du dich denn so lange nicht bei mir blicken lassen?«

»Meine teure Lady Clem, ich hatte wirklich keinen Augenblick Zeit«, sagte Lord Arthur und lächelte.

»Willst du damit vielleicht sagen, dass du den ganzen Tag herumläufst, um mit Sybil Merton Einkäufe zu machen und Unsinn zu schwatzen. Ich verstehe gar nicht, warum die Menschen so viel Wesens davon machen, wenn sie heiraten. Zu meiner Zeit dachte kein Mensch daran, aus diesem Anlass öffentlich oder heimlich zu girren und zu schnäbeln.«

»Ich versichere dir, ich habe Sybil seit vierundzwanzig Stunden nicht gesehen, Lady Clem. Soweit ich in Erfahrung bringen konnte, ist sie ganz und gar in den Händen ihrer Modistinnen.«

»Natürlich – das ist auch der einzige Grund, warum du einer alten hässlichen Frau wie mir einen Besuch machst! Dass ihr Männer euch doch nicht warnen lasst! On a fait des folies pour moi – und heute sitze ich da, ein armes rheumatisches Wesen mit einem falschen Scheitel und schlechter Laune! … Wahrhaftig, wenn mir nicht die liebe Lady Jansen die schlechtesten französischen Romane schicken würde, die sie auftreiben kann, ich wüsste nicht, was ich mit meinem Tag anfangen sollte. Ärzte taugen gar nichts, höchstens Honorare können sie einem abpressen. Nicht einmal mein Sodbrennen können sie heilen.«

»Ich habe dir ein Mittel dagegen mitgebracht, Lady Clem«, sagte Lord Arthur ernst. »Ein ganz ausgezeichnetes Mittel. Ein Amerikaner hat es erfunden.«

»Weißt du, ich liebe amerikanische Erfindungen nicht sehr, Arthur. Eigentlich ganz und gar nicht. Neulich habe ich ein paar amerikanische Romane gelesen, die waren der reine Unsinn.«

»Dies Mittel ist aber durchaus nicht unsinnig, Lady Clem. Ich versichere dir, es wirkt außerordentlich. Du musst mir versprechen, es zu versuchen.« Und Lord Arthur zog die kleine Büchse aus der Tasche und übergab sie ihr.

»Die Büchse ist wirklich reizend, Arthur. Ist das ein Geschenk? Das ist aber wirklich lieb von dir. Und das ist das

Wundermittel? Es sieht aus wie ein Bonbon. Ich werd es gleich mal nehmen.«

»Um Gottes willen, Lady Clem«, rief Lord Arthur und hielt ihre Hand fest. »Tu das nicht. Es ist ein homöopathisches Mittel. Wenn du es nimmst, ohne Sodbrennen zu haben, kann es dir nur schaden. Du musst warten, bis du einen Anfall hast und es dann nehmen. Der Erfolg wird dich überraschen.«

»Ich möchte es aber gleich nehmen«, sagte Lady Clementina und hielt die kleine durchsichtige Kapsel mit dem darin schwimmenden Tropfen Akonit gegen das Licht. »Es schmeckt gewiss ausgezeichnet. Doktoren hasse ich, aber einnehmen tue ich ganz gern. Also meinetwegen, ich werde mir's aufheben bis zum nächsten Anfall.«

»Und wann wird der sein?«, fragte Lord Arthur eifrig. »Bald?«

»Ich hoffe, diese Woche nicht mehr. Gestern früh ging es mir sehr schlecht. Aber man weiß ja nie.«

»Aber du wirst doch sicher noch einen Anfall vor Ende des Monats haben, Lady Clem?«

»Das befürchte ich leider. Aber wie mitfühlend du heute bist, Arthur! Sybil hat wirklich einen sehr guten Einfluss auf dich! Jetzt musst du aber gehen, denn ich habe ein paar sehr langweilige Menschen zum Essen eingeladen, die nicht die geringste Skandalgeschichte kennen, und wenn ich jetzt nicht mein Schläfchen mache, bin ich bestimmt nicht imstande, während des Essens wach zu bleiben. Leb wohl, Arthur, grüß Sybil von mir und vielen Dank für das amerikanische Mittel.«

»Du wirst nicht vergessen, es zu nehmen, Lady Clem, nicht wahr?«, sagte Lord Arthur und stand von seinem Stuhl auf.

»Gewiss nicht, mein Junge. Es war sehr nett von dir, dass du an mich gedacht hast, und ich werde dir schreiben, wenn ich noch mehr davon nötig habe!«

Lord Arthur verließ das Haus in froher Laune und mit dem Gefühl ungeheurer Erleichterung.

Am Abend hatte er eine Unterredung mit Sybil Merton. Er sagte ihr, dass er plötzlich in eine furchtbar schwierige Situation geraten sei, in der weder Ehre noch Pflicht ihm gestatte, zurückzutreten. Er sagte ihr, dass die Hochzeit verschoben werden müsse, denn ehe er sich nicht aus seinen furchtbaren Verpflichtungen gelöst habe, sei er kein freier Mann. Er bat sie, ihm zu vertrauen und wegen der Zukunft keine Zweifel zu hegen. Alles würde wieder in Ordnung kommen, nur Geduld sei notwendig.

Das Gespräch fand im Wintergarten bei Mertons in Park Lane statt, wo Lord Arthur, wie gewöhnlich, zum Diner geblieben war. Sybil war ihm nie glückstrahlender erschienen, und einen Augenblick war Lord Arthur versucht gewesen, feige zu sein, an Lady Clementina wegen der Pille zu schreiben und es bei dem festgesetzten Hochzeitstermin zu lassen, als ob es überhaupt keinen Menschen namens Podgers auf der Welt gäbe. Aber sein besseres Ich gewann doch die Oberhand, und selbst als Sybil sich ihm weinend in die Arme warf, wurde er nicht schwach. Ihre Schönheit, die seine Sinne erregte, rührte auch an sein Gewissen. Er fühlte, dass es unrecht wäre, ein so herrliches Leben um einiger Monate willen zu zerstören.

Er blieb fast bis Mitternacht mit Sybil beisammen, tröstete sie und ließ sich von ihr trösten. Am nächsten Morgen reiste er nach Venedig, nachdem er in einem männlich entschlossenen Brief Herrn Merton die notwendige Verschiebung der Hochzeit mitgeteilt hatte.

IV

In Venedig traf er seinen Bruder, Lord Surbiton, der eben in seiner Jacht von Korfu angekommen war. Die beiden jungen Leute verbrachten zwei wundervolle Wochen zusammen. Des Morgens ritten sie auf dem Lido oder glitten in ihrer schwarzen Gondel die grünen Kanäle auf und ab. Am Nachmittag empfingen sie Besuche auf ihrer Jacht. Und am Abend dinierten sie bei Florian und rauchten ungezählte Zigaretten auf der Piazza. Aber Lord Arthur war nicht glücklich. Jeden Tag studierte er die Totenliste in der Times, immer in der Erwartung, auf Lady Clementinens Todesnachricht zu stoßen, aber jeden Tag wurde er enttäuscht. Er begann zu fürchten, dass ihr irgendein Unfall zugestoßen sei, und bedauerte oft, dass er sie daran gehindert hatte, das Akonit zu nehmen, als sie so begierig darauf war, die Wirkung des Mittels zu erproben. Auch Sybils Briefe, so voll von Liebe, Vertrauen und Zärtlichkeit sie auch waren, klangen oft sehr traurig, und manchmal war ihm zumute, als sei er von ihr für ewig geschieden.

Nach vierzehn Tagen hatte Lord Surbiton von Venedig genug und beschloss, längs der Küste nach Ravenna zu fahren, da er gehört hatte, es gäbe dort wundervolle Gelegenheit, Wasserhühner zu schießen. Lord Arthur weigerte sich anfangs entschieden, mitzukommen, aber Surbiton, den er sehr gernhatte, überzeugte ihn schließlich, dass er, wenn er allein bei Danieli bliebe, sich unfehlbar zu Tode mopsen würde, und so fuhren sie denn am Morgen des 15. bei einer kräftigen Nordostbrise und ziemlich rauer See ab. Die Jagd war ausgezeichnet, und das Leben in freier Luft färbte wieder Lord Arthurs Wangen; aber um den 22. herum wurde er wieder ängstlich wegen Lady Clementina, und Surbitons Gegenvorstellungen zum Trotz reiste er mit der Bahn nach Venedig zurück.

Als er vor den Stufen des Hotels aus der Gondel stieg, kam ihm der Hotelwirt mit einem Haufen Telegramme entgegen. Lort Arthur riss sie ihm aus der Hand und öffnete sie. Alles war nach Wunsch gegangen. Lady Clementina war ganz plötzlich in der Nacht des 17. gestorben.

Sein erster Gedanke galt Sybil, und er telegrafierte ihr, dass er sofort nach London zurückkehre. Dann befahl er seinem Kammerdiener, alles für den Nachtzug einzupacken, schickte dem Gondoliere etwa das Fünffache der Taxe und eilte leichtfüßig und frohen Herzens auf sein Zimmer. Dort erwarteten ihn drei Briefe. Der eine war von Sybil, voller Sympathie und Teilnahme, die anderen waren von seiner Mutter und von Lady Clementinens Anwalt. Es schien, dass die alte Dame noch am Abend mit der Herzogin gespeist hatte; sie hatte alle Welt durch ihren Witz und Geist entzückt, war aber frühzeitig nach Hause gegangen, da sie über Sodbrennen klagte. Des Morgens fand man sie tot in ihrem Bett. Sie hatte offenbar keinerlei Schmerz erduldet. Man hatte sofort nach Sir Mathew Reid geschickt, aber es war natürlich nichts mehr zu machen gewesen, und so sollte sie am 22. in Beauchamp Chalcote begraben werden. Einige Tage vor ihrem Tod hatte sie ihr Testament gemacht. Sie hinterließ Lord Arthur ihr kleines Haus in der Curzon Street mit seiner ganzen Einrichtung, mit ihrem ganzen persönlichen Besitz und allen Gemälden mit Ausnahme ihrer Miniaturensammlung, die sie ihrer Schwester, Lady Margarete Ruffort, vermachte, und ihr Amethystenkollier, das Sybil Merton erhalten sollte. Der Besitz hatte keinen großen Wert. Aber Herr Mansfield, der Anwalt, drängte, dass Lord Arthur so rasch als möglich heimkehre, da eine ganze Menge Rechnungen zu bezahlen wären, weil Lady Clementina nie rechte Ordnung in ihren Geldangelegenheiten gehalten hätte.

Lord Arthur war sehr gerührt, dass Lady Clementina so gütig seiner gedacht habe, und er fühlte, dass eigentlich nur Herr Podgers daran schuld sei. Aber seine Liebe zu Sybil brachte jedes andere Gefühl zum Schweigen, und das Bewusstsein, dass er seine Pflicht getan habe, gab ihm Ruhe und Frieden. Als er in Charing Cross ankam, fühlte er sich vollkommen glücklich. Die Mertons empfingen ihn sehr liebenswürdig. Sybil ließ sich von ihm hoch und heilig versprechen, dass er nun nichts mehr zwischen sie treten lassen würde, und die Hochzeit wurde auf den 7. Juni festgesetzt. Das Leben schien ihm noch einmal so hell und schön und sein alter Frohsinn kehrte zurück.

Eines Tages aber ging er mit Lady Clementinens Anwalt und Sybil in das Haus in der Curzon Street. Er verbrannte Pakete vergilbter Briefe und sie kramte aus Schubladen allerhand merkwürdiges Zeug. Plötzlich schrie das junge Mädchen ganz entzückt auf.

»Was hast du gefunden, Sybil?«, sagte Lord Arthur und sah lächelnd auf.

»Diese entzückende kleine Silberbonbonniere, Arthur. Ist sie nicht reizend? Holländische Arbeit, nicht wahr? Sei so gut und gib sie mir. Ich weiß ja doch, dass mir Amethyste nicht stehen werden, ehe ich nicht über achtzig bin.«

Es war das Büchschen, in dem das Akonit gewesen war.

Lord Arthur schrak zusammen und ein schwaches Rot stieg in seine Wangen. Er hatte seine Tat schon fast völlig vergessen, und es schien ihm ein merkwürdiges Zusammentreffen, dass Sybil, um derentwillen er all die furchtbare Angst durchgemacht, nun die Erste war, die ihn an sie erinnerte.

»Natürlich kannst du es haben, Sybil. Ich habe es selbst Lady Clem geschenkt.«

»Oh, ich danke dir, Arthur. Und nicht wahr, ich darf das Bonbon auch haben? Ich wusste gar nicht, dass Lady Clementina Süßigkeiten gernhatte. Ich glaubte immer, sie sei dazu viel zu intellektuell.«

Lord Arthur wurde totenbleich und ein furchtbarer Gedanke schoss ihm durchs Gehirn.

»Ein Bonbon, Sybil – was meinst du damit?«, sagte er mit leiser, heiserer Stimme.

»Es ist nur eins im Büchschen, ein einziges. Aber es sieht schon ganz alt und staubig aus, und ich habe durchaus nicht die Absicht, es zu essen. Aber – was ist dir denn, Arthur, du bist ja ganz blass geworden?!«

Lord Arthur sprang auf und ergriff das Büchschen. Darin lag die bernsteinfarbene Kapsel mit dem Gifttropfen. Lady Clementina war also eines ganz natürlichen Todes gestorben!

Die Entdeckung warf ihn fast um. Er schleuderte die Kapsel ins Feuer und sank mit einem Schrei der Verzweiflung aufs Sofa.

V

Herr Merton war einigermaßen unwillig, als er von einer zweiten Verschiebung der Hochzeit hörte, und Lady Julia, die bereits ihre Toilette für die Hochzeit bestellt hatte, tat alles, was in ihrer Macht lag, um Sybil zur Lösung des Verlöbnisses zu bewegen. So sehr aber auch Sybil ihre Mutter liebte, sie hatte nun einmal ihr Leben in Arthurs Hände gelegt, und nichts, was Lady Julia auch sagen mochte, konnte ihren Glauben an ihn erschüttern. Lord Arthur brauchte Tage, bis er über die furchtbare Enttäuschung wegkam, und eine Zeit lang waren seine Nerven total erschöpft. Aber sein ausgezeichneter Menschenverstand machte sich bald wieder geltend, und sein gesunder, praktischer Sinn ließ ihn nicht lange darüber im Zweifel, was nun zu tun sei. Da er mit dem Gift einen so vollkommenen Misserfolg gehabt hatte, musste er jetzt die Sache offenbar mit Dynamit oder einem anderen Explosivstoff versuchen.

Er sah also nochmals die Liste seiner Freunde und Verwandten durch, und nach sorgfältiger Überlegung entschloss er sich, seinen Onkel, den Dechanten von Chichester, in die Luft zu sprengen. Der Dechant, ein hochgebildeter und sehr gelehrter Mann, war ein großer Liebhaber von Uhren und besaß eine wundervolle Uhrensammlung (vom fünfzehnten Jahrhundert bis zur Gegenwart), und Lord Arthur glaubte nun, dass dieses Steckenpferd des guten Dechanten ihm eine ausgezeichnete Gelegenheit biete, seinen Plan auszuführen. Wie und woher sich aber eine Höllenmaschine verschaffen – das war freilich eine andere Sache. Im Londoner Adressbuch fand er keine Bezugsquelle dafür angegeben, und er fühlte, dass es ihm wenig nützen würde, sich an die Polizeidirektion zu wenden, da man dort über die Bewegungen der politischen Partei, die mit Dynamit argumentierte, immer erst nach einer Explosion etwas erfuhr und auch dann noch herzlich wenig.

Plötzlich dachte er an seinen Freund Rouvaloff, einen jungen Russen von höchst revolutionärer Gesinnung, den er bei Lady Windermere im Laufe des Winters kennengelernt hatte. Es hieß, dass Graf Rouvaloff eine Geschichte Peters des Großen schreibe, und dass er nach England gekommen sei, um die Dokumente zu studieren, die sich auf den Aufenthalt des Zaren als Schiffszimmermann in diesem Land beziehen. Aber man glaubte allgemein, dass er ein nihilistischer Agent sei, und zweifellos war seine Gegenwart in London der russischen Botschaft nicht sehr angenehm. Lord Arthur fühlte, dass das gerade der Mann sei, den er brauche, und so fuhr er denn eines Morgens zu ihm nach Bloomsbury, um von ihm Rat und Hilfe zu erbitten.

»Sie wollen sich also ernstlich mit Politik beschäftigen?«, sagte Graf Rouvaloff, als Lord Arthur ihm den Zweck seines Besuchs genannt hatte. Aber Lord Arthur, der jede Prahlerei hasste, fühlte sich verpflichtet, ihm mitzuteilen, dass er nicht das geringste Interesse an sozialen Fragen habe und die Höllenmaschine bloß für eine Familienangelegenheit brauche, die nur ihn allein angehe.

Graf Rouvaloff sah ihn einige Augenblicke verblüfft an; als er aber dann merkte, dass er ganz ernsthaft blieb, schrieb er eine Adresse auf ein Stück Papier, zeichnete es mit seinen Anfangsbuchstaben und reichte es ihm dann über den Tisch hinüber.

»Die Polizei würde ein hübsches Stück Geld dafür bezahlen, diese Adresse zu erfahren, mein lieber Freund.«

»Aber sie soll sie nicht kriegen«, lachte Lord Arthur. Er schüttelte dem Russen warm die Hand, lief die Treppe hinunter und befahl, nachdem er einen Blick auf das Papier geworfen hatte, dem Kutscher, nach dem Sohoplatz zu fahren.

Dort schickte er den Wagen weg und ging die Greek Street hinunter, bis er zu einem Platz kam, der Bayles Hof genannt ist. Er ging durch den Torweg und befand sich in einer merkwürdigen Sackgasse, in der sich offenbar eine Wäscherei befand, denn ein Netzwerk von Wäscheleinen war von Haus zu Haus gespannt, und weiße Wäsche flatterte in der Morgenluft. Er ging bis zum Ende der Sackgasse und klopfte an ein kleines grünes Haus. Nach einiger Zeit, während der an jedem Fenster des Hofes ein dichter Schwarm neugieriger Gesichter erschien, wurde die Tür von einem Ausländer mit groben Zügen geöffnet, der ihn in einem sehr schlechten Englisch fragte, was er wünsche. Lord Arthur reichte ihm das Papier, das Graf Rouvaloff ihm gegeben hatte. Als der Mann es sah, verbeugte er sich tief und bat Lord Arthur, in ein sehr schäbiges Zimmer zu ebener Erde einzutreten; einige Minuten später trat geschäftig Herr Winckelkopf, wie er in England genannt wurde, ins Zimmer, mit einer sehr fleckigen Serviette um den Hals und einer Gabel in der linken Hand.

»Graf Rouvaloff hat mir eine Empfehlung an Sie gegeben«, sagte Lord Arthur mit einer leichten Verbeugung. »Und ich möchte gern in einer geschäftlichen Angelegenheit eine kurze Unterredung mit Ihnen haben. Mein Name ist Smith, Robert Smith, und ich möchte mir bei Ihnen eine Explosionsuhr verschaffen.«

»Es freut mich sehr, Sie zu sehen, Lord Arthur«, sagte der muntere kleine Deutsche lachend. »Blicken Sie nicht so bestürzt drein. Es ist meine Pflicht, jedermann zu kennen, und ich erinnere mich, Sie eines Abends bei Lady Windermere gesehen zu haben. Die Gnädige befindet sich doch hoffentlich wohl? … Wollen Sie mir nicht das Vergnügen machen, mir

Gesellschaft zu leisten, indes ich mein Frühstück beende? Es gibt eine wundervolle Pastete, und meine Freunde behaupten, dass mein Rheinwein besser ist als irgendein Tropfen auf der deutschen Botschaft.«

Und ehe Lord Arthur seine Überraschung, erkannt worden zu sein, überwunden hatte, saß er schon im Hinterzimmer, schlürfte den köstlichsten Markobrunner aus einem blassgelben Römer mit dem kaiserlichen Monogramm und plauderte in der freundschaftlichsten Weise mit dem berühmten Verschwörer.

»Explosionsuhren«, sagte Herr Winckelkopf, »eignen sich nicht sehr für den Export ins Ausland. Selbst wenn es ihnen gelingt, den Zoll zu passieren, ist der Bahndienst so unregelmäßig, dass sie gewöhnlich losgehen, bevor sie ihren Bestimmungsort erreicht haben. Wenn Sie aber so etwas für den eigenen Bedarf nötig haben, kann ich mit einer ausgezeichneten Ware dienen und garantiere Ihnen, dass Sie mit der Wirkung zufrieden sein werden. Darf ich fragen, für wen das Ding bestimmt ist? Sollte es für die Polizei bestimmt sein oder für irgendjemand, der mit der Polizeidirektion in Verbindung steht, so kann ich zu meinem großen Leidwesen nichts für Sie tun. Die englischen Detektive sind in der Tat unsere besten Freunde, und ich habe immer gefunden, dass wir tun können, was wir wollen, wenn wir uns nur auf ihre Dummheit verlassen. Ich möchte keinen von ihnen missen.«

»Ich versichere Sie«, sagte Lord Arthur, »dass die Sache mit der Polizei nicht das Geringste zu schaffen hat. Die Uhr ist für den Dechanten von Chichester bestimmt.«

»O du meine Güte! Ich hätte gar nicht gedacht, dass Sie in religiösen Fragen so radikale Ansichten haben, Lord Arthur! Nur wenige junge Leute denken heute so.«

»Ich fürchte, Sie überschätzen mich, Herr Winckelkopf«, sagte Lord Arthur und errötete. »Ich kümmere mich gar nicht um theologische Dinge.«

»So handelt es sich also um eine reine Privatsache?«

»Um eine reine Privatsache!«

Herr Winckelkopf zuckte die Achseln, verließ das Zimmer und kam nach einigen Minuten zurück mit einer runden Dynamitpatrone in der Größe eines Pennystückes und einer hübschen kleinen, französischen Uhr, auf der eine vergoldete Figur der Freiheit stand, die mit dem Fuß die Hydra des Despotismus zertrat.

Lord Arthurs Gesicht leuchtete auf, als er die Uhr sah. »Das ist gerade, was ich brauche. Nun sagen Sie mir nur, wie die Geschichte losgeht.«

»Ach – das ist mein Geheimnis«, sagte Herr Winckelkopf, indem er seine Erfindung mit einem Blick berechtigten Stolzes betrachtete. »Sagen Sie mir nur, wann die Uhr explodieren soll, dann werde ich die Maschine auf die Sekunde einstellen.«

»Also heute ist Dienstag, und wenn Sie die Uhr gleich wegschicken können? …«

»Das ist unmöglich. Ich habe für einige Freunde in Moskau eine Menge wichtige Sachen zu erledigen. Aber ich kann sie morgen wegschicken.«

»Oh, das ist früh genug«, sagte Lord Arthur höflich. »Dann wird sie morgen Abend oder Donnerstag früh zugestellt. Also nehmen wir als Moment der Explosion Freitag Punkt zwölf Uhr Mittag. Um diese Stunde ist der Dechant immer zu Hause.«

»Freitagmittag«, wiederholte Herr Winckelkopf und machte eine Notiz in ein großes Hauptbuch, das auf einem Schreibtisch beim Kamin lag.

»Und nun lassen Sie mich wissen«, sagte Lord Arthur, von seinem Sitze aufstehend, »was ich Ihnen schuldig bin.«

»Es ist eine solche Kleinigkeit, Lord Arthur, dass ich nichts daran verdienen will. Das Dynamit kommt auf sieben Schilling ein Sixpence, die Uhr macht drei Pfund zehn, Emballage und Porto fünf Schilling. Es ist mir ein Vergnügen, einem Freund des Grafen Rouvaloff gefällig zu sein!«

»Und Ihre Mühe, Herr Winckelkopf?«

»Oh – durchaus nicht! Es ist mir wirklich ein Vergnügen. Ich arbeite nicht für Geld. Ich lebe nur für meine Kunst.«

Lord Arthur legte vier Pfund, zwei Schilling und sechs Pence auf den Tisch, dankte dem kleinen deutschen Herrn für seine Liebenswürdigkeit, und, nachdem es ihm gelungen war, eine Einladung zu einem kleinen Anarchistentee für den nächsten Sonnabend abzulehnen, verließ er das Haus und ging in den Park.

In den nächsten zwei Tagen war er in einem Zustand höchster Erregung, und Freitag um zwölf Uhr fuhr er in seinen Klub, um auf Nachrichten zu warten. Den ganzen Nachmittag schlug der dumme Portier Telegramme aus allen Teilen des Landes an, mit Resultaten von Pferderennen, Urteilen in Ehescheidungssachen, dem Wetterbericht und ähnlichen Dingen, während auf dem schmalen Band im Telegrafenapparat langweilige Details über eine Nachtsitzung im Unterhaus und eine kleine Panik an der Börse erschienen. Um vier Uhr kamen die Abendblätter, und Lord Arthur verschwand in der Bibliothek mit der Pall Mall, der St. James Gazette, dem Globus und dem Echo unter dem Arm, zur ungeheueren Entrüstung des Colonel Goodchild, der den Bericht über die Rede lesen wollte, die er am Morgen im Mansion House gehalten hatte – über das Thema der südafrikanischen Missionen und über die Zweckmäßigkeit schwarzer Bischöfe in jeder Provinz –, und der aus irgendeinem Grund ein tiefes Vorurteil gegen die Evening News hatte. Aber keine der Zeitungen enthielt die geringste Anspielung auf Chichester und Lord Arthur fühlte, dass das Attentat misslungen sein müsse. Das war ein furchtbarer Schlag für ihn und eine Zeit lang fühlte er sich ganz niedergedrückt. Herr Winckelkopf, den er am nächsten Tag aufsuchte, erging sich in Entschuldigungen und bot ihm zum Ersatz ganz kostenlos eine andere Uhr an oder eine Schachtel mit Nitroglyzerinbomben zum Selbstkostenpreis. Aber Lord

Arthur hatte alles Vertrauen zu den Sprengstoffen verloren, und Herr Winckelkopf selbst gab zu, dass heutzutage alles so verfälscht werde, dass man selbst Dynamit kaum in gutem Zustand erhalten könne. Der kleine deutsche Herr räumte zwar ein, dass etwas in der Maschinerie nicht gestimmt haben müsse, aber er gab die Hoffnung doch nicht auf, dass die Uhr noch losgehen könnte, und zitierte als Beispiel einen Barometer, den er einmal an den Militärgouverneur von Odessa geschickt habe, und der so eingestellt worden war, dass er in zehn Tagen explodieren sollte, aber erst nach etwa drei Monaten losging. Allerdings wurde, als das Barometer endlich losging, nur ein Hausmädchen in Stücke zerrissen, denn der Gouverneur hatte die Stadt bereits seit sechs Wochen verlassen. Aber es war dadurch doch wenigstens festgestellt, dass Dynamit als zerstörende Kraft unter der Kontrolle der Maschine ein mächtiger, wenn auch etwas unpünktlich wirkender Faktor ist. Lord Arthur war durch diese Bemerkung einigermaßen getröstet, aber auch hierin drohte ihm bald eine Enttäuschung, denn als er zwei Tage später die Treppe hinaufstieg, rief ihn die Herzogin in ihr Boudoir und zeigte ihm einen Brief, den sie eben aus dem Dechanat erhalten hatte.

»Jane schreibt entzückende Briefe«, sagte die Herzogin. »Du musst wirklich ihren letzten lesen. Er ist genau so gut wie die Romane, die wir aus der Leihbibliothek bekommen.«

Lord Arthur riss ihr den Brief aus der Hand. Er lautete folgendermaßen:

»Dechanat Chichester,
den 27. Mai.

Teuerste Tante!

Ich danke Dir vielmals für den Flanell für die Dorcas-Gesellschaft und auch für das Baumwollzeug. Ich bin ganz Deiner Meinung, dass es Unsinn ist, wenn die

Leute hübsche Sachen tragen wollen, aber alle sind nun einmal heute so radikal und unreligiös, dass es ihnen schwer begreiflich zu machen ist, wie unpassend es ist, sich so zu kleiden wie die besseren Klassen. Ich weiß wirklich nicht, wohin wir noch kommen werden. Wie Papa so oft in seinen Predigten sagt: Wir leben in einer Zeit des Unglaubens.

Wir haben großen Spaß mit einer Uhr gehabt, die ein unbekannter Verehrer am letzten Donnerstag Papa geschickt hat. Sie kam in einer frankierten Holzschachtel aus London. Papa meint, der Absender müsse jemand sein, der seine bemerkenswerte Predigt: ›Ist Zügellosigkeit Freiheit?‹ gelesen hat, denn auf der Uhr steht die Figur eines Frauenzimmers, und Papa sagte, dass sie die Freiheitsmütze auf dem Kopf trage. Ich fand die Figur nicht gerade sehr passend, aber Papa sagte, sie sei historisch, und so ist wohl alles in Ordnung. Parker packte die Uhr aus und Papa stellte sie auf den Kaminsims im Bibliothekszimmer. Dort saßen wir alle Freitagvormittag, und gerade, als die Uhr zwölf schlug, hörten wir ein schnarrendes Geräusch. Eine kleine Rauchwolke kam aus dem Postament der Figur, die Göttin der Freiheit fiel herunter, und ihre Nase zerbrach am Kaminvorsetzer. Marie war ganz außer sich, aber die Sache war so komisch, dass James und ich in Lachen ausbrachen und auch Papa seinen Spaß daran hatte. Als wir die Geschichte näher untersuchten, fanden wir, dass die Uhr eine Art Weckuhr ist. Wenn man sie auf eine bestimmte Stunde einstellt und ein bisschen Schießpulver und ein Zündhütchen unter einen kleinen Hammer legt, geht sie los, wann man will. Papa sagte, sie dürfe nicht im Bibliothekszimmer bleiben, weil sie zu viel Lärm mache. So nahm sie Reinhold mit ins Schulzimmer und macht dort den ganzen Tag nichts als kleine Explosionen.

Glaubst Du, dass Arthur sich über so eine Uhr als Hochzeitsgeschenk freuen würde? Ich glaube, dass diese Uhren in London jetzt in Mode sind. Papa meint, dass sie sehr viel Gutes stiften könnten, denn sie zeigten, dass die Freiheit keinen Bestand habe, sondern fallen müsse. Papa sagt, dass die Freiheit zur Zeit der französischen Revolution erfunden worden ist. Wie schrecklich! …

Ich gehe jetzt in die Dorcas-Gesellschaft, wo ich den Leuten Deinen sehr lehrreichen Brief vorlesen werde. Wie wahr, liebe Tante, ist doch Dein Gedanke, dass sie in ihrer Lebensstellung keine gut sitzenden Kleider zu tragen brauchen. Ich muss wirklich sagen, dass ihre Sorge für die Kleidung einfach unsinnig ist, da es doch so viele wichtigere Dinge gibt, sowohl in dieser Welt, wie in jener. Ich freue mich sehr, dass der geblümte Popelin so gut gehalten hat und dass Deine Spitzen nicht zerrissen sind. Ich werde jetzt die gelbe Seide tragen, die Du so lieb warst mir zu schenken – bei Bischofs am Mittwoch –, und ich glaube, sie wird sich sehr gut machen. Meinst Du, dass ich Schleifen nehmen soll oder nicht? Jennings sagt, dass jetzt alle Welt Schleifen trägt, und dass der Jupon plissiert sein müsse. Gerade hat Reinhold wieder eine Explosion gemacht, und Papa hat befohlen, dass die Uhr in den Stall geschafft wird. Ich glaube, dass Papa sie nicht mehr so gernhat wie anfangs, obwohl er sich sehr geschmeichelt fühlt, dass man ihm solch ein hübsches und geistvolles Spielzeug geschickt hat. Es zeigt eben wieder, dass die Leute seine Predigten lesen und Nutzen aus ihnen ziehen.

Papa schickt beste Grüße, ebenso James, Reinhold und Maria. Ich hoffe, dass es Onkel Cecil mit seiner Gicht besser geht und bleibe, teure Tante, Deine Dich innigst liebende Nichte

Jane Percy.

PS: Bitte sage mir Deine Meinung über die Schleifen. Jennings bleibt dabei, dass sie Mode sind.«

Lord Arthur blickte so ernst und unglücklich auf den Brief, dass die Herzogin in Lachen ausbrach.

»Mein lieber Arthur«, rief sie. »Ich werde dir nie wieder Briefe von jungen Damen zeigen. Was soll ich aber zu der Uhr sagen? Das ist ja eine großartige Erfindung, ich möchte auch so eine haben.«

»Ich halte nicht viel davon«, sagte Lord Arthur mit einem traurigen Lächeln, küsste seiner Mutter die Hand und verließ das Zimmer.

Als er oben in seinem Zimmer war, warf er sich auf das Sofa, und seine Augen füllten sich mit Tränen. Er hatte getan, was in seinen Kräften stand, um einen Mord zu begehen, aber beide Male war es ihm misslungen, und nicht durch seine Schuld. Er hatte versucht, seine Pflicht zu tun, aber es schien, als ob das Schicksal sich selbst untreu geworden wäre. Ihn bedrückte die Erkenntnis, dass gute Vorsätze nutzlos waren, dass jeder Versuch, korrekt zu sein, vergeblich war. Vielleicht wäre es besser, das Verlöbnis ein für alle Mal zu lösen? Gewiss – Sybil würde leiden, aber Leid konnte einer so edlen Natur wie der ihren nichts anhaben. Und er selbst? Es gibt immer einen Krieg, in dem ein Mann sterben kann, immer eine Sache, für die ein Mann sein Leben opfern kann, und da das Leben keine Freude mehr für ihn hatte, hatte der Tod keine Schrecken mehr für ihn. Das Schicksal sollte nur selbst sein Urteil vollziehen – er würde keinen Finger mehr rühren, ihm dabei zu helfen! …

Um halb acht kleidete er sich an und ging in den Klub. Surbiton war da mit einer Menge junger Leute und er musste mit ihnen speisen. Ihr triviales Gespräch und ihre faulen Witze interessierten ihn nicht, und als der Kaffee aufgetragen worden war, erfand er eine Verabredung, um fortzukommen.

Als er den Klub verlassen wollte, übergab ihm der Portier einen Brief. Er war von Herrn Winckelkopf, der ihn einlud, ihn am nächsten Abend zu besuchen und sich einen Explosivschirm anzusehen, der losging, wenn man ihn öffnete. Es sei die allerneueste Erfindung und eben erst aus Genf gekommen. Er riss den Brief in Stücke. Er war entschlossen, keine weiteren Versuche mehr zu machen. Dann ging er hinunter zum Themse-Ufer und saß stundenlang am Fluss. Der Mond blickte durch eine Mähne lohfarbener Wolken, wie das Auge eines Löwen, und zahllose Sterne funkelten im weiten Raum wie Goldstaub, ausgestreut über eine purpurne Kuppel. Dann und wann schaukelte sich eine Barke auf dem trüben Strom und schwamm dahin mit der Flut, und die Eisenbahnsignale wechselten von Grün zu Rot, wenn die Züge ratternd über die Brücke fuhren. Nach einiger Zeit schlug es zwölf Uhr vom hohen Westminsterturm und bei jedem Ton der dröhnenden Glocke schien die Nacht zu erzittern. Dann erloschen die Eisenbahnlichter, nur eine einsame Lampe brannte weiter und glühte wie ein großer Rubin an einem Riesenmast, und der Lärm der Stadt wurde schwächer.

Um zwei Uhr stand er auf und schlenderte in Richtung Blackfriars. Wie unwirklich alles aussah! Wie in einem seltsamen Traum! Die Häuser auf der anderen Seite des Flusses schienen aus der Finsternis emporzuwachsen. Es war, als hätten Silber und Schatten die Welt neu geformt. Die mächtige Kuppel der St.-Pauls-Kirche ragte undeutlich aus der dunklen Luft auf wie eine Wasserblase.

Als er sich der Nadel der Kleopatra näherte, sah er einen Mann über die Brüstung gelehnt, und als er näher kam, blickte der Mann auf, und das Licht einer Gaslaterne fiel voll auf sein Gesicht.

Es war Herr Podgers, der Chiromant! Das fette, schlaffe Gesicht, die goldene Brille, das matte Lächeln, der sinnliche Mund waren nicht zu verkennen.

Lord Arthur blieb stehen. Eine glänzende Idee zuckte ihm durch den Kopf und leise trat er hinter Herrn Podgers. Im Nu hatte er ihn bei den Füßen gepackt und in die Themse geworfen. Ein rauer Fluch, ein hohes Aufspritzen – dann war alles still. Lord Arthur blickte ängstlich nach unten, aber er sah vom Chiromanten nichts mehr als einen hohen Hut, der sich in einem Wirbel des mondbeschienenen Wassers drehte. Nach einiger Zeit versank auch der Hut und keine Spur von Mr. Podgers war mehr sichtbar. Einen Augenblick glaubte er zu sehen, wie die dicke, unförmige Gestalt aus dem Wasser nach der Treppe bei der Brücke griff, und eine furchtbare Angst, dass wieder alles misslungen sei, überkam ihn, aber es stellte sich als eine bloße Einbildung heraus, die vorüberging, als der Mond hinter einer Wolke hervortrat. Endlich schien er die Bestimmung des Schicksals erfüllt zu haben! Ein tiefer Seufzer der Erleichterung hob seine Brust und Sybils Namen kam auf seine Lippen.

»Haben Sie etwas fallen lassen, mein Herr?«, sagte plötzlich eine Stimme hinter ihm.

Er wandte sich um und sah einen Polizisten mit einer Blendlaterne.

»Nichts von Bedeutung, Wachtmeister!«, antwortete er lächelnd, rief einen vorüberfahrenden Wagen an, sprang hinein und befahl dem Kutscher, nach dem Belgrave-Platz zu fahren.

Während der nächsten Tage schwankte er zwischen Hoffnung und Furcht. Es gab Augenblicke, in denen er fast glaubte, Herr Podgers müsse jetzt ins Zimmer treten, und dann fühlte er wieder, dass das Schicksal nicht so ungerecht gegen ihn sein könne. Zweimal ging er zur Wohnung des Chiromanten in der West Moon Street, aber er brachte es nicht über sich, die Glocke zu ziehen. Er sehnte sich nach Gewissheit und fürchtete sie gleichzeitig.

Endlich kam die Gewissheit. Er saß im Rauchzimmer seines Klubs, trank seinen Tee und hörte zerstreut zu, wie Surbiton vom letzten Couplet in der Gaiety erzählte, als der Diener mit den Abendblättern hereinkam. Er nahm die St.-James-Zeitung zur Hand und blätterte verdrossen darin, als eine merkwürdige Überschrift seinen Blick fesselte:

»Selbstmord eines Chiromanten.«

Er wurde blass vor Aufregung und begann zu lesen. Der Artikel lautete:

> »Gestern früh um sieben Uhr ist der Leichnam des Herrn Septimus R. Podgers, des berühmten Chiromanten, bei Greenwich, gerade gegenüber dem Shiphotel, ans Ufer gespült worden. Der Unglückliche wurde seit einigen Tagen vermisst und in chiromantischen Kreisen war man seinetwegen in größter Besorgnis. Es ist anzunehmen, dass er infolge einer, durch Überarbeitung verursachten, geistigen Störung Selbstmord begangen hat, und in diesem Sinne hat sich auch heute Nachmittag die Totenschaukommission ausgesprochen. Mr. Podgers hatte soeben eine große Abhandlung über die menschliche Hand vollendet, die demnächst erscheinen und gewiss großes Aufsehen erregen wird. Der Verstorbene war 65 Jahre alt, und es scheint, dass er keine Verwandten hinterlassen hat.«

Lord Arthur stürzte aus dem Klub, die Zeitung noch immer in der Hand, zur großen Verwunderung des Portiers, der ihn vergeblich aufzuhalten suchte, und fuhr sofort nach Park-Lane. Sybil sah ihn vom Fenster aus kommen, und eine innere Stimme sagte ihr, dass er gute Nachrichten bringe. Sie lief hinunter, ihm entgegen, und als sie sein Gesicht sah, wusste sie, dass alles gut stünde.

»Meine liebe Sybil«, rief Lord Arthur. »Wir heiraten morgen!«

»Du dummer Bub – die Hochzeitskuchen sind ja noch nicht einmal bestellt!«, sagte Sybil und lachte unter Tränen.

VI

Als drei Wochen später die Hochzeit stattfand, war St. Peter gedrängt voll von einer wahren Horde eleganter Leute. Der Dechant von Chichester vollzog die heilige Handlung in eindrucksvollster Weise, und alle Welt war einig, dass man nie ein hübscheres Paar gesehen habe als die Braut und den Bräutigam. Aber sie waren mehr als hübsch, denn sie waren glücklich. Keinen Augenblick bedauerte Lord Arthur, was er um Sybils willen alles erlitten hatte, während sie ihrerseits ihm das Beste gab, was eine Frau einem Mann geben kann: Anbetung, Zärtlichkeit und Liebe. Für sie beide hatte die Realität des Lebens seine Romantik nicht getötet. Sie fühlten sich immer jung.

Einige Jahre später, als ihnen bereits zwei schöne Kinder geboren worden waren, kam Lady Windermere zu Besuch nach Alton Priory, einem entzückenden alten Schloss, das der Herzog seinem Sohn zur Hochzeit geschenkt hatte. Und als sie eines Nachmittags mit Lady Arthur unter einer Linde im Garten saß und zusah, wie das Bübchen und das kleine Mädchen gleich munteren Sonnenstrahlen auf dem Rosenweg spielten, nahm sie plötzlich die Hände der jungen Frau in die ihren und sagte:

»Sind Sie glücklich, Sybil?«

»Teuerste Lady Windermere, natürlich bin ich glücklich. Sind Sie es nicht?«

»Ich habe keine Zeit, glücklich zu sein, Sybil. Ich habe immer den letzten Menschen gern, den man mir vorstellt. Aber gewöhnlich habe ich gleich von den Leuten genug, wenn ich sie näher kennenlerne.«

»Ihre Löwen genügen Ihnen also nicht mehr, Lady Windermere?«

»O Gott, nein. Löwen sind höchstens gut für eine Saison. Sind einmal ihre Mähnen geschnitten, sind sie die dümmsten Wesen auf Erden. Überdies benehmen sie sich meist sehr schlecht, wenn man nett zu ihnen ist. Erinnern Sie sich noch an den grässlichen Herrn Podgers? Er war ein schrecklicher Schwindler. Natürlich ließ ich mir nichts merken, und selbst wenn er Geld von mir borgte, verzieh ich ihm – nur, dass er mir den Hof machte, konnte ich nicht vertragen. Er hat es tatsächlich so weit gebracht, dass ich die Chiromantie hasse. Ich schwärme jetzt für Telepathie – das ist viel amüsanter.«

»Sie dürfen hier nichts gegen die Chiromantie sagen, Lady Windermere. Das ist der einzige Gegenstand, auf den Arthur nichts kommen lässt. Ich versichere Ihnen, dass es ihm damit vollkommen ernst ist.«

»Sie wollen doch damit nicht etwa sagen, dass er wirklich daran glaubt, Sibyl?«

»Fragen Sie ihn doch selbst, Lady Windermere – da ist er.« Lord Arthur kam den Garten herauf mit einem großen Strauß gelber Rosen in der Hand und seine zwei Kinder umtanzten ihn.

»Lord Arthur!«

»Ja, Lady Windermere.«

»Wollen Sie mir wirklich einreden, dass Sie an Chiromantie glauben?«

»Ganz gewiss glaube ich daran!«, antwortete der junge Mann lächelnd.

»Aber warum denn?«

»Weil ich der Chiromantie das ganze Glück meines Lebens verdanke«, murmelte er und warf sich in einen Korbsessel.

»Was verdanken Sie ihr, lieber Lord Arthur?«

»Sybil«, antwortete er und überreichte seiner Frau die Rosen und schaute in ihre blauen Augen.

»Was für ein Unsinn!«, rief Lady Windermere. »Ich habe in meinem ganzen Leben noch nicht solchen Unsinn gehört.«

Das Gespenst von Canterville

Eine hylo-idealistische Novelle

I

Als Hiram B. Otis, der amerikanische Botschafter, Schloss Canterville kaufte, sagte man allgemein, dass er eine sehr große Dummheit begehe, denn es sei kein Zweifel, dass es im Schloss spuke. Lord Canterville selbst, der ein Mann von peinlichem Ehrgefühl war, hielt es für seine Pflicht, diese Tatsache Herrn Otis gegenüber zu erwähnen, als sie über die Kaufbedingungen sprachen. »Wir selbst haben das Schloss nicht mehr bewohnt«, sagte Lord Canterville, »seit meine Großtante, die verwitwete Herzogin von Bolton, einen furchtbaren Nervenanfall erlitt, von dem sie sich nie mehr recht erholt hat, weil zwei Totenhände sich ihr auf die Schulter legten, als sie sich eben zum Diner ankleiden wollte. Ich fühle mich verpflichtet, Ihnen zu sagen, Herr Otis, dass das Gespenst tatsächlich von mehreren lebenden Mitgliedern meiner Familie gesehen worden ist, ebenso auch vom Pfarrer der Gemeinde, dem Reverend Augustus Dampier, der Mitglied des King's College in Cambridge ist. Nach dem unglückseligen Ereignis mit der Herzogin wollte keiner unserer jüngeren Dienstboten bei uns bleiben, und meine Frau konnte sehr oft bei Nacht kaum schlafen wegen der geheimnisvollen Laute, die aus dem Korridor und der Bibliothek kamen.«

»Mylord«, antwortete der Gesandte. »Ich übernehme die Einrichtung und das Gespenst zum Taxwert. Ich komme aus einem modernen Land, wo man alles haben kann, was für Geld zu kaufen ist. Und da unsere jungen Leute sehr flink und unternehmungslustig sind und Ihnen Ihre besten Schauspielerinnen und Primadonnen entführen, so nehme ich an, dass, wenn es wirklich so etwas wie ein Gespenst in Europa gäbe, wir es schon längst bei uns zu Hause entweder in einem Museum oder in einer Schaubude haben würden.«

»Ich fürchte, dass das Gespenst existiert«, sagte Lord Canterville lächelnd. »Wenn es auch den Lockungen Ihrer unternehmenden Impresarios noch entgangen ist, so ist es doch seit drei Jahrhunderten wohlbekannt, seit dem Jahre 1584 nämlich, und es erscheint immer, ehe ein Mitglied unserer Familie stirbt.«

»Das pflegt der Hausarzt auch zu tun, Lord Canterville! Es gibt keine Gespenster, und ich glaube auch nicht, dass zugunsten der englischen Aristokratie die Naturgesetze aufgehoben werden!«

»Sie sind offenbar sehr aufgeklärt in Amerika«, antwortete Lord Canterville, der die letzte Bemerkung des Herrn Otis nicht ganz verstanden hatte. »Und wenn ein Gespenst im Haus Sie weiter nicht stört, ist ja alles in Ordnung. Nur bitte ich Sie, nicht zu vergessen, dass ich Sie gewarnt habe.«

Einige Wochen später war der Kauf perfekt, und am Ende der Saison bezog der Botschafter mit seiner Familie das Schloss Canterville. Frau Otis, die als Fräulein Lukretia R. Tappan (West 53. Straße) eine berühmte New Yorker Schönheit gewesen war, war nun eine recht hübsche Frau in den besten Jahren, mit klugen Augen und einem prächtigen Profil. Viele amerikanische Damen nehmen, wenn sie ihr Heimatland verlassen, den Schein chronischer Kränklichkeit an, weil sie glauben, das sei eine Art europäischer, verfeinerter Kultur. Mrs. Otis jedoch war nie in diesen Irrtum verfallen.

Sie erfreute sich einer ausgezeichneten Gesundheit und war voll frischer Lebenskraft. In vieler Hinsicht war sie ganz und gar englisch, und sie bot ein ausgezeichnetes Beispiel für die Tatsache, dass wir wirklich heute mit Amerika alles gemeinsam haben, natürlich mit Ausnahme der Sprache. Ihr ältester Sohn, den die Eltern in einem Anfall von Patriotismus Washington getauft hatten, was er immer lebhaft bedauerte, war ein blondhaariger, nett aussehender junger Mann, der seine Eignung für den amerikanischen diplomatischen Dienst dadurch bewiesen hatte, dass er in drei aufeinanderfolgenden Saisons den Kotillon im New-Port-Kasino angeführt hatte, und der selbst in London als ausgezeichneter Tänzer bekannt war. Gardenien und der Pairskalender waren seine einzige Schwäche. Sonst war er außerordentlich vernünftig. Miss Virginia E. Otis war ein junges Mädchen von fünfzehn Jahren, schlank und reizend wie ein Reh und mit einer schönen Offenheit in den großen blauen Augen. Sie war eine wundervolle Reiterin und war einmal mit dem alten Lord Bilton auf ihrem Pony um die Wette geritten, zweimal rund um den Park; sie hatte das Rennen mit anderthalb Pferdelängen gewonnen, gerade gegenüber der Achillesstatue, zum großen Entzücken des jungen Herzogs von Cheshire, der auf der Stelle um sie anhielt und in derselben Nacht, in Tränen gebadet, von seinen Vormündern nach Eton zurückgeschickt wurde. Nach Virginia kamen die Zwillinge, die man gewöhnlich das »Sternenbanner« nannte, weil sie sich bei ihren Raufereien immer gegenseitig hin- und herschwenkten. Es waren entzückende Jungens und, mit Ausnahme des würdigen Botschafters selbst, die einzig wahren Republikaner in der Familie.

Da das Schloss Canterville sieben Meilen von Ascot, der nächsten Eisenbahnstation, entfernt liegt, hatte Herr Otis nach dem Wagen telegrafiert, und sie fuhren in bester Laune ab. Es war ein herrlicher Juliabend und die Luft war geschwängert von dem Duft der Fichtenwälder. Dann und wann hörte man eine Holztaube, die sich an ihrer eigenen süßen Stimme ergötzte, oder man sah tief im rauschenden Farn die glänzende Brust eines Fasans. Kleine Eichhörnchen blinzelten von den Buchen herunter, als sie vorbeifuhren, und die Kaninchen rannten durch das Unterholz davon, über die moosigen Wurzeln, die weißen Schweifchen in der Luft. Als der Wagen in die Schlossallee einbog, bedeckte sich der Himmel plötzlich mit Wolken, eine merkwürdige Stille lag mit einem Mal in der Luft. Ein großer Schwarm Krähen flog schweigend über die Häupter der Familie hinweg, und ehe sie das Haus erreichten, fielen einige schwere Regentropfen.

An der Treppe stand eine alte Frau, um die Herrschaften zu empfangen, sauber in schwarze Seide gekleidet, mit einem weißen Häubchen und einer Schürze. Das war Frau Umney, die Haushälterin, die Frau Otis auf Lady Cantervilles inständige Bitten in ihrer früheren Stellung belassen hatte. Sie machte vor den Ankommenden einen tiefen Knicks und sagte in wunderlicher, altmodischer Art: »Ich biete Ihnen auf Canterville den Willkomm.« Sie folgten ihr und gingen durch die schöne Tudorhalle in die Bibliothek, einen langen, niedrigen, mit schwarzem Eichenholz getäfelten Raum, an dessen Ende sich ein großes Fenster aus buntem Glas befand. Hier war zum Tee für sie gedeckt, und, nachdem sie ihre Überkleider abgelegt hatten, setzten sie sich und begannen sich umzuschauen, während Frau Umney sie bediente.

Plötzlich erblickte Frau Otis einen tiefroten Fleck auf dem Fußboden, gerade vor dem Kamin, und ohne daran zu denken, was der Fleck bedeute, sagte sie zu Frau Umney: »Ich glaube fast, hier ist etwas vergossen worden.«

»Ja, gnädige Frau«, antwortete die alte Haushälterin mit leiser Stimme. »Blut ist an dieser Stelle vergossen worden.«

»Wie schrecklich«, rief Frau Otis. »Ich mag aber keinen Blutfleck in meinem Wohnzimmer. Der Fleck muss sofort entfernt werden!«

Die alte Frau lächelte und antwortete mit derselben geheimnisvollen Stimme: »Es ist das Blut von Lady Eleonore Canterville, die auf dieser Stelle hier von ihrem eigenen Gatten, Sir Simon de Canterville, im Jahre 1575 ermordet wurde. Sir Simon überlebte sie noch um neun Jahre und verschwand dann plötzlich unter sehr merkwürdigen Umständen. Sein Leichnam ist nie gefunden worden, aber sein schuldiger Geist spukt noch im Schloss. Der Blutfleck ist von Touristen und anderen Leuten viel bewundert worden und kann nicht entfernt werden.«

»Das ist ja alles Unsinn!«, rief Washington Otis. »Pinkertons patentiertes Steinputzmittel und Universal-Flecken-Reiniger werden damit sofort fertig werden.« Und ehe es die entsetzte Haushälterin verhindern konnte, lag er schon auf den Knien und rieb eifrig den Boden mit einem kleinen Stift, der aussah wie eine schwarze Seife. Einige Augenblicke später war keine Spur des Blutflecks mehr zu sehen.

»Ich wusste ja, Pinkerton würde seine Schuldigkeit tun!«, rief er triumphierend und sah sich im Kreise der bewundernden Familie um. Aber kaum hatte er die Worte gesprochen, als ein furchtbarer Blitz das dunkle Zimmer erhellte, und ein schrecklicher Donnerkrach sie alle aufschreckte. Frau Umney fiel in Ohnmacht.

»Welch ein schauerliches Klima!«, sagte der amerikanische Botschafter ruhig und zündete eine lange Zigarre an. »Ich fürchte fast, die Alte Welt ist so übervölkert, dass es hier nicht genug anständiges Wetter für jeden gibt. Ich war immer der Meinung, dass Auswandern das einzige ist, was ihr übrig bleibt!«

»Mein teurer Hiram«, sagte Frau Otis, »was kann man mit einem Frauenzimmer anfangen, das in Ohnmacht fällt?«

»Mach ihr dafür einen Lohnabzug wie für zerbrochenes Glas«, sagte der Botschafter. »Du wirst sehen, dann wird sie nicht mehr in Ohnmacht fallen.« Einige Augenblicke später kam Frau Umney wieder zu sich. Sie war zweifellos außerordentlich aufgeregt und warnte Herrn Otis vor einem Unglück, das über das Haus kommen müsse.

»Ich habe mit meinen Augen Dinge gesehen, dass die Haare jedes Christenmenschen zu Berge stehen würden, und viele, viele Nächte hindurch habe ich kein Auge geschlossen wegen der schrecklichen Dinge, die sich hier abspielen.« Aber Herr Otis und seine Gattin versicherten der ehrlichen Seele, dass sie sich vor Gespenstern gar nicht fürchteten, und nachdem die Haushälterin den Segen der Vorsehung auf ihre neue Herrschaft herabgefleht und wegen Erhöhung ihres Gehaltes einiges gesprochen hatte, schlich sie wankend auf ihr Zimmer.

II

Der Sturm wütete furchtbar die ganze Nacht hindurch, aber es ereignete sich nichts Besonderes. Als die Herrschaften aber am nächsten Morgen zum Frühstück herunterkamen, fanden sie den schrecklichen Blutflecken wieder auf dem Boden. »Pinkertons Fleckenreiniger kann unmöglich schuld daran sein«, sagte Washington. »Denn ich habe ihn wiederholt erprobt, da muss das Gespenst dahinterstecken.« Er rieb also den Fleck ein zweites Mal fort, aber am nächsten Morgen war er wieder da. So auch am dritten Morgen, obwohl Herr Otis selbst die Bibliothek am Abend zugeschlossen und den Schlüssel mitgenommen hatte. Die ganze Familie interessierte sich jetzt für den Fall. Herr Otis begann anzunehmen, dass er doch wohl die Existenz von Gespenstern zu schroff geleugnet habe. Frau Otis sprach die Absicht aus,

Mitglied der Psychischen Gesellschaft zu werden, und Washington schrieb einen langen Brief an die Herren Myers und Podmore über die Wiederkehr blutiger Flecke, wenn sie mit einem Verbrechen in Zusammenhang stehen. In der folgenden Nacht wurden alle Zweifel über die tatsächliche Existenz von Phantomen endgültig beseitigt.

Der Tag war warm und sonnig gewesen und in der Abendkühle fuhr die ganze Familie aus. Sie kamen erst um neun Uhr nach Hause und nahmen ein leichtes Abendbrot ein. Das Gespräch berührte Gespenster in keinerlei Weise, sodass nicht einmal die primären Bedingungen empfänglicher Erwartung gegeben waren, die sehr oft dem Erscheinen psychischer Phänomene vorangehen. Die Gesprächsstoffe waren, wie ich später von Herrn Otis selbst gehört habe, durchgängig die gleichen wie in der gewöhnlichen Konversation gebildeter Amerikaner der besseren Klasse, so zum Beispiel die riesige Überlegenheit von Miss Fanny Davenport über Sarah Bernhard als Schauspielerin; die Schwierigkeit, selbst in den besten englischen Häusern Buchweizenkuchen und Maisbrei zu erhalten; die Bedeutung von Boston für die Entwicklung der Weltseele; die Vorzüge der Rundreisebilletts und die Feinheit des New Yorker Akzents im Vergleich zu dem schleppenden Londoner Dialekt. Übernatürliches wurde mit keiner Silbe erwähnt, und niemand fiel es ein, auf Sir Simon de Canterville in irgendeiner Weise anzuspielen. Um elf Uhr zog sich die Familie zurück und um halb zwölf waren alle Lichter ausgelöscht. Einige Zeit später wurde Herr Otis durch ein merkwürdiges Geräusch im Korridor vor seiner Tür geweckt. Es klang wie ein Klirren von Metall und schien mit jedem Augenblick näher zu kommen. Er stand sofort auf, zündete ein Streichhölzchen an und schaute auf die Uhr. Es war gerade ein Uhr. Er war ganz ruhig und fühlte nach seinem Puls, der durchaus nicht beschleunigt war. Das merkwürdige Geräusch dauerte fort und gleichzeitig hörte er deutlich den Schall von

Tritten. Er schlüpfte in seine Pantoffel, nahm ein langes, schmales Fläschchen aus seinem Toilettenkasten und öffnete die Tür. Sich gerade gegenüber sah er im blassen Mondlicht einen alten Mann von schrecklichem Aussehen. Seine Augen waren wie rot glühende Kohlen, langes graues Haar fiel in wirren Strähnen über seine Schultern, seine Kleider von uraltem Schnitt waren schmutzig und zerrissen, und von seinen Hand- und Fußgelenken hingen schwere rostige Fesseln.

»Mein werter Herr«, sagte Herr Otis. »Ich muss Sie dringend bitten, Ihre Ketten zu ölen und habe zu diesem Zweck eine kleine Flasche von Tammanys Aurora-Haaröl mitgebracht. Man behauptet, dass es schon bei einmaliger Anwendung wirke, und auf dem Umschlag finden Sie eine ganze Reihe beglaubigter Atteste von unseren bedeutendsten einheimischen Geistlichen. Ich lege Ihnen das Fläschchen hier zu dem Leuchter und werde Ihnen mit Vergnügen mehr davon liefern, wenn Sie es benötigen.« Mit diesen Worten legte der Botschafter der Vereinigten Staaten das Fläschchen auf einen Marmortisch, schloss die Tür wieder und ging zur Ruhe.

Einen Augenblick stand das Gespenst von Canterville bewegungslos da, in erklärlicher Entrüstung. Dann warf es die Flasche wütend auf den glatten Boden, floh den Korridor hinunter, stieß dumpfe Seufzer aus und verbreitete ein geisterhaftes, grünes Licht. Und gerade als es die große Eichentreppe erreichte, flog eine Tür auf, zwei kleine weiß gekleidete Wesen erschienen, und ein großes Kissen sauste knapp an seinem Kopf vorüber. Es war offenbar keine Zeit zu verlieren, und so nahm er rasch seine Zuflucht zur vierten Dimension und verschwand durch das Getäfel, und das Haus wurde wieder vollkommen ruhig.

Nachdem es ein kleines verborgenes Zimmer im linken Flügel erreicht hatte, lehnte es sich gegen einen Mondstrahl, um wieder zu Atem zu kommen, und dann begann es seine Lage zu überdenken. Niemals in einer glänzenden und un-

unterbrochenen Laufbahn von dreihundert Jahren war es so tief beleidigt worden. Es dachte an die Herzogin-Witwe, die es so furchtbar erschreckt hatte, als sie in Spitzen und Diamanten vor dem Spiegel stand; es dachte an die vier Hausmädchen, die hysterische Krämpfe bekommen hatten, als es sie bloß durch die Vorhänge eines der Fremdenzimmer angrinste; es dachte an den Pfarrer des Kirchspiels, dessen Kerze es einmal ausgeblasen hatte, als er eines Nachts spät aus der Bibliothek kam und der seitdem in der Behandlung Sir William Gulls stand, ein hilfloses Opfer nervöser Störungen; es dachte an die alte Madame de Tremouillac, die, als sie eines Morgens aufwachte und sah, wie ein Skelett im Lehnstuhl am Kamin saß und ihr Tagebuch las, durch einen Anfall von Gehirnentzündung sechs Wochen ans Bett gefesselt war, nach ihrer Genesung sich mit der Kirche aussöhnte und jede Verbindung mit dem notorisch skeptischen Herrn von Voltaire abbrach. Es erinnerte sich an jene furchtbare Nacht, als der böse Lord Canterville in seinem Ankleidezimmer gefunden wurde, nach Atem ringend und den Karobuben in der Kehle, und wie er, kurz bevor er starb, beichtete, dass er Charles James Fox mit ebendieser Karte um fünfzigtausend Pfund im Spiel betrogen habe, und schwur, dass das Gespenst ihn gezwungen habe, sie zu verschlucken. Alle seine Großtaten fielen ihm jetzt ein, angefangen vom Haushofmeister, der sich in der Speisekammer erschoss, weil er sah, wie eine grüne Hand ans Fenster klopfte, bis zur schönen Lady Stutfield, die immer ein schwarzes Samtband um den Hals tragen musste, um die Spur von fünf Fingern, die dort in ihre weiße Haut gebrannt waren, zu verbergen, und die sich schließlich im Karpfenteich am Ende der Königsallee ertränkte. Mit dem enthusiastischen Egoismus des wahren Künstlers ging es alle seine berühmten Leistungen durch, und lächelte bitter, als es sich seiner letzten Erscheinung als »Roter Ruben oder der erwürgte Säugling«, seines Debüts als »der hagere Gibeon, der Blutsauger von Bexley Moor« erinnerte, und als es an das Furore dachte, das es eines wundervollen Juniabends erregte, bloß weil es mit seinen eigenen Knochen auf dem Tennisplatze Kegel spielte. Und nun, nach alldem, kamen die verfluchten Amerikaner und boten ihm Aurora-Haaröl an und warfen ihm Kopfkissen an den Schädel. Es war ein ganz unerträglicher Zustand – zumal noch nie ein Gespenst so behandelt worden war. So beschloss es, sich zu rächen und verblieb bis zum Morgengrauen in der Pose tiefen Nachdenkens.

III

Als sich die Familie Otis am nächsten Morgen beim Frühstück traf, besprach man die Erscheinung des Geistes sehr ausführlich. Der Botschafter der Vereinigten Staaten hatte sich natürlich ein bisschen geärgert, als er sein Geschenk verschmäht sah. »Ich wünsche nicht«, sagte er, »dass das Gespenst irgendwie beleidigt wird, und muss sagen, dass ich, wenn ich bedenke, wie lang es schon im Haus ist, es nicht sehr höflich finde, ihm Kissen an den Kopf zu werfen« – eine sehr richtige Bemerkung, die aber, zu meinem Leidwesen muss ich sagen, die Zwillinge nur zu lautem Lachen reizte. »Andererseits«, fuhr er fort, »werden wir wohl gezwungen sein, wenn es wirklich das Aurora-Haaröl nicht benutzen will, ihm seine Ketten wegzunehmen. Es ist ganz unmöglich, zu schlafen, wenn vor dem Schlafzimmer so ein Spektakel herrscht.«

Den Rest der Woche blieben sie übrigens ungestört, und die einzige Sache, die ihre Aufmerksamkeit erregte, war die stete Wiederkehr des Blutflecks auf dem Fußboden der Bibliothek. Das war umso sonderbarer, als Herr Otis jede Nacht die Tür verschloss und die Fenster sorgfältig verriegelte. Auch die chamäleonartige Farbe des Flecks veranlasste vielerlei Kommentare; an manchem Morgen war er von einem tiefen, fast indischen Rot, dann wieder Karminrot, dann von einem satten Purpur, und als sie eines Tages herunterkamen, um nach dem schlichten Ritus der Freien Amerikanischen Reformierten Bischöflichen Kirche die Morgenandacht zu halten, fanden sie den Fleck in einem tiefen Smaragdgrün. Dieser kaleidoskopische Wechsel unterhielt die Familie natürlich sehr und jeden Abend wurden Wetten daraufhin abgeschlossen. Die Einzige, die an dem Spaß nicht teilnahm, war die kleine Virginia, die aus irgendeinem unerklärlichen Grund beim Anblick des Blutfleckes immer einigermaßen erregt war und morgens, als er smaragdgrün war, fast zu weinen begann.

Zum zweiten Mal erschien das Gespenst eines Sonntags Nacht. Kurz nachdem alle zu Bett gegangen waren, wurden sie plötzlich durch einen furchtbaren Krach in der Halle aufgeschreckt. Sie stürzten die Treppe hinunter und fanden, dass eine schwere alte Rüstung sich von ihrem Platz gelöst hatte und auf die Steinfliesen gefallen war. In einem hochlehnigen Stuhl aber saß das Gespenst von Canterville und rieb sich die Knie, einen Ausdruck heftigen Schmerzes im Gesicht. Die Zwillinge hatten nämlich ihre Blasrohre mitgebracht und sofort zwei Schrotkörner auf den Geist mit einer Treffsicherheit abgeschossen, die nur durch lange und sorgfältige Übung an einem Schreiblehrer gewonnen werden kann. Der Botschafter der Vereinigten Staaten aber legte den Revolver auf ihn an und forderte ihn nach guter kalifornischer Sitte auf, die Hände hoch zu halten. Der Geist sprang mit einem wilden Wutschrei empor und fegte wie ein Nebel an ihnen vorüber, wobei er Washington Otis' Kerze auslöschte und sie alle in tiefer Finsternis zurückließ. Als er oben auf der Treppe war, erholte er sich und beschloss, seine berühmt gewordene dämonische Lache anzuschlagen. Bei mehr als einer Gelegenheit hatte sie sich ihm nämlich schon als sehr nützlich erwiesen. Man erzählte sich, dass sie Lord Rakers Perücke in einer Nacht gebleicht habe, und Tatsache war, dass drei von Lady Cantervilles französischen Gouvernanten ihretwegen vorzeitig gekündigt hatten. Er lachte also sein schreckliches Lachen, dass das alte Gewölbe wider- und widerhallte. Kaum aber hatte sich das furchtbare Echo verloren, als sich die Tür öffnete und Frau Otis in einem lichtblauen Schlafrock erschien. »Ich fürchte, Ihnen ist nicht ganz wohl«, sagte sie. »Ich habe Ihnen darum eine Flasche von Doktor Dobells Tinktur mitgebracht. Wenn Sie Leibschmerzen haben, wird die sicherlich helfen.« Der Geist blickte sie wütend an und begann sofort seine Vorbereitungen zu treffen, um sich in einen großen schwarzen Hund zu verwandeln, eine Leistung, deretwegen er mit Recht berühmt war und der der Hausarzt immer die unheilbare Verstandesschwäche von Lady Cantervilles Onkel, des ehrenwerten Thomas Horton, zuschrieb. Der Schall sich nähernder Schritte aber ließ ihn sein furchtbares Vorhaben nicht ausführen, und so begnügte er sich damit, schwach zu phosphoreszieren. Er verschwand mit einem tiefen Kirchhofstöhnen, gerade, als die Zwillinge auf ihn zukamen.

Als er auf sein Zimmer kam, brach er völlig zusammen und wurde die Beute heftigster Gemütsbewegung. Die Pöbelhaftigkeit der Zwillinge, der krasse Materialismus von Frau Otis waren ihm natürlich sehr peinlich – was ihn aber am meisten bekümmerte, war, dass er nicht mehr imstande gewesen war, den Kettenpanzer zu tragen. Er hatte gehofft, dass selbst moderne Amerikaner beim Anblick eines Gespenstes in Rüstung erschauern würden, wenn aus keinem anderen vernünftigen Grund, so doch mindestens aus Respekt für ihren Nationaldichter Longfellow, über dessen graziösen, anziehenden Versen er selbst manche langweilige Stunde verbracht hatte, wenn die Cantervilles in der Stadt waren. Überdies war es seine eigene Rüstung. Er hatte sie mit großem Erfolg im Kennilworth-Turnier getragen und die jungfräuliche Königin selbst hatte ihn dazu beglückwünscht. Als er sie aber heute angelegt hatte, war er völlig von dem Gewicht des schweren Brustpanzers und des Stahlhelmes niedergedrückt worden und war hart auf das Steinpflaster aufgeschlagen, wobei er sich beide Knie zerschunden und sich die Knöchel der rechten Hand gebrochen hatte.

Einige Tage lang war er vollkommen krank und verließ sein Zimmer nur, um den Blutfleck wieder sauber herzustellen. Aber er genas, da er sich sehr schonte, und beschloss nun, einen dritten Versuch zu machen, um den Botschafter der Vereinigten Staaten und seine Familie zu erschrecken. Er wählte Freitag, den 17. August, für sein Erscheinen und verbrachte den größten Teil des Tages damit, seine Garderobe durchzusehen. Endlich entschloss er sich zu einem großen Schlapphut mit einer roten Feder, hüllte sich vom Hals bis zu den Knöcheln in ein wallendes Leichentuch und nahm einen rostigen Dolch. Gegen Abend kam ein heftiger Regensturm auf, und der Wind war so stark, dass alle Fenster und Türen im alten Haus rasselten und klirrten. Das war just das Wetter, das er liebte. Sein Aktionsplan war folgender: Er wollte ruhig in Washington Otis' Zimmer gehen, ihn vom Fußende seines Bettes aus anrufen und sich dann zu den Klängen einer leisen Musik dreimal den Dolch in den Hals stoßen. Er hegte gegen Washington einen besonderen Groll, weil er wusste, dass er es war, der den berühmten Cantervilleschen Blutfleck mit Pinkertons Fleckenreiniger bearbeitete. Hatte er dann den tollköpfigen und leichtsinnigen Menschen in einen Zustand abgründigen Schreckens versetzt, wollte er in das Zimmer gehen, das der Botschafter der Vereinigten Staaten mit seiner Frau bewohnte. Dort wollte er seine kaltfeuchte Hand auf Frau Otis' Stirn legen, während er ihrem zitternden Gatten die schrecklichen Geheimnisse des Beinhauses ins Ohr flüsterte. Was die kleine Virginia betraf, so war er noch nicht ganz entschlossen. Sie hatte ihn nie besonders beleidigt und war hübsch und nett. Einige tiefe Seufzer aus dem Kleiderschrank würden, dachte er, mehr als genug sein, und wenn sie dabei nicht erwachte, so könnte er ja noch mit zuckenden Fingern nach der Bettdecke grapschen. Den Zwillingen aber war er entschlossen, eine ordentliche Lektion zu erteilen. Zunächst wollte er sich natürlich auf ihre Brust setzen, um ihnen das schreckliche Gefühl des Albdrückens beizubringen. Dann wollte er, da ihre Betten ganz dicht beieinanderstanden, sich zwischen sie stellen, in Form eines grünen eiskalten Leichnams, bis die Furcht sie lähmte, und schließlich war es seine Absicht, das Leichentuch abzuwerfen, um mit weißen gebleichten Knochen und rollendem Auge im Zimmer umherzuhuschen, etwa in der Art des »Stummen Daniel, oder des Skeletts des Selbstmörders« – einer Rolle, die er mehr als einmal mit großem Erfolg durchgeführt hatte, und die er für ganz ebenso gut hielt wie seine berühmte Rolle »Martin der Wahnsinnige, oder das Geheimnis mit der Larve«.

Um halb elf Uhr hörte er, wie die Familie zu Bett ging. Eine Zeit lang beunruhigte ihn noch das wilde Gelächter der Zwillinge, die sich offenbar mit der leichtherzigen Fröhlichkeit von Schuljungen vergnügten, ehe sie Ruhe fanden. Aber ein Viertel nach elf war alles still, und als es Mitternacht schlug, machte er sich auf den Weg. Die Eule schrie vor den Fensterläden, die Raben krächzten auf dem alten Taxusbaum, und der Wind wanderte seufzend um das Haus wie eine verlorene Seele – die Familie Otis aber schlief unbekümmert um ihr Schicksal, und Regen und Sturm übertönten das regelmäßige Schnarchen des Botschafters der Vereinigten Staaten. Der Geist trat verstohlen aus der Täfelung mit einem bösen Lächeln um seinen grausamen, runzligen Mund, der Mond verbarg sein Antlitz in einer Wolke, als er am großen Erkerfenster vorüberschlich, wo sein eigenes

Wappen und das seines gemordeten Weibes in Gold und Blau schimmerten. Weiter und weiter glitt er wie ein böser Schatten, und die Finsternis selbst schien ihm voll Ekel auszuweichen, wenn er vorbeischritt. Einmal glaubte er, dass ihn jemand rief und blieb stehen; aber es war bloß das Bellen eines Hundes in der Roten Meierei, und er ging weiter und murmelte seltsame Flüche aus dem sechzehnten Jahrhundert. Dann und wann schwang er seinen rostigen Dolch in der mitternächtlichen Stille. Endlich erreichte er die Ecke der Galerie, wo das Zimmer des unglückseligen Washington lag. Einen Augenblick blieb er stehen. Der Wind ließ ihm seine langen grauen Locken ums Haupt flattern und warf das grauenhafte Leichentuch des toten Mannes in grotesk fantastische Falten. Dann schlug die Uhr ein Viertel, und er fühlte, dass seine Zeit gekommen sei. Er lächelte innerlich und ging um die Ecke; aber kaum hatte er dies getan, da taumelte er mit einem jammervollen Schreckensruf zurück und verbarg sein bleiches Gesicht in den langen Knochenhänden. Ihm gerade gegenüber stand ein schreckliches Gespenst, bewegungslos wie ein Standbild und hässlich wie der Traum eines Irren. Sein Kopf war kahl und glänzend, sein Gesicht war rund, fett und weiß, und ein hässliches Lachen schien auf seinen Zügen zu einem ewigen Grinsen erstarrt zu sein. Aus den Augen schossen Strahlen eines scharlachroten Lichtes, der Mund glich einem tiefen Feuerschlund, und ein gräuliches Gewand, dem seinen gleich, verbarg in schweigendem Schnee die gigantische Gestalt. An seiner Brust war ein Plakat mit merkwürdigen, altertümlichen Schriftzügen befestigt, offenbar eine Schandrolle, die Aufzählung wilder Sünden, eine schreckliche Liste von Verbrechen. In der rechten Hand hielt er einen krummen Säbel aus funkelndem Stahl hoch erhoben.

Da er noch niemals ein Gespenst gesehen hatte, war er natürlich furchtbar erschrocken, und nach einem zweiten hastigen Blick auf das schreckliche Phantom floh er zurück in sein Zimmer, wobei er immer auf sein langes, flatterndes Leichentuch trat. Während er den Korridor entlanghuschte, warf er noch den rostigen Dolch in die Reitstiefel des Botschafters, wo der Haushofmeister ihn am nächsten Tag fand. Als er in der Einsamkeit seines Zimmers angekommen war, warf er sich auf sein schmales Feldbett und verbarg sein Gesicht unter der Decke. Nach einiger Zeit aber erwachte der alte tapfere Geist derer von Canterville in ihm, und er beschloss mit dem andern Gespenst zu reden, sobald der Tag grauen würde. So ging er denn, als die Dämmerung die Hügel in Silber tauchte, zu dem Platz zurück, wo er zum ersten Mal das entsetzliche Phantom erblickt hatte. Jedenfalls, dachte er, sind zwei Gespenster besser als eines, und dass er mithilfe seines neuen Freundes besser mit den beiden Zwillingen fertig werden würde. Als er die Stelle erreichte, bot sich ihm ein furchtbarer Anblick. Irgendetwas war offenbar mit dem Gespenst passiert, denn das Licht war vollständig aus seinen Augenhöhlen geschwunden, der funkelnde Säbel war seiner Hand entfallen, und es lehnte in einer gekrümmten und unbequemen Haltung an der Wand. Er stürzte vorwärts und nahm es in seine Arme. Da fiel zu seinem Entsetzen der Kopf ab und rollte auf den Boden, der Körper fiel hintenüber, und er hielt in seinen Händen eine weißwollene Bettdecke, einen Kehrbesen, ein Küchenmesser; ein ausgehöhlter Kürbis lag zu seinen Füßen. Unfähig, die merkwürdige Umwandlung zu verstehen, griff er in fieberischer Hast nach dem Plakat und las im grauen Morgenlicht die furchtbaren Worte:

Der Geist der Otis.
Einzig echter, unverfälschter Originalspuk.
Vor Nachahmung wird gewarnt!
Gesetzlich geschützt!

Mit einem Mal wurde ihm die ganze Sache klar. Er war genarrt, gefoppt, verhöhnt worden. Aus seinen Augen blitzte der altberühmte Blick der Cantervilles. Er schlug die zahnlosen Kiefer zusammen, erhob die fleischlosen Hände über dem Haupt und schwur, getreu der farbenprächtigen Phraseologie der alten Schule, dass, ehe denn der Hahn zum zweiten Mal gekräht habe, Ströme von Blut fließen müssten, und der Mord auf schweigenden Sohlen über die Schwelle treten würde.

Kaum aber hatte er seinen schauerlichen Eid vollendet, als vom rot geziegelten Dach einer nahen Scheune ein Hahn krähte. Er lachte ein langes, tiefes und bitteres Lachen und wartete. Stunde um Stunde wartete er – aber aus irgendeinem unerklärlichen Grund krähte der Hahn nicht wieder. Endlich, um halb acht, verscheuchte ihn die Ankunft der Hausmädchen von seinem schrecklichen Wachposten, und er stapfte zurück in sein Zimmer und gedachte seiner nutzlosen Hoffnung und seiner vereitelten Absicht. Dann zog er einige alte Bücher über das Rittertum zurate, in die er ganz vernarrt war, und fand, dass, sooft dieser Eid gebraucht worden war, der Hahn stets ein zweites Mal gekräht habe. »Fluch und Verdammnis treffe das ungebildete Tier«, murmelte er. »Aber ich sehe den Tag kommen, da ich mit meinem starken Speer ihm die Brust durchbohre und er für mich ein zweites Mal krähen muss – sei es auch im Tode.« Dann zog er sich in seinen bequemen Bleisarg zurück und blieb dort bis zum Abend.

IV

Am nächsten Tag war der Geist sehr schwach und müde. Die furchtbare Aufregung der letzten vier Wochen begann sich bemerkbar zu machen. Seine Nerven waren vollkommen zerrüttet, und bei dem geringsten Lärm fuhr er zusammen. Fünf Tage blieb er auf seinem Zimmer und entschloss sich, endlich den Blutfleck auf dem Fußboden des Bibliothekzimmers aufzugeben. Wenn die Familie Otis ihn nicht haben wollte, verdiente sie ihn offenbar nicht. Das waren sicherlich Leute, die auf einer sehr tiefen, materialistischen Lebensstufe standen und die ganz unfähig waren, den symbolischen Wert sinnlicher Phänomene zu begreifen. Die Frage übersinnlicher Erscheinungen und die Entwicklung von Astralkörpern war ja schließlich auch eine ganz andere Sache und ging ihn wirklich nichts an. Es war jedoch seine heilige Pflicht, einmal in der Woche auf dem Gang zu erscheinen und vom hohen Glasfenster herab jeden ersten und dritten Mittwoch eines jeden Monats etwas herabzumurmeln, und er konnte sich diesen Verpflichtungen anständigerweise nicht entziehen. Gewiss war sein Leben sehr böse gewesen, aber wenigstens in allen Dingen, die mit dem Übernatürlichen zusammenhingen, war er immer sehr gewissenhaft. An den nächsten drei Sonnabenden ging er also wie gewöhnlich zwischen Mitternacht und drei Uhr den Gang auf und ab, vermied es aber sorgfältigst, gesehen und gehört zu werden. Er zog die Stiefel aus, trat, so leicht er konnte, auf dem alten wurmstichigen Fußboden auf, trug einen großen schwarzen Samtmantel und benützte eifrig Aurora-Haaröl, um seine Ketten zu ölen. Ich muss allerdings zugeben, dass er es nur sehr schwer über sich gewann, diese letzte Vorsichtsmaßregel zu benützen. Eines Abends jedoch schlüpfte er, während die Familie bei Tisch saß, in das Schlafzimmer des Herrn Otis und nahm die Flasche fort. Er fühlte sich anfangs etwas gedemütigt, aber später war er klug genug, einzusehen, dass doch sehr viel zugunsten der Erfindung sprach und, bis zu einem gewissen Grad, diente sie ja auch seiner Absicht. Aber trotz alledem blieb er nicht unbelästigt. Überall waren über den Gang Stricke gespannt, über die er in der Dunkelheit stolperte, und einmal, als er gerade als »Schwarzer Isaak oder der Jägersmann von Hogley Woods« verkleidet war, kam er schwer zu Fall, weil er auf einen fettbeschmierten Streifen geriet, den die Zwillinge vom Eingang des Gobelinzimmers bis zur Eichentreppe gezogen hatten. Diese Kränkung machte ihn so wütend, dass er sich entschloss, noch einmal einen letzten Versuch zu machen, um seine Würde und seine soziale Stellung zu wahren. So entschloss er sich denn, die frechen Bengel in der nächsten Nacht in seiner berühmten Rolle als »Junker Rupert oder der kopflose Graf« zu besuchen.

Seit mehr als siebzig Jahren war er nicht mehr in dieser Verkleidung erschienen – zum letzten Mal, als er die hübsche Lady Barbara Modnish durch sein Erscheinen so erschreckt hatte, dass sie plötzlich ihr Verlöbnis mit dem jetzigen Großvater des Lord Canterville löste und sich von dem hübschen Jack Castleton nach Gretna Green entführen ließ. Sie hatte damals erklärt, dass nichts auf der Welt sie veranlassen könnte, in eine Familie zu heiraten, bei der so schauerliche Phantome im Zwielicht auf der Terrasse spazieren gingen. Der arme Jack wurde später in Wandsworth von Lord Canterville im Duell erschossen, und Lady Barbara starb an gebrochenem Herzen in Tunbridge Wells, bevor das Jahr um war. Alles in allem war es also ein großer Erfolg für ihn gewesen. Es war aber eine außerordentlich schwierige »Maske« – wenn ich einen solchen Theaterausdruck in Verbindung mit einem der größten Geheimnisse des Übernatürlichen oder, um einen mehr wissenschaftlichen Ausdruck anzuwenden, des Übersinnlichen, gebrauchen darf –, und es nahm ihn drei Stunden in Anspruch, seine Vorbereitungen zu treffen. Endlich war alles in Ordnung und er war mit seinem Aussehen sehr zufrieden. Die schweren ledernen Reiterstiefel, die zum Kostüm gehörten, waren freilich ein bisschen zu weit für ihn, und er konnte bloß eine von den beiden Sattelpistolen finden, aber schließlich genügte das ja auch. Ein Viertel nach ein Uhr glitt er aus der Wandverkleidung heraus und schlich den Gang hinunter. Als er das

Zimmer der Zwillinge erreichte, das, wie ich erwähnen will, nach der Farbe seiner Vorhänge das »Blaue Schlafgemach« genannt wurde, fand er die Tür nur angelehnt. Da er sich einen effektvollen Auftritt sichern wollte, öffnete er sie weit: Da fiel ein schwerer Wasserkrug von oben auf ihn herab, durchnässte ihn bis auf die Haut und verfehlte nur um wenige Zoll seine linke Schulter. Im selben Augenblick hörte er ein unterdrücktes Lachen aus dem Doppelbett. Sein Nervenschock war so groß, dass er, so schnell er konnte, sofort in sein Zimmer zurücklief, und den nächsten Tag lag er mit einem schweren Schnupfen fest im Bett. Das Einzige, was ihn bei der ganzen Sache tröstete, war, dass er seinen Kopf nicht mitgenommen hatte, sonst hätten die Folgen sehr ernst für ihn sein können.

Er gab nun jede Hoffnung, dieser rohen Amerikanerfamilie Schrecken einzujagen, auf und begnügte sich, regelmäßig in leichten Morgenschuhen durch die Gänge zu schleichen, mit einem dicken, roten Tuch um den Hals, aus Furcht vor Erkältung, und einer kleinen Armbrust in der Hand, falls er von den Zwillingen angegriffen würde. Den letzten Schlag erhielt er am 19. September. Er war die Treppe bis zur großen Eingangshalle hinuntergegangen, in der sichern Annahme, dass er dort jedenfalls unbelästigt bleiben würde. Er unterhielt sich damit, satirische Bemerkungen über die großen Fotografien des Botschafters und seiner Gattin zu machen, die jetzt die Stelle der großen Familienbilder der Cantervilles eingenommen hatten. Er war einfach, aber sauber in ein langes Leinentuch gekleidet, das nur ganz leicht mit Kirchhofmoder befleckt war, hatte seinen Unterkiefer mit einem Streifen gelben Linnens hochgebunden und trug eine kleine Laterne und eine Totengräberschaufel. Er war also im Kostüm »Jonas des Gruftlosen oder des Leichenschänders von Chertsey Barn«, einer seiner glänzendsten Darbietungen, an die zu denken die Cantervilles alle Ursache hatten, denn sie war der wirkliche Grund ihres Streites mit ihrem Nachbarn, dem Lord Rufford. Es war etwa ein Viertel nach zwei Uhr morgens, und, soweit er feststellen konnte, rührte sich nichts. Als er nun auf die Bibliothek zuging – er wollte doch einmal sehen, ob von dem Blutfleck nicht noch eine Spur geblieben wäre –, sprangen plötzlich aus einem dunklen Winkel zwei Gestalten, die wild die Arme über den Köpfen zusammenschlugen und ihm »Buh« ins Ohr schrien.

Von einem unter diesen Umständen nur ganz natürlichen Schrecken gepackt, stürzte er auf die Treppe zu, aber dort erwartete ihn Washington Otis mit der großen Gartenspritze. So von allen Seiten von Feinden umstellt und in die Enge getrieben, verschwand er in dem großen eisernen Ofen, der zu seinem Glück nicht geheizt war, und musste seinen Heimweg durch Kamine und Schornsteine antreten, sodass er in seinem Zimmer in einem furchtbaren Zustand, schmutzig, unordentlich und in heller Verzweiflung, ankam.

Seitdem wurde er nicht mehr auf nächtlichen Streifzügen gesehen. Die Zwillinge lauerten ihm noch bei verschiedenen Gelegenheiten auf und bestreuten jede Nacht die Gänge mit Nussschalen, zum großen Ärger ihrer Eltern und der Dienstboten, aber es hatte keinen Erfolg mehr. Es war ganz klar, dass die Gefühle des Gespenstes zu tief verletzt waren, als dass sie ihm ein ferneres Erscheinen gestattet hätten. Herr Otis nahm also seine große Arbeit über die Geschichte der demokratischen Partei wieder auf, an der er schon seit vielen Jahren arbeitete, Frau Otis arrangierte eine wundervolle Tombola, die die Bewunderung der ganzen Grafschaft erregte. Die Jungens spielten Poker, Lacrosse und andere amerikanische Nationalspiele, und Virginia ritt auf ihrem Pony in der Umgegend umher, begleitet von dem jungen Herzog von Cheshire, der die letzten Tage seiner Ferien auf Canterville verbrachte. Man nahm allgemein an, dass der Geist fortgegangen sei, und Herr Otis schrieb in diesem Sinne auch einen Brief an Lord Canterville, der in seiner Antwort seine große Freude über diese Neuigkeit aussprach und der würdigen Gattin des Herrn Botschafters seine besten Wünsche übermittelte.

Die Familie Otis irrte sich aber, denn das Gespenst war noch immer im Haus. Wenn man es auch beinah einen Invaliden nennen konnte, so war es doch durchaus nicht gesonnen, die Dinge auf sich beruhen zu lassen, umso weniger, als es gehört hatte, dass sich unter den Gästen der junge Herzog von Cheshire befand, dessen Großonkel, Lord Francis Stilton, einst um hundert Guineen mit dem Colonel Carbury gewettet hatte, dass er mit dem Gespenst von Canterville Würfel spielen werde. Man hatte ihn am nächsten Morgen auf dem Boden des Spielzimmers in einem so hilflosen, paralytischen Zustand gefunden, dass er, obwohl er ein hohes Alter erreichte, sein Leben lang nichts anderes mehr sagen konnte als »Doppel-Sechs«. Die Geschichte war seinerzeit sehr bekannt geworden, aber, natürlich mit Rücksicht auf die Gefühle der beiden edlen Familien, wurde allseitig versucht, sie zu vertuschen. Ein genauer Bericht aller Umstände findet sich jedoch im dritten Bande der »Erinnerungen an den Prinzregenten und seine Freunde« von Lord Klatsch. Der Geist hatte also ein Interesse daran, zu zeigen, dass er seinen Einfluss auf die Stiltons noch nicht verloren habe, mit denen er übrigens auch entfernt verwandt war. Seine rechte Cousine war nämlich in zweiter Ehe mit dem Sieur de Bulkeley verheiratet gewesen, von dem, wie ja wohl allgemein bekannt ist, die Herzoge von Cheshire in gerader Linie abstammen. Demzufolge traf er denn seine Vorbereitungen, um Virginias kleinem Anbeter in seiner berühmten Rolle als der »Vampirmönch oder der blutlose Benediktiner« zu erscheinen, eine Rolle, die so schrecklich war, dass die alte Lady Start-up, die ihn in ihr sah (dies geschah in der furchtbaren Neujahrsnacht des Jahres 1764), in ein mark- und beindurchdringendes Geschrei ausbrach, das mit einem heftigen Schlagfluss endigte.

Sie starb drei Tage später, nachdem sie die Cantervilles enterbt hatte, die doch ihre nächsten Anverwandten waren, und ihr gesamtes Vermögen ihrem Londoner Apotheker hinterließ. Im letzten Augenblick jedoch hinderte die Furcht vor den Zwillingen den Geist daran, sein Zimmer zu verlassen, und der kleine Herzog schlief in Frieden unter dem großen, reich geschmückten Baldachin im »Königlichen Schlafzimmer« und träumte von Virginia.

V

Einige Tage später ritten Virginia und ihr blondlockiger Kavalier über die Brockleywiesen. Sie hatte sich dort beim Sprung über eine Hecke ihr Reitkleid so sehr zerrissen, dass sie sich bei ihrer Heimkehr entschloss, die Hintertreppe zu benutzen, um nicht gesehen zu werden. Als sie am Gobelinzimmer vorüberlief, dessen Tür zufällig offen stand, glaubte sie jemanden darin zu sehen, und in der Annahme, dass es das Kammermädchen ihrer Mutter sei, das manchmal seine Näharbeit dort verrichtete, blickte sie hinein, um es zu bitten, ihr Kleid auszubessern. Zu ihrer großen Überraschung war es jedoch der Geist von Canterville, der am Fenster saß und zusah, wie das blasse Gold der gelb gewordenen Blätter langsam zur Erde sank und die roten Blätter toll die lange Allee hinuntertanzten. Sein Haupt hatte er in die Hand gestützt und seine ganze Stellung verriet tiefste Niedergeschlagenheit. Ja, so verlassen und hinfällig sah er aus, dass die kleine Virginia, deren erster Gedanke gewesen war, fortzulaufen und sich in ihr Zimmer einzuschließen, von Mitleid erfüllt wurde und beschloss, den Versuch zu machen, ihn zu trösten. So leise trat sie auf, und so tief war seine Schwermut, dass er ihre Anwesenheit nicht bemerkte, bis sie ihn ansprach.

»Sie tun mir sehr leid«, sagte sie. »Aber meine Brüder gehen morgen nach Eton zurück, und wenn Sie sich gut aufführen, wird Sie dann niemand mehr kränken.«

»Es ist albern, von mir zu verlangen, dass ich mich gut aufführen soll«, antwortete er und blickte voller Erstaunen auf das hübsche kleine Mädchen, das gewagt hatte, ihn anzusprechen. »Vollkommen albern. Ich muss mit meinen Ketten rasseln und durch Schlüssellöcher heulen und bei Nacht herumwandern, wenn Sie das meinen; das ist ja mein einziger Lebenszweck.«

»Das ist durchaus kein Lebenszweck, und Sie wissen sehr gut, dass Sie böse gewesen sind. Frau Umney hat uns, gleich am Tag unserer Ankunft, erzählt, dass Sie Ihre Frau ermordet haben.«

»Das räume ich ein«, sagte der Geist trotzig. »Aber das ist eine reine Familienangelegenheit und geht niemanden etwas an.«

»Es ist aber sehr unrecht, jemand zu töten!«, sagte Virginia, die zuweilen einen süßen puritanischen Ernst hatte, der ihr von irgendeinem neuenglischen Ahnen überkommen war.

»Ach – ich hasse die wohlfeile Härte abstrakter Ethik! Mein Weib war sehr unschön, stärkte nie ordentlich meine Halskrausen und verstand nichts von der Küche. Da hatte ich einmal in Hogley Wood einen Bock geschossen, einen prächtigen Spießer, und wissen Sie, wie sie ihn auf den Tisch brachte? … Na, reden wir jetzt nicht mehr davon, denn alles ist ja vorüber. Aber ich glaube nicht, dass es sehr nett von Ihren Brüdern ist, mich verhungern zu lassen, selbst wenn ich auch meine Frau getötet habe.«

»Verhungern? O Herr Gespenst – ich wollte sagen, Sir Simon, haben Sie Hunger? Ich habe ein Sandwich in meiner Schublade, möchten Sie es haben?«

»Nein, ich danke, ich esse um die Zeit niemals! Aber es ist doch sehr liebenswürdig von Ihnen, und Sie sind viel netter als Ihre übrige, schrecklich rohe, pöbelhafte, unanständige Familie.«

»Halt!«, schrie Virginia und stampfte mit dem Fuß auf. »Sie sind roh und schrecklich und pöbelhaft, und was die Unanständigkeit betrifft, so wissen Sie sehr gut, dass Sie mir die Farben aus meinem Malkasten gestohlen haben, um den lächerlichen Blutfleck in der Bibliothek aufzufrischen. Erst haben Sie alles Rot, sogar das Karmin genommen, sodass ich keinen Sonnenuntergang mehr malen konnte, dann nahmen Sie Smaragdgrün und Chromgelb, und schließlich ließen Sie mir nichts mehr als Indigo und Chinesisch-Weiß, sodass ich nur noch Mondscheinszenen malen kann, die immer so traurig machen und gar nicht leicht zu malen sind. Ich habe Sie nie verraten, obwohl ich mich sehr geärgert habe. Übrigens war die ganze Sache höchst lächerlich, denn wer hat je von smaragdgrünen Blutflecken gehört?«

»Das ist schon richtig!«, sagte der Geist fast schüchtern. »Aber was sollte ich machen? Es ist heutzutage sehr schwer, sich wirkliches Blut zu verschaffen. Und da Ihr Bruder ja immer wieder mit seinem Universal-Fleckenreiniger anfing, wusste ich mir keinen anderen Rat, als Ihren Malkasten zu benützen. Was nun die Farbe angeht, so ist das immer eine Geschmackssache. Die Cantervilles zum Beispiel haben blaues Blut, das blaueste Blut in England. Aber ich weiß, ihr Amerikaner legt auf solche Dinge keinen Wert.«

»Das verstehen Sie nicht, und überhaupt, das Beste, was Sie tun können, ist auszuwandern und Ihre Kenntnisse zu erweitern. Mein Papa wird sehr gern Ihnen freie Überfahrt verschaffen, und wenn auch auf allem Geistigen ein hoher Zoll liegt, werden Sie beim Zollamt keine Schwierigkeiten haben, denn die Beamten dort sind lauter Demokraten. Und wenn Sie erst einmal in New York sind, werden Sie sicher einen großen Erfolg haben. Ich kenne eine Menge Menschen, die gerne hunderttausend Dollar geben würden, wenn sie einen Großvater haben könnten – für ein Hausgespenst aber wäre ihnen keine Summe zu hoch.«

»Ich glaube nicht, dass mir Amerika gefallen würde.«

»Wahrscheinlich, weil wir keine Ruinen und alte Scheußlichkeiten haben«, sagte Virginia spöttisch.

»Keine Ruinen? Keine Scheußlichkeiten?!«, antwortete der Geist. »Sie haben doch Ihre Marine und Ihre Manieren!«

»Guten Abend! Gleich gehe ich zu Papa und bitte ihn, den Zwillingen eine Woche Extraurlaub auszuwirken.«

»Ach bitte, gehen Sie nicht, Fräulein Virginia«, rief er. »Ich bin so einsam und unglücklich, und ich weiß wirklich nicht, was ich anfangen soll. Ich möchte so gerne schlafen und kann nicht.«

»Das ist Unsinn. Sie brauchen bloß zu Bett zu gehen und das Licht auszulöschen. Es ist manchmal sehr schwierig, wach zu bleiben, besonders in der Kirche, aber es macht doch keinerlei Schwierigkeit, einzuschlafen. Sogar Wickelkinder können das und die sind doch wahrhaftig nicht sehr klug.«

»Ich habe seit dreihundert Jahren nicht geschlafen«, sagte er traurig, und Virginias schöne blaue Augen öffneten sich weit vor Verwunderung. »Dreihundert Jahre lang habe ich nicht geschlafen und ich bin so müde!«

Virginia wurde ganz ernst und ihre feinen Lippen zitterten wie Rosenblätter. Sie näherte sich ihm, kniete an seiner Seite nieder und blickte in sein altes verwittertes Gesicht.

»Armes, armes Gespenst«, murmelte sie. »Haben Sie gar kein Plätzchen, wo Sie schlafen könnten?«

»Weit von hier, jenseits des Tannenwaldes«, antwortete er mit leiser, verträumter Stimme, »liegt ein kleiner Garten. Dort wächst hohes und dichtes Gras, und darin blühen die großen weißen Sterne des Schierlings, und die Nachtigall singt die ganze Nacht. Sie singt die ganze Nacht, und der kalte, kristallne Mond schaut herab, und der Taxusbaum breitet seine mächtigen Arme über die Schläfer.«

Virginias Augen trübten sich mit Tränen und sie barg ihr Gesicht in den Händen.

»Sie meinen den Garten des Todes«, flüsterte sie.

»Ja, ich meine den Tod! Der Tod muss so schön sein! In weicher brauner Erde zu liegen – und das Gras wogt über unserem Kopf und man horcht auf die Stille. Und es gibt kein Gestern und kein Morgen. Man vergisst die Zeit, vergisst das Leben und hat Frieden. Sie können mir helfen. Sie können mir das Tor zum Haus des Todes öffnen, denn die Liebe ist mit Ihnen, und die Liebe ist stärker als der Tod.«

Virginia zitterte, ein kalter Schauer rann über ihren Rücken, und einige Augenblicke lang herrschte Schweigen. Es war ihr, als träume sie einen schrecklichen Traum.

Dann sprach das Gespenst wieder und seine Stimme klang wie das Seufzen des Windes:

»Haben Sie schon einmal die alte Prophezeiung auf dem Fenster in der Bibliothek gelesen?«

»O ja, sehr oft!«, rief das kleine Mädchen und sah auf. »Ich kenne sie sehr gut. Sie ist in seltsamen schwarzen Buchstaben geschrieben und ist sehr schwer zu lesen. Es sind bloß sechs Zeilen:

> Wenn die Maid im goldnen Haar
> Betet den Sünder der Sünde bar,
> Wenn der Baum erstarrt und tot,
> Blüte trägt in Weiß und Rot,
> Wird es hier im Haus still,
> Friede über Canterville!

Aber ich weiß nicht, was das bedeutet.«

»Das bedeutet«, sagte er traurig, »dass Sie um meiner Sünden willen mit mir weinen müssen, denn ich habe keine Tränen, und dass Sie mit mir für mein Seelenheil beten müssen, denn ich habe keinen Glauben. Und dann, wenn Sie immer lieb und gut und edel gewesen sind, wird der Engel des Todes sich meiner erbarmen. Sie werden schreckliche Gestalten in der Dunkelheit sehen, und schauerliche Stimmen werden Ihnen ins Ohr flüstern, aber es wird Ihnen nichts geschehen, denn gegen die Reinheit eines Kindes sind die Mächte der Hölle machtlos.«

Virginia antwortete nicht, und der Geist rang die Hände in wilder Verzweiflung, während er auf ihr gebeugtes goldenes Haupt niedersah. Plötzlich stand sie auf; sie war sehr bleich, und ein seltsames Licht leuchtete in ihren Augen. »Ich fürchte mich nicht«, sagte sie fest. »Ich will den Engel bitten, dass er sich Ihrer erbarme.«

Er stand mit einem schwachen Freudenruf von seinem Sitz auf, nahm ihre Hand in die seine, beugte sich mit altmodischem, höfischem Anstand über sie und küsste sie. Seine Finger waren kalt wie Eis und seine Lippen brannten wie Feuer, aber Virginia schwankte nicht, als er sie durch das dämmerige Zimmer führte. In die verblasste grüne Tapete waren kleine Jäger eingestickt. Sie bliesen in ihre troddelgeschmückten Hörner und winkten ihr mit ihren kleinen Händen zu, umzukehren. »Kehre um, kleine Virginia«, riefen sie. »Kehre um!« Aber der Geist umklammerte ihre Hand noch fester, und so schloss sie die Augen vor den Warnern. Schreckliche Tiere mit Eidechsenschwänzen und Glotzaugen blinzelten sie vom geschnitzten Kaminsims herab an und murmelten: »Hüte dich, kleine Virginia, hüte dich – sonst werden wir dich niemals wiedersehen.« Aber der Geist glitt noch schneller vorwärts und Virginia hörte nicht auf die Stimmen. Als sie das Ende des Zimmers erreicht hatten, blieb er stehen und murmelte einige Worte, die sie nicht verstehen konnte. Sie öffnete die Augen und sah, wie die Mauer gleich einem Nebel verschwamm – eine große schwarze Höhle öffnete sich vor ihr. Ein bitterkalter Wind schlug ihr entgegen, und sie fühlte, wie etwas sie an ihrem Kleid zog. »Rasch, rasch«, rief der Geist. »Sonst ist es zu spät.« Im nächsten Augenblick hatte sich die Täfelung wieder hinter ihnen geschlossen, das Gobelinzimmer war leer.

VI

Zehn Minuten später läutete die Glocke zum Tee, und da Virginia nicht herunterkam, schickte Frau Otis einen Diener hinauf, sie zu holen. Nach kurzer Zeit kam er zurück und meldete, dass er Fräulein Virginia nirgends finden könne.

Da es ihre Gewohnheit war, jeden Abend in den Garten zu gehen, um Blumen für die Tafel zu holen, war Frau Otis anfangs durchaus nicht ängstlich. Als es aber sechs Uhr schlug und Virginia noch immer nicht erschien, wurde sie doch sehr besorgt und schickte die Jungens aus, Virginia zu suchen, während sie selbst und Herr Otis jeden Raum im Haus durchforschten. Um halb sieben kamen die Jungens zurück und sagten, dass sie nirgends eine Spur von ihrer Schwester hätten finden können. Nun waren alle furchtbar aufgeregt, und niemand wusste, was jetzt zu tun sei. Plötzlich erinnerte sich Herr Otis, dass er vor einigen Tagen einer Zigeunerbande die Erlaubnis gegeben hatte, ihr Lager im Park aufzuschlagen. Er machte sich also sofort nach Blackfell Hollow auf, wo sie, wie er wusste, lagerten. Sein ältester Sohn und zwei Knechte begleiteten ihn. Der kleine Herzog von Cheshire, der ganz außer sich vor Besorgnis war, bat dringend, man möge ihn auch mitnehmen, aber Herr Otis wollte davon nichts wissen, denn er fürchtete, es könnte eine Rauferei geben. Aber als sie an Ort und Stelle ankamen, zeigte es sich, dass die Zigeuner schon fort waren. Ihr Aufbruch musste plötzlich erfolgt sein, denn das Feuer brannte noch, und einige Teller lagen im Gras. Herr Otis befahl

Washington und den beiden Knechten, sofort die ganze Gegend abzusuchen, lief selbst nach Hause und telegrafierte an alle Polizeiinspektionen der Grafschaft und bat, nach einem kleinen Mädchen zu fahnden, das von Wegelagerern oder Zigeunern entführt worden sei. Dann befahl er, sein Pferd zu satteln, bestand darauf, dass seine Frau und die drei Knaben essen sollten, und ritt mit einem Reitknecht die Straße nach Ascot hinunter. Aber kaum war er ein paar Meilen geritten, da hörte er, dass jemand hinter ihm hergaloppierte. Er blickte sich um und sah, wie der kleine Herzog, hochrot im Gesicht und ohne Hut, auf seinem Pony angesetzt kam. »Herr Otis, Herr Otis«, stieß der Knabe hervor. »Ich kann nicht essen, bevor Virginia nicht gefunden ist. Bitte, seien Sie nicht böse auf mich – aber, wenn Sie unserer Verlobung im vorigen Jahr zugestimmt hätten, wäre das alles nicht geschehen. Nicht wahr, Sie schicken mich nicht zurück? Ich kann nicht zurück, ich will nicht zurückgehen.«

Der Botschafter musste über den hübschen jungen Heißsporn lächeln und war sehr gerührt von seiner Ergebenheit für Virginia. So beugte er sich vom Pferd nieder, klopfte ihm freundlich auf die Schulter und sagte: »Also Cecil, wenn Sie nicht umkehren wollen, müssen Sie wohl mit mir kommen. Aber ich muss Ihnen in Ascot einen Hut kaufen.«

»Ach – zum Henker mit meinem Hut, ich will Virginia haben!«, rief der kleine Herzog lachend, und sie galoppierten zur Eisenbahnstation. Dort fragte Herr Otis den Stationsvorsteher, ob ein Mädchen, auf das die Beschreibung Virginias passe, auf dem Bahnsteig gesehen worden sei. Aber er konnte nichts erfahren. Der Stationsvorstand depeschierte an alle Stationen der ganzen Linie und versicherte ihm, dass genaueste Nachforschungen nach ihr angestellt werden würden. Nachdem Herr Otis in einem Laden, der eben geschlossen werden sollte, für den kleinen Herzog einen Hut gekauft hatte, ritt er weiter nach Bexley, einem Dorf, das ungefähr vier Meilen entfernt war. Man hatte ihm gesagt, dass dies ein wohlbekannter Aufenthaltsort von Zigeunern sei, da dort eine große Gemeindewiese wäre. Hier trommelten sie den Landpolizisten heraus, konnten aber nichts von ihm erfahren, und nachdem sie über die ganze Wiese geritten waren, wandten sie ihre Pferde heimwärts und erreichten das Schloss gegen elf Uhr, todmüde und ganz verzweifelt. Washington und die Zwillinge erwarteten sie beim Pförtnerhaus mit Laternen, da die Allee sehr dunkel war. Nicht die leiseste Spur von Virginia war gefunden worden. Man hatte die Zigeuner auf den Brockleywiesen festgehalten, aber sie war nicht bei ihnen, und sie hatten ihren plötzlichen Aufbruch damit erklärt, dass sie sich im Datum des Jahrmarkts in Chorton geirrt hätten und dann Hals über Kopf aufgebrochen wären aus Angst, zu spät zu kommen. Sie waren ganz entsetzt, als sie von Virginias Verschwinden hörten, denn sie waren Herrn Otis sehr dankbar dafür, dass er ihnen erlaubt hatte, im Park zu lagern. Vier von ihnen blieben sogar zurück, um suchen zu helfen. Der Karpfenteich war abgelassen worden, man hatte wiederholt das ganze Schloss durchsucht, aber alles ohne jeden Erfolg. Es war klar, dass Virginia, mindestens für diese Nacht, verloren war. In einem Zustand tiefster Niedergeschlagenheit gingen Otis und die Knaben zum Haus hinauf, gefolgt von dem Reitknecht mit den zwei Pferden und dem Pony. In der Halle fanden sie eine Gruppe verängstigter Dienstboten, und auf dem Sofa in der Bibliothek die arme Frau Otis ganz außer sich vor Schrecken und Angst, der die alte Haushälterin die Stirn mit Eau de Cologne kühlte. Herr Otis drang sofort darauf, dass sie etwas zu sich nehme, und bestellte das Abendbrot für die ganze Gesellschaft. Es war ein melancholisches Mahl, niemand sprach ein Wort, und selbst die Zwillinge waren ganz gedrückt und niedergeschlagen, denn sie liebten ihre Schwester sehr. Als sie vom Tisch aufstanden, schickte Otis, trotz den inständigen Bitten des kleinen Herzogs, alle zu Bett. In der Nacht könne man doch nichts mehr unternehmen, und am nächsten Morgen wolle er an die Polizeidirektion in London depeschieren, dass man ihm sofort einige Detektive herschicke. Gerade, als sie aus dem Speisezimmer heraustreten wollten, begann es vom Kirchturm Mitternacht zu schlagen, und als der letzte Ton verhallt war, hörten sie einen furchtbaren Krach und einen plötzlichen schrillen Schrei. Ein schrecklicher Donnerschlag erschütterte das ganze Haus, eine überirdische Musik flutete durch die Luft, die Wandtäfelung oben im Treppenhaus flog mit einem dumpfen Geräusch auf, und auf dem Treppenabsatz erschien sehr bleich und weiß, mit einem kleinen Schmuckkästchen in der Hand, Virginia. Alle stürzten gleichzeitig auf sie zu. Frau Otis schloss sie leidenschaftlich in die Arme, der Herzog erstickte sie beinahe mit heftigen Küssen, und die Zwillinge vollführten einen wilden Kriegstanz um die Gruppe.

»Ums Himmels willen, Kind, wo bist du gewesen?«, sagte Herr Otis fast böse, da er glaubte, dass sie irgendeinen närrischen Streich ausgeführt habe. »Cecil und ich sind überall herumgeritten, um dich zu suchen, und deine Mutter hat sich fast zu Tode geängstigt. Du darfst in Zukunft nie wieder solche Streiche spielen.«

»Höchstens dem Gespenst, höchstens dem Gespenst«, brüllten die Zwillinge und machten Bocksprünge.

»Mein Liebling, Gott sei Dank, dass wir dich gefunden haben, du darfst uns nie mehr verlassen«, murmelte Frau Otis, küsste das zitternde Kind und strich mit der Hand über ihr wirres Goldhaar.

»Papa«, sagte Virginia ruhig. »Ich war bei dem Geist. Er ist tot – du musst mitkommen und dir ihn ansehen. Er war sehr schlimm, aber er hat schließlich alles bereut, was er getan hat, und mir dieses Kästchen mit wundervollen Juwelen gegeben, bevor er starb.«

Die ganze Familie starrte sie in stummer Verblüffung an, aber sie blieb ganz ruhig und ernst; sie drehte sich um und führte sie alle durch die Öffnung in der Täfelung einen engen, geheimen Gang hinunter. Washington folgte mit einer brennenden Kerze, die er vom Tisch genommen hatte. Endlich kamen sie an eine große eichene Tür, die mit rostigen Nägeln beschlagen war. Virginia berührte sie, und da flog sie in ihren schweren Angeln auf. Nun waren sie in einem kleinen niedrigen Zimmer mit einer gewölbten Decke und einem kleinen vergitterten Fenster. In die Wand war ein riesiger Eisenring eingelassen, und daran war ein dürres Skelett angekettet, das der Länge nach auf dem Steinboden ausgestreckt lag und mit seinen langen, fleischlosen Fingern nach einem altmodischen Teller und einem Krug zu greifen schien, die so standen, dass es sie nicht mehr erreichen konnte. Das Gefäß war offenbar früher einmal mit Wasser gefüllt gewesen, denn grüner Schimmel bedeckte seine Innenseite. Auf dem Teller lag nichts als eine dünne Staubschicht. Virginia kniete neben dem Skelett nieder, faltete ihre kleinen Hände und begann, leise zu beten, während die anderen verwundert die furchtbare Tragödie betrachteten, deren Geheimnis ihnen jetzt enthüllt war.

»Hallo«, rief plötzlich einer der Zwillinge, der aus dem Fenster gesehen hatte, um sich zu vergewissern, in welchem Flügel des Hauses das Zimmer eigentlich lag. »Seht nur, der alte verdorrte Mandelbaum blüht wieder – ich kann seine Blüten ganz deutlich im Mondenlicht erkennen!«

»Gott hat ihm vergeben«, sagte Virginia ernst, als sie sich erhob, und ein wunderbarer Glanz schien ihr Gesicht zu verklären.

»Welch ein Engel sind Sie!«, sagte der junge Herzog und legte seinen Arm um ihren Hals und küsste sie.

VII

Vier Tage nach diesen merkwürdigen Vorfällen bewegte sich ein Leichenzug um elf Uhr nachts aus dem Schloss Canterville. Der Leichenwagen wurde von acht Rappen gezogen, deren jeder auf dem Kopf einen großen Busch nickender Straußfedern trug, und der Bleisarg war bedeckt mit einer prächtigen Purpurdecke, auf der das Wappen derer von Canterville in Gold eingestickt war. Neben dem Leichenwagen und den Trauerkutschen schritten Diener mit brennenden Fackeln und die ganze Prozession war ungemein stimmungsvoll. Lord Canterville war der Hauptleidtragende. Er war eigens aus Wales gekommen, um dem Leichenbegängnis beizuwohnen, und saß im ersten Wagen mit der kleinen Virginia. Dann kam der Botschafter der Vereinigten Staaten mit seiner Frau, dann Washington und die drei Jungens, und im letzten Wagen saß Frau Umney. Da sie mehr als fünfzig Jahre ihres Lebens von dem Gespenst geschreckt worden war, so hatte sie ein Recht, ihm die letzte Ehre zu erweisen. In einer Ecke des Friedhofes war ein tiefes Grab gegraben worden, gerade unter dem alten Taxusbaum, und Reverend Augustus Dampier sprach das Leichengebet in eindrucksvollster Weise. Als diese Zeremonie beendet war, löschten die Diener nach alter Sitte der Familie Canterville ihre Fackeln aus, und bevor der Sarg ins Grab hinuntergelassen werden sollte, trat Virginia vor und legte ein großes Kreuz aus weißen und roten Mandelblüten darauf. In diesem Augenblick kam der Mond hinter einer Wolke hervor und überflutete mit seinem stillen Silberlicht den kleinen Friedhof und in einem fernen Busch begann eine Nachtigall zu singen. Virginia gedachte der Schilderung, die ihr der Geist vom Garten des Todes gegeben hatte, ihre Augen füllten sich mit Tränen, und sie sprach während der Heimfahrt kaum ein Wort.

Am nächsten Morgen hatte Herr Otis mit Lord Canterville, bevor dieser in die Stadt zurückkehrte, ein Gespräch über die Juwelen, die der Geist Virginia gegeben hatte. Sie waren ganz prachtvoll, besonders ein Rubinenhalsband mit altvenezianischer Fassung, ein Meisterwerk aus dem 16. Jahrhundert. Der Wert der Kostbarkeiten war so bedeutend, dass Herr Otis einige Skrupel hatte, ob er seiner Tochter erlauben dürfe, sie anzunehmen.

»Mylord«, sagte er. »Ich weiß, dass in diesem Land sowohl Landbesitz als auch Schmuckstücke Familiengut sind, und es ist mir ganz klar, dass diese Juwelen Erbstücke Ihrer Familie sind, oder doch sein sollten. Ich muss Sie also darum bitten, sie mit nach London zu nehmen und sie als einen Teil Ihres Vermögens zu betrachten, der Ihnen unter gewissen, sonderbaren Umständen zurückerstattet worden ist. Meine Tochter ist noch ein Kind und hat, wie ich mit Freude sagen kann, wenig Interesse an solchen Kostbarkeiten eines müßigen Luxus. Meine Frau, die, wie ich sagen darf, von Kunstdingen etwas versteht – sie hatte nämlich den Vorzug, als junges Mädchen mehrere Winter in Boston zu verbringen –, hat mir mitgeteilt, dass diese Juwelen einen großen Geldwert besitzen und, wenn man sie verkaufen wollte, einen hohen Preis erzielen würden. Unter diesen Umständen, Lord Canterville, werden Sie, dessen bin ich sicher, zugeben, dass es für mich unmöglich ist, diese Dinge im Besitz eines Mitgliedes meiner Familie zu belassen. All dieses eitle Flitterwerk und dieser Kram, so sehr sie vielleicht der Würde der britischen Aristokratie dienlich und nötig sind, können ganz und gar nicht am Platz sein bei Menschen, die in den strengen und, wie ich glaube, unsterblichen Prinzipien republikanischer Einfachheit erzogen sind. Ich sollte vielleicht noch erwähnen, dass Virginia mit ihrer Erlaubnis sehr gerne das Kästchen behalten würde als Erinnerung an Ihren unglücklichen, aber irregeleiteten Ahnherrn. Da es sehr alt und infolgedessen sehr reparaturbedürftig ist, so werden Sie vielleicht geneigt sein, ihre Bitte zu erfüllen. Ich muss offen gestehen, dass ich einigermaßen davon überrascht bin, dass eines meiner Kinder in dieser Weise mit dem Mittelalter sympathisiert. Ich kann es mir nur durch die Tatsache erklären, dass Virginia in einem Ihrer Londoner Vororte geboren worden ist, kurz nachdem meine Frau von einer Reise nach Athen zurückgekehrt war.«

Lord Canterville hörte die Rede des würdigen Botschafters mit großem Ernst an und strich nur hier und da seinen grauen Schnurrbart, um ein unfreiwilliges Lächeln zu verbergen. Als Herr Otis zu Ende war, schüttelte er ihm herzhaft die Hand und sagte: »Mein werter Herr! Ihre entzückende kleine Tochter hat meinem unglückseligen Ahnherrn Sir Simon einen sehr großen Dienst geleistet, und ich und meine Familie stehen tief in ihrer Schuld für ihren gewiss wunderbaren Mut. Die Juwelen gehören selbstverständlich ihr. Ja, ich glaube, wenn ich herzlos genug wäre, sie ihr wegzunehmen, der tolle alte Bursche würde in vierzehn Tagen aus seinem Grab steigen, um mir mit seinen Teufeleien das ganze Leben zu verbittern. Was aber die Erbstückfrage betrifft: Nur das ist ein Erbstück, was als solches in einem Testament oder einem anderen gesetzlichen Dokument bezeichnet worden ist – die Existenz dieser Juwelen aber war völlig unbekannt. Ich versichere Ihnen, dass ich nicht mehr Anrecht auf sie habe als Ihr Hausknecht. Und wenn Fräulein Virginia heranwächst, wird sie sicherlich ganz froh sein, hübsche Dinge zum Tragen zu haben. Überdies vergessen Sie, Herr Otis, dass die Einrichtung und das Gespenst im Preis des Schlosses inbegriffen waren, und dass also alles, was dem Geist gehörte, in Ihren Besitz übergegangen ist, da Sir Simon, welche nächtliche Tätigkeit er auf den Gängen auch entwickelt hat, gesetzlich tot war, und Sie sein Eigentum durch Kauf erworben haben.«

Herr Otis war einigermaßen verwirrt durch Lord Cantervilles Weigerung und bat ihn, seinen Entschluss nochmals zu überdenken; aber der gutmütige Pair blieb fest und brachte endlich den Botschafter dazu, seiner Tochter die Erlaubnis zu geben, das Geschenk des Gespenstes zu behalten. Und als im Frühjahr 1890 die junge Herzogin von Cheshire anlässlich ihrer Vermählung bei Hofe vorgestellt wurde, erregten ihre Juwelen allgemeine Bewunderung. Denn Virginia bekam ihre Adelskrone – das ist die Belohnung für alle guten kleinen Amerikanerinnen – und heiratete ihren jugendlichen Anbeter, sobald er großjährig geworden war. Sie waren beide so reizend und sie liebten einander so sehr, dass alle Welt von der Partie entzückt war – mit Ausnahme der alten Marquise von Dumbleton, die versucht hatte, den Herzog für eine ihrer sieben unverheirateten Töchter zu kapern und zu diesem Zweck nicht weniger als drei opulente Diners gegeben hatte, und merkwürdigerweise mit Ausnahme des Herrn Otis. Herr Otis hatte den jungen Herzog persönlich sehr gerne, aber in der Theorie war er ein Gegner aller Titel und fürchtete, um seine eigenen Worte zu gebrauchen, »dass unter dem entnervenden Einfluss einer vergnügungssüchtigen Aristokratie die wahren Prinzipien republikanischer Einfachheit in Vergessenheit geraten könnten«. Aber seine Einwände wurden vollständig überstimmt, und ich glaube, dass es in ganz England weit und breit keinen stolzeren Mann gab als ihn, als er, seine Tochter am Arm, den Chorgang der St.-Georgs-Kirche am Hanover-Platz entlangschritt.

Als die Flitterwochen vorüber waren, zogen der Herzog und die Herzogin auf das Schloss von Canterville. Und am Tag nach ihrer Ankunft gingen sie nachmittags hinüber zum einsamen Friedhof unter den Tannen. Es hatte manche Schwierigkeiten gegeben, bis man sich über die Inschrift auf Sir Simons Grabstein einigte. Schließlich aber hatte man sich entschlossen, nichts darauf zu setzen als die Anfangsbuchstaben seines Namens und die Verse vom Fenster in der Bibliothek. Die Herzogin hatte einige schöne Rosen mitgebracht, die sie über das Grab streute. Und nachdem sie einige Zeit davor gestanden, wanderten sie zu den Ruinen der alten Abtei. Dort setzte sich die Herzogin auf eine gestürzte Säule, und ihr Mann legte sich ihr zu Füßen, zündete eine Zigarette an und schaute in ihre wunderbaren Augen. Plötzlich warf er die Zigarette fort, nahm ihre Hand und sagte: »Virginia – eine Frau soll vor ihrem Gatten keine Geheimnisse haben.«

»Mein teurer Cecil, ich habe keine Geheimnisse vor dir.«

»Doch, doch!«, antwortete er lächelnd. »Du hast mir nie erzählt, was sich ereignet hat, während du mit dem Geist eingeschlossen warst.«

»Ich habe es niemandem erzählt, Cecil«, sagte Virginia ernst.

»Das weiß ich, aber mir sollst du es sagen!«

»Bitte, frage mich nicht, Cecil, ich kann es dir nicht sagen! Armer Sir Simon! Ich verdanke ihm so viel! Ja, lache nicht, Cecil – es ist so! Er hat mich gelehrt, was das Leben ist und was der Tod bedeutet und warum die Liebe stärker ist als beides.«

Der Herzog stand auf und küsste seine Frau zärtlich.

»Behalte dein Geheimnis so lange, wie ich dein Herz besitze!«, murmelte er.

»Das hast du immer gehabt, Cecil.«

»Und vielleicht erzählst du alles einmal unseren Kindern?«

Virginia errötete.

Die Sphinx ohne Geheimnis

Eine Radierung

Eines Nachmittags saß ich vor dem Café de la Paix und betrachtete den Glanz und die Schäbigkeit des Pariser Lebens und bewunderte hinter meinem Glas Wermut das merkwürdige Panorama von Stolz und Armut, das sich vor mir entwickelte. Da hörte ich, wie jemand meinen Namen rief. Ich wandte mich um und sah Lord Murchison. Wir waren einander nicht begegnet, seitdem wir vor beinah zehn Jahren zusammen in der Schule gesessen hatten, und so war ich denn entzückt, ihn wiederzusehen, und wir schüttelten uns warm die Hände. In Oxford waren wir gute Freunde gewesen. Ich hatte ihn riesig gerngehabt, denn er war sehr hübsch, gradsinnig und anständig. Wir pflegten von ihm zu sagen, dass er gewiss der beste Kerl wäre, wenn er nur nicht immer die Wahrheit spräche. Aber ich glaube, wir bewunderten ihn ehrlich, gerade wegen seiner Offenherzigkeit. Ich fand ihn ziemlich verändert. Er sah ängstlich und zerstreut aus und er schien über irgendetwas in Zweifel zu sein. Ich dachte mir, das könne kein moderner Skeptizismus sein, denn Murchison war durch und durch Tory und glaubte so fest an den Pentateuch wie an das Oberhaus. So schloss ich denn, dass es sich offenbar um eine Frau handele, und fragte ihn, ob er schon verheiratet sei.

»Ich verstehe Frauen zu wenig«, antwortete er.

»Mein lieber Gerald«, sagte ich. »Frauen wollen geliebt, aber nicht verstanden sein.«

»Ich kann nicht lieben, wo ich nicht vertrauen kann«, antwortete er.

»Ich glaube, es gibt ein Geheimnis in deinem Leben, Gerald«, rief ich aus. »Erzähle es mir doch!«

»Wollen wir nicht zusammen eine Spazierfahrt machen? Hier ist mir's zu voll«, antwortete er. »Nein, keinen gelben Wagen, lieber eine andere Farbe. Ja, der dunkelgrüne dort ist mir recht.« Und einige Augenblicke später fuhren wir den Boulevard in der Richtung nach der Madeleine hinunter.

»Wohin wollen wir?«, sagte ich.

»Wohin du willst«, antwortete er. »Zum Restaurant im Bois. Wir werden dort dinieren und du wirst mir von dir erzählen.«

»Ich möchte erst etwas von dir hören«, sagte ich. »Erzähle mir dein Geheimnis.«

Er zog ein kleines silberbeschlagenes Saffianetui aus der Tasche und reichte es mir. Ich öffnete es – es enthielt die Fotografie einer Frau. Sie war hoch und schlank und sah seltsam malerisch aus mit ihren großen träumerischen Augen und dem offenen Haar. Sie sah aus wie eine Hellseherin und war in einen kostbaren Pelz gehüllt.

»Was hältst du von dem Gesicht?«, fragte er. »Kann man ihm trauen?«

Ich betrachtete es aufmerksam. Das Gesicht sah aus wie das eines Menschen, der ein Geheimnis hat, aber ich hätte nicht sagen können, ob dies Geheimnis gut oder böse ist. Ihre Schönheit war eine aus vielen Geheimnissen gebildete Schönheit – eine Schönheit psychischer, nicht plastischer Natur –, und das schwache Lächeln, das ihre Lippen umspielte, war viel zu überlegen, als dass es wirklich süß hätte sein können.

»Nun«, rief er ungeduldig, »was sagst du zu ihr?«

»Eine Gioconda in Zobel«, antwortete ich. »Erzähl mir doch Näheres von ihr.«

»Nicht jetzt«, sagte er. »Nach Tisch.« Und er begann, von anderen Dingen zu sprechen.

Als der Kellner uns den Kaffee und die Zigaretten gebracht hatte, erinnerte ich Gerald an sein Versprechen. Er stand auf und ging zwei- oder dreimal auf und ab, ließ sich dann in einen Lehnstuhl fallen und erzählte mir folgende Geschichte.

»Eines Abends«, sagte er, »ging ich nach fünf Uhr die Bond Street hinunter. Es herrschte ein furchtbares Gewirr von Wagen und der Verkehr stockte fast völlig. Ganz nahe am Bürgersteig stand ein kleiner gelber Einspänner, der aus irgendeinem Grund meine Aufmerksamkeit erregte. Als ich daran vorüberging, blickte mich das Gesicht an, das ich dir eben gezeigt habe. Es fesselte mich sofort. Die ganze Nacht und den ganzen nächsten Tag über dachte ich daran. Ich lief die verflixte Straße immer auf und ab, guckte in jeden Wagen und wartete auf den gelben Einspänner. Aber ich konnte ma belle inconnue nicht finden, und schließlich begann ich zu glauben, dass es nur ein Traum gewesen sei. Etwa eine Woche später dinierte ich bei Madame de Rastail. Das Diner war auf acht Uhr angesetzt, aber um halb neun wartete man noch immer im Salon. Endlich öffnete der Diener die Tür und meldete eine Lady Alroy. Es war die Frau, die ich gesucht hatte. Sie kam sehr langsam herein, sah aus wie ein Mondstrahl in grauen Spitzen, und zu meinem unbeschreiblichen Entzücken wurde ich aufgefordert, sie zu Tisch zu führen. Als wir uns gesetzt hatten, bemerkte ich ganz unschuldig: ›Ich glaube, ich habe Sie vor einiger Zeit in der Bond Street gesehen, Lady Alroy.‹ Sie wurde sehr blass und sagte leise zu mir: ›Bitte, sprechen Sie nicht so laut, man könnte Sie hören.‹ Ich fühlte mich sehr unbehaglich, dass ich mich so schlecht bei ihr eingeführt hatte, und stürzte mich kopfüber in ein Gespräch über das französische Theater. Sie sprach sehr wenig, immer mit derselben leisen, musikalischen Stimme und schien immer Angst zu haben, dass jemand zuhören könne. Ich verliebte mich leidenschaftlich, wahnsinnig in sie, und die unbeschreibliche Atmosphäre des Geheimnisses, die sie umgab, erregte aufs Heftigste meine brennende Neugier. Als sie fortging – und sie ging sehr bald nach dem Diner fort –, fragte ich sie, ob ich ihr meinen Besuch machen dürfe. Sie zögerte einen Augenblick, sah sich um, ob jemand in der Nähe sei und sagte dann: ›Ja – morgen um drei Viertel fünf.‹ Ich bat Madame de Rastail, mir etwas über sie zu sagen, aber alles, was ich erfahren konnte, war, dass sie Witwe sei und ein wunderschönes Haus in Park Lane besitze. Als dann irgendein wissenschaftlicher Schwätzer eine lange Abhandlung über Witwen begann, um an Beispielen zu beweisen, dass die Überlebenden stets die zur Ehe Geeignetsten seien, stand ich auf und ging nach Hause.

Am nächsten Tag erschien ich in Park Lane pünktlich zur angegebenen Stunde, aber der Kammerdiener sagte mir, dass Lady Alroy eben ausgegangen sei. Ich ging in meinen Klub, unglücklich und voller Unruhe. Nach langer Überlegung schrieb ich ihr einen Brief, in dem ich anfragte, ob es mir erlaubt sei, an einem anderen Tag mein Glück zu versuchen. Einige Tage lang erhielt ich keine Antwort, aber endlich bekam ich ein kleines Briefchen, in dem stand, dass sie Sonntag um vier Uhr zu Hause sein würde, und das folgendes sonderbare Postskriptum enthielt: ›Bitte, schreiben Sie mir nicht mehr hierher. Ich werde Ihnen den Grund bei unserem Wiedersehen sagen.‹ Am Sonntag empfing sie mich und war entzückend. Als ich fortging, bat sie mich, wenn ich ihr wieder einmal schreiben würde, den Brief an Mrs. Knox, per Adresse Whittakers Buchhandlung, Green Street, zu senden. ›Es gibt Gründe, warum ich in meinem Haus keine Briefe empfangen kann‹, sagte sie.

Den ganzen Winter hindurch sah ich sie sehr oft und die Atmosphäre des Geheimnisses verließ sie nie. Manchmal glaubte ich, sie sei in der Gewalt irgendeines Mannes, aber sie sah immer so unnahbar aus, dass ich diese Meinung bald aufgab. Es war für mich sehr schwer, zu irgendeinem Ergebnis zu kommen, denn sie glich jenen seltsamen Kristallen, die man in Museen findet, und die einen Augenblick ganz klar und dann wieder ganz trüb sind. Endlich entschloss ich mich, ihr einen Antrag zu machen. Ich war ganz krank und erschöpft von dem fortwährenden Geheimnis, mit dem sie alle meine Besuche und die wenigen Briefe, die ich ihr sandte, umgab. Ich schrieb ihr also in die Buchhandlung, um sie zu fragen, ob sie mich am nächsten Montag um sechs Uhr empfangen könne. Sie antwortete mit ›Ja‹, und ich war im siebenten Himmel des Entzückens. Ich war ganz behext von ihr – trotz dem Geheimnis, dachte ich damals, wegen des Geheimnisses, weiß ich jetzt. Nein, es war die Frau selbst, die ich liebte. Das Geheimnis beunruhigte mich, machte mich toll. Warum hat der Zufall mir auf die Spur geholfen?«

»Du hast es also entdeckt!«, rief ich aus.

»Ich fürchte, fast«, antwortete er. »Urteile selbst.

Als der Montag kam, ging ich mit meinem Onkel frühstücken und etwa um vier Uhr war ich in der Marylebone Road. Wie du weißt, wohnt mein Onkel am Regents-Park. Ich wollte nach Piccadilly und schnitt den Weg ab, indem ich durch eine Menge armselige, kleiner Straßen ging. Plötzlich sah ich vor mir Lady Alroy, tief verschleiert und eilenden Schrittes. Als sie zum letzten Haus der Straße kam, ging sie die Stufen hinauf, zog einen Drücker aus der Tasche, öffnete und trat ein. Hier ist also das Geheimnis, sagte ich zu mir selbst. Ich stürzte vor und betrachtete das Haus. Es schien eine Art Absteigequartier zu sein. Auf der Türschwelle lag ihr Taschentuch, das sie hatte fallen lassen. Ich hob es auf und steckte es in die Tasche. Dann begann ich darüber nachzudenken, was ich tun solle. Ich kam zu dem Schluss, dass ich kein Recht hätte, ihr nachzuspionieren, und fuhr in meinen Klub. Um sechs machte ich ihr meinen Besuch. Sie lag auf dem Sofa, in einem silberdurchwirkten Schlafrock mit einer Spange von seltsamen Mondsteinen, die sie immer trug. Sie sah entzückend aus. ›Ich freue mich, Sie zu sehen‹, sagte sie. ›Ich war den ganzen Tag nicht aus.‹ Ich sah sie ganz verblüfft an, dann zog ich ihr Taschentuch aus meiner Tasche und übergab es ihr.

›Sie haben dieses Taschentuch heute Nachmittag in der Cumnor Street verloren, Lady Alroy‹, sagte ich sehr ruhig. Sie sah mich ganz erschrocken an, machte aber keine Bewegung, das Taschentuch zu nehmen. ›Was haben Sie dort getan?‹, fragte ich. – ›Welches Recht haben Sie, mich das zu fragen?‹, antwortete sie. – ›Das Recht eines Mannes, der Sie liebt. Ich kam hierher, um Sie zu bitten, meine Frau zu werden.‹ Sie verbarg ihr Gesicht in den Händen und brach in eine Tränenflut aus. ›Sie müssen mir alles sagen‹, fuhr ich fort. Sie stand auf, blickte mir voll ins Gesicht und sagte: ›Lord Murchison, ich habe nichts zu sagen.‹ – ›Sie wollten dort jemand treffen‹, schrie ich, ›das ist Ihr Geheimnis.‹ Sie wurde schrecklich bleich und sagte: ›Ich wollte niemand treffen.‹ – ›Können Sie nicht die Wahrheit sagen?‹, rief ich aus. ›Ich habe sie gesagt‹, antwortete sie. Ich war toll, außer mir. Ich weiß nicht, was ich ihr gesagt habe, aber es waren furchtbare Dinge. Endlich stürzte ich aus dem Haus. Sie schrieb mir am nächsten Tag einen Brief. Ich sandte ihn ihr uneröffnet zurück und fuhr mit Alan Colville nach Norwegen. Nach einem Monat kam ich zurück, und das Erste, was ich in der Morgenpost las, war die Todesnachricht von Lady Alroy. Sie hatte sich in der Oper erkältet und war fünf Tage später an einer Lungenentzündung gestorben. Ich schloss mich ein und sah niemanden. Ich hatte sie wahnsinnig geliebt. Großer Gott, wie habe ich dieses Weib geliebt!«

»Du gingst natürlich in die Straße und in das Haus«, sagte ich.

»Ja«, antwortete er.

»Eines Tages ging ich in die Cumnor Street. Ich konnte einfach nicht anders – der Zweifel quälte mich. Ich klopfte an die Tür und eine würdig aussehende Dame öffnete mir. Ich fragte, ob sie nicht ein Zimmer zu vermieten hätte. ›Ja, Herr!‹, sagte sie. ›Mein Salon ist eigentlich vermietet, aber ich habe die Dame seit drei Monaten nicht gesehen. Und da das Zimmer nicht bezahlt ist, können Sie es haben.‹ – ›Ist das diese Dame?‹, fragte ich und zeigte ihr das Bild. ›Gewiss!‹, rief sie aus. ›Das ist sie. Und wann kommt sie denn zurück?‹ – ›Die Dame ist tot‹, antwortete ich. ›O mein Gott‹, sagte die Frau. ›Sie war meine beste Mieterin. Sie hat mir drei Guineen die Woche bezahlt, um ab und zu hier im Salon zu sitzen.‹ – ›Traf sie jemand?‹, fragte ich. Aber die Frau versicherte mir, dass sie immer allein kam und niemand traf. ›Was, um Gottes willen, hat sie dann hier getan?‹, rief ich aus. ›Sie saß bloß im Salon, las Bücher und trank manchmal eine Tasse Tee‹, antwortete die Frau. Ich wusste nicht, was ich sagen sollte, und so gab ich ihr einen Sovereign und ging. – Was glaubst du, hat das alles bedeutet? Glaubst du, dass die Frau die Wahrheit gesagt hat?«

»Gewiss glaube ich das«, antwortete ich.

»Warum ist Lady Alroy dann aber hingegangen?«

»Mein lieber Gerald«, antwortete ich. »Lady Alroy war einfach eine Frau mit der Manie für das Geheimnisvolle. Sie hat das Zimmer aus Vergnügen daran genommen, tief verschleiert hingehen zu können und sich einzubilden, sie sei eine Romanheldin. Sie hatte die Leidenschaft der Geheimnistuerei, aber sie selbst war bloß eine Sphinx ohne Geheimnis.«

»Glaubst du das wirklich?«

»Ich bin davon überzeugt«, antwortete ich.

Er nahm das Saffianetui aus der Tasche, öffnete es und blickte auf das Bild. »Wer weiß?«, sagte er endlich.

Der Modellmillionär

Wenn man nicht reich ist, hat es keinen Sinn, ein netter Junge zu sein. Romantik ist das Vorrecht der Reichen, nicht der Beruf der Arbeitslosen. Der Arme muss praktisch und prosaisch sein. Es ist besser, ein sicheres Einkommen zu haben, als die Leute zu bezaubern. Das sind die großen Wahrheiten des modernen Lebens, die Hugo Erskine niemals erkannte. Armer Hugo! In intellektueller Beziehung, das muss ich zugeben, war er freilich nicht von großer Bedeutung. Er hat nie in seinem Leben ein glänzendes oder auch nur ein bissiges Wort gesagt – aber er sah wunderhübsch aus mit seinem krausen braunen Haar, seinem fein geschnittenen Profil und seinen braunen Augen. Er war ebenso beliebt bei Männern wie bei Frauen, und er hatte jede Tugend, nur nicht die, Geld machen zu können. Sein Vater hatte ihm seinen Kavalleriesäbel und eine »Geschichte des spanischen Erbfolgekriegs« in fünfzehn Bänden hinterlassen. Hugo hing den ersteren über seinen Spiegel und stellte die letzteren auf ein Regal zwischen Ruffs Führer durch London und Bailys Magazine und lebte von zweihundert Pfund im Jahr, die eine alte Tante ihm aussetzte. Er hatte alles versucht. Er war sechs Monate auf die Börse gegangen; aber was soll ein Schmetterling zwischen gierigen Raubtieren anfangen? Etwas längere Zeit war er Teehändler gewesen, aber Pekko und Souchong langweilten ihn bald. Dann hatte er versucht, herben Sherry zu verkaufen. Das ging nicht – der Sherry war etwas zu herb. Endlich war er nichts weiter als ein entzückender, harmloser junger Mann mit einem vollendeten Profil, aber ohne Beruf.

Um das Übel voll zu machen, war er überdies verliebt. Das Mädchen, das er liebte, war Laura Merton, die Tochter eines pensionierten Obersten, der seine gute Laune und seine gute Verdauung in Indien verloren hatte und keines von beiden je wiederfand. Laura betete Hugo an, und er war bereit, ihre Schuhbänder zu küssen. Es gab kein hübscheres Paar in London, aber sie besaßen zusammen keinen Heller. Der Oberst hatte Hugo sehr gern, wollte aber nichts von einer Verlobung wissen.

»Kommen Sie zu mir, mein Junge, wenn Sie einmal zehntausend Pfund besitzen – dann werden wir weitersehen«, pflegte er zu sagen; und an solchen Tagen blickte Hugo sehr sauer drein und Laura musste ihn trösten.

Eines Morgens, als er gerade auf dem Weg nach dem Hollandpark war, wo die Mertons wohnten, kam ihm der Gedanke, einen guten Freund, Alan Trevor, zu besuchen. Trevor war ein Maler. Es gelingt heutzutage wirklich wenig Leuten, dies nicht zu sein. Aber er war auch ein Künstler und Künstler sind doch schon etwas seltener. Äußerlich war er ein seltsam grober Bursche mit einem sommersprossigen Gesicht und einem roten wilden Bart. Wenn er aber seinen Pinsel in die Hand nahm, war er ein wirklicher Meister, und seine Bilder waren sehr gesucht. Er war anfangs von Hugo lediglich seiner äußeren Vorzüge wegen entzückt gewesen. »Die einzigen Leute, mit denen ein Maler verkehren sollte«, pflegte er zu sagen, »sind Leute, die dumm und schön sind, Leute, die anzusehen ein künstlerischer Genuss ist, und bei denen der Geist ausruht, wenn man mit ihnen spricht. Männer, die Dandys sind, und Frauenzimmer, die süß sind, regieren die Welt oder sollten es wenigstens.« Als er aber Hugo besser kennenlernte, gewann er ihn ebenso lieb wegen seines frischen, heiteren

Wesens und seiner sorglosen, noblen Natur; und so hatte er ihm erlaubt, ihn jederzeit in seinem Atelier zu besuchen.

Als Hugo eintrat, war Trevor gerade dabei, die letzte Hand an ein wundervolles, lebensgroßes Bildnis eines Bettlers zu legen. Der Bettler selbst stand auf einer erhöhten Plattform in einer Ecke des Ateliers. Es war ein vertrocknetes, zerknittertes altes Männchen mit einem Gesicht wie Pergament und mit einem sehr kläglichen Ausdruck in den Zügen. Über seine Schulter war ein elender brauner Mantel geworfen, ganz zerfetzt und zerlumpt. Seine plumpen Schuhe waren geflickt, und mit einer Hand stützte er sich auf einen derben Stock, mit der anderen hielt er seinen zerschlissenen Hut nach Almosen hin.

»Welch ein verblüffendes Modell!«, flüsterte Hugo, als er seinem Freund die Hand schüttelte.

»Ein verblüffendes Modell?!«, schrie Trevor mit der ganzen Kraft seiner Stimme. »Das will ich wohl meinen! Solchen Bettlern begegnet man nicht alle Tage. Eine trouvaille, mon cher, ein lebender Velasquez! Beim Himmel – was für eine Radierung hätte Rembrandt nach ihm gemacht.«

»Armer, alter Kerl!«, sagte Hugo. »Wie elend er aussieht! Aber für euch Maler muss ja sein Gesicht ein wahres Vermögen bedeuten.«

»Gewiss«, antwortete Trevor. »Sie können ja schließlich nicht verlangen, dass ein Bettler glücklich aussieht.«

»Wie viel bekommt ein Modell für eine Sitzung?«, fragte Hugo, nachdem er sich bequem auf den Diwan niedergelassen hatte.

»Einen Schilling für die Stunde.«

»Und wie viel bekommen Sie für ein Bild, Alan?«

»Na – für das da bekomme ich zweitausend.«

»Pfund?«

»Guineen. Maler, Poeten und Ärzte rechnen immer nur nach Guineen.«

»Das Modell sollte eigentlich eine Tantieme bekommen!«, rief Hugo lachend. »Es hat eine ebenso schwere Arbeit wie Sie.«

»Unsinn, Unsinn! … Sehen Sie nur, was mir das Farbenauftragen allein schon für Mühe macht, und glauben Sie, es ist nichts, so den ganzen Tag vor der Staffelei zu stehen? Sie haben leicht reden, Hugo, aber ich versichere Ihnen, dass es Augenblicke gibt, wo die Kunst fast die Würde der Handarbeit erreicht. Aber jetzt stören Sie mich nicht – ich habe noch sehr viel zu tun! Nehmen Sie eine Zigarette und verhalten Sie sich ruhig.«

Nach einiger Zeit kam der Diener herein und sagte Trevor, dass der Rahmenmacher ihn zu sprechen wünsche.

»Laufen Sie nicht davon, Hugo«, sagte er, als er hinausging. »Ich bin im Augenblick zurück.«

Der alte Bettler benützte die Abwesenheit Trevors, um sich ein wenig auf der hölzernen Bank, die hinter ihm stand, auszuruhen. Er sah so verloren und elend aus, dass Hugo Mitleid mit ihm haben musste. Er suchte in seinen Taschen, um zu sehen, was er an Kleingeld bei sich habe. Er fand aber nur einen Sovereign und einige Kupfermünzen. »Armer, alter Kerl«, sagte er zu sich selbst. »Er braucht das Geld nötiger als ich. Für mich bedeutet das allerdings vierzehn Tage lang keinen Wagen.« Er ging durch das Atelier und schob den Sovereign in die Hand des Bettlers.

Der alte Mann sah verwundert auf und ein schwaches Lächeln zuckte um seine vertrockneten Lippen. »Danke, Herr«, sagte er, »danke.«

Dann kam Trevor zurück, Hugo nahm Abschied und errötete dabei ein wenig über seine Tat. Er verbrachte den Tag mit Laura, sie schalt ihn liebenswürdig wegen seiner Extravaganz, und dann musste er zu Fuß heimgehen. Gegen elf

Uhr abends ging er noch in den Paletteklub, und dort fand er Trevor, der einsam im Rauchzimmer saß und Rheinwein mit Selterswasser trank.

»Nun, Alan, haben Sie Ihr Bild fertigbekommen?«, sagte er und zündete sich eine Zigarette an.

»Fix und fertig und eingerahmt, mein Junge«, antwortete Trevor. »Sie haben übrigens eine Eroberung gemacht. Das alte Modell, das Sie gesehen haben, ist ganz und gar in Sie verschossen. Ich musste ihm alles über Sie erzählen, wer Sie sind, wo Sie wohnen, wie hoch Ihr Einkommen ist, was für Aussichten Sie haben.«

»Mein lieber Alan«, rief Hugo. »Wenn ich jetzt nach Hause komme, wird er mich sicher schon erwarten. Sie machen hoffentlich nur Scherz? Der arme Jammergreis! Ich wünschte, ich könnte etwas für ihn tun. Es muss schrecklich sein, wenn man gar so elend ist. Ich habe Stöße von alten Kleidern zu Hause – glauben Sie, dass er was davon gebrauchen könnte? Seine Fetzen fielen ihm ja schon in Stücken vom Leibe.«

»Aber er sieht prachtvoll darin aus«, sagte Trevor. »Nicht um alles in der Welt würde ich ihn im Frack malen. Was Sie Fetzen nennen, nenne ich romantisch. Was Ihnen jammervoll erscheint, ist für mich pittoresk. Übrigens werde ich ihm von Ihrem Anerbieten Mitteilung machen.«

»Alan«, sagte Hugo ernsthaft. »Ihr Maler seid doch ein herzloses Pack.«

»Eines Künstlers Herz ist sein Kopf«, antwortete Trevor. »Und überdies besteht unser Beruf darin, die Welt zu verwirklichen, wie wir sie sehen, nicht sie zu verbessern, weil wir sie kennen. A chacun son metier! Und nun sagen Sie mir, wie es Laura geht. Das alte Modell hat sich ungemein für sie interessiert.«

»Wollen Sie damit etwa sagen, dass Sie ihm von ihr erzählt haben?«, fragte Hugo.

»Gewiss hab ich das getan! Er weiß alles über den eigensinnigen Oberst, die liebliche Laura und die fehlenden zehntausend Pfund.«

»Sie haben also einem alten Bettler alle meine Privatverhältnisse erzählt?!«, rief Hugo und wurde sehr rot und ärgerlich.

»Mein lieber Junge«, sagte Trevor und lächelte. »Dieser alte Bettler, wie Sie ihn nennen, ist einer der reichsten Männer in Europa. Er könnte morgen ganz London zusammenkaufen, ohne sein Konto zu überziehen. Er hat ein Haus in jeder Hauptstadt, speist von goldenen Schüsseln und kann, wenn es ihm gerade einfällt, Russland verhindern, Krieg zu führen.«

»Wie meinen Sie das?«, fragte Hugo erstaunt.

»Wie ich es sage«, antwortete Trevor. »Der alte Mann, dem Sie heute in meinem Atelier begegnet sind, ist Baron Hausberg. Er ist ein guter Freund von mir, kauft alle meine Bilder und hat mir vor einem Monat den Auftrag gegeben, ihn als Bettler zu malen. Que voulez-vouz? La fantaisie d'un millionaire! Und ich muss sagen, er sah wundervoll aus in seinen Lumpen, oder besser gesagt in meinen Lumpen; ich habe die ganze Garnitur einmal alt in Spanien gekauft.«

»Baron Hausberg?!«, rief Hugo. »Allmächtiger – und ich hab ihm einen Sovereign gegeben!« Und er sank, ein Bild des Jammers, in den Lehnstuhl.

»Sie haben ihm einen Sovereign gegeben?!«, brüllte Trevor und konnte sich vor Lachen nicht halten. »Mein lieber Junge, Sie werden Ihr Geld nie wiedersehen. Son affaire c'est l'argent des autres.«

»Sie hätten mir das aber auch vorher sagen können!«, schmollte Hugo. »Dann hätt ich mich nicht so zum Narren gemacht.«

»Na, hören Sie mal, Hugo!«, sagte Trevor. »Erstens konnte ich nicht annehmen, dass Sie so sorglos mit Almosen um sich werfen! Ich verstehe, dass man einem hübschen Modell einen Kuss gibt, aber einem hässlichen Modell einen Sovereign – nein, das geht über meinen Horizont. Überdies war ich tatsächlich an diesem Tag für niemanden zu sprechen. Als Sie kamen, wusste ich nicht, ob Hausberg eine offizielle Vorstellung passen würde. Sie wissen ja – er war nicht gerade in full dress.«

»Für was für einen Trottel muss er mich halten!«, sagte Hugo.

»Aber durchaus nicht! Er war, nachdem Sie uns verlassen hatten, in der denkbar besten Laune. Er lachte immer in sich hinein und rieb fortwährend seine alten verrunzelten Hände. Ich verstand nicht, warum er sich so für Sie interessierte. Aber nun kapiere ich es. Er wird den Sovereign für Sie anlegen, Hugo, Ihnen alle sechs Monate Ihre Zinsen zahlen und bei jedem Diner den kapitalen Spaß erzählen.«

»Ich bin ein unglücklicher Teufel«, brummte Hugo. »Das Beste ist, ich gehe zu Bett. Bitte, Alan, erzählen Sie niemandem die Geschichte – ich könnte mich sonst nicht mehr auf der Straße sehen lassen!«

»Unsinn, die Sache wirft auf Ihren philanthropischen Geist das beste Licht, Hugo. Und jetzt laufen Sie nicht davon! Nehmen Sie noch eine Zigarette und dann schwätzen wir über Laura, so viel Sie wollen!«

Aber Hugo wollte nun einmal nicht bleiben, sondern ging nach Hause, und es war ihm sehr unbehaglich zumute. Alan Trevor aber blieb zurück und lachte sich halb tot.

Als Hugo am nächsten Morgen beim Frühstück saß, brachte ihm das Mädchen eine Karte, auf der unter dem Namen Monsieur Gustave Naudin geschrieben war: »De la part de M. le Baron Hausberg.« – »Er kommt offenbar, um meine Entschuldigung entgegenzunehmen«, sagte Hugo zu sich selbst. Und er ließ den Fremden hereinbitten.

Ein alter Herr mit goldener Brille und grauem Haar trat ein und sagte mit leicht französischem Akzent: »Habe ich die Ehre, mit Monsieur Erskine zu sprechen?«

Hugo verbeugte sich.

»Ich komme vom Baron Hausberg«, fuhr er fort, »und der Baron …«

»Ich bitte Sie, mein Herr, ihm meine aufrichtigsten Entschuldigungen zu übermitteln«, stammelte Hugo.

»Der Baron«, sagte der alte Herr mit einem Lächeln, »hat mich beauftragt, Ihnen diesen Brief zu bringen«; und er reichte ihm ein versiegeltes Kuvert.

Auf dem Briefumschlag stand geschrieben: »Ein Hochzeitsgeschenk für Hugo Erskine und Laura Merton von einem alten Bettler.« Und darin lag ein Scheck auf zehntausend Pfund.

Als sie heirateten, war Alan Trevor Brautführer, und der Baron hielt beim Hochzeitsmahl eine Rede.

»Es gibt wenig Millionärmodelle«, bemerkte Alan, »aber wahrhaftig – Modellmillionäre sind noch seltener.«

Das Bildnis des Herrn W. H.

I

Ich hatte mit Erskine in seinem hübschen kleinen Haus in Birdcage Walk zu Mittag gegessen, und nun saßen wir im Bibliothekszimmer bei Kaffee und Zigaretten, als die Frage der literarischen Fälschungen aufs Tapet kam. Ich kann mich jetzt nicht mehr erinnern, wie wir auf dieses einigermaßen seltsame Thema gerieten, aber ich weiß, dass wir lange über Macpherson, Ireland und Chatterton debattierten, und dass ich bei dem letzten die Meinung verfocht, seine sogenannten Fälschungen seien nichts anderes als der Ausdruck eines künstlerischen Wunsches nach vollkommener Darstellung, dass es uns nicht zukomme, mit dem Künstler wegen der Bedingungen, unter denen er uns sein Werk vorführen wolle, zu rechten, und dass, da alle Kunst schließlich bis zu einem gewissen Grad eine Art des Handelns darstelle, einen Versuch, seine Persönlichkeit gewissermaßen in der Sphäre der Einbildungskraft, außerhalb der Zufälligkeiten, der Hindernisse und der Grenzen des täglichen Lebens zur Geltung zu bringen, es die Vermengung eines ethischen mit einem ästhetischen Problem bedeute, wenn man einen Künstler wegen einer Fälschung zur Rechenschaft ziehe.

Erskine, der bei Weitem älter als ich war und mir mit der heiteren Nachsicht eines Vierzigers zugehört hatte, legte mir plötzlich die Hand auf die Schulter und sagte: »Was würden Sie von einem jungen Mann halten, der über ein bestimmtes Kunstwerk eine besondere Theorie hätte, an seine Theorie glaubte und, um sie zu beweisen, eine Fälschung beginge?«

»Das ist etwas ganz anderes«, antwortete ich.

Erskine schwieg einen Augenblick und betrachtete die dünnen grauen Rauchringel, die von seiner Zigarette aufstiegen. »Allerdings«, sagte er nach einer Pause. »Das ist etwas anderes.«

Es lag etwas im Ton seiner Stimme, vielleicht eine leichte Spur von Bitterkeit, das meine Neugier reizte. »Haben Sie jemanden gekannt, der das getan hat?«, fragte ich.

»Ja«, antwortete er und warf seine Zigarette ins Feuer. »Es war ein guter Freund von mir, Cyril Graham. Er bezauberte die Menschen – war aber sehr dumm und sehr herzlos. Er hat mir übrigens die einzige Erbschaft hinterlassen, die ich je in meinem Leben gemacht habe.«

»Und was war das?«, rief ich aus.

Erskine stand von seinem Sitz auf, ging zu einem hohen, eingelegten Schrank, der zwischen den beiden Fenstern stand, schloss ihn auf und kam zurück mit einem kleinen Gemälde auf Holz in einem alten und etwas beschmutzten Rahmen aus der Zeit der Königin Elisabeth.

Es war das Porträt eines jungen Mannes in ganzer Figur im Kostüm des ausgehenden 16. Jahrhunderts, an einem Tisch stehend, die rechte Hand auf ein geöffnetes Buch gestützt. Er schien ungefähr siebzehn Jahre alt und war von ganz außerordentlicher, wenn auch augenscheinlich etwas weibischer Schönheit. Wäre nicht das Kostüm gewesen und das kurz geschnittene Haar, so hätte man wirklich glauben können, dass dieses Antlitz mit seinen verträumten, sehnsüchtigen Augen, mit seinen zarten roten Lippen das Gesicht eines Mädchens sei. In seiner Technik und besonders in der Art, wie die Hände behandelt waren, erinnerte das Bild an die späteren Werke von François Clouet. Das schwarzsamtene Wams mit seinen fantastischen Goldspitzen und der pfauenblaue Hintergrund, von dem es sich wundervoll abhob und durch den es eine so leuchtende Farbenwirkung gewann, waren völlig in Clouets Stil. Die beiden Masken der Tragödie und der Komödie, die etwas konventionell an einem Marmorsockel hingen, zeigten die harte, strenge Pinselführung – so verschieden von der leichten Grazie der Italiener –, den der große flämische Meister auch am französischen Hof niemals ganz verloren hat und der an und für sich immer ein charakteristisches Merkmal nordischer Art geblieben ist.

»Das ist ein entzückendes Bild!«, rief ich aus. »Aber wer ist dieser wunderbare junge Mann, dessen Schönheit uns die Kunst so glücklich bewahrt hat?«

»Es ist das Porträt von W. H.«, sagte Erskine mit einem traurigen Lächeln. Vielleicht war es bloß ein zufälliger Lichteffekt, aber mir kam es vor, als glänzten Tränen in seinen Augen.

»W. H.?«, rief ich aus. »Wer war W. H.?«

»Erinnern Sie sich nicht?«, antwortete er. »Sehen Sie doch das Buch an, auf dem seine Hand ruht.«

»Ich sehe Schrift darauf, aber ich kann sie nicht entziffern«, antwortete ich.

»Nehmen Sie dieses Vergrößerungsglas und versuchen Sie, zu lesen«, antwortete Erskine, und dasselbe traurige Lächeln spielte um seinen Mund.

Ich nahm das Glas, schob die Lampe etwas näher und begann die schwierige Handschrift zu buchstabieren.

»Dem einzigen Schöpfer der nachfolgenden Sonette …«

»Großer Gott«, rief ich. »Ist das Shakespeares W. H.?«

»Das war er nach Cyril Grahams Meinung«, murmelte Erskine.

»Aber es gleicht doch nicht im Geringsten Lord Pembroke«, antwortete ich. »Ich kenne die Penshurst-Bilder sehr gut. Ich habe sie erst vor einigen Wochen gesehen.«

»Glauben Sie also wirklich, dass die Sonette an Lord Pembroke gerichtet sind?«, fragte er.

»Ich bin davon überzeugt«, antwortete ich. »Pembroke, Shakespeare und Mrs. Mary Fitton sind die drei Personen der Sonette. Darüber kann kein Zweifel herrschen.«

»Ich bin ganz Ihrer Meinung«, sagte Erskine. »Aber ich dachte nicht immer so. Ich glaubte sogar – ja, ich glaubte wirklich eine Zeit lang an Cyril Graham und seine Theorie.«

»Und worin bestand diese Theorie?«, fragte ich, während ich das wundervolle Bild betrachtete, das bereits begonnen hatte, mich in ganz merkwürdiger Weise zu fesseln.

»Das ist eine lange Geschichte«, sagte Erskine und nahm mir das Bild fort – mit einer fast heftigen Bewegung, wie es mir damals vorkam. »Eine sehr lange Geschichte, aber wenn es Sie interessiert, will ich sie Ihnen erzählen.«

»Mich interessiert jede Theorie über die Sonette!«, rief ich. »Aber ich glaube nicht, dass ich leicht zu einer neuen

Anschauung bekehrt werden kann. Der Gegenstand hat aufgehört, ein Geheimnis zu sein. Ja, ich wundere mich, dass er jemals ein Geheimnis gewesen ist.«

»Da ich selbst nicht an die Theorie glaube, will ich Sie ja gar nicht bekehren«, sagte Erskine lachend. »Aber vielleicht interessiert Sie die Sache.«

»So erzählen Sie doch«, sagte ich. »Wenn die Geschichte nur halb so entzückend ist wie das Bild, bin ich mehr als zufrieden.«

»Ich muss«, sagte Erskine und zündete sich eine Zigarette an, »meine Geschichte damit beginnen, dass ich Ihnen etwas über Cyril Graham selbst erzähle. Er und ich waren Schulkameraden in Eton. Ich war ein oder zwei Jahre älter als er, aber wir waren dicke Freunde und arbeiteten und spielten immer zusammen. Wir spielten natürlich viel mehr als wir arbeiteten, aber ich kann nicht sagen, dass ich das bedaure. Es ist immer ein Vorzug, keine gar zu solide, praktische Erziehung genossen zu haben, und was ich auf den Spielplätzen in Eton gelernt habe, ist für mich ebenso nützlich gewesen wie das, was mir später in Cambridge beigebracht worden ist. Ich muss Ihnen noch sagen, dass Cyrils Eltern tot waren. Sie ertranken bei einem schrecklichen Jachtunglück in der Nähe der Insel Wight. Sein Vater hatte im diplomatischen Dienst gestanden und war mit der einzigen Tochter des alten Lord Crediton verheiratet gewesen, der nach dem Tod seiner Eltern Cyrils Vormund wurde. Ich glaube nicht, dass Lord Crediton sich viel aus Cyril gemacht hat. Er hat es seiner Tochter nie verziehen, dass sie einen Mann ohne Titel geheiratet hatte. Er war ein sonderbarer alter Aristokrat, der wie ein Obsthöker fluchte und die Manieren eines Bauern hatte. Ich erinnere mich, ihn einmal bei unserer Schulfeier gesehen zu haben. Er knurrte mich an, schenkte mir einen Sovereign und sagte mir, ich solle kein ›verfluchter Radikaler‹ werden wie mein Vater. Cyril liebte ihn nicht sehr und war herzlich froh, den größten Teil seiner Ferien bei uns in Schottland verbringen zu dürfen. Eigentlich harmonierten sie überhaupt nicht. Cyril empfand ihn als Bär, und er fand Cyril weibisch. Cyril war in der Tat in vielen Dingen weibisch, wenn er auch ein sehr guter Reiter und ein glänzender Fechter war. Er erhielt sogar einen Fechtpreis, bevor er Eton verließ. Aber er hatte sehr lässige Manieren und war nicht wenig eitel auf sein Äußeres und außerdem hatte er eine starke Abneigung gegen Fußball. In Eton liebte er es immer, sich zu kostümieren und Shakespeare zu rezitieren, und als wir Primaner wurden, trat er sofort dem Liebhabertheaterklub als Mitglied bei. Ich erinnere mich, dass ich auf seine Schauspielerei direkt eifersüchtig war. Ich war ganz vernarrt in ihn, vielleicht weil wir in vielen Dingen so ganz verschieden waren. Ich war ein ziemlich unbeholfener, schwächlicher Junge mit sehr großen Füßen und dem ganzen Gesicht voll Sommersprossen. Sommersprossen findet man in schottischen Familien ebenso regelmäßig wie die Gicht in englischen. Cyril pflegte zu sagen, dass er von beiden die Gicht vorziehe, denn er legte immer einen unsinnig hohen Wert auf die persönliche Erscheinung und hielt einmal einen Vortrag in unserem Debattierklub, um zu beweisen, dass es wertvoller sei, gut auszusehen als gut zu sein. Er war in der Tat von wunderbarer Schönheit. Leute, die ihn nicht mochten, Philister, Professoren und junge Leute, die sich für die theologische Laufbahn vorbereiteten, pflegten zu sagen, er sei nur hübsch. Aber es lag doch bedeutend mehr in seinem Gesich, als bloße Anmut. Ich glaube, es war das herrlichste Wesen, das ich je gesehen habe, und nichts übertraf die Grazie seiner Bewegungen und den Reiz seiner Manieren. Er bezauberte jeden, bei dem es sich verlohnte, und außerdem noch eine Menge Leute, die es nicht wert waren. Er war oft eigensinnig und unverschämt und ich hielt ihn für schrecklich unaufrichtig.

Das schrieb ich hauptsächlich auf Rechnung seiner unmäßigen Begierde, zu gefallen. Armer Cyril! Ich sagte ihm einmal, dass er sich mit sehr billigen Triumphen begnüge, aber da lachte er bloß. Er war schrecklich verwöhnt. Ich glaube, alle reizvollen Menschen sind verwöhnt – das ist das Geheimnis ihrer Anziehungskraft.

Ich muss Ihnen noch etwas über Cyrils Schauspielkunst sagen. Sie wissen, dass keine Schauspielerinnen im Liebhabertheaterklub spielen dürfen. Wenigstens war es so zu meiner Zeit. Ich weiß nicht, wie es jetzt damit steht. Natürlich wurde Cyril immer für die weiblichen Rollen genommen, und als man einmal ›Wie es euch gefällt‹ aufführte, spielte er die Rosalinde. Es war eine wunderbare Aufführung. Cyril Graham war wirklich die einzig vollkommene Rosalinde, die ich je gesehen habe. Ich kann Ihnen unmöglich die Schönheit, die Zartheit, die Durchgeistigung seiner ganzen Erscheinung beschreiben. Es war ein ungeheurer Erfolg und das schreckliche kleine Theater war jeden Abend gedrängt voll. Selbst wenn ich das Stück heute lese, muss ich an Cyril denken. Als ob es für ihn geschrieben worden wäre! Im letzten Semester promovierte er und kam dann nach London, um sich für die diplomatische Karriere vorzubereiten. Aber er arbeitete nie etwas. Er verbrachte seine Tage mit dem Lesen der Shakespeare'schen Sonette und seine Abende im Theater. Er war natürlich ganz wild darauf, zur Bühne zu gehen. Nur mit großer Mühe konnten Lord Crediton und ich ihn davon abbringen. Vielleicht würde er heute noch leben, wenn er damals zur Bühne gegangen wäre. Es ist immer dumm, einen Rat zu geben, aber es ist ganz und gar verderblich, einen guten Rat zu geben. Ich hoffe, Sie werden diesen Unsinn nie begehen. Wenn Sie es tun, werden Sie es immer bereuen.

Doch ich will zum Kern meiner Geschichte kommen. Eines Tages erhielt ich einen Brief von Cyril, worin er mich bat, abends in seine Wohnung zu kommen. Seine Wohnung in Piccadilly war reizend, mit Aussicht auf den Greenpark. Da ich ihn jeden Tag zu besuchen pflegte, war ich überrascht, dass er sich die Mühe nahm, zu schreiben. Natürlich ging ich zu ihm und fand ihn in einem Zustand großer Erregung. Er sagte mir, dass er endlich das wahre Geheimnis der Shakespeare'schen Sonette entdeckt habe, dass alle Fachleute und Kritiker bisher eine ganz falsche Fährte verfolgt hätten, und dass er der Erste sei, der, rein intuitiv, herausgebracht habe, wer W. H. in Wahrheit gewesen sei. Er war außer sich vor Freude und konnte vor Aufregung lange Zeit mir seine Theorie nicht auseinandersetzen. Endlich brachte er einen Haufen Notizen herbei, nahm sein Exemplar der Sonette vom Kamin, setzte sich nieder und hielt mir einen langen Vortrag über die Sache.

Er wies zunächst darauf hin, dass der junge Mann, an den Shakespeare diese seltsam leidenschaftlichen Gedichte gerichtet habe, jemand gewesen sein müsse, der einen wesentlichen Einfluss auf die Entwicklung seiner dramatischen Kunst gehabt haben müsse, und dass man das weder von Lord Pembroke noch von Lord Southampton behaupten könne. Wer immer es aber auch sei, es könne niemand von hoher Geburt gewesen sein, wie dies sehr klar aus dem 25. Sonett hervorgehe, in dem Shakespeare sich in Gegensatz zu denen stelle, die ›großer Fürsten Günstlinge‹ seien. Er sage dort ganz klar:

›Lass die, so in der Gunst der Sterne stehn,
Mit Titelprunk sich blähn und lauter Ehre;
Ich, fern von solchem Glanz, will ungesehn
An dem mich freun, was ich zumeist verehre.‹

und ende das Sonett, indem er sich zu dem niederen Stand, der ihm so lieb ist, beglückwünsche.

›Drum glücklich ich! Ich lieb' und bin geliebt,
Wo ich nie wank' und nichts beiseit mich schiebt.‹

Cyril erklärte, dass dieses Sonett ganz unverständlich sei, wenn man annehmen wolle, dass es an den Grafen Pembroke oder den Grafen Southampton gerichtet sei, zwei Männern, die zuhöchst im Rang in England standen und mit Recht ›große Fürsten‹ genannt werden durften. Und um seine Ansicht zu unterstützen, las er mir das 124. und 125. Sonett vor, in denen Shakespeare uns sagt, dass seine Liebe nicht ›ein Kind von Rang‹ sei, dass sie nicht ›leidet unter eitlem Prunk‹, wohl aber ›errichtet sei fern vom Zufall‹. Ich hörte mit großem Interesse zu, denn ich glaube nicht, dass diese Bemerkung schon jemals gemacht worden ist. Was aber dann folgte, war noch viel seltsamer und schien mir damals die Sache vollkommen zu Pembrokes Ungunsten zu entscheiden. Wir wissen von Meres, dass die Sonette vor 1598 geschrieben worden sind, und das 104. Sonett berichtet uns, dass Shakespeares Freundschaft für W. H. bereits drei Jahre dauerte. Nun sei aber Lord Pembroke, der 1580 geboren wurde, nicht vor seinem 18. Jahr, das heißt nicht vor 1598, nach London gekommen, während Shakespeares Bekanntschaft mit W. H. 1594, spätestens aber 1595, begonnen haben müsse. Shakespeare könne also Lord Pembroke erst kennengelernt haben, nachdem er die Sonette geschrieben habe.

Cyril betonte auch, dass Pembrokes Vater nicht vor 1601 starb, indes aus dem Verse

›Ihr hattet einen Vater, lasst den Sohn es künden‹

hervorgehe, dass der Vater W. H.s im Jahr 1598 tot war. Überdies sei es unsinnig, anzunehmen, dass ein Verleger der damaligen Zeit – und die Vorrede stammt von der Hand des Verlegers –, die Kühnheit gehabt hätte, William Herbert Grafen von Pembroke mit Herrn W. H. anzusprechen. Der Fall von Lord Buckhurst, den man einmal Mr. Sackville nenne, sei durchaus kein überzeugendes Beispiel, denn Lord Buckhurst sei kein Pair gewesen, sondern bloß der jüngere Sohn eines Pairs mit einem sogenannten Höflichkeitstitel, und die Stelle in Englands Parnass, wo von ihm gesprochen wird, ist keine formelle und feierliche Widmung, sondern bloß eine zufällige Erwähnung. So wurden Lord Pembrokes angebliche Ansprüche von Cyril mit leichter Hand zerstört, und ich saß ganz verwundert da. Mit Lord Southampton hatte Cyril noch weniger Mühe. Southampton wurde in sehr jungen Jahren der Liebhaber von Elisabeth Vernon, sodass er keine Aufforderung, sich zu verheiraten, brauchte; er war nicht schön; er ähnelte nicht seiner Mutter wie W. H.

›Wie du ein Spiegel deiner Mutter scheinst,
Der ihren holden Mai ihr ruft zurück.‹

Und vor allem war sein Vorname Heinrich, indes die Wortspiele im 135. und 143. Sonett beweisen, dass der Vorname von Shakespeares Freund derselbe war wie sein eigener, nämlich William.

Mit den übrigen Hypothesen unglückseliger Kommentatoren, dass W. H. ein Druckfehler für W. S. sei und William Shakespeare bedeute, dass ›Mr. W. H. all‹ gelesen werden müsse: Mr. W. Hall, dass Mr. W. H. Mr. William Hathaway sei, dass nach ›wünscht‹ ein Punkt gemacht werden müsse, sodass W. H. als der Schreiber und nicht als der Angesprochene bei der Widmung erscheine, wurde Cyril in sehr kurzer Zeit fertig. Es ist auch nicht der Mühe wert, seine Gründe anzuführen, obwohl ich mich erinnere, dass ich hellauf lachte, als er mir, gottlob nicht im Original, einen Auszug von dem Kommentar eines Deutschen namens Barnstorff vorlas, der behauptete, dass Mr. W. H. niemand anders sei als ›Mr. William Himself‹. Er gab auch keinen Augenblick zu, dass die Sonette etwa nichts anderes wären als bloße Satiren auf die Dichtungen von Drayton und John Davies von Hereford. Ihm, wie übrigens auch mir, erschienen sie als Gedichte von ernster und tragischer Bedeutung, die Shakespeare der Bitterkeit seines Herzens abrang und mit dem Honig seiner Lippen versüße. Noch weniger wollte er zugeben, dass sie bloß eine philosophische Allegorie bedeuten sollten, und dass sich Shakespeare in ihnen an sein ideales Ich wende oder an das Ideal der Mannhaftigkeit, den Geist der Schönheit, die Vernunft, das göttliche Wort oder an die katholische Kirche. Er fühlte, wie wir tatsächlich alle fühlen müssen, dass die Sonette an ein Individuum gerichtet sind – an einen bestimmten jungen Mann, dessen Persönlichkeit aus irgendeinem Grunde Shakespeares Seele mit erschreckender Freude und nicht minder schrecklicher Verzweiflung erfüllt haben muss.

Nachdem er auf diese Weise den Weg gleichsam freigelegt hatte, bat mich Cyril, alle vorgefassten Meinungen, die ich vielleicht über das Thema hätte, einmal beiseitezulassen und seiner Theorie unvoreingenommen Gehör zu schenken. Das Problem, das er lösen wollte, war folgendes: Wer war der junge Mann aus den Tagen Shakespeares, der, ohne von edler Geburt oder auch nur von edler Wesensart zu sein, von ihm in Ausdrücken von so seltsamer, leidenschaftlicher Verehrung angeredet wurde, dass wir uns fast fürchten, an den Schlüssel zu rühren, der das Geheimnis des Dichterherzens öffnet? Wer war der Mann, dessen körperliche Schönheit so groß war, dass sie der Eckstein von Shakespeares Kunst wurde, die wahre Quelle seiner Begeisterung, die Verkörperung seiner Träume? Ihn bloß wie den Gegenstand gewisser Liebesgedichte betrachten, heißt die ganze Bedeutung der Gedichte verkennen, denn die Kunst, von der Shakespeare in seinen Sonetten spricht, ist nicht die Kunst der Sonette selbst, die er als etwas Geringes und Nebensächliches betrachtete, sondern es ist die Kunst des Dramatikers, auf die er immer wieder anspielt; und er, von dem Shakespeare sagt:

›Mir bist du alle Kunst, und meine Rohheit
Hebst du so hoch wie der Gelehrten Hoheit.‹

er, dem er Unsterblichkeit verspricht,

›Dank meiner Feder lebt von dir die Kunde,
Wo Lebenslust meist lebt, im Menschenmunde.‹

war sicherlich niemand anders als der jugendliche Schauspieler, für den er Viola und Imogen schuf, Julia und Rosalinde, Portia und Desdemona und selbst Kleopatra. Das war Cyril Grahams Theorie, die, wie Sie sehen, allein aus den Sonetten selbst abgeleitet war, und deren Annahme weniger von überzeugenden Beweisen oder äußeren Zeugnissen abhing als von einer Art künstlerischer und geistiger Intuition, durch die allein, wie er behauptete, die wahre Bedeutung der Gedichte erfasst werden könne. Ich erinnere mich, dass er mir das schöne Sonett vorlas:

›Kann meine Muse Stoffs zu wenig haben,
Solang du lebst? Du strömst in mein Gedicht
Dein eignes Thema, lieblich und erhaben;
Dafür genügen Alltagsverse nicht.
O dir allein muss aller Dank verbleiben,
Wenn Lesenswertes du entdeckst in mir;
Wer ist zu stumm, dir ein Gedicht zu schreiben,
Wenn unsre Dichtkunst Licht empfängt von dir!

Die zehnte Muse sei, zehnmal so hehr
Wie jene neun, zu denen Reimer flehen,
Und wer dich anruft, Rhythmen schaffe der
Unsterblich, die in fernster Frist bestehen!‹

und dabei betonte, wie vollständig es seine Theorie bestätige. Und so ging er tatsächlich sorgfältig alle Sonette durch und zeigte, oder glaubte wenigstens zu zeigen, dass nach seiner neuen Erklärung Dinge, die bisher dunkel, schlecht oder übertrieben erschienen waren, nun klar, vernünftig und von hoher künstlerischer Bedeutung wurden und Shakespeares Auffassung von den wahren Beziehungen zwischen der Kunst des Schauspielers und der Kunst des Dramatikers erläuterten.

Es ist natürlich klar, dass in Shakespeares Ensemble ein wunderbarer jugendlicher Schauspieler von großer Schönheit gewesen sein muss, dem er die Darstellung seiner edlen Heldinnen anvertraute. Shakespeare war nämlich ebenso sehr praktischer Theaterdirektor wie fantasievoller Poet. Cyril Graham hatte nun den Namen dieses jungen Schauspielers entdeckt. Es war Will oder, wie er ihn zu nennen liebte, Willie Hughes. Den Vornamen fand er selbstverständlich in den Wortspielsonetten 135 und 143. Der Zuname war ihm zufolge verborgen in der achten Zeile des 20. Sonetts, wo W. H. beschrieben wird als:

›A man in hue, all Hues in his controlling.‹

In der Originalausgabe der Sonette ist »Hues« mit einem großen Anfangsbuchstaben und in Antiqua gedruckt, und, wie er annahm, bewies das klar, dass hier ein Wortspiel beabsichtigt war, und seine Ansicht erhielt eine kräftige Unterstützung durch die Sonette, wo merkwürdige Wortspiele mit den Worten ›use‹ und ›usury‹ gemacht werden. Natürlich war ich sofort bekehrt und Willie Hughes wurde für mich eine ebenso wirkliche Persönlichkeit wie Shakespeare selbst. Den einzigen Einwand, den ich gegen diese Theorie erhob, war, dass der Name Willie Hughes in der Liste der Schauspieler der Shakespeareschen Gesellschaft nicht vorkommt, wie sie in der ersten Folioausgabe abgedruckt ist. Aber Cyril wies darauf hin, dass gerade das Fehlen von Willie Hughes' Namen auf der Liste seine Theorie erst recht unterstütze, denn es werde aus dem Sonett 86 klar, dass Willie Hughes Shakespeares Gesellschaft verlassen hatte, um in einem Konkurrenztheater aufzutreten, wahrscheinlich in irgendeinem Stück von Chapman. Darauf beziehe sich, was in seinem großen Sonette über Chapman Shakespeare zu Willie Hughes sage:

›Als deine Gunst begann sein Lied zu feilen,
Da schwand mein Stoff, da lahmten meine Zeilen.‹

Der Ausdruck ›your countenance filled up his line‹ beziehe sich offenbar auf die Schönheit des jungen Schauspielers, die Chapmans Versen Leben und Wirklichkeit und neue Reize gab. Und derselbe Gedanke komme noch einmal vor im 79. Sonett:

›Als ich allein noch anrief deine Gunst,
Floss meinem Lied allein dein Anmutschatz!
Nun aber welkt die Anmut meiner Kunst,
Die Muse, krank, macht einer andern Platz.‹

und in dem unmittelbar vorangehenden Sonett, wo Shakespeare sagt:

›Dass nun die ganze Zunft, wie ich's begann,
Gedichte ausstreut unter deinem Schutze.‹

Das Wortspiel mit den Worten ›use‹ und ›Hughes‹ sei natürlich ganz klar und die Phrase ›Gedichte ausstreut unter deinem Schutze‹ bedeute: ›durch deine Mitwirkung als Schauspieler ihre Stücke vor das Publikum bringt.‹

Es war ein wundervoller Abend und wir saßen fast bis zur Morgendämmerung und lasen die Sonette immer wieder. Nach einiger Zeit begann ich jedoch einzusehen, dass, ehe die Theorie in überzeugender Form der Welt vorgelegt werden könne, es notwendig sei, für die Existenz des jugendlichen Schauspielers Willie Hughes einen einwandfreien Beweis zu schaffen. Nur in diesem Falle war ein Zweifel an seiner Identität mit W. H. nicht mehr möglich. Misslang aber dieser Beweis, dann war es freilich nichts mit der Theorie. Ich setzte dies sehr ernsthaft Cyril auseinander, der sich einigermaßen über meine, wie er es nannte, philiströse Anschauung ärgerte und sehr bittere Worte brauchte. Aber ich nahm ihm das Versprechen ab, dass er in seinem eigenen Interesse seine Entdeckung nicht früher veröffentlichen werde, ehe sie nicht über jeden Zweifel erhaben sei. Wochenlang durchsuchten wir die Matrikeln in den Kirchen der Stadt, die Alleyn-Mss. in Dulwich, das Record Office, die Akten des Lord Chamberlain – kurz alles, was eine Andeutung von Willie Hughes hätte enthalten können. Natürlich fanden wir nichts und mit jedem Tag schien mir die Existenz von Willie Hughes problematischer zu werden. Cyril war in einem schrecklichen Zustand und ging, in der Absicht, mich zu überzeugen, die ganze Frage Tag für Tag von Neuem durch. Aber ich sah die eine Lücke in der Theorie, und ich wollte mich nicht überzeugen lassen, ehe nicht die tatsächliche Existenz von Willie Hughes, dem Schauspielerknaben aus der Zeit der Königin Elisabeth, allen Zweifeln und Spitzfindigkeiten zum Trotz, erwiesen wäre.

Eines Tages verließ Cyril London, um seinen Großvater zu besuchen, wie ich damals glaubte. Aber später hörte ich von Lord Crediton, dass dies nicht der Fall gewesen war. Vierzehn Tage später erhielt ich ein in Warwick aufgegebenes Telegramm von ihm, worin er mich bat, bestimmt abends um halb acht Uhr mit ihm zu speisen. Als ich bei ihm eintrat, sagte er zu mir: ›Der einzige Apostel, der keinen Beweis verdient hat, war der heilige Thomas, und der heilige Thomas war der einzige Apostel, dem er zuteilwurde.‹ Ich fragte ihn, was er damit meine. Er antwortete, dass er nicht nur imstande sei, die Existenz eines jugendlichen Schauspielers namens Willie Hughes im 16. Jahrhundert nachzuweisen, sondern auch das unumstößliche Zeugnis erbracht habe, dass dies der W. H. der Sonette sei. Er wollte mir im Augenblick nichts mehr sagen. Nach dem Essen aber brachte er mir feierlich das Bild, das ich Ihnen vorhin gezeigt habe, und erzählte mir, dass er es ganz zufällig entdeckt habe, angenagelt im Inneren einer alten Truhe, die er in einem Pächterhaus in Warwickshire gekauft habe. Die Truhe selbst, ein sehr feines Stück elisabethanischer Arbeit, hatte er natürlich mitgebracht, und in der Mitte des Deckels waren die Anfangsbuchstaben W. H. unzweifelhaft eingeschnitzt. Das Monogramm hatte seine Aufmerksamkeit erregt, und er sagte mir, dass die Truhe schon einige Tage in seinem Besitz gewesen sei, ehe er daran gedacht habe, das Innere sorgfältig zu prüfen. Eines Morgens nun habe er bemerkt, dass die eine Seite der Truhe viel dicker als die andere sei und bei näherer Prüfung auf dieser Seite ein eingefügtes und eingerahmtes Holzbild entdeckt. Er hatte es herausgenommen – es war das Bild, das jetzt da auf dem Sofa liegt. Es war sehr schmutzig und ganz mit Schimmel bedeckt. Aber er reinigte es und sah zu seiner großen Freude, dass das, was er schon so lange gesucht hatte, ihm nun durch einen reinen Zufall in die Hände gefallen war. Da war ein authentisches Porträt von W. H., die Hand auf das Widmungsblatt der Sonette gestützt, und auf dem Rahmen selbst konnte man undeutlich in schwarzen Unzialbuchstaben auf einem verblassten Goldgrund den Namen des jungen Mannes lesen: ›Master Wil. Hews.‹

Was sollte ich nun sagen? Ich dachte selbstverständlich nicht einen Moment daran, dass Cyril Graham mir einen Streich spielen wollte, oder dass er versuchte, seine Theorie mithilfe einer Fälschung zu beweisen.«

»Aber ist es denn eine Fälschung?«, fragte ich.

»Natürlich«, sagte Erskine. »Es ist eine sehr gute Fälschung, aber darum nicht weniger eine Fälschung. Damals glaubte ich, dass Cyril ganz ruhig über die Sache denke. Aber ich erinnere mich, dass er mir mehr als einmal gesagt hat, er selbst brauche keinen Beweis und dass er an seine Theorie auch ohne Beweis glaube. Ich lachte darüber und sagte ihm, dass ohne Beweis seine Theorie nicht haltbar sei, und ich beglückwünschte ihn in warmen Worten zu seiner wunderbaren Entdeckung. Wir beschlossen dann, dass das Bild gestochen oder faksimiliert werden solle, um als Titelblatt für Cyrils Neuausgabe der Sonette zu dienen. Drei Monate lang tat ich nichts anderes, als jedes Gedicht Zeile für Zeile durchzugehen, bis wir jede Schwierigkeit des Textes oder des Sinnes gelöst hatten. Eines unglückseligen Tages war ich in einem Kupferstichladen in Holborn, wo ich oberhalb des Pultes einige wundervolle Radierungen hängen sah. Sie gefielen mir so sehr, dass ich sie kaufte, und der Ladenbesitzer, ein Mann namens Rawlings, sagte mir, dass ein junger Maler namens Edward Merton sie gemacht habe, ein sehr geschickter Mensch, aber arm wie eine Kirchenmaus. Einige Tage später suchte ich Merton auf, nachdem ich seine Adresse von dem Kupferstichhändler erfahren hatte, und ich fand einen blassen, interessanten jungen Mann mit einer etwas gewöhnlich aussehenden Frau – seinem Modell, wie ich später erfuhr. Ich sagte ihm, wie sehr ich seine Radierungen bewundert hätte, was ihn offenbar sehr freute, und bat ihn, mir noch einige von seinen anderen Sachen zu zeigen. Als wir seine Mappe durchblätterten, die ganz voll war mit wirklich entzückenden Sachen – Merton hatte eine sehr zarte und anmutige Nadelführung –, entdeckte ich plötzlich eine Zeichnung des Bildes von W. H. Kein Zweifel war möglich. Es war fast wie ein Faksimile. Der einzige Unterschied war der, dass die beiden Masken, Tragödie und Komödie, nicht an der Marmortafel hingen, wie auf dem Bild, sondern auf dem Boden zu Füßen des jungen Mannes lagen. ›Wo ums Himmels willen haben Sie das her?‹, sagte ich. Er wurde etwas verlegen und antwortete: ›Ach – das ist nichts. Ich wusste gar nicht, dass das in dieser Mappe ist. Es hat gar keinen Wert.‹ – ›Das ist doch das Ding, das du für Herrn Cyril Graham gemacht hast!‹, rief seine Frau. ›Und wenn der Herr es zu kaufen wünscht, lass es ihm doch.‹ – ›Für Herrn Cyril Graham?‹, wiederholte ich. ›Haben Sie das Bildnis des Herrn W. H. gemalt?‹ – ›Ich verstehe nicht, was Sie meinen‹, antwortete er und wurde sehr rot. Die ganze Geschichte war furchtbar peinlich. Die Frau verriet alles. Ich gab ihr fünf Pfund, als ich wegging. Ich darf jetzt nicht daran denken .... Natürlich war ich wütend. Ich ging sofort nach Cyrils Wohnung, wartete dort drei Stunden, bis er kam, allein mit der schrecklichen Lüge, die mich quälte. Ich sagte ihm sofort, dass ich seine Fälschung entdeckt hätte. Er wurde sehr bleich und erwiderte: ›Ich tat es einzig und allein Ihretwegen. Sie wollten sich nicht anders überzeugen lassen. Das berührt die Wahrheit meiner Theorie durchaus nicht.‹ – ›Die Wahrheit Ihrer Theorie?‹, rief ich aus. ›Davon wollen wir doch lieber gar nicht sprechen! Sie selbst haben nie daran geglaubt, sonst hätten Sie nicht eine Fälschung begangen, um sie zu beweisen.‹ Es fielen erregte Worte zwischen uns, wir stritten heftig. Vielleicht wurde ich ungerecht. Am nächsten Morgen war er tot.«

»Tot?«, rief ich.

»Ja, er erschoss sich mit einem Revolver. Einige Tropfen Blut spritzten auf den Rahmen des Bildes, gerade dort, wo der Name geschrieben steht. Als ich kam – sein Diener hatte sofort nach mir geschickt –, war die Polizei bereits an Ort und Stelle. Er hatte einen Brief für mich hinterlassen, der offenbar in der größten Aufregung und Geistesverwirrung geschrieben war.«

»Was stand darin?«, fragte ich.

»Es stand darin, dass er unbedingt an Willie Hughes glaube und dass die Fälschung des Bildes nur mir zuliebe geschehen sei und nicht im Geringsten die Richtigkeit seiner Theorie zweifelhaft mache. Und dass er, um mir zu zeigen, wie fest und unerschütterlich sein Glaube in die ganze Sache sei, er sein Leben dem Geheimnis der Sonette zum Opfer bringen wolle. Es war ein törichter, toller Brief. Ich erinnere mich, dass er zum Schluss sagte, er lege jetzt die Theorie von Willie Hughes in meine Hände, und es sei nun meine Aufgabe, sie der Welt bekannt zu geben und das Geheimnis von Shakespeares Herzen zu enthüllen.«

»Das ist ja eine sehr tragische Geschichte!«, rief ich aus. »Aber warum haben Sie den Wunsch des Toten nicht erfüllt?«

Erskine zuckte die Achseln. »Weil die Theorie vom Anfang bis zum Ende Unsinn ist«, antwortete er.

»Mein lieber Erskine«, sagte ich und stand auf. »Sie haben in der ganzen Sache durchaus unrecht. Die Theorie ist der einzige vollkommene Schlüssel zu Shakespeares Sonetten, der bis heute gefunden worden ist. Jedes Detail stimmt. Ich glaube an Willie Hughes.«

»Sagen Sie das nicht«, erwiderte Erskine sehr ernst. »Ich glaube, diese Idee bringt Unglück mit sich – und Vernünftiges lässt sich für sie auch nichts sagen. Ich habe die ganze Sache gründlich untersucht und versichere Sie, die Theorie ist durch und durch irrig. Bis zu einem gewissen Punkt mag sie einleuchtend sein – aber dann ist auch alles aus. Um Gottes willen, lieber Freund, nehmen Sie sich nicht der Sache Willie Hughes' an – Ihr Herz wird darüber brechen.«

»Erskine«, antwortete ich. »Es ist Ihre Pflicht, die Theorie der Welt vorzulegen. Tun Sie es nicht, so werde ich es tun. Dadurch, dass Sie die Sache unterdrücken, verunglimpfen Sie das Andenken Cyril Grahams, des letzten und glänzendsten Märtyrers der Literatur. Ich beschwöre Sie, geben Sie ihm, was ihm gebührt. Er starb für eine Sache – lassen Sie ihn nicht umsonst gestorben sein.«

Erskine sah mich ganz überrascht an. »Das Gefühl für die Sache reißt Sie fort«, sagte er. »Sie vergessen, dass eine Sache nicht notwendigerweise wahr sein muss, weil ein Mensch für sie gestorben ist. Ich war Cyril Graham ein treuer Freund. Sein Tod war ein furchtbarer Schlag für mich, den ich jahrelang nicht verwunden habe. Ich glaube, dass ich ihn überhaupt nicht verwunden habe. Aber Willie Hughes? Was ist uns Willie Hughes? Er hat niemals gelebt. Und der Welt die Sache vorlegen? Die Welt glaubt, dass ein zufällig losgegangener Schuss Cyril Graham getötet hat. Den einzigen Beweis für seinen Selbstmord enthielt sein Brief an mich und von diesem Brief hat die Öffentlichkeit nie etwas erfahren. Bis auf den heutigen Tag glaubt Lord Crediton, dass die ganze Sache nur ein unglückseliger Zufall war.«

»Cyril Graham hat sein Leben einer großen Idee geopfert«, antwortete ich. »Und wenn Sie nicht von seinem Märtyrertum berichten wollen, so erzählen Sie wenigstens von seinem Glauben.«

»Sein Glaube«, sagte Erskine, »galt einer Sache, die falsch war, einer Sache, die ein Unsinn war, einer Sache, die kein Shakespeareforscher nur einen Augenblick ernst nehmen kann. Die Theorie würde ausgelacht werden. Machen Sie sich nicht zum Narren, folgen Sie nicht einer Spur, die nirgends hinführt. Sie gehen von der Existenz einer Person aus, deren Existenz gerade das ist, was bewiesen werden soll. Überdies weiß heute jeder, dass die Sonette an Lord Pembroke gerichtet waren. Die Sache ist ein für alle Mal entschieden.«

»Die Sache ist nicht entschieden!«, rief ich. »Ich will die Theorie dort aufnehmen, wo Cyril Graham sie verlassen hat, und ich werde der Welt beweisen, dass er recht hatte.«

»Sie Tor!«, sagte Erskine. »Gehen Sie nach Hause – es ist zwei Uhr vorbei, und denken Sie nicht mehr an Willie Hughes. Es tut mir leid, dass ich Ihnen überhaupt etwas erzählt habe, und es täte mir sehr leid, Sie zu einer Sache bekehrt zu haben, die ich selbst nicht glaube.«

»Sie haben mir das größte Geheimnis der modernen Literatur erschlossen«, antwortete ich. »Und ich werde nicht ruhen noch rasten, bis nicht Sie, bis nicht die ganze Welt erkannt hat, dass Cyril Graham der feinste Shakespeareforscher unserer Tage gewesen ist.«

Als ich durch den St. James-Park heimging, dämmerte der Morgen gerade über London. Die weißen Schwäne lagen schlafend auf dem glatten Spiegel des Sees und der schlanke Palast hob sich purpurn gegen den blassgrünen Himmel ab. Ich dachte an Cyril Graham und meine Augen füllten sich mit Tränen.

II

Es war zwölf Uhr vorbei, als ich erwachte. Die Sonne fiel in langen, schrägen Balken von Goldstaub durch die Vorhänge ins Zimmer. Ich sagte meinem Diener, dass ich für niemand zu Hause wäre. Nachdem ich eine Tasse Schokolade und ein Brötchen genommen hatte, holte ich mein Exemplar der Shakespeare'schen Sonette vom Bücherbrett und begann sie sorgfältig durchzugehen. Jedes Gedicht schien mir Cyril

Grahams Theorie zu bekräftigen. Mir war, als läge meine Hand auf Shakespeares Herz und als könnte ich jeden einzelnen Schlag der pulsierenden Leidenschaft zählen. Ich dachte an den wunderbaren, jugendlichen Schauspieler und aus jeder Zeile blickte mir sein Gesicht entgegen. Ich erinnere mich, dass mir zwei Sonette besonders auffielen, das 53. und das 67. In dem ersteren beglückwünscht Shakespeare Willie Hughes zu der Vielseitigkeit seiner Schauspielkunst, zur großen Reihe seiner Rollen, die von der Rosalinde bis zur Julia und von der Beatrice bis zur Ophelia geht und sagt zu ihm:

Aus welchen Stoffen schuf dich die Natur,
Dass tausend fremde Schatten dich begleiten?
Ein Schatten folgt uns, jedem einer nur;
Dir folgt der Schatten aller Herrlichkeiten.

Die Verse wären völlig unverständlich, wenn sie nicht an einen Schauspieler gerichtet wären, denn das Wort »Schatten« hatte zu Shakespeares Zeiten eine bühnentechnische Bedeutung. »Das beste dieser Art sind bloß Schatten«, sagt Theseus von den Schauspielern im Sommernachtstraum, und es gibt zahlreiche ähnliche Anspielungen in der damaligen Literatur. Die beiden Sonette gehörten offenbar zu den Werken, in denen Shakespeare das Wesen der Schauspielerkunst, das merkwürdige und seltene Temperament, das dem vollendeten Schauspieler eigen ist, erörtert. »Wie kommt es«, sagt Shakespeare zu Willie Hughes, »dass du so viele Persönlichkeiten in dir hast?« Und dann legt er dar, dass seine Schönheit jede Form und Art der Fantasie zu verwirklichen scheine, dass sie jeden Traum der Schöpferkraft verkörpert – ein Gedanke, der noch weiter im nächsten Sonett ausgeführt wird, in dem Shakespeare, mit dem schönen Gedanken beginnend:

O wie viel schöner wird die Schönheit doch,
Wenn sie der holde Schmuck der Wahrheit hebt!

uns darauf aufmerksam macht, wie die Wahrheit der Schauspielkunst, die Wahrheit der sichtbaren Darstellung auf der Bühne, das Wunder der Dichtung erhöht, ihrer Anmut Leben gibt und ihrer idealen Form Wirklichkeit verleiht. Und doch fordert Shakespeare im 67. Sonett Willie Hughes auf, die Bühne zu verlassen mit all ihrer Künstlichkeit, ihrem falschen Spiel des geschminkten Gesichts und unwahren Kostüms, mit ihren unmoralischen Einflüssen und Verlockungen, ihrer Ferne von der wahren Welt der edlen Tat und der aufrichtigen Rede.

O warum lebt er heut in kranker Welt,
Mit seiner Gegenwart das Laster zierend,
Wo Sünde Vorschub nun durch ihn erhält,
Mit seinem Umgang sich herausstaffierend?

Wo falsche Schminke nachäfft seine Wangen
Und seinem Leben stiehlt ihr totes Rot,
Wo dürft'ge Schönheit, um gleich ihm zu prangen,
Gemalte Rosen sucht in ihrer Not?

Es mag seltsam erscheinen, dass ein so großer Dramatiker wie Shakespeare, der seine eigene Vollendung als Künstler und Mensch auf dem idealen Boden der Bühnenkunst und des Bühnenspiels wohl kannte, in solchen Ausdrücken vom Theater geschrieben hat. Aber wir müssen uns daran erinnern, dass in den Sonetten 110 und 111 uns Shakespeare zeigt, dass auch er der Puppenwelt müde war und dass er sich schämte, sich selbst »zum Narr vor den Leuten« gemacht zu haben. Das 111. Sonett ist besonders bitter:

Schilt auf Fortunen für mein übles Leben,
Die schuld'ge Göttin, die mich Armen zwingt,
Dass sie zum Leben Beßres nicht gegeben
Als Pöbeldienst, der Pöbelsitten bringt.

Drum trägt mein Nam' ein Brandmal eingebrannt;
Drum geht mein Wesen fast in dem verloren,
Worin es wirkt, wie eines Färbers Hand.
Fühl Mitleid denn und wünsch mich neugeboren.

Und so gibt es anderwärts viele Andeutungen desselben Gefühls, Stellen, die allen Shakespeareforschern vertraut sind. Ein Punkt machte mir sehr großes Kopfzerbrechen, als ich die Sonette las, und es dauerte Tage, bis ich die richtige Deutung fand, die Cyril Graham selbst verfehlt zu haben schien. Ich konnte nicht verstehen, wieso es kam, dass Shakespeare einen so großen Wert auf die Verheiratung seines jungen Freundes legte. Er selbst hatte jung geheiratet und das Ergebnis war höchst unglücklich gewesen – es schien also nicht wahrscheinlich, dass er von Willie Hughes verlangte, den gleichen Irrtum zu begehen. Der jugendliche Schauspieler, der die Rosalinde spielte, hatte von der Ehe und von den Leidenschaften des wirklichen Lebens nichts zu erwarten. Die früheren Sonette schienen mir durch ihre merkwürdige Aufforderung, Kinder zu zeugen, einen falschen Ton zu haben. Die Erklärung des Geheimnisses kam mir ganz plötzlich und ich fand sie in der merkwürdigen Widmung. Diese Widmung lautet bekanntlich folgendermaßen:

»Dem alleinigen Erzeuger
dieser nachstehenden Sonette
Mr. W. H. wünscht alles Glück
Und jene Unsterblichkeit

verheißen von
unserm ewig lebenden Dichter
der wohlwollende Unternehmer
beim Beginne T. T.«

Einige Forscher haben angenommen, dass das Wort »Erzeuger« in der Widmung nichts anderes bedeute als den Mann, der die Sonette dem Verleger Thomas Thorpe verschafft habe; aber diese Annahme ist längst aufgegeben, und die höchsten Autoritäten sind darüber einig, dass das Wort im Sinne eines Inspirators genommen werden muss, und die Metapher eine Analogie zum physischen Leben ist. Nun fand ich, dass dieselbe Metapher von Shakespeare in allen Gedichten gebraucht wird, und das führte mich auf den richtigen Weg. Schließlich machte ich meine große Entdeckung. Die Ehe, die Shakespeare Willie Hughes vorschlägt, ist die »Ehe mit der Muse«, ein Ausdruck, der in dieser Form im 82. Sonett vorkommt, wo er tief erbittert über den Abfall des jugendlichen Schauspielers, für den er seine besten Rollen geschrieben hatte, und dessen Schönheit ihn im Banne hielt, die Klage mit den Worten beginnt:

»Du bist ja meiner Muse nicht vermählt.«

Die Kinder, die zu erzeugen er ihn beschwört, sind nicht Kinder von Fleisch und Blut, sondern die unsterblichen Kinder unvergänglichen Ruhmes. Der ganze Zyklus der ersten Sonette ist nichts anderes als Shakespeares Bitte an Willie Hughes, zur Bühne zu gehen und Schauspieler zu werden. »Wie unfruchtbar und nutzlos ist deine Schönheit«, sagt er, »wenn sie nicht genützt wird.«

Wann vierzig Winter erst dein Haupt berennen
Und in der Schönheit Plan Laufgräben ziehn,

Wer wird dein Jugendstaatskleid dann noch kennen,
Und den zerfetzten Rock, wer achtet ihn?

Befragt alsdann: »Wo blieb all deine Zier?
Wo deines Frühlings stolzes Eigentum?«
Zu sagen: »In den hohlen Augen hier«,
War' allverzehr'nde Schmach und Bettelruhm.

Du musst etwas in der Kunst schaffen; mein Vers »ist dein und von dir geboren«. Hör nun auf mich und ich will »Rhythmen hervorbringen, unsterblich, die in fernster Zeit bestehen«. Und du wirst mit den Formen deines eigenen Bildes die Fantasiewelt der Bühne bevölkern. Diese Kinder, die du haben wirst, fährt er fort, werden nicht verwelken wie sterbliche Kinder, sondern du wirst in ihnen und in meinen Stücken leben.

»Schaff dir ein andres du zuliebe mir,
Dass Schönheit leb' im dein'gen oder dir.«

Ich sammelte alle Stellen, die diese Auffassung zu bestätigen schienen, und sie machten auf mich einen starken Eindruck und bewiesen mir, wie vollendet Cyril Grahams Theorie in Wahrheit war. Ich sah auch, dass es ganz leicht sei, die Verse, in denen er von den Sonetten selbst spricht, von jenen abzusondern, in denen er von seinen großen dramatischen Werken spricht. Das war ein Punkt, der bisher von allen Forschern, bis auf Cyril Graham, übersehen worden war. Und doch war es einer der wichtigsten Punkte in der ganzen Reihe der Gedichte. Shakespeare selbst war seinen Sonetten gegenüber mehr oder weniger gleichgültig. Er wollte seinen Ruhm nicht auf ihnen begründen. Sie bedeuten ihm die »leichte Muse«, wie er es nennt, und sie waren, wie Meres erzählt, nur bestimmt, unter wenigen, sehr wenigen Freunden von Hand zu Hand zu gehen. Andererseits war er sich durchaus des hohen künstlerischen Wertes seiner Stücke bewusst und zeigt ein edles Selbstvertrauen in sein dramatisches Genie. Wenn er zu Willie Hughes sagt:

Nie aber wird dein ew'ger Sommer schwinden,
Noch jene Schönheit missen, die du hast;
Nie wird der Tod im Schattenreich dich finden,
Wann dich die Zeit in ew'ge Verse fasst.
Solang noch Menschen atmen, Augen sehn,
Lebt dies und gibt dir Leben und Bestehn.

Der Ausdruck »ew'ge Verse« spielt offenbar auf eines der Stücke an, das er ihm damals schickte, und die letzten zwei Zeilen beweisen seinen Glauben, dass seine Stücke immer gespielt werden würden. In seiner Anrufung der dramatischen Muse – in den Sonetten 100 und 101 – finden wir dasselbe Gefühl.

»Wo bist du, Muse, dass du säumst so lange,
Dem, was dir alle Macht gab, Lob zu weihn?
Verbrauchst du deine Glut in eitlem Sange,
Verdunkelst dich, um Schlechtem Glanz zu leihn?«

ruft er aus, und dann beginnt er der Herrin der Tragödie und Komödie wegen ihrer »Vernachlässigung der Wahrheit in den Farben der Schönheit« Vorwürfe zu machen, und sagt:

»Schweigst du, weil er des Lobs dich überhebe?
O leere Ausflucht! Deines Amtes ist,
Dass er sein gülden Grabmal überlebe,
Und Lob ihm werde bis zur fernsten Frist.

Ans Werk denn, Muse! Wie, das lehr' ich dir,
Dass ihn die späte Zukunft kennt wie wir.«

Vielleicht aber ist das 55. Sonett das, in dem Shakespeare diesem Gedanken den vollsten Ausdruck verleiht. Anzunehmen, dass die »mächt'gen Verse« in der zweiten Zeile sich auf das Sonett selbst beziehen, hieße Shakespeares Absicht vollständig missverstehen. Es schien mir, nach dem ganzen Charakter des Sonetts zu schließen, höchstwahrscheinlich, dass ein bestimmtes Stück gemeint sei und dass dieses Stück kein anderes sei als »Romeo und Julia«.

Kein gülden Fürstenbild, kein Marmelstein
Wird diese mächt'gen Verse überleben;
Sie werden dir ein hell'res Denkmal sein
Als Quadern, die vom Schmutz der Zeiten kleben.
Ob Zwietracht stürzt der Häuser fest Gemäuer,
Ob wüster Krieg die Statuen niederrennt,
Kein Schwert des Mars, kein fressend Kriegesfeuer
Tilgt deines Ruhms lebendig Monument.
Trotz Tod und feindlicher Vergessenheit
Sollst du bestehn, soll Raum dein Name finden
Noch in den Augen allerfernster Zeit,
Bis die Geschlechter dieser Welt verschwinden.
Bis am Gerichtstag du dich selbst erhebst,
Wohnst du im Auge Liebender und lebst.

Es ist außerordentlich interessant zu beobachten, wie hier, wie auch anderwärts, Shakespeare Willie Hughes Unsterblichkeit in einer den Menschen sichtbaren Form verspricht, d. h. im Rahmen des Theaters, in einem Stück der Schaubühne.

Zwei Wochen arbeitete ich eifrig an den Sonetten, ging kaum aus und nahm keine Einladung an. Jeden Tag glaubte ich etwas Neues zu entdecken und Willie Hughes schien mir im Geist gegenwärtig zu sein, eine alles beherrschende Persönlichkeit. Mir kam vor, als stünde er im Schatten meines Zimmers, so gut hatte Shakespeare ihn gezeichnet mit seinem goldenen Haar, mit seiner zarten, blütengleichen Grazie, seinen verträumten, tief liegenden Augen, seinen feinen, beweglichen Lippen und seinen weißen Lilienhänden. Selbst sein Name bezauberte mich. Willie Hughes! Willie Hughes! Wie viel Musik liegt in diesem Namen! Ja, wer anders als er konnte Herr-Herrin von Shakespeares Leidenschaft sein (Sonett 20/2), der Herr seiner Liebe, dem er Untertan war (Sonett 26/1), der zarte Liebling der Natur (Sonett 126/9), die Rose der ganzen Welt (Sonett 109/14), der Herold aller Frühlings reize (Sonett 1/10), gehüllt in das stolze Staatskleid der Jugend (Sonett 2/3), der zarte Knabe, den zu hören süßer Musik gleichkommt (Sonett 8/1) und dessen Schönheit das Kleid, von Shakespeares Herzen war (Sonett 22/6), wie der Eckstein seiner dramatischen Kunst. Wie bitter erscheint nun die ganze Tragödie seines Abfalls und seiner Schmach, einer Schmach, die er süß und lieblich machte durch den bloßen Zauber seiner Persönlichkeit (Sonett 35/1), aber die trotzdem eine Schmach blieb. Da ihm aber Shakespeare vergab, sollten wir ihm nicht auch vergeben? Ich wollte nicht an das Geheimnis seiner Sünde rühren.

Dass er Shakespeares Theater verließ, war eine andere Sache, und ich durchforschte sie mit großer Mühe. Schließlich kam ich zu dem Schluss, dass Cyril Graham sich geirrt hatte, als er annahm, der dramatische Nebenbuhler des 80. Sonetts sei Chapman. Es ist offenbar Marlowe, der hier gemeint ist. Zurzeit, als die Sonette geschrieben wurden, konnte ein Ausdruck wie »der stolze Vollsegel seines gewaltigen Verses« nicht auf Chapman angewendet werden, wenn er auch auf den Stil seiner späteren Stücke anwendbar gewesen wäre. Nein: Marlowe war offenbar der dramatische Nebenbuhler, von dem Shakespeare in so lobendem Ton sprach. Und jeder »gütige, vertraute Geist, der nächtlich mit Klugheit ihn betrügt«, war der Mephistopheles seines Doktor Faustus. Zweifellos war Marlowe bezaubert von der Schönheit und Grazie des jugendlichen Schauspielers und lockt ihn von Blackfriars Theater fort, damit er den Gaveston in seinem »Eduard II.« spiele. Dass Shakespeare das gesetzliche Recht hatte, Willie Hughes in seiner Truppe zurückzuhalten, geht aus dem Sonett 87 hervor, wo er sagt:

»Leb wohl! Du weißt, dein Wert ist viel zu groß,
Als dass ich dauernd dich besitzen könnte;
Der Freibrief deines Wertes spricht dich los;
Erloschen ist die Pacht, die mir dich gönnte.
Durch deine Schenkung wardst du meine Habe,
Und wie verdient' ich je so reiche Spende?
Der Rechtsgrund fehlt in mir für solche Gabe,
Und folglich ist's mit meinem Recht zu Ende.
Du gabst dich mir, unkundig deines Wertes,
Wohl auch getäuscht in mir, der ihn empfangen.
Nun ist die Schenkung als ein aufgeklärtes
Versehen an dich selbst zurückgegangen.
So hab ich dich gehabt, wie Träum' entweichen,
Im Schlaf ein König, wachend nichts dergleichen.«

Ihn, den er nicht durch Liebe halten konnte, wollte er nicht durch Gewalt festhalten. Willie Hughes wurde ein Mitglied von Lord Pembrokes Truppe und vielleicht hat er im offenen Hof der Red Bull Tavern die Rolle von König Eduards zartem Liebling gespielt. Nach Marlowes Tod scheint er zu Shakespeare zurückgekehrt zu sein, der, was auch seine Teilhaber über die Affäre gesagt haben mögen, nicht zögerte, dem jungen Schauspieler die Eigenwilligkeit und den Verrat zu verzeihen.

Wie vortrefflich hat übrigens Shakespeare das Temperament des Schauspielers gezeichnet! Willie Hughes war einer von denen, »die nicht das tun, was sie am meisten zeigen und, andere rührend, selbst ungerührt bleiben wie Stein«.

Er konnte Liebe spielen, aber er konnte sie nicht fühlen, er konnte Leidenschaft darstellen, ohne sie zu empfinden.

»Bei vielen liest man gleich, was sich begeben
In Launen, Runzeln, finstrem Angesicht.«

Aber mit Willie Hughes stand es nicht so. »Dich aber«, sagt Shakespeare in einem Sonett voll wilder Anbetung,

»Dich aber hat der Himmel so geschaffen,
Dass süße Liebe stets dein Aug' erfüllt,
Und welche Abgrund' auch im Herzen klaffen,
Dein Blick nur Süßigkeit von dort enthüllt.«

In seinem »unbeständigen Geiste«, in seinem »falschen Herzen« war es leicht, die Unaufrichtigkeit und den Verrat zu erkennen, die gewissermaßen unzertrennlich sind von der künstlerischen Natur, ebenso wie die Sehnsucht nach unmittelbarer Anerkennung, die alle Schauspieler kennzeichnet. Und doch war Willie Hughes darin glücklicher als andere Schauspieler, denn er sollte die Unsterblichkeit kennenlernen. Untrennbar verknüpft mit Shakespeares Stücken, war es ihm bestimmt, in ihnen fortzuleben.

»Dein Name wird fortan unsterblich leben;
Ich, einmal tot, sterb' ab für alle Zeit;
Mir wird die Erd' ein Grab wie andern geben;
Dir ist der Nachwelt Aug' als Gruft geweiht.
Mein feines Lied wird dann dein Grabmal sein,
Und unerschaffne Augen werden's lesen:

Ruhm, der erst sein wird, preist dereinst dein Sein,
Wann alle Atmer dieser Zeit verwesen.«

Dann waren da endlose Anspielungen auf Willie Hughes' Macht über die Zuhörer, die »Gaffer«, wie Shakespeare sie nennt. Aber vielleicht die vollkommenste Schilderung seiner wunderbaren Beherrschung der dramatischen Kunst steht in der »Klage des Liebenden«, wo Shakespeare von ihm sagt:

Er ist ein Inbegriff von feinen Stoffen,
Die sich in jede Form beliebig fügen;
Bald wild und kühn, bald blass und wie betroffen,
Bald schlau versteckt, bald ungestüm und offen,
Versteht er's stets aufs Beste, zu betrügen,
Ihm stehen Schamrot, Ohnmacht, bleicher Schreck
Sogleich zu Diensten, je nach seinem Zweck.

Auf seiner Zunge wachten oder schliefen
Die Gründe zur Entscheidung schwerer Fragen,
Sein Blick durchmaß im Nu des Denkens Tiefen,
Er wusste rasch das rechte Wort zu sagen;
Der Hörer weinte, lachte vor Behagen,
Wie's ihm gefiel, denn seines Geistes Kraft
Beherrschte spielend jede Leidenschaft*.

Einmal glaubte ich auch, dass ich wirklich Willie Hughes in der Literatur der elisabethanischen Zeit gefunden hätte. In einer wundervoll plastischen Schilderung der letzten Tage des großen Grafen Essex, erzählt uns sein Kaplan Thomas Knell, dass der Graf in der Nacht, bevor er starb, »William Hewes« rufen ließ, seinen Musiker, damit er auf dem Spinett spiele und singe. »Spiele«, sagte er, »mein Lied, Will Hewes, und ich will selbst es singen.« Das tat er denn auch mit großer Freudigkeit, »nicht wie ein klagender Schwan, der mit niedergeschlagenen Augen seinen Tod beklagt, sondern wie eine süße Lerche, die ihre Flügel hebt und die Augen aufschlägt zu Gott, und, sich empor zum kristallnen Himmel schwingend, mit nimmermüdem Gesang die blaue Höhe erreicht.« Gewiss war der Knabe, der vor dem sterbenden Vater von Sidneys Stella Spinett spielte, kein anderer als Willie Hughes, dem Shakespeare die Sonette widmete und der, wie er selbst sagt: »Musik dem Ohre war«. Aber Lord Essex starb 1576, als Shakespeare erst zwölf Jahre alt war. Sein Musiker konnte unmöglich mit dem W. H. der Sonette identisch sein. Vielleicht war Shakespeares junger Freund der Sohn des Spinettspielers. Es war immerhin etwas, entdeckt zu haben, dass William Hewes ein elisabethanischer Name war. In der Tat schien der Name Hewes mit Musik und Bühne eng verknüpft zu sein. Die erste englische Schauspielerin war die reizende Margaret Hewes, die Prinz Rupert so toll liebte. Was ist wahrscheinlicher, als dass zwischen ihr und Graf Essex' Musiker der Schauspielerknabe der Shakespearestücke stand? Aber wo waren die Beweise, die Verbindungsglieder? Ich konnte sie leider nicht finden. Es schien mir, als stünde ich immer an der Schwelle der vollkommenen Aufklärung, aber ich konnte sie niemals wirklich überschreiten.

Meine Gedanken schweiften bald von Willie Hughes' Leben zu seinem Tod. Ich grübelte oft darüber nach, wie wohl sein Ende gewesen sein könnte.

Vielleicht war er einer jener englischen Komödianten, die 1604 übers Meer nach Deutschland gingen und vor dem großen Herzog Heinrich Julius von Braunschweig spielten, der selbst ein Dramatiker von nicht geringem Rang war, und am Hof jenes seltsamen Kurfürsten von Brandenburg, der so für Schönheit schwärmte, dass er von einem reisenden griechischen Kaufmann dessen Sohn für sein Gewicht in Bernstein gekauft und zu Ehren seines Sklaven Feste gegeben haben soll, das ganze schreckliche Hungerjahr 1606/07 hindurch, als das Volk vor Entkräftung auf den Straßen starb, und sieben Monate lang kein Regen fiel. Wir wissen jedenfalls, dass Romeo und Julia 1613 in Dresden herauskam, gleichzeitig mit Hamlet und König Lear, und gewiss war niemand anders als Willie Hughes im Jahr 1615 die Totenmaske Shakespeares durch einen Herrn aus dem Gefolge des englischen Botschafters überbracht worden, ein bleiches Abschiedszeichen des großen Dichters, der ihn so heiß geliebt hatte. Es lag in der Tat etwas besonders Bestrickendes in dem Gedanken, dass der jugendliche Schauspieler, dessen Schönheit ein so starkes Lebenselement in dem Realismus und der Romantik von Shakespeares Kunst gewesen war, zuerst den Samen der neuen Kultur nach Deutschland gebracht hat und so in seiner Weise der Vorläufer jener Aufklärung des 18. Jahrhunderts war, jener glänzenden Bewegung, die, wenn auch von Lessing und Herder begonnen und von Goethe zur höchsten und vollkommenen Höhe gebracht, in nicht geringem Maß von einem anderen Schauspieler, nämlich Friedrich Schröder, gefördert wurde, der das Volksbewusstsein aufrüttelte und durch die Mittel gespielter Leidenschaften und szenischer Darstellungen die intime und lebendige Verbindung zwischen Literatur und Leben zeigte. War dem so – und gewiss sprach nichts unbedingt dagegen –, so war es nicht unwahrscheinlich, dass Willie Hughes einer jener englischen Komödianten war (mimae quidam ex Britannia, wie die alte Chronik sie nennt), die in Nürnberg bei einem plötzlichen Volksaufstand erschlagen und dann heimlich in einem kleinen Weinberg außerhalb der Stadt von einigen jungen Leuten begraben wurden, »die Vergnügen an ihren Darbietungen gefunden und von denen einige Unterweisung in den Geheimnissen der neuen Kunst gesucht hatten«. Gewiss konnte für den, von dem Shakespeare gesagt hatte, »du bist meine ganze Kunst«, kein passenderer Begräbnisort gefunden werden als dieser kleine Weinberg vor den Stadtmauern. War nicht auch die Tragödie aus den Leiden des Dionysos entstanden? War nicht das helle Gelächter der Komödie mit seiner sorglosen Fröhlichkeit und seinen schlagfertigen Antworten zuerst von den Lippen sizilianischer Winzer erklungen? Hatten nicht die purpurnen und roten Flecken des schäumenden Weines auf Gesicht und Gliedern die erste Anregung zu dem Reiz und Zauber gegeben, der in der Verkleidung liegt? Hatte sich nicht auf diese Weise der Wunsch, sein Selbst zu verbergen, der Sinn für den Wert der Objektivität in den rohen Anfängen der Kunst gezeigt? Wo er aber auch begraben liegen mochte – ob in dem kleinen Weinberg vor dem Tor der gotischen Stadt oder auf einem dunklen Londoner Kirchhof, mitten im Lärm und Treiben unserer großen Stadt, kein schimmerndes Denkmal bezeichnet die Stätte, da er ruht. Sein wahres Grabmal war, wie Shakespeare gesagt hat, der Vers des Dichters, sein Denkmal die Unsterblichkeit des Dramas. So war es auch bei andern gewesen, deren Schönheit ihrer Zeit schöpferische Anregung gegeben hat. Der elfenbeinerne Körper des bythinischen Sklaven modert im grünen Schlamm des Nils, und auf den gelben Hügeln des Kerameikos ward die Asche des jungen Atheners verstreut. Antinous aber lebt in der Bildhauerkunst und Charmides in der Philosophie.

III

Als drei Wochen vergangen waren, entschloss ich mich, Erskine energisch zu mahnen, dem Andenken Cyril Grahams Gerechtigkeit widerfahren zu lassen und der Welt seine wunderbare Deutung der Sonette vorzulegen – die einzige Deutung, die das Problem vollständig löse. Ich habe leider keine Abschrift meines Briefes mehr, noch konnte ich das Original zurückerhalten – aber ich erinnere mich, dass ich die Sache genau darlegte und Bogen um Bogen mit der leidenschaftlichen Wiederholung aller Argumente und Beweise füllte, die meine Nachforschungen mir eingegeben hatten. Es schien mir, als ob ich dadurch nicht allein Cyril Graham den ihm gebührenden Platz in der Literaturgeschichte anweise, sondern als ob ich auch die Ehre Shakespeares von der hässlichen Erinnerung an eine platte Intrige reinige. Ich legte meine ganze Begeisterung in den Brief – ich legte meinen ganzen Glauben hinein.

Aber kaum hatte ich ihn abgeschickt, als eine merkwürdige Reaktion bei mir eintrat. Es war mir, als hätte ich meine Fähigkeit, an die Willie-Hughes-Theorie der Sonette zu glauben, damit vollkommen eingebüßt, als wäre etwas gleichsam von mir abgefallen, und als wäre mir die ganze Sache nun vollständig gleichgültig. Wodurch das veranlasst war? Das ist schwer zu sagen. Vielleicht hatte ich eine Leidenschaft erschöpft, indem ich den vollständigen Ausdruck dafür gefunden hatte. Gefühlskräfte haben, wie die Kräfte des physischen Lebens, ihre bestimmten Grenzen. Vielleicht bringt die bloße Anstrengung, einen anderen zu einer Theorie zu bekehren, in irgendeiner Form den Verzicht auf die Kraft, selbst an sie zu glauben, mit sich. Vielleicht war ich einfach der ganzen Sache müde, und mein Verstand war wieder fähig, leidenschaftslos zu urteilen, nachdem die Begeisterung ausgebrannt war. Wie dem auch sei – es war so, und ich kann es nicht erklären; jedenfalls wurde Willie Hughes plötzlich für mich ein bloßer Mythos, ein müßiger Traum, die kindische Fantasie eines jungen Mannes, dem es, wie den meisten Feuergeistern, mehr darum zu tun war, andere zu überzeugen als selbst überzeugt zu werden.

Da ich Erskine in meinem Brief einige ungerechte und harte Dinge gesagt hatte, entschloss ich mich, ihn sofort zu besuchen und mich bei ihm wegen meines Benehmens zu entschuldigen. Ich fuhr also am nächsten Morgen nach Birdcage Walk und fand Erskine in seinem Bibliothekszimmer, das falsche Bild Willie Hughes' vor sich.

»Mein lieber Erskine«, sagte ich. »Ich komme, mich bei Ihnen zu entschuldigen.«

»Sich zu entschuldigen?«, fragte er. »Wofür?«

»Wegen meines Briefes«, antwortete ich.

»In Ihrem Brief steht nichts, was Sie nicht hätten sagen sollen«, sagte er. »Im Gegenteil, Sie haben mir den größten Dienst erwiesen, der in Ihrer Macht liegt – Sie haben mir gezeigt, dass Cyril Grahams Theorie vollkommen richtig ist.«

»Sie wollen doch damit nicht etwa sagen, dass Sie an Willie Hughes glauben?«, rief ich aus.

»Warum nicht?«, entgegnete er. »Sie haben mir die Sache bewiesen. Glauben Sie, ich kann den Wert von Beweisen nicht schätzen?«

»Aber es gibt ja überhaupt keinen Beweis!«, stöhnte ich und sank in einen Sessel. »Als ich Ihnen schrieb, stand ich unter dem Einfluss einer ganz törichten Begeisterung. Die Geschichte von Cyril Grahams Tod hatte mich gerührt, seine romantische Theorie hatte mich geblendet, das Wunderbare und Eigenartige der ganzen Idee hatte mich gefangen genommen. Jetzt sehe ich, dass die ganze Theorie auf einer Täuschung aufgebaut ist. Der ganze Beweis für das Dasein von Willie Hughes ist das Bild da vor Ihnen und dieses Bild ist eine Fälschung. Lassen Sie sich doch nicht durch ein bloßes Gefühl in dieser Sache hinreißen. Was auch die Romantik zu der Willie-Hughes-Theorie zu sagen haben mag, die Vernunft hat nichts mit ihr zu schaffen.«

»Ich verstehe Sie nicht«, sagte Erskine und schaute mich ganz verblüfft an. »Sie haben mich durch Ihren Brief überzeugt, dass Willie Hughes tatsächlich gelebt hat. Warum haben Sie Ihre Ansicht geändert? Oder war alles, was Sie mir geschrieben haben, nur ein Scherz?«

»Ich kann es Ihnen nicht erklären«, sagte ich. »Aber ich sehe jetzt ein, dass zugunsten von Cyril Grahams Theorie nicht das Geringste vorgebracht werden kann. Die Sonette sind an Lord Pembroke gerichtet. Verlieren Sie um Gottes willen Ihre Zeit nicht mit dem törichten Versuch, einen jungen Schauspieler aus der elisabethanischen Zeit zu entdecken, der niemals gelebt hat, und aus dem Phantom einer Puppe den Mittelpunkt der Shakespeare'schen Sonette zu machen.«

»Ich sehe, dass Sie die Theorie nicht verstehen!«, antwortete er.

»Mein lieber Erskine«, rief ich. »Ich sollte sie nicht verstehen? Mir ist's, als hätte ich selbst sie erfunden! Gewiss hat Ihnen mein Brief doch gezeigt, dass ich nicht bloß in die ganze Sache eingedrungen bin, sondern dass ich Beweise jeder Art beigebracht habe. Die einzige Lücke in der Hypothese ist der Umstand, dass sie die Existenz einer Person voraussetzt, deren Existenz eben der Gegenstand des Streites ist. Wenn wir annehmen, dass es in Shakespeares Truppe einen jungen Schauspieler namens Willie Hughes gegeben hat, dann ist es nicht schwer, ihn zum Mittelpunkt der Sonette zu machen. Da wir aber wissen, dass es keinen Schauspieler dieses Namens am Globe-Theater gegeben hat, ist es müßig, die Sache weiterzuverfolgen.«

»Aber das ist ja gerade, was wir nicht wissen«, sagte Erskine. »Es ist allerdings richtig, dass sein Name in der Liste der ersten Folioausgabe nicht vorkommt. Aber, wie Cyril ausführte, ist das eher ein Beweis für die Existenz von Willie Hughes als gegen sie, wenn wir uns erinnern, wie verräterisch er Shakespeare wegen eines dramatischen Nebenbuhlers verlassen hat.«

Wir debattierten stundenlang, aber nichts, was ich sagte, konnte Erskines Glauben an Cyril Grahams Hypothese erschüttern. Er sagte mir, dass er die Absicht habe, sein Leben dem Beweis der Theorie zu widmen, dass er entschlossen sei, dem Andenken Cyril Grahams Gerechtigkeit widerfahren zu lassen. Ich beschwor ihn, lachte ihn aus, ich bat, ich flehte – alles umsonst. Endlich schieden wir, nicht gerade im Bösen, aber sicherlich mit dem Schatten einer Verstimmung zwischen uns. Er hielt mich für einfältig, ich ihn für töricht. Als ich ihn wieder aufsuchen wollte, sagte mir sein Diener, er sei nach Deutschland gereist.

Zwei Jahre später übergab mir der Portier in meinem Klub einen Brief mit einer ausländischen Postmarke. Er war von Erskine und im Hotel d'Angleterre in Cannes geschrieben. Als ich ihn gelesen hatte, war ich starr vor Schrecken – wenn ich auch nicht glaubte, dass er toll genug sein könnte, sein Vorhaben auszuführen. Der Kern des Briefes war, dass er auf jede Weise versucht habe, die Willie-Hughes-Theorie zu beweisen und dass ihm dies missglückt sei. Und da Cyril Graham sein Leben für die Theorie geopfert habe, so sei er auch entschlossen, sein eigenes Leben für dieselbe Sache hinzugeben. Die letzten Worte des Briefes lauteten: »Ich glaube noch immer an Willie Hughes. Wenn Sie diesen Brief erhalten, werde ich durch eigene Hand für die Sache Willie Hughes gestorben sein – für seine Sache und für die Sache von Cyril Graham, den ich durch meinen leichtsinnigen Zweifel und meinen törichten Mangel an Glauben in den Tod getrieben habe. Die Wahrheit war Ihnen einst offenbar, aber Sie haben sie verworfen. Sie steht jetzt wieder vor Ihnen, befleckt mit dem Blut von zwei Menschen – wenden Sie sich nicht von ihr ab.«

Es war ein schrecklicher Augenblick. Mich lähmte Grauen und doch konnte ich dem Brief nicht glauben. Der schlimmste Gebrauch, den ein Mensch von seinem Leben machen kann, ist, es einer theologischen Glaubenslehre zu opfern. Aber für eine literarische Theorie zu sterben? Es schien mir unmöglich.

Ich sah das Datum nach: Der Brief war eine Woche alt. Ein unglückseliger Zufall hatte mich einige Tage dem Klub ferngehalten, sonst hätte ich den Brief noch rechtzeitig bekommen und Erskine retten können. Vielleicht war es aber noch nicht zu spät. Ich eilte nach Hause, packte meine Sachen und fuhr mit dem Nachtzug von Charing Croß ab. Die Reise war unerträglich. Ich glaubte, sie würde nie ein Ende nehmen.

Sofort nach meiner Ankunft fuhr ich in das Hôtel d'Angleterre. Man sagte mir, dass Erskine zwei Tage vorher auf dem englischen Friedhof begraben worden sei. Es lag etwas furchtbar Groteskes über der ganzen Tragödie. Ich sprach allerlei wildes Zeug und die Leute in der Halle blickten mich neugierig an.

Plötzlich kam Lady Erskine in tiefer Trauer durch die Vorhalle. Als sie mich sah, kam sie auf mich zu, murmelte etwas über ihren armen Sohn und brach in Tränen aus. Ich führte sie auf ihr Zimmer. Ein älterer Herr erwartete sie dort. Es war der englische Arzt. Wir sprachen ausführlich über Erskine, aber ich sagte nichts über die Motive, die ihn zum Selbstmord getrieben hatten. Es war klar, dass er seiner Mutter nicht gesagt hatte, was ihn zu einer so furchtbaren, so wahnsinnigen Tat getrieben habe. Endlich stand Lady Erskine auf und sagte: »George hat Ihnen etwas zur Erinnerung hinterlassen, etwas, was er sehr hoch schätzte. Ich hole es Ihnen.«

Kaum hatte sie das Zimmer verlassen, wandte ich mich zum Arzt und sagte: »Welch ein furchtbarer Schlag muss das für Lady Erskine gewesen sein. Ich wundere mich, dass sie es so trägt.«

»Oh, sie wusste seit Monaten, was kommen musste«, antwortete er.

»Sie wusste es seit Monaten?«, rief ich. »Aber warum hat sie ihn dann nicht daran gehindert?! Warum hat sie ihn aus den Augen gelassen? Er muss ja wahnsinnig gewesen sein!«

Der Arzt starrte mich an. »Ich weiß nicht, was Sie meinen«, sagte er.

»Wie?«, rief ich. »Wenn eine Mutter weiß, dass ihr Sohn im Begriff ist, Selbstmord zu begehen …?«

»Selbstmord?«, antwortete er. »Der arme Erskine hat keinen Selbstmord begangen. Er starb an Auszehrung. Er kam hierher, um zu sterben. Gleich, als ich ihn sah, wusste ich, dass keine Hoffnung war. Der eine Lungenflügel war fast ganz zerstört und der andere schon sehr stark angegriffen. Drei Tage vor seinem Tod fragte er mich, ob für ihn noch Hoffnung bestände. Ich sagte ihm aufrichtig, wie die Sache stünde und dass er nur einige Tage zu leben habe. Er schrieb mehrere Briefe, war vollkommen gefasst und blieb bis zum Ende bei Bewusstsein.«

In diesem Augenblick trat Lady Erskine ins Zimmer, mit dem unglückseligen Bild von Willie Hughes in der Hand. »Als Georg im Sterben lag, bat er mich, Ihnen dies zu geben«, sagte sie. Als ich das Bild entgegennahm, fiel eine Träne von ihr auf meine Hand.

Das Bild hängt jetzt in meinem Bibliothekszimmer und meine künstlerischen Freunde bewundern es sehr. Sie sind darüber einig, dass es kein Clouet, sondern ein Ouvry ist. Ich habe ihnen die wahre Geschichte des Bildes nie erzählt. Aber manchmal, wenn ich es betrachte, glaube ich doch, dass sich manches für die Willie-Hughes-Theorie der Shakespeare'schen Sonette sagen ließe.

Gedichte in Prosa

Der Künstler

Eines Abends erwachte in seiner Seele der Wunsch, ein Bild zu formen, das »die Lust des Augenblicks« darstellen sollte. Und er ging in die Welt, um Bronze zu suchen, denn er konnte nur in Bronze denken.

Aber alle Bronze der ganzen Welt war verschwunden. Nirgends in der ganzen Welt war Bronze zu finden, mit Ausnahme der bronzenen Figur des »Ewigen Leides«.

Und diese Figur hatte er selbst gemacht, mit seinen eigenen Händen geformt, und er hatte sie auf ein Grab gesetzt, und in diesem Grabe lag alles, was er im Leben geliebt hatte. Auf das Grab dessen, was er am meisten im Leben geliebt hatte, hatte er dies Werk seiner Kunst gesetzt, damit es zeuge für die Liebe des Mannes, die nie stirbt, und ein Symbol des Leides sei, das ewig dauert. Und in der ganzen Welt gab es keine andere Bronze als die Bronze dieser Figur.

Und er nahm die Figur, die er geformt hatte, und legte sie in den Schmelzofen und übergab sie dem Feuer.

Und aus dem bronzenen Bilde des Leidens, das ewig währt, formte er das Bild »der Lust, die einen Augenblick verweilt«.

Der Wohltäter

Es war Nacht, und Er war allein.

Und Er sah in weiter Ferne die Mauern einer runden Stadt, und Er ging auf die Stadt zu.

Und als Er näher kam, hörte Er in der Stadt den Tanzschritt freudiger Füße und das Lachen aus dem Munde des Frohsinns und den lauten Klang vieler Harfen. Und Er klopfte ans Tor, und einer von der Torwache öffnete Ihm.

Und Er sah ein Haus, das war ganz aus Marmor, und schöne Marmorsäulen standen davor. Und Blumengewinde hingen an den Säulen, und drinnen und draußen waren Fackeln aus Zedernholz. Und Er betrat das Haus.

Und Er ging durch die Halle aus Chalzedon und die Halle aus Jaspis, und so kam Er in die große Festhalle. Auf purpurnem Lager sah Er einen Jüngling liegen, dessen Haar war mit roten Rosen bekränzt, und dessen Lippen waren rot von Wein.

Und Er trat hinter ihn und berührte seine Schultern und sprach zu ihm: »Warum lebst du so?«

Und der Jüngling drehte sich um und erkannte Ihn und antwortete und sagte: »Ich war einst ein Aussätziger, und du hast mich geheilt. Wie anders sollte ich leben?«

Und Er schritt aus dem Haus und ging wieder auf die Straße.

Und nach einer Weile sah Er ein Weib mit bemaltem Gesicht und vielfarbiger Kleidung, und ihre Füße waren besetzt mit Perlen. Und hinter ihr ging langsam ein junger Mann wie ein Jäger, und sein Kleid war zweifarbig. Und das Angesicht des Weibes war wie das schöne Antlitz eines Götzenbildes, und die Augen des jungen Mannes glänzten vor Begierde.

Und Er folgte langsam und berührte die Hand des jungen Mannes und sprach zu ihm: »Warum blickst du so auf dieses Weib?«

Und der junge Mann drehte sich um und erkannte Ihn und sagte: »Ich war einst ein Blinder, und du gabst mir das Augenlicht. Zu was sonst soll ich es nützen?«

Und Er lief vor und berührte das bemalte Kleid des Weibes und sprach zu ihm: »Kennst du keinen andern Weg, als den Weg der Sünde?«

Und das Weib drehte sich um und erkannte Ihn, lachte und sprach: »Du vergabst mir doch meine Sünden, und dieser Weg ist ein Weg der Freude.«

Und Er ging hinaus aus der Stadt.

Und als Er die Stadt verlassen hatte, sah Er am Wegrande einen jungen Mann sitzen, der weinte.

Und Er ging auf ihn zu und berührte die langen Locken seines Haares und sprach zu ihm: »Warum weinst du?«

Und der junge Mann blickte auf und erkannte Ihn und gab zur Antwort: »Ich war gestorben, und du hast mich vom Tode auferweckt. Was soll ich anderes tun, als weinen!«

Der Schüler

Als Narzissus starb, wandelte sich der Teich seiner Lust aus einer Schale süßen Wassers in eine Schale salziger Tränen. Und die Oreaden kamen weinend durch den Hain, um bei dem Teiche zu singen und ihn zu trösten. Und als sie sahen, dass der Teich sich gewandelt hatte und aus der Schale süßen Wassers eine Schale salziger Tränen geworden war, lösten sie die grünen Flechten ihrer Haare und riefen dem Teiche zu: »Wir wundern uns nicht, dass du so um Narzissus trauerst, denn er war so schön.«

»War denn Narzissus schön?«, fragte der Teich.

»Wer weiß das besser als du!«, antworteten die Oreaden. »An uns ging er immer vorüber, aber dich suchte er auf und lag an deinem Rande und blickte zu dir hinab und im Spiegel deiner Gewässer spiegelte er seine eigene Schönheit.«

Und der Teich antwortete: »Ich aber liebte Narziss, weil ich im Spiegel seiner Augen, wenn er am Ufer lag und niederschaute zu mir, meine eigene Schönheit gespiegelt sah.«

Der Meister

Und als Dunkelheit über die Erde gekommen war, zündete Joseph von Arimathia eine Fackel von Fichtenholz an und stieg nieder vom Hügel ins Tal, denn er hatte in seinem Haus zu tun.

Und er sah auf den Kieseln im Tal der Verzweiflung einen Jüngling knien, der war nackt und weinte. Sein Haar hatte die Farbe des Honigs, und sein Körper glich einer weißen Blume. Aber er hatte seinen Leib mit Dornen zerrissen und sein Haar mit Asche gekrönt. Und jener, der so große Reichtümer hatte, sprach zum Jüngling, der nackend war und weinte: »Ich wundere mich nicht, dass dein Kummer so groß ist, denn sicherlich war Er ein gerechter Mann.«

Und der Jüngling antwortete: »Nicht um ihn vergieße ich Tränen, sondern ich weine um meinetwillen. Auch ich habe Wasser in Wein verwandelt und ich habe die Aussätzigen geheilt und den Blinden das Augenlicht gegeben. Ich bin über das Wasser geschritten, und die Teufel vertrieb ich aus den Gräbern. Ich habe die Hungrigen in der Wüste genährt, wo es keine Nahrung gab, und ich erweckte die Toten aus ihrem engen Haus. Und auf mein Gebet vor einer großen Menge Volkes verdorrte ein unfruchtbarer Feigenbaum. Alles, was jener Mann getan hat, habe ich auch getan, und doch haben sie mich nicht gekreuzigt.«

Das Haus des Gerichts

Stille war es im Haus des Gerichtes. Und der Mensch trat nackt vor Gott.

Und Gott öffnete das Lebensbuch des Menschen, und Gott sprach zu dem Menschen: »Dein Leben ist böse gewesen, und du warst grausam gegen die, die Hilfe heischten. Und gegen die, die in Not waren, warst du bitter und hartherzig. Die Armen schrien zu dir, und du hörtest sie nicht, und der Ruf meiner Mühseligen fand bei dir taube Ohren. Du hast das Erbe der Vaterlosen an dich gerissen und die Füchse in deines Nachbars Weinberg gesandt. Du nahmst das Brot der Kinder und gabst es den Hunden zum Fraße. Und meine Aussätzigen, die in Sümpfen wohnten und im Frieden lebten und mich priesen, die jagtest du fort auf die Landstraße. Und auf meine Erde, aus der ich dich geschaffen habe, hast du unschuldiges Blut vergossen.«

Und der Mensch gab Antwort und sprach: »So tat ich.«

Und wieder öffnete Gott das Buch des Lebens.

Und Gott sprach zu dem Menschen: »Dein Leben ist böse gewesen, und du hast die Schönheit gesucht, die ich offenbart habe, und du gingst vorüber an dem Guten, das ich verborgen habe. Die Wände deines Zimmers waren bedeckt mit Bildern, und vom Lager deiner Verruchtheit standst du auf beim Ton der Flöten. Du erbautest sieben Altäre den Sünden, für die ich gelitten habe, und aßest von der Speise, die nicht gegessen werden soll. Und der Purpur deines Gewandes war bestickt mit den drei Zeichen der Schande. Deine Götzenbilder waren weder von Gold noch von Silber, die dauern, sondern vom Fleische, das stirbt und vergeht. Du beflecktest ihr Haar mit Narden, und du gabst ihnen Granatäpfel in die Hände. Du beflecktest ihre Füße mit Safran und breitetest Teppiche vor ihnen aus. Mit Antimon beflecktest du ihre Augenlider und besudeltest ihren Leib mit Myrrhen. Du beugtest dich bis auf den Boden vor ihnen, und die Throne deiner Götzenbilder standen in der Sonne. Du zeigtest der Sonne deine Schande und dem Monde deine Narrheit.«

Und der Mensch gab Antwort und sprach: »So tat ich.«

Und ein drittes Mal öffnete Gott das Buch des Lebens.

Und Gott sprach zum Menschen: »Böse ist dein Leben gewesen, und mit Bösem vergaltst du Gutes, und mit Übeltat vergaltst du Wohltat. Die Hände, die dich nährten, hast du verwundet, und die Brüste, die dir Nahrung gaben, hast du verachtet. Der zu dir mit Wasser kam, ging dürstend von dir, und die Geächteten, die dich in ihren Zelten verbargen bei Nacht, verrietst du vor dem Morgengrauen. Den Feind, der dich verschonte, erschlugst du im Hinterhalt, und den Freund, der mit dir ging, verkauftest du um Geld, und allen, die dir Liebe brachten, gabst du nur Wollust dafür.«

Und der Mensch antwortete: »So tat ich.«

Und Gott schloss das Buch des Lebens und sprach: »Gewiss will ich dich zur Hölle schicken, ja, in die Hölle will ich dich schicken.«

Und der Mensch schrie: »Das kannst du nicht.«

Und Gott sprach zu dem Menschen: »Warum kann ich dich nicht zur Hölle schicken? Aus welchem Grunde nicht?«

»Weil ich schon immer in der Hölle gelebt habe«, antwortete der Mensch.

Und Schweigen herrschte im Haus des Gerichtes.

Und nach einer Weile sprach Gott und sagte zum Menschen: »Da ich sehe, dass ich dich nicht in die Hölle schicken kann, so werde ich dich wahrhaftig in den Himmel schicken. Ja, in den Himmel werde ich dich schicken.«

Und der Mensch schrie: »Das kannst du nicht.«

Und Gott sprach zu dem Menschen: »Warum kann ich dich nicht in den Himmel schicken? Aus welchem Grunde nicht?«

»Weil ich niemals und in keinerlei Weise imstande war, mir ihn vorzustellen«, antwortete der Mensch.

Und Schweigen herrschte im Haus des Gerichtes.

Der Lehrer der Weisheit

Von Kindheit an war er voll der vollkommenen Erkenntnis Gottes, und als er noch ein Knabe war, kamen viele von den Heiligen und auch heilige Frauen, die in der freien Stadt seiner Geburt wohnten und wunderten sich über die tiefe Weisheit seiner Antworten. Und nachdem ihm die Eltern Kleid und Ring der Mannheit gegeben hatten, küsste er sie und verließ sie und ging hinaus in die Welt, um der Welt von Gott zu sprechen. Denn es gab zu jener Zeit viele in der Welt, die überhaupt nichts wussten von Gott oder eine unvollkommene Kenntnis von ihm hatten oder falsche Götter anbeteten, die in Hainen wohnen und sich um ihre Getreuen nicht kümmern. Und er wandte sein Angesicht der Sonne zu und wanderte. Und er ging ohne Sandalen, wie er die Heiligen hatte gehen sehen, und er hatte an seinem Gürtel eine lederne Tasche und eine Wasserflasche von gebranntem Ton.

Und wie er auf der Landstraße dahinging, erfüllte ihn die Freude, die da kommt von der vollkommenen Erkenntnis Gottes, und ohne Unterbrechung sang er Lieder zu Gottes Preis; und nach einer Weile erreichte er ein fremdes Land, wo es viele Städte gab.

Und er kam durch elf Städte. Und manche Städte lagen in Tälern und andere an den Ufern großer Flüsse und andere wieder auf Hügeln. Und in jeder Stadt fand er einen Schüler, der ihn liebte und ihm folgte. Und auch eine große Menge Volkes folgte ihm in jeder Stadt, und die Erkenntnis Gottes breitete sich aus im ganzen Lande, und viele der Regierenden wurden bekehrt, und die Priester in den Tempeln, wo die Götzenbilder standen, fanden, dass ihr halber Gewinn verloren sei. Und wenn sie mittags auf die Trommel schlugen, kamen gar keine oder nur sehr wenige mit Pfauen und Fleischopfern, wie dies vor seinem Kommen Sitte gewesen war im Lande.

Aber je mehr Volk ihm folgte, je größer die Zahl seiner Schüler wurde, desto größer ward sein Kummer. Und er wusste nicht, warum sein Kummer so groß war. Denn er sprach immer über Gott, schöpfend aus der Fülle vollkommener Erkenntnis Gottes, wie Gott selbst sie ihm gegeben hatte.

Und eines Abends ging er hinaus aus der elften Stadt, einer Stadt in Armenien, und seine Schüler und eine große Menschenmenge folgte ihm; und er ging hinaus auf einen

Berg und setzte sich auf einen Felsblock auf dem Berge, und seine Schüler standen rings um ihn her, und die Menge kniete im Tale.

Und er neigte seinen Kopf auf seine Hände und weinte und sagte zu seiner Seele: »Warum bin ich so voll von Kummer und Furcht, und warum ist es mir, als wäre jeder meiner Schüler ein Feind, der im Mittag wandelt?«

Und seine Seele antwortete ihm und sprach: »Gott erfüllte dich mit seiner vollkommenen Erkenntnis, und du gabst diese Erkenntnis weiter an andere. Die Perle von großem Werte hast du geteilt, und das Kleid ohne Naht hast du auseinandergerissen. Der die Weisheit weitergibt, beraubt sich selbst. Er ist wie einer, der seinen Schatz einem Räuber gibt. Ist Gott nicht weiser als du? Wer bist du, dass du das Geheimnis weitergibst, das Gott dir gesagt hat? Einst war ich reich, und du hast mich arm gemacht. Einst sah ich Gott, und nun hast du ihn mir verhüllt.«

Und wieder weinte er, denn er wusste, dass seine Seele die Wahrheit sprach, und dass er anderen die Erkenntnis Gottes gegeben hatte und dass er war wie einer, der sich anklammert an Gottes Gewand, und dass sein Glauben ihn verließ in dem Maße, wie die Zahl jener wuchs, die an ihn glaubten.

Und er sprach zu sich selbst: »Ich will nicht mehr von Gott sprechen; wer die Weisheit weitergibt, beraubt sich selbst.« Und einige Stunden später kamen seine Schüler zu ihm und beugten sich zur Erde und sprachen: »Meister, sprich uns von Gott, denn du hast die vollkommene Erkenntnis Gottes, und niemand außer dir hat diese Erkenntnis.«

Und er antwortete ihnen und sprach: »Ich will zu euch sprechen von allen Dingen im Himmel und auf Erden, aber von Gott will ich nicht zu euch sprechen. Nicht jetzt, noch später will ich von Gott zu euch sprechen.«

Und da wurden sie böse und sprachen zu ihm: »Du hast uns in die Wüste geführt, auf dass wir dich hören sollten. Willst du uns hungrig fortschicken, uns und die große Menge, die dir gefolgt ist?«

Und er antwortete ihnen und sprach: »Ich will nicht von Gott zu euch reden.«

Und die Menge murrte gegen ihn und sprach: »Du hast uns in die Wüste geführt und gabst uns keine Nahrung. Sprich uns von Gott, und das wird uns genügen.«

Aber er antwortete ihnen mit keinem Worte. Denn er wusste, dass er seinen Schatz weggeben würde, wenn er von Gott zu ihnen spräche.

Und seine Schüler gingen traurig fort, und die Menge kehrte in die Häuser zurück. Und viele starben auf dem Wege.

Und als er allein war, stand er auf und wandte sein Angesicht dem Monde zu und wanderte sieben Monde und sprach zu niemand und gab niemand Antwort. Und als der siebente Mond erfüllet war, erreichte er die Wüste, die da heißt die Wüste des großen Stromes. Und dort fand er eine Höhle, in der ein Zentaur einst gewohnt hatte, und er nahm sie als Wohnort und machte sich eine Matte aus Schilf, darauf zu liegen und wurde ein Einsiedler. Und jede Stunde pries der Einsiedler Gott, dass er ihm erlaubt hatte, noch einige Erkenntnis von ihm und seiner wunderbaren Größe zu bewahren.

Als nun eines Abends der Einsiedler vor der Höhle saß, aus der er seine Wohnstätte gemacht hatte, sah er einen jungen Mann mit bösem und schönem Gesicht, der in schlechtem Kleide und mit leeren Händen vorüberging. Jeden Abend ging der junge Mann mit leeren Händen vorbei, und jeden Morgen kehrte er mit Purpur und Perlen wieder. Denn er war ein Räuber und beraubte die Karawanen der Kaufleute.

Und der Einsiedler sah ihn an und hatte Mitleid mit ihm. Aber er sprach kein Wort. Denn er wusste, dass, wer ein Wort spricht, den Glauben verliert.

Und eines Morgens, als der junge Mann mit den Händen voll Purpur und Perlen wiederkehrte, blieb er stehen und runzelte die Stirn und stampfte mit dem Fuß auf den Sand und sprach zum Einsiedler: »Was siehst du mich so an, wenn ich vorübergehe? Was ist es, was ich in deinen Augen sehe? Denn kein Mann hat jemals mich in solcher Weise angesehen. Und dein Blick ist wie ein Stachel und eine Qual für mich.«

Und der Einsiedler antwortete und sprach: »Was du in meinen Augen siehst, ist Mitleid. Mitleid blickt aus meinen Augen auf dich.«

Und der junge Mann lachte voll Hohn und schrie dem Einsiedler zu mit Bitterkeit in der Stimme und sprach: »Ich habe Purpur und Perlen in meinen Händen, und du hast bloß eine Matte von Schilf, darauf zu liegen. Was für Mitleid kannst du für mich haben, und aus welchem Grunde hast du dieses Mitleid?«

»Ich habe Mitleid mit dir«, sagte der Einsiedler. »Weil du nicht die Erkenntnis Gottes hast.«

»Ist diese Erkenntnis Gottes eine kostbare Sache?«, fragte der junge Mann und kam ganz nahe zur Öffnung der Höhle.

»Sie ist kostbarer als aller Purpur und alle Perlen der ganzen Welt!«, antwortete der Einsiedler.

»Und du hast sie?«, fragte der junge Räuber und kam noch näher.

»Einmal besaß ich sie«, antwortete der Einsiedler. »Ich besaß die vollkommene Erkenntnis Gottes. Aber in meiner Narrheit trennte ich mich von ihr und teilte sie mit anderen. Aber immer noch ist die Erkenntnis, die mir geblieben ist, kostbarer denn Purpur und Perlen.«

Und als dies der junge Räuber hörte, warf er Purpur und Perlen fort, die er in Händen trug, und zog ein kurzes

Schwert von gekrümmtem Stahl und sagte: »Gib mir sofort diese Erkenntnis Gottes, die du hast, oder ich töte dich. Warum sollte ich den nicht erschlagen, der einen Schatz besitzt, der größer ist als meiner?«

Und der Einsiedler breitete die Arme aus und sprach: »Wäre es nicht besser für mich, in den innersten Vorhof Gottes zu treten und Ihn zu preisen, als in der Welt zu leben und keine Kenntnis von Ihm zu haben? Töte mich, wenn du willst, aber meine Erkenntnis Gottes gebe ich nicht fort.«

Und der junge Räuber kniete nieder und flehte ihn an, aber der Einsiedler wollte nicht von Gott zu ihm sprechen, noch ihm seinen Schatz geben, und der junge Räuber stand auf und sprach zum Einsiedler: »Sei dem, wie du willst. Ich aber will zur Stadt der sieben Sünden gehen, die nur drei Tagereisen von hier entfernt ist, und für meinen Purpur werden sie mir Freuden geben, und für meine Perlen werden sie mir Lust verkaufen.«

Und er nahm seinen Purpur und seine Perlen und ging eilends davon.

Und der Einsiedler schrie auf und folgte ihm und beschwor ihn. Drei Tage folgte er dem Räuber und bat ihn, umzukehren und nicht die Stadt der sieben Sünden zu betreten.

Dann und wann blickte sich der junge Räuber nach dem Einsiedler um und rief ihn an und sprach: »Willst du mir deine Erkenntnis Gottes geben, die kostbarer ist als Purpur und Perlen? Wenn du also tust, will ich die Stadt nicht betreten.«

Und immer antwortete der Einsiedler: »Alles, was ich habe, will ich dir geben, nur dies eine nicht. Denn dies eine fortzugeben, ist mir nicht erlaubt.«

Und in der Dämmerung des dritten Tages kamen sie an die großen scharlachnen Tore der Stadt der sieben Sünden. Und aus der Stadt heraus scholl der Lärm von lautem Gelächter.

Und der junge Räuber lachte zur Antwort und wollte ans Tor klopfen. Da aber lief der Einsiedler vor und packte ihn an seinem Gewand und sprach zu ihm: »Strecke deine Hände aus und lege deine Arme um meinen Hals und drücke dein Ohr an meine Lippen, und ich will dir geben, was mir von der Erkenntnis Gottes geblieben ist.«

Und der junge Räuber blieb stehen.

Und als der Einsiedler seine Erkenntnis Gottes fortgegeben hatte, da fiel er zu Boden und weinte, und eine tiefe Finsternis verhüllte ihm die Stadt und den jungen Räuber, sodass er sie nicht mehr sah.

Und als er so lag und weinte, da wurde er gewahr, dass einer neben ihm stand. Und der, der neben ihm stand, hatte Füße von Erz, und sein Haar glich feiner Wolle. Und er hob den Einsiedler auf und sprach zu ihm: »Bis jetzt hattest du die vollkommene Erkenntnis Gottes. Nun sollst du Gottes vollkommene Liebe haben. Warum weinest du also?«

Und er küsste ihn.

Editorische Notiz

Der glückliche Prinz (übersetzt von Rudolf Lothar)

Titel der englischen Originalausgabe: *The Happy Prince and Other Tales* (London 1888). Titel der enthaltenen Geschichten: »The Happy Prince« (Der glückliche Prinz), »The Nightingale and the Rose« (Die Nachtigall und die Rose), »The Selfish Giant« (Der selbstsüchtige Riese), »The Devoted Friend« (Der treue Freund), and »The Remarkable Rocket« (Die besondere Rakete).

Das Granatapfelhaus (übersetzt von Frieda Uhl)

Titel der englischen Originalausgabe: *A House of Pomegranates* (London 1891). Titel der enthaltenen Märchen: »The Young King« (Der junge König), »The Birthday of the Infanta« (Der Geburtstag der Infantin), »The Fisherman and his Soul« (Der Fischer und seine Seele), »The Star-Child« (Das Sternenkind).

Lord Arthur Saviles Verbrechen (übersetzt von Frieda Uhl)

Titel der englischen Originalausgabe: *Lord Arthur Savile's Crime and Other Stories* (London 1891). Titel der enthaltenen Erzählungen: »Lord Arthur Savile's Crime« (Lord Arthur Saviles Verbrechen), »The Canterville Ghost« (Das Gespenst von Canterville), »The Sphinx Without a Secret« (Die Sphinx ohne Geheimnis), »The Model Millionaire« (Der Modellmillionär). Erst in späteren Ausgaben kam »The Portrait of Mr. W. H.« (Das Bildnis des Herrn W. H.) hinzu.

Gedichte in Prosa (übersetzt von Rudolf Lothar)

Titel der englischen Originalausgabe: *Poems in Prose* (The Fortnightly Review, July 1894). Titel der enthaltenen Prosagedichte: »The Artist« (Der Künstler), »The Doer of Good« (Der Wohltäter), »The Disciple« (Der Schüler), »The Master« (Der Meister), »The House of Judgment« (Das Haus des Gerichts), »The Teacher of Wisdom« (Der Lehrer der Weisheit).

Die Übersetzungen entstammen der Edition Oscar Wilde: *Werke in zwei Bänden.* Hrsg. und eingeleitet von Arnold Zweig. Berlin: Th. Knaur Nachf. o. J. [1930]. Orthografie und Interpunktion wurden den Regeln der neuen deutschen Rechtschreibung angepasst.